MATTIAS T. EDVARDSSON

Né en 1977, Mattias T. Edvardsson a été élevé à Trelleborg, en Suède. Il est l'auteur de cinq ouvrages, dont deux pour la jeunesse. Professeur dans le secondaire, il vit avec sa famille à Löddeköpinge, en Suède. *Une famille presque normale* (Sonatine, 2019) est son premier roman traduit en français.

UNE FAMILLE PRESQUE NORMALE

M. T. EDVARDSSON

UNE FAMILLE PRESQUE NORMALE

Traduit du suédois
par Rémi Cassaigne

SONATINE ÉDITIONS

Titre original :
En Helt Vanlig Familj

Éditeur original : Forum

ISBN 978-2-266-29453-9
Dépôt légal : octobre 2020

PROLOGUE

Tassé dans un coin, je réagis à tous les mouvements en bordure de mon champ de vision. Le moindre bruit me fait sursauter. Les secondes ont ralenti et semblent presque immobiles. Autant que je sache, je suis assis là depuis cinq minutes. Ou une heure.

Le tribunal de Lund est en plein centre-ville, à peu près en face de l'hôtel de police, à deux pas de la gare. Tous les habitants de Lund passent régulièrement devant, mais pour la plupart n'y mettent jamais le pied de leur vie. Jusqu'à encore très récemment, c'était aussi mon cas.

Je suis sur une banquette à l'extérieur de la salle numéro 2, et l'écran en face de moi indique qu'une audience principale concernant un meurtre est en cours.

Ma femme est à l'intérieur, de l'autre côté de la porte. Si proche et pourtant si loin. Avant d'entrer dans le tribunal et de passer les contrôles de sécurité, nous nous sommes arrêtés sur les marches, dans les bras l'un de l'autre. Ma femme m'a serré si fort les mains qu'elles tremblaient, et m'a dit que ça ne dépendait plus de nous, que la décision était désormais entre d'autres mains. Nous savons tous les deux que ce n'est pas entièrement vrai.

Quand le haut-parleur se met à grésiller, j'éprouve un malaise aigu. J'entends mon nom. C'est mon tour. Je titube en me levant de la banquette, et un vigile m'ouvre la porte. Il me fait un signe de tête, sans exprimer la moindre pensée ou émotion. Pas de place pour ça, ici.

La salle d'audience numéro 2 est plus grande que ce à quoi je m'attendais. Ma femme est assise, serrée dans l'assistance. Elle a l'air fatiguée, éprouvée. Des traces de larmes sur les joues.

L'instant d'après, j'aperçois ma fille.

Elle est pâle et plus maigre que dans mon souvenir, ses cheveux pendent en mèches emmêlées et elle me regarde d'un œil las. Je mobilise toute mon énergie pour me retenir de courir la prendre dans mes bras en lui chuchotant que papa est là et que je ne la lâcherai plus avant que tout ça soit fini.

Le président m'accueille et me fait d'emblée bonne impression. Il a l'air vif et non dénué de sensibilité. Il semble à la fois capable d'écoute et d'autorité. Je ne pense pas que les jurés s'opposeront à sa décision. En plus je sais qu'il est papa, lui aussi.

Comme je suis un proche parent de l'accusée, je ne peux pas prêter serment pour témoigner. Je sais que le tribunal doit recueillir mon témoignage en tenant compte du fait que c'est ma fille qui est inculpée dans ce procès. Mais je sais également que ma personne, et en particulier ma profession, font que le tribunal accordera du crédit à mes déclarations.

Le président passe la parole à l'avocat. J'inspire à fond. Ce que je m'apprête à dire va influer sur tant de vies durant tant d'années. Ce que je m'apprête à dire va décider de tout.

Je n'ai pas encore décidé quoi dire.

LE PÈRE

Celui qui dit la vérité et fait ce qui est bon est satisfait, car l'homme reçoit ce qu'il mérite.

Proverbes, XII, 13-14

1

Nous étions une famille tout à fait normale. Nous avions des professions intéressantes, bien rémunérées, une vie sociale riche et des loisirs actifs où sport et culture avaient leur place. Le vendredi soir, nous mangions des plats à emporter devant la « Nouvelle Star » et nous nous assoupissions sur le canapé avant le vote final. Le samedi, nous déjeunions en ville ou dans un centre commercial. Nous regardions le handball ou allions au cinéma, retrouvions de bons amis autour d'une bouteille de vin. Le soir, nous nous endormions serrés l'un contre l'autre. Nous sortions le dimanche en forêt ou au musée, passions de longs coups de téléphone à nos parents, ou nous blottissions avec chacun notre roman dans le canapé. Souvent, nous finissions la soirée du dimanche au lit avec nos papiers, classeurs et ordinateurs pour préparer la semaine de travail qui arrivait. Le lundi soir, ma femme allait au yoga et le jeudi je jouais au floorball. Nous avions un emprunt immobilier que nous amortissions consciencieusement, nous triions nos déchets, faisions usage des clignotants, respections les limitations de vitesse et rendions toujours à temps nos livres à la bibliothèque.

Cette année, nous avons pris nos vacances tard, de début juillet à la mi-août. Après avoir passé plusieurs beaux étés en Italie, nous avions décidé ces dernières années de reporter à l'hiver nos voyages à l'étranger, préférant consacrer l'été à la détente à la maison et à de petites excursions le long de la côte pour rendre visite à des parents et des amis. Cette année, nous avons en plus loué un chalet à Orust.

Stella a travaillé chez H&M quasiment tout l'été. Elle économisait de l'argent pour un long voyage en Asie cet hiver. J'espère toujours qu'elle le fera.

On pourrait dire qu'Ulrika et moi nous sommes redécouverts cet été. Bien sûr, ça fait cliché, presque un peu ridicule, on n'y croit pas, retomber amoureux de sa femme après vingt ans de mariage. Comme si ces années avec un enfant à la maison n'avaient été qu'une parenthèse dans notre histoire d'amour. Comme si c'était ce que nous attendions. En tout cas, c'est l'impression que j'ai.

Les enfants, c'est un boulot à plein temps. D'abord, ce sont des bébés, et on attend qu'ils deviennent indépendants, on a peur qu'ils avalent de travers ou se fassent mal en tombant, puis vient l'âge de la maternelle, et on s'inquiète de ne pas les avoir près de soi, on craint qu'ils tombent d'une balançoire ou échouent aux contrôles de la PMI. Puis commence l'école et on redoute qu'ils ne suivent pas ou qu'ils n'aient pas de copains, il y a les devoirs et l'équitation, le handball et les soirées pyjama. Ils vont au collège, et il y a encore plus de copains, de fêtes et de conflits, de réunions de médiation et de courses en taxi. On s'inquiète des beuveries et de la drogue, des mauvaises fréquentations, et l'adolescence passe comme un téléfilm à cent quatre-vingt-dix kilomètres-heure. Et on se retrouve d'un coup avec un enfant adulte et on croit qu'on va pouvoir cesser de s'inquiéter.

Cet été, nous avons en tout cas réussi à vivre plusieurs longs moments sans nous inquiéter pour Stella. Notre famille n'a sans doute jamais été aussi harmonieuse. Puis tout a changé.

Un vendredi à la fin de l'été, Stella a eu dix-neuf ans et j'avais réservé une table dans notre restaurant favori. L'Italie et la cuisine italienne nous ont toujours été chères, et il y a un petit restaurant du quartier Väster qui sert des pâtes et des pizzas absolument divines. J'attendais avec impatience cette soirée chaleureuse en famille.

« *Una tavola per tre*, ai-je dit à la serveuse aux yeux de biche et au nez percé d'une perle. Adam Sandell. J'ai réservé une table pour 8 heures. »

Elle a regardé avec anxiété autour d'elle.

« Un instant », a-t-elle lâché, avant de disparaître dans le local bondé.

Ulrika et Stella se sont tournées vers moi tandis que la serveuse s'expliquait avec ses collègues en gesticulant et en grimaçant.

Il s'est avéré que la personne qui avait noté ma réservation l'avait fait par erreur sur la page du jeudi.

« Nous vous attendions hier, a dit la serveuse en se grattant la nuque avec son stylo. Mais nous allons trouver une solution. Donnez-nous cinq minutes. »

Des clients ont dû se lever pendant qu'ils installaient une table supplémentaire. Ulrika, Stella et moi restions plantés au milieu du local exigu en faisant semblant de ne pas voir les regards agacés braqués sur nous de tous côtés. J'ai failli prendre la parole, expliquer que ce n'était pas notre faute, que c'était vraiment le personnel du restaurant qui s'était trompé.

Notre table enfin prête, je me suis vite caché derrière mon menu.

« Excusez-nous, excusez-nous, s'est confondu un homme à barbe grise qui était sans doute le patron. Naturellement, nous allons vous dédommager. Permettez-moi de vous offrir le dessert.

— Ce n'est pas grave, lui ai-je assuré. Nous ne sommes que des hommes. »

La serveuse a griffonné nos commandes de boisson.

« Un verre de rouge ? » a demandé Stella.

Elle m'a interrogé du regard, et je me suis tourné vers Ulrika.

« C'est un jour spécial », a dit ma femme.

J'ai alors hoché la tête à l'adresse de la serveuse.

« Un verre de rouge pour cette enfant, c'est son anniversaire. »

Après le repas, Ulrika a remis à Stella une enveloppe décorée de motifs Josef Frank.

« Une carte ? »

J'ai souri malicieusement à notre idée.

Nous avons suivi Stella hors du restaurant, tourné au coin de la rue. C'était là que j'avais installé son cadeau, dans l'après-midi.

« Mais papa, je t'avais pourtant dit… C'est beaucoup trop cher ! »

Elle a levé les mains vers ses joues, bouche bée.

C'était une Vespa Piaggio rose. Nous en avions vu une semblable sur Internet quelques semaines plus tôt.

Bien sûr, elle était chère, mais j'avais fini par convaincre Ulrika d'en acheter une.

Stella a secoué la tête en soupirant.

« Pourquoi tu ne m'écoutes pas, papa ? »

J'ai levé la main en souriant.

« Un merci, ça me suffit. »

Je savais que Stella aurait préféré du liquide, mais je trouvais triste d'offrir de l'argent en cadeau. Avec cette Vespa, elle allait pouvoir rejoindre rapidement le centre-ville, son boulot, ses amis. En Italie, tous les ados roulent en Vespa.

Stella nous a chacun embrassés et plusieurs fois remerciés avant de regagner le restaurant mais, quelque part, j'éprouvais de la déception.

La serveuse nous a apporté nos tiramisus de compensation. Nous ne pouvions plus avaler une miette – mais nous avons quand même tout fini.

J'ai bu un limoncello avec le café.

« Il va falloir que je file, a dit Stella en se tortillant.

— Pas déjà ? »

J'ai regardé ma montre. 9 heures et demie.

Stella a serré les lèvres en continuant à gigoter sur sa chaise.

« Encore un petit moment, alors, a-t-elle dit. Genre dix minutes.

— Mais c'est ton anniversaire, ai-je protesté. Le magasin n'ouvre quand même pas avant 10 heures demain ? »

Stella a soupiré.

« Je ne travaille pas demain. »

Pas demain ? Elle travaillait pourtant tous les samedis. C'était comme ça qu'elle avait mis le pied dans la porte chez H&M. Un job du samedi, qui s'était transformé en job d'été, avec des heures en plus.

« J'ai eu mal à la tête tout l'après-midi, s'est-elle dérobée. Une migraine.

— Alors tu t'es mise en arrêt maladie ? »

Stella hocha la tête. Mais ça ne posait pas de problème, m'a-t-elle expliqué. Il y avait une autre fille prête à la remplacer.

« Ce n'est pas comme ça que nous t'avons élevée, ai-je dit, tandis que Stella se levait en prenant son blouson sur le dossier de la chaise.

— Adam, a dit Ulrika.

— Pourquoi cette hâte ? »

Stella a haussé les épaules.

« J'ai rendez-vous avec Amina. »

J'ai opiné du chef en ravalant mon mécontentement. On était sans doute comme ça, à dix-neuf ans.

Stella a longuement et tendrement embrassé Ulrika. Moi, j'ai à peine eu le temps de me lever à moitié avant qu'elle ne m'entoure de ses bras, et notre baiser a été maladroit et raide.

« Et la Vespa ? » ai-je demandé.

Stella a regardé Ulrika.

« On s'occupe de la ramener à la maison », a promis ma femme.

Quand Stella a eu disparu par la porte, Ulrika s'est lentement essuyé la bouche avec une serviette et m'a souri.

« Dix-neuf ans… Comme ça va vite. »

Ulrika et moi sommes rentrés complètement épuisés ce soir-là. Nous nous sommes calés chacun d'un côté du canapé pour lire tandis que Leonard Cohen chantait en musique de fond.

« Je trouve quand même qu'elle aurait pu manifester un peu plus de gratitude, ai-je dit. Surtout après l'incident de la voiture. »

L'incident de la voiture était déjà devenu un concept.

Ulrika a lâché un « mmh » désintéressé, sans lever le nez de son livre. Dehors, le vent était si frais que les murs craquaient. C'était l'été qui soupirait et retenait son souffle, les jours d'août étaient comptés, mais ça ne me faisait rien : j'ai toujours aimé l'automne, le sentiment d'un nouveau départ, comme le début d'une histoire d'amour.

Quand j'ai posé mon roman, un peu plus tard, Ulrika s'était déjà endormie. Doucement, j'ai soulevé sa tête et glissé un oreiller dessous pour la caler. Elle a eu un mouvement inquiet dans son sommeil et j'ai songé un bref instant à la réveiller, mais je suis retourné à ma lecture. Les caractères n'ont pas tardé à se troubler, et ma pensée à divaguer. Je me suis endormi avec une grosse boule dans la poitrine à cause du fossé qui s'était creusé entre Stella et moi, entre ceux que nous étions jadis et ceux que nous étions devenus, entre les images que j'avais de nous et la réalité telle qu'elle se présentait aujourd'hui.

Quand je me suis réveillé, Stella était au milieu de la pièce. Elle se balançait sur place tandis que la douce lumière de la lune arrivait par la fenêtre sur sa tête et ses épaules.

Ulrika, réveillée elle aussi, se frottait les yeux. La pièce s'est bientôt remplie de sanglots haletants.

Je me suis levé.

« Qu'est-ce qui s'est passé ? »

Stella a secoué la tête, de grosses larmes lui mouillaient les joues. Ulrika l'a prise sous son bras et, mes yeux s'habituant peu à peu à l'obscurité, j'ai vu que Stella tremblait.

« Ce n'est rien. »

Puis elle a quitté la pièce avec sa mère, et je suis resté là avec une affreuse impression de vide.

2

Nous étions une famille tout à fait normale, puis tout a changé.

Il faut longtemps pour construire une vie, mais un instant seulement pour la détruire. Il faut des années, des décennies, peut-être une existence pour devenir la personne qu'on est vraiment. Le parcours est toujours tortueux, et je crois qu'il y a un sens derrière ça, que la vie se bâtit selon le principe *trial and error*. Nous sommes modelés et formés par nos essais.

J'ai plus de mal à comprendre le sens de ce qui a frappé notre famille cet automne. Je sais qu'on ne peut pas tout comprendre, qu'il y a derrière cela aussi une intention supérieure, mais je n'arrive pas encore à saisir le sens des événements de ces dernières semaines. Je suis incapable de l'expliquer, ni à moi, ni à quelqu'un d'autre.

C'est peut-être pareil pour tout le monde, mais je m'imagine qu'en tant que prêtre, je suis plus souvent que d'autres sommé de répondre de ma vision du monde. En général, les gens n'ont aucun problème à remettre en question mes convictions. Ils demandent si je crois vraiment à Adam et Ève, à la naissance virginale, aux récits de Jésus marchant sur l'eau et ressuscitant des morts.

Au début de ma vie chrétienne, il n'était pas rare que je contre-attaque en déplaçant le débat sur la propre vision du monde de mon interlocuteur. Il m'arrivait d'argumenter que la science n'est qu'une religion parmi d'autres. Et bien sûr, cela éveillait en moi beaucoup de doutes : de temps à autre, mes convictions vacillaient. À présent, cependant, je suis sereinement ancré dans ma foi. J'ai accueilli la bénédiction de Dieu, et je laisse Son visage briller au-dessus de moi. Dieu est amour. Dieu est désir et espoir. Dieu est mon refuge et ma consolation.

J'ai l'habitude de dire que je suis croyant, pas savant. Quand on croit que l'on sait, il faut soi-même se tirer l'oreille. Je pense que la vie est un apprentissage permanent.

À l'instar de la plupart des gens, je me considère aussi moi-même comme quelqu'un de bien. Cela semble prétentieux, bien sûr, pour ne pas dire suffisant ou arrogant. Mais je ne l'entends pas ainsi. Je suis un homme submergé de défauts, un homme qui a commis un nombre incalculable de fautes et d'erreurs. Ce que je veux dire, c'est que j'ai toujours agi avec de bonnes intentions, par amour et sollicitude. J'ai toujours voulu bien faire.

La semaine qui a suivi le dix-neuvième anniversaire de Stella ne s'est pas distinguée notablement d'une autre. Le samedi, Ulrika et moi sommes allés à vélo voir de bons amis à Gunnesbo. J'en ai profité pour l'interroger prudemment sur les événements de la nuit, mais Ulrika m'a assuré qu'il n'y avait pas lieu de s'en faire pour Stella, c'était un problème avec un garçon, comme on en rencontre régulièrement quand on a dix-neuf ans. Il ne fallait pas que je m'inquiète.

Le dimanche, j'ai parlé au téléphone avec mes parents. Quand nous en sommes venus à évoquer Stella, j'ai dit qu'elle n'était plus beaucoup à la maison maintenant, sur quoi maman m'a rappelé comment j'étais moi-même au même âge. On a si vite fait de perdre le recul.

Le lundi, j'avais un enterrement le matin et un baptême l'après-midi. C'est un drôle de métier que le mien, où la mort et la vie se serrent la main sur le pas de la porte. Le soir, Ulrika est partie à son yoga et Stella s'est enfermée dans sa chambre.

Le mercredi, j'ai célébré un beau mariage entre deux paroissiens d'âge mûr qui s'étaient rencontrés autour du deuil de leurs précédents conjoints. Un moment qui m'est allé droit au cœur.

Le jeudi, je me suis légèrement foulé la cheville au floorball. Mon vieux copain de handball Anders, aujourd'hui pompier et père de quatre garçons, m'a écrasé le pied lors d'un combat rapproché. J'ai malgré tout réussi à aller au bout de ma passe.

En allant travailler à vélo, le vendredi matin, j'étais fatigué. Après déjeuner, j'ai enterré un homme qui n'avait pas dépassé quarante-deux ans. Un cancer, évidemment. Je ne m'habitue jamais à voir mourir des personnes plus jeunes que moi. Sa fille avait écrit une lettre d'adieu, mais n'a pas réussi à la lire tant elle pleurait. Impossible pour moi de ne pas songer à Stella.

Le vendredi soir, je me sentais inhabituellement las après cette longue semaine. À la fenêtre, j'ai regardé août plonger à l'horizon. L'automne, avec sa gravité, avait un pied dans la porte. Les derniers effluves de barbecue se dissipaient en fragiles signaux de fumée au-dessus des toits, et les meubles de jardin étaient débarrassés de leurs coussins.

Enfin, j'ai ôté mon col de pasteur. J'ai passé la main sur ma nuque en sueur. En m'appuyant au rebord de la fenêtre, j'ai fait tomber par terre une photo de famille.

Le verre était fendu, mais je l'ai malgré tout remise à sa place. Sur cette photo, qui a au moins dix ans, j'ai le teint frais et quelque chose de joueur dans le regard. Je me souviens que nous avions ri juste avant qu'elle soit prise. Ulrika sourit la bouche ouverte et Stella est devant nous, le rose aux joues, avec des tresses et un tee-shirt Mickey Mouse. Je suis resté un bon moment à la fenêtre à regarder cette photo, pendant que les souvenirs me gonflaient la gorge.

Après m'être douché, j'ai préparé un ragoût à base de filet de porc et de chorizo. Ulrika s'était acheté de nouvelles boucles d'oreilles, de petites plumes d'argent, et nous avons partagé une bouteille de vin sud-africain au dîner, pour finir la soirée à grignoter des bretzels en jouant au Trivial Pursuit sur le canapé.

« Tu sais où est Stella ? » ai-je demandé tandis que je me déshabillais dans la chambre.

Ulrika s'était déjà glissée sous la couette.

« Elle devait voir Amina. Pas sûr qu'elle rentre. »

Elle a lâché cette dernière phrase comme une bagatelle, mais Ulrika sait très bien ce que je pense du fait que notre fille rentre *peut-être* dormir à la maison.

J'ai regardé ma montre, il était 11 heures et quart.

« Elle rentrera quand elle rentrera », a dit Ulrika.

Je l'ai dévisagée. Parfois, j'ai l'impression qu'elle dit des choses uniquement pour me provoquer.

« J'envoie un SMS. »

Et j'ai écrit un message à Stella pour lui demander si elle comptait dormir à la maison. Évidemment, je n'ai pas eu de réponse.

C'est avec un profond soupir que je me suis mis au lit. Ulrika a aussitôt roulé vers mon côté en glissant une main sur ma hanche. Elle m'a embrassé dans le cou pendant que je fixais le plafond.

Je sais que je ne devrais pas m'inquiéter. Jeune, je n'ai jamais été du genre névrosé. Une anxiété rampante est apparue quand j'ai été papa, et semble croître d'année en année depuis.

Avec une fille de dix-neuf ans, on a le choix : soit on se détruit à force de s'inquiéter constamment, soit on refoule tous les risques auxquels elle semble prendre plaisir à s'exposer. Il s'agit d'un pur instinct de survie.

Ulrika s'est bientôt endormie sur mon bras. Sa chaude haleine caressait ma joue comme de douces vagues. De temps à autre elle tressaillait, de brefs mouvements électriques, avant que le sommeil ne la reprenne bien vite.

J'essayais vraiment de dormir, mais ma tête était saturée de pensées. Ma fatigue s'était muée en un état d'activité cérébrale frénétique. J'ai songé à tous les rêves que j'avais nourris au cours de ma vie, beaucoup qui avaient changé, d'autres que j'espérais encore accomplir. Puis j'ai pensé aux rêves de Stella, assez douloureusement forcé de constater que je ne savais pas ce que ma fille attendait de la vie. Elle prétend obstinément ne pas le savoir elle-même. Pas de projet, pas de structure. Tellement différente de moi. En quittant le lycée, j'avais une image très claire du tour qu'allait prendre mon existence.

Je sais que je ne peux pas influencer Stella. Elle a dix-neuf ans et fait ses propres choix. Ulrika a dit un jour que l'amour, c'était lâcher prise et laisser la personne qu'on aime s'envoler, mais souvent, j'ai l'impression que Stella est encore en train de battre des ailes sans parvenir à prendre son envol. J'avais imaginé autre chose.

J'avais beau être fatigué, je n'arrivais pas à dormir. J'ai roulé sur le côté pour vérifier mon portable. Il y avait une réponse de Stella.

Je rentre.

Il était 1 h 55 quand j'ai entendu la clé dans la serrure. Ulrika avait regagné son côté du lit et me tournait le dos. Au rez-de-chaussée, j'ai entendu Stella marcher sur la pointe des pieds, de l'eau couler dans la salle de bains, des pas rapides jusqu'à la buanderie, puis à nouveau de l'eau. Ça m'a paru une éternité.

J'ai fini par entendre le craquement de ses pas dans l'escalier. Ulrika a sursauté dans le lit. Je me suis penché pour la regarder, mais elle avait l'air de dormir encore.

J'étais partagé entre d'un côté l'irritation que Stella m'ait laissé me ronger les sangs, et de l'autre le soulagement de la savoir enfin rentrée à la maison.

Je suis sorti du lit et j'ai ouvert la porte de la chambre à l'instant précis où Stella passait juste en sous-vêtements, ses cheveux comme un rameau mouillé dans le cou. Son dos m'a fait l'effet d'un trait lumineux dans la pénombre quand elle a ouvert la porte de sa chambre.

« Stella ? »

Sans me répondre, elle s'est vite glissée par l'embrasure de la porte et l'a refermée derrière elle.

« Bonne nuit, ai-je entendu de l'autre côté.

— Dors bien », ai-je chuchoté.

Ma petite fille était à la maison.

3

Samedi matin, je me suis réveillé tard. En peignoir à la table du petit déjeuner, Ulrika écoutait son iPod.

« *Morning !* »

Elle a mis ses écouteurs autour de son cou.

J'avais beau avoir dormi plus longtemps que d'habitude, je me sentais encore vaseux, et j'ai renversé du café sur le journal du matin.

« Où est Stella ?

— Au travail, a dit Ulrika. Elle avait déjà filé quand je me suis levée. »

J'essayais d'éponger le journal avec une lavette.

« Elle devait être épuisée. Elle a passé la moitié de la nuit dehors. »

Ulrika m'a considéré avec un sourire.

« Tu n'as pas l'air non plus en pleine forme. »

Que voulait-elle dire ? Elle savait bien que je n'arrivais pas à dormir tant que Stella n'était pas rentrée.

Nous étions invités à déjeuner tard chez Dino et Alexandra, chez eux, sur Trollebergsvägen. Déjeuner tard voulait dire boissons alcoolisées, aussi nous sommes-nous rendus au centre-ville à vélo. À la hauteur du bowling, j'ai aperçu une voiture de police, et cinquante mètres plus bas, au rond-point devant le lycée Polhem, il y en avait deux autres. Dont une gyrophare allumé. Trois policiers arrivaient au pas de course de Rådmansgatan.

« Je me demande ce qui s'est passé », ai-je dit à Ulrika.

Nous avons garé nos vélos dans la cour intérieure et je me suis avisé dans la cage d'escalier que nous ne devrions pas arriver les mains vides.

« Quelle chance que quelqu'un ait la tête sur les épaules, dans cette famille, a dit Ulrika en pêchant au fond de son sac une boîte de truffes au chocolat.

— Chérie, tu es un roc », ai-je chuchoté en l'embrassant sur la joue.

Alexandra nous a ouvert avec un sourire. Elle avait un parfum frais de muguet et de citron.

« Il ne fallait pas, a-t-elle dit quand je lui ai remis la boîte de truffes.

— Salut, salut », a fait Dino en me serrant la main.

Nous sommes restés un moment dans l'entrée pour nous acquitter des politesses les plus urgentes. Ça faisait un bail. Quelles nouvelles ?

« Amina n'est pas à la maison ? » a demandé Ulrika.

Alexandra a un peu hésité.

« Elle devait jouer un match, mais elle ne va pas très bien.

— Je ne comprends pas ce qu'elle a, a dit Dino. Je ne me souviens pas qu'elle ait jamais manqué un match de hand.

— C'est sûrement un vulgaire rhume », a précisé Alexandra.

Dino a lâché une petite grimace. Je dois être le seul à l'avoir remarquée.

« Pourvu simplement qu'elle soit rétablie avant le début des cours, a dit Ulrika.

— Oh, elle ne les manquera pour rien au monde, même avec quarante de fièvre, a dit Alexandra.

— Elle fera un médecin fantastique. Je ne connais personne qui soit aussi précis et appliqué. »

Dino s'est épanoui comme un paon. Il avait tout à fait le droit d'être fier.

« Et comment va Stella ? » a-t-il demandé.

La question n'avait bien sûr rien de bizarre. Au contraire. Mais je crois que nous avons un peu trop tardé à répondre.

« Elle va bien, merci », ai-je fini par dire.

Ulrika a confirmé d'un sourire. Peut-être cette réponse n'était-elle malgré tout pas trop éloignée de la vérité ? Notre fille avait passé tout l'été de bonne humeur.

Nous étions sur le balcon vitré à profiter des pitas et pirojki de Dino, et de ses anecdotes de handball, bien sûr. Dino a la capacité unique de pouvoir se remémorer des séquences de jeu vieilles de dix ans. Mes souvenirs les plus marquants, en revanche, sont liés à des événements hors des salles. Un bus qui a commencé à avoir une fuite d'essence au milieu du Jutland, un entraîneur de Skövde parlant avec chaleur du national-socialisme, ou cette fois, en Lituanie, où nous nous étions enfermés dehors et avions été forcés de passer la moitié de la nuit à la belle étoile.

Alexandra s'est rapidement mise à bâiller en écoutant nos souvenirs de vétérans du handball.

« Vous avez entendu parler du meurtre ? »

C'était une façon efficace de changer de sujet de conversation.

« Le meurtre ?

— Juste là, devant Polhem. Ils ont trouvé un cadavre, ce matin.

— La police, a dit Ulrika. Alors c'est pour ça que… »

Elle a été interrompue par le grincement de la porte du balcon. Dans l'ouverture, derrière nous, Amina s'est pointée, l'œil vitreux et le teint blême comme une ombre délavée.

« Mais ma grande, tu as une mine affreuse, a dit Ulrika, sans le moindre tact.

— Je sais, a croassé Amina qui semblait s'agripper à la porte du balcon pour ne pas s'écrouler.

— Retourne donc te coucher.

— Ce n'est qu'une question de temps avant que Stella n'attrape la même cochonnerie, ai-je dit. Car elle était bien avec toi, hier soir ? »

Le regard d'Amina s'est figé. Une demi-seconde a suffi, peut-être quelques dixièmes de seconde, mais il s'est figé et j'ai compris aussitôt ce que cela signifiait.

« Oui, elle était avec moi, a toussé Amina. J'espère qu'elle y coupera.

— Allez, va te coucher, maintenant. »

Amina a refermé la porte du balcon et s'est traînée à travers le séjour.

Mentir est un art que peu de gens maîtrisent complètement.

4

Sans nos filles, Ulrika et moi ne serions probablement jamais devenus amis avec Alexandra et Dino.

Amina et Stella avaient six ans quand elles se sont retrouvées dans la même équipe de handball. La plupart de leurs camarades avaient un an de plus, mais ça ne se remarquait pas. Amina et Stella ont très vite fait preuve d'esprit de compétition. Elles étaient fortes, obstinées, difficiles à arrêter. À la différence de Stella, Amina était en outre douée d'un sens de la balle supérieur à la moyenne.

Durant les premiers entraînements, assis sur les gradins du gymnase, dans l'odeur de sueur, Ulrika et moi regardions notre petite gamine se dépenser jusqu'à l'épuisement. Dino entraînait seul les filles, très passionné, payant de sa personne et donnant énormément d'amour aux handballeuses en herbe. Il avait cependant un problème : son langage corporel. Avec la même explosion de gestes et d'expressions qu'il avait quand une des filles réussissait quelque chose sur le terrain, il montrait son accablement quand quelque chose ne se passait pas aussi bien. Ulrika et moi avons bien entendu réagi, et en avons parlé à chaque entraînement. J'ai proposé de consulter les autres parents, ou peut-être de nous adresser à la direction du club. Notre opinion de Dino comme entraîneur était très bonne. Peut-être n'avait-il tout simplement pas conscience de la façon dont son langage corporel pouvait être interprété ?

« Il vaut mieux aller lui parler directement », a estimé Ulrika et, après la séance suivante, elle est allée voir Dino. D'après la rumeur, il avait lui-même joué au handball à un haut niveau.

Je me suis tenu en retrait tandis que Dino écoutait Ulrika. Il a ensuite dit :

« Tu as l'air douée pour ça. Veux-tu devenir ma collègue ? »

Ulrika a été si estomaquée qu'elle en a perdu la parole. Quand elle est enfin parvenue à dire quelque chose, elle a pointé un doigt dans ma direction en arguant qu'en fait, c'était moi qui m'y connaissais en handball et que je serais sûrement un excellent collègue.

« OK, a alors lancé Dino en me regardant. Le job est pour toi. »

Le reste appartient à l'histoire, comme on dit. Nous avons dirigé cette équipe de succès en succès, sillonné la moitié de l'Europe et rapporté tant de coupes et de médailles qu'il n'y avait plus de place sur l'étagère de Stella.

Amina et Stella se sont vite trouvées sur le terrain de hand. Avec finesse et ingéniosité, Amina passait les balles à Stella, qui s'arrachait aux lignes de défense sans jamais faiblir avant que la balle soit dans le but adverse. Mais l'esprit de compétition avait ses mauvais côtés. Au cours d'un match à Fäladshallen, après une passe de rêve d'Amina, Stella s'est retrouvée seule face au but, mais a raté son tir. Sans autre forme de procès, elle a rattrapé la balle au rebond et l'a lancée de toutes ses forces en plein visage de la gardienne, à trois mètres de distance.

Bien entendu, ça a été le chaos. Le chef et les parents de l'équipe adverse se sont précipités sur le terrain pour nous prendre à partie, Stella et moi.

Ce n'était pas voulu. Stella ne dirigeait jamais sa colère contre quelqu'un d'autre qu'elle-même. Contrariée par ce but raté, elle avait réagi de façon impulsive. Elle regrettait, presque écrasée par les remords.

« Pardon, je n'ai pas réfléchi. »

C'est devenu une réplique récurrente. Presque un mantra.

Dino avait l'habitude de me dire que Stella était sa propre et pire adversaire. Pourvu qu'elle parvienne à triompher d'elle-même, elle n'aurait plus de limites.

Elle avait toujours eu un sacré mal à tenir la bride à ses émotions.

À part ça, on s'attachait facilement à Stella. Elle était attentionnée, éprise de justice, c'était une fille énergique et extravertie.

Bientôt, Amina et Stella ont développé ensemble une étroite symbiose, y compris hors des terrains de handball. Elles étaient dans la même classe, achetaient les mêmes vêtements et aimaient la même musique. Et Amina avait une bonne influence sur Stella. Elle était charmante et vive d'esprit, entrepreneuse et ambitieuse. Quand Stella commençait à déraper, Amina était toujours là pour équilibrer les choses.

J'aurais juste voulu qu'Ulrika et moi ayons pris les problèmes de Stella plus au sérieux. Que nous ayons réagi plus tôt. J'ai honte en y pensant, mais le plus gros obstacle était sans doute notre orgueil. Pour Ulrika comme pour moi, s'adresser aux institutions de la société aurait signifié un échec radical. Cela peut sembler égoïste, mais c'est en même temps assez humain, et l'idée n'est peut-être pas complètement idiote malgré tout. Nous avions placé la barre très haut en prétendant être les meilleurs parents que nous pouvions pour notre enfant, mais nous n'avons pas été à la hauteur de nos ambitions.

Les choses ne seraient peut-être jamais allées aussi loin.

5

Quand nous sommes rentrés à vélo de chez Alexandra et Dino, les voitures de police étaient encore stationnées devant le lycée. Ça semblait horrible, beaucoup trop proche. Apparemment, le corps avait été trouvé sur une aire de jeux par une maman matinale sortie au parc jouer avec ses enfants. J'ai frémi en y pensant.

Ulrika a sauté de vélo dans l'allée de la maison et a couru vers la porte.

« Tu ne mets pas ton antivol ? lui ai-je lancé.

— Envie de faire pipi », a-t-elle marmonné en fouillant son sac à main à la recherche de ses clés.

J'ai poussé son vélo sur les dalles de l'allée pour le garer à côté du mien, à l'abri du toit de tôle. Je me suis alors aperçu que j'avais oublié de couvrir le barbecue, et je suis allé chercher sa housse de protection dans la remise.

Quand je suis entré dans la maison, Ulrika était au milieu de l'escalier.

« Stella n'est toujours pas revenue. J'ai appelé, mais elle ne répond pas.

— Elle fait sûrement des heures supplémentaires, ai-je dit. Tu sais qu'ils n'ont pas le droit d'utiliser leur portable.

— Mais on est samedi. La boutique a fermé il y a plusieurs heures. »

Je n'y avais pas pensé.

« Elle est peut-être partie avec une collègue. Il faudra qu'on lui cause ce soir. Elle doit mieux nous tenir au courant. »

J'ai passé le bras autour d'Ulrika.

« J'ai eu une impression si horrible, a-t-elle dit. En voyant tous ces policiers. Un meurtre ? Ici ?

— Je comprends. Moi aussi, ça me met mal à l'aise. »

Nous nous sommes installés sur le canapé et j'ai cherché les dernières nouvelles sur mon téléphone, que je lui ai lues à haute voix. La victime était un homme de trente-six ans résidant en ville. La police était très réservée sur l'événement, mais un des journaux du soir rapportait qu'une femme habitant à proximité avait entendu une dispute et des cris sous sa fenêtre pendant la nuit.

« Ce genre de choses n'arrive pas à n'importe qui, ai-je dit, comme si c'était moi l'expert en la matière et non Ulrika. Il s'agit probablement d'alcooliques ou de drogués. Ou d'un crime crapuleux. »

Ulrika respirait calmement contre mon épaule.

Mais je ne disais pas ça pour apaiser son inquiétude. J'en étais persuadé.

« Je comptais faire une carbonara », ai-je ajouté.

Je me suis levé en l'embrassant sur la joue.

« Déjà ? Je crois que je ne pourrais pas avaler plus qu'une feuille de roquette pour le moment.

— *Slow food*, ai-je souri. La vraie nourriture prend du temps, chérie. »

Tandis que la pancetta grésillait dans mon huile d'olive de Campanie soigneusement choisie, Ulrika est arrivée en dévalant l'escalier.

« Stella a oublié son portable.

— Quoi ? »

Elle allait et venait en trépignant entre l'îlot central de la cuisine et la fenêtre.

« Il était sur son bureau.

— Ça alors ! » La carbonara était dans une phase si critique que je ne pouvais pas quitter la poêle des yeux. « Elle l'a oublié ?

— Oui, tu n'as pas entendu ? Il était sur son bureau ! » Ulrika criait presque.

Certes, il était extrêmement étrange que Stella ait oublié son téléphone, mais il n'y avait aucune raison de s'affoler. Je remuais énergiquement la sauce tout en tapotant la cuisinière.

« Laisse tomber ta pasta, a dit Ulrika en me tirant par le bras. Je suis vraiment inquiète. Je viens d'appeler Amina, mais elle ne répond pas non plus.

— Mais elle est malade », ai-je dit, en réalisant alors que ma carbonara serait ratée.

J'ai jeté ma cuillère en bois sur le plan de travail et ôté ma poêle du feu.

« Elle a peut-être fait exprès de laisser son portable à la maison, ai-je proposé, en luttant contre ce qui bouillait en moi. Tu sais qu'elle a son chef sur le dos à cause de ça. »

Ulrika a secoué la tête.

« Son chef n'est pas sur son dos. Elle a reçu des recommandations générales sur l'utilisation du portable. Tu ne crois quand même pas que Stella aurait volontairement laissé son téléphone à la maison ? »

Non, bien sûr, ce n'était pas vraisemblable.

« Elle a dû l'oublier. Elle était sûrement pressée ce matin.

— Je vais appeler ses copines, dit Ulrika. Ça ne lui ressemble pas.

— Tu ne veux pas attendre un peu ? »

Je lui ai servi un couplet sur le fait que les techniques modernes, qui permettent d'être joignable en permanence, nous ont habitués au luxe de toujours savoir où était notre fille. Au fond, il n'y avait aucune raison de s'inquiéter.

« Elle va sûrement bientôt débarquer au pas de course. »

Mais en même temps, une inquiétude lancinante croissait dans mon ventre. Être parent, c'est ne jamais pouvoir se détendre.

Quand Ulrika a remonté sur la pointe des pieds les marches grinçantes de l'escalier, j'en ai profité pour filer à la buanderie. D'habitude, c'est elle qui s'occupe de la plupart des choses de ce côté-ci, ce qui peut sembler une répartition des tâches ménagères un peu dépassée, mais nous ne l'avons pas spécialement décidée ni discutée, ça s'est juste trouvé ainsi : la cuisine est mon domaine, la buanderie celui d'Ulrika.

Malgré ça, j'y suis allé. Ça ne pouvait pas être un simple hasard. J'ai ouvert le hublot de la machine à laver et j'ai sorti le linge humide. Un jean sombre que j'ai dû retourner pour m'assurer qu'il était bien à Stella. Un débardeur noir, également à elle. Et enfin le chemisier blanc avec des fleurs sur la poche de poitrine. Son vêtement préféré cet été. Le chemisier dans une main, j'ai cherché de l'autre un cintre auquel le suspendre. C'est alors que j'ai vu.

Le chemisier favori de Stella. Le bras droit et la poitrine étaient couverts de taches sombres.

J'ai levé les yeux au plafond et fait une prière silencieuse. En même temps, je savais que Dieu n'avait rien à voir avec tout ça.

6

Au fil des ans, j'ai souvent été confronté au malentendu selon lequel ma foi en Dieu devait naturellement s'accompagner d'une forme de déterminisme, comme si mon libre arbitre était limité par Dieu. Évidemment, rien de plus faux. Je crois en l'homme comme image de Dieu. Je crois en l'homme.

Parfois, quand je rencontre des gens qui me disent qu'ils ne croient pas en Dieu, je leur demande en quel dieu ils ne croient pas. Souvent, ils me décrivent alors un dieu en qui je ne crois pas non plus.

Même à Stella, j'ai dû expliquer ma foi. Un jour, elle m'a demandé si je croyais vraiment qu'Ulrika et moi étions faits l'un pour l'autre. Quelqu'un à l'école avait affirmé que la Bible interdisait le divorce.

« Est-ce qu'il n'y a vraiment qu'une seule personne pour qui on est fait, papa ? »

Nous étions assis sur son lit, dans sa chambre. Elle portait un pyjama Bratz, ces poupées qu'elle adorait à cette époque.

« Non, ce serait assez terrible. On passerait alors toute sa vie à chercher cet être unique. »

Stella a dégluti. Ses paupières étaient alourdies par ses pensées.

« Alors maman pourrait être n'importe qui ?

— Absolument pas. Très peu de choses sont blanches ou noires. Il faut chercher dans le gris.

— C'est triste, le gris.

— Mais pas du tout. Le gris est merveilleux. »

Stella m'a regardé avec ses grands yeux clairs, s'est pelotonnée dans son lit et a remonté jusqu'au menton sa couette qui sentait la prairie.

« Bonne nuit, papounet », a-t-elle chuchoté.

Il est vertigineux de trouver une autre personne pour qui on est fait. Pour moi, il n'y a pas de témoignage plus clair de l'existence de Dieu. Mais cela n'exclut pas qu'il puisse y avoir d'autres personnes pour qui on pourrait être fait.

Ulrika et moi étions jeunes quand nous nous sommes rencontrés et, depuis, il n'y a pas eu d'alternative. Nous étions tous les deux nouveaux à Lund. Comme je nourrissais un désir naïf mais puissant de devenir acteur, je m'étais joint à la préparation de la revue de la Maison du Wermland et, au cours de l'hiver, Ulrika avait elle aussi rejoint la corporation. Elle était une de ces personnes qui sont visibles sans occuper toute la place, qui brillent sans éblouir.

Tandis que je bataillais pour gommer mon accent de Blekinge et éradiquer mes boutons d'acné, Ulrika naviguait avec une lumineuse évidence à travers tous les milieux étudiants imaginables. Je collais partout dans la ville des affiches « NON À L'UE, NON AU PONT » et, pendant ce temps, Ulrika devenait déléguée générale de la Maison du Wermland et cartonnait à ses examens de droit.

Tard dans l'année, alors que nous nous trouvions à la même fête de couloir, j'ai enfin pris mon courage à deux mains. À mon grand étonnement, Ulrika semblait se plaire en ma compagnie. Bientôt, nous nous voyions tout le temps. Passions des heures et des heures à parler. Nous avions des avis divergents sur tout, des livres et de la musique à la politique internationale, mais nous aimions tous les deux nous contredire et nous diviser jusqu'à presque toujours tomber d'accord sur le fait que nous n'étions pas d'accord et que ce n'était pas grave.

« Je n'arrive pas à comprendre que tu deviennes pasteur, a-t-elle dit le premier soir. Tu aurais pu être psychologue, ou politologue, ou…

— Ou pasteur.

— Mais pourquoi ? » Ulrika m'a regardé comme si j'avais de moi-même demandé qu'on m'ampute un membre sain. « Tu es du Småland, hein ? Tu as ça dans le sang ?

— De Blekinge, ai-je ri. Et mes parents n'y sont vraiment pas pour grand-chose. À part m'avoir mis au catéchisme, mais c'était surtout pour la garderie. »

La seule fois que j'ai vu ma mère prier Dieu, c'est quand mon père est tombé malade. Ma famille n'était ni croyante, ni dans la négation. C'était plutôt une sorte de non-relation avec la religion, qui en bien des aspects caractérise notre monde sécularisé d'aujourd'hui. On ne se souvient de Dieu que quand on a besoin de Lui.

« En fait, j'étais un athée pur et dur jusqu'au lycée. À une époque, je faisais même partie de Jeunesse révolutionnaire, je citais Marx et voulais abolir la religion. Mais on se lasse de ce dogmatisme, on évolue. Avec le temps, je suis devenu de plus en plus curieux des différentes visions du monde. »

J'aimais la façon dont Ulrika me regardait, comme si j'étais une énigme qu'elle voulait percer.

« Alors, il s'est passé quelque chose, ai-je dit. Ma dernière année de lycée.

— Quoi ?

— Je rentrais de la bibliothèque, quand j'ai entendu une femme crier. Elle était sur le port, au bord du quai, et sautait sur place en agitant les bras. Je m'y suis précipité. »

Ulrika s'est penchée en avant. Je revoyais encore toute la scène.

« Sa fille était tombée dans l'eau froide. Il y avait avec cette femme deux autres enfants qui hurlaient sur le quai. Je n'ai pas eu le temps de penser. Je me suis jeté à l'eau. »

Ulrika retenait son souffle, mais j'ai secoué la tête. Il n'était pas question de me présenter comme un héros.

« Là, quelque chose s'est produit. À la seconde même où j'ai crevé la surface de l'eau. Je n'ai pas bien compris alors ce que c'était, mais maintenant, je le sais. C'était Dieu. Je L'ai senti. »

Ulrika a hoché pensivement la tête. Sans me juger, ni gober tout de suite mon histoire. Elle était dans le gris, de la bonne manière.

« C'était comme si une lampe puissante s'était allumée dans l'eau sombre. J'ai vu la petite fille et je l'ai attrapée. Mon corps s'est empli de force, je ne m'étais jamais senti aussi puissant, aussi déterminé, et rien ne pouvait m'empêcher de sauver cette enfant. Je n'ai presque pas eu à faire d'efforts. C'est quelque chose de surnaturel qui a hissé la fillette au bord du quai, qui m'a fait lui insuffler la vie. Sa maman et ses petites sœurs criaient à côté de moi tandis que la fillette vomissait de l'eau et reprenait connaissance. En même temps, Dieu a quitté mon corps, et je suis redevenu normal. »

Ulrika a cligné des yeux plusieurs fois, la bouche ouverte.

« Elle s'en est tirée, alors ?

— Tout s'est bien passé.

— Fantastique, a-t-elle dit avec son merveilleux sourire. Et depuis, tu sais ?

— Je ne sais rien du tout, ai-je dit avec conviction. Mais je crois. »

7

Ce samedi soir, alors que nos vies allaient bientôt basculer, je me suis tourné vers Dieu. Le chemisier taché dans la machine à laver m'inquiétait, et j'ai vite décidé de ne pas le mentionner à ma femme. Ces taches pouvaient être n'importe quoi, ça ne voulait pas forcément dire quelque chose, et il n'y avait aucune raison d'inquiéter Ulrika davantage. Au lieu de quoi j'ai fermé les yeux et prié Dieu de veiller sur ma petite fille.

J'étais appuyé à l'îlot de la cuisine en train de faire tourner un verre de whisky ambré quand Ulrika a dévalé l'escalier.

« Je viens de parler avec Alexandra, a-t-elle dit, essoufflée. Elle est allée réveiller Amina. Elle a visiblement été choquée en apprenant que Stella n'était pas rentrée.

— Et qu'a-t-elle dit ?

— Elle n'a l'air au courant de rien. »

J'ai avalé tout mon whisky.

« On appelle ses collègues de H&M ? » ai-je proposé.

Ulrika a posé le téléphone de Stella sur le plan de travail.

« J'ai déjà essayé. Elle n'a enregistré que le numéro de Benita, qui ne savait pas qui devait travailler aujourd'hui. »

J'ai soupiré en grommelant un peu. Mon inquiétude se mêlait d'irritation. Stella ne comprenait-elle pas ce qu'elle nous faisait subir ? combien nous étions inquiets ?

Quand le téléphone s'est mis à tressaillir sur le plan de travail, nous nous sommes tous les deux précipités dessus. J'ai été le plus rapide, et j'ai appuyé sur le bouton vert.

« Oui ? »

J'ai entendu à l'autre bout du fil une voix grave d'homme, un peu sur ses gardes.

« J'appelle à propos de la Vespa.

— La Vespa ? »

Tout tournait dans ma tête.

« La Vespa qui est à vendre, a dit l'homme.

— Il n'y a pas de Vespa à vendre, ici. Vous devez avoir fait un faux numéro. »

Il s'est excusé, mais a constaté qu'il ne s'était pas trompé de numéro. Il y avait une annonce sur Internet pour une Vespa à vendre, avec ce numéro. Une Piaggio rose.

J'ai grommelé que c'était une erreur et j'ai raccroché.

« Qui c'était ? »

Ulrika avait l'air impatiente.

« Elle a l'intention de vendre la Vespa.

— Quoi ?

— Stella a mis une annonce. »

Nous nous sommes installés sur le canapé. Ulrika a envoyé un message collectif pour demander à quiconque sachant quelque chose sur Stella de se manifester. Je me suis servi un autre whisky et Ulrika a posé l'iPhone de Stella devant nous sur la table. Nous sommes restés là à le regarder fixement, sursautant chaque fois qu'il se mettait à vibrer. Le temps était suspendu tandis qu'Ulrika faisait défiler l'écran du bout du pouce.

Quelques amis de Stella ont appelé, certains exprimant une forme d'inquiétude, mais la plupart se contentant de constater qu'ils n'étaient au courant de rien.

En cherchant sur Google le numéro de téléphone de Stella, j'ai tout de suite trouvé l'annonce. Elle avait effectivement mis la Vespa en vente. Le cadeau d'anniversaire de ses parents. Qu'est-ce qui lui prenait ?

Un talk-show passait à la télé, je tenais la main d'Ulrika. Près de nous, l'incertitude grandissait, fantôme muet assis au bord du canapé.

« Et si je partais à sa recherche à vélo ? »

Ulrika a froncé le nez.

« Il ne vaut pas mieux qu'on reste ici ? »

J'ai serré ses doigts.

« Ça ne doit jamais plus arriver. Elle ne comprend pas à quel point on s'inquiète ? »

Ulrika était au bord des larmes.

« On appelle la police ?

— La police ? »

Ça semblait exagéré. Ça ne pouvait quand même pas être si grave que ça ?

« J'ai mes contacts, a dit Ulrika. Ils peuvent au moins ouvrir l'œil.

— Mais c'est dingue, ça ! » Je me suis levé. « Qu'on soit obligés de… Je me sens si…

— Chut ! a dit Ulrika, le doigt en l'air. Tu entends ?
— Quoi ?
— Ça sonne. »

Je l'ai regardée, parfaitement immobile. Nous étions tous deux malades d'inquiétude. Un long signal sonore retentit bientôt à travers la maison.

« Le téléphone fixe ? » dit Ulrika en se levant.

Personne ne nous appelle jamais à ce numéro.

8

Stella n'était pas un bébé prévu. Un bébé certes désiré et bienvenu, attendu et aimé longtemps avant qu'il ne respire tout seul. Mais pas prévu.

Ulrika venait de passer son examen final et allait commencer son stage au tribunal quand, un soir, elle s'est assise en face de moi, a posé ses mains sur les miennes et m'a regardé au fond des yeux. Avec un sourire maîtrisé, elle m'a communiqué la nouvelle fantastique mais bouleversante.

Il me restait un an de formation, puis une année comme pasteur adjoint. Nous habitions un studio de Norra Fäladen, vivions sur un emprunt : les conditions pour mettre un enfant au monde étaient loin d'être optimales. Je voyais bien, évidemment, qu'Ulrika doutait : derrière l'explosion de joie initiale, une hésitation angoissée était bientôt apparue, mais il s'est passé toute une semaine avant que le mot « avortement » soit prononcé.

Ulrika s'inquiétait à juste titre pour les questions pratiques. Finances, logement, nos formations et nos carrières. Nous pouvions toujours attendre quelques années pour fonder une famille, il n'y avait aucune urgence.

« Avec l'amour, on triomphe de tout », avais-je dit en approchant les lèvres de son ventre.

Ulrika a fait un calcul économique et, entre-temps, je suis allé acheter de minuscules chaussettes avec le texte « *My dad rocks* ».

« Tu n'es quand même pas contre l'avortement ? avait-elle déjà demandé cinq ans plus tôt, en ces premiers jours amoureux où nous quittions à peine notre chambre d'étudiants de la Maison du Wermland.

— Tu as une curieuse conception de ce que c'est qu'être chrétien », avais-je répondu.

Aujourd'hui, je sais qu'elle ne plaisantait pas. Ma foi en Dieu l'emplissait de doute et d'effroi. Elle constituait la plus grande menace qui planait sur notre relation à peine née et très fragile.

« Je n'ai jamais rêvé d'un pasteur », disait-elle parfois. Pas du tout pour me blesser. C'était juste un commentaire ironique sur les voies impénétrables du Seigneur.

« Ne t'inquiète pas, avais-je l'habitude de répondre. Je n'ai jamais rêvé d'une avocate non plus. »

À aucun moment, je n'ai sérieusement envisagé que nous n'ayons pas ce bébé. Pour autant, j'affichais mon doute dans mes conversations avec Ulrika, ouvert à toutes les options. Nous n'avons cependant pas tardé à être d'accord sur notre décision.

Avant l'accouchement, nous sommes allés ensemble à un cours pour apprendre à respirer. Ulrika avait la nausée le matin, et je massais ses pieds enflés.

À une semaine du terme, elle m'a réveillé à 4 heures du matin. Elle était debout au pied du lit, drapée dans sa couette.

« Adam, Adam. J'ai perdu les eaux ! »

Nous sommes allés à la maternité en taxi et, en voyant Ulrika étendue devant moi sur une table d'accouchement, se tordant de douleur tandis que la sage-femme enfilait ses longs gants en latex, ça a été comme si je réalisais enfin ce qui allait se passer, tout ce qui était en jeu, et tout ce qui pouvait mal tourner. C'était comme si j'avais tassé toute ma peur et mon inquiétude dans une cachette tout au fond de moi, et qu'à présent tout se libérait d'un coup.

« Faites quelque chose !

— Le père s'assoit ici », a dit une infirmière en m'indiquant un fauteuil au chevet d'Ulrika. À peine assis, je me relevai d'un bond.

« Maintenant, on se calme un peu », a dit la sage-femme.

Ulrika hyper-ventilait en jurant. Dès qu'une nouvelle contraction arrivait, elle se pliait en deux, criait et se débattait. J'ai saisi son poignet en chuchotant d'instantes prières entre mes dents. Le personnel continuait à nous parler calmement. Il n'y avait pas de raison de s'inquiéter. En même temps, leurs yeux trahissaient un changement. Leurs gestes étaient plus rapides, les instructions de la sage-femme plus sèches et, bientôt, la pression atmosphérique dans la salle de travail a semblé augmenter. On a fait venir un médecin qui parlait avec un accent finlandais stressé, et j'ai entendu le terme « césarienne d'urgence ».

« Qu'est-ce qui se passe ? » n'arrêtais-je pas de demander.

Ils ne m'écoutaient plus. La sage-femme s'est penchée vers Ulrika, sa voix était objective et sans merci.

« Le bébé est coincé aux épaules. À la prochaine contraction, poussez avec tout ce que vous avez. Il faut que le bébé sorte, maintenant. »

J'ai serré fort la main d'Ulrika. Tout son corps tremblait.

« Tu vas y arriver, chérie. »

Elle s'est figée, le corps tendu. Le silence s'est fait dans la salle et j'ai presque ressenti la vague de douleur déferler à travers son corps quand elle a levé le bassin en l'air.

« Aide-moi, mon Dieu ! »

La sage-femme tirait dans tous les sens et Ulrika poussait de longs hurlements d'apocalypse. Je la serrais fort en jurant à Dieu que je ne Lui pardonnerais jamais si ça ne se finissait pas bien.

Le silence est retombé sur nous comme une couverture. À cet instant, on aurait entendu Dieu claquer des doigts. Les plus longues secondes de ma vie. Tout ce qui comptait était dans la balance. Je ne pensais rien, mais je savais pourtant que tout se décidait ici et maintenant. Dans ce silence.

En levant les yeux, je l'ai vu. Un paquet bleu et sanguinolent sur une serviette. Je n'ai d'abord pas compris ce que c'était. L'instant d'après, la pièce se remplissait du plus beau cri de bébé que j'aie jamais entendu.

9

Le visage de Stella m'a traversé l'esprit tandis que je me précipitais vers la cuisine sur les pas d'Ulrika. Notre fille avait beau avoir dix-neuf ans, c'était toujours un visage d'enfant que je voyais. Les yeux curieux, les taches de rousseur et les tresses nouées avec des élastiques.

Ulrika a saisi le téléphone fixe resté accroché au mur, comme une relique. Pas une seule fois pendant l'appel je ne l'ai lâchée du regard.

« C'était Michael Blomberg, a-t-elle dit après avoir raccroché.

— Qui ? L'avocat ?

— Il vient d'être commis pour représenter Stella. Elle est à la police. »

Ma première pensée a été que Stella était victime. Pas trop grave, pouvait-on espérer. Qu'elle ait été volée ou agressée, passait encore. Tout sauf un viol.

J'en ai parlé avec d'autres papas et il s'est avéré que je n'étais pas le seul à craindre plus que tout le viol de ma fille. L'explication en est peut-être que nous, les hommes, ne pouvons imaginer pire outrage infligé à une autre personne, tout en étant incapables de réellement nous représenter ce que c'est de vivre avec le risque permanent de subir une telle agression.

« On doit y aller tout de suite, a dit Ulrika.

— Qu'est-ce qui s'est passé ? » J'ai pensé à ce curieux appel concernant l'annonce mise en ligne. « Est-ce que c'est la Vespa ? »

Ulrika m'a regardé comme si j'étais idiot.

« On s'en fout, de cette maudite Vespa ! »

En se dirigeant vers le vestibule, elle a heurté mon épaule.

« Qu'a dit Blomberg ? » ai-je demandé, sans obtenir de réponse.

Chacun réagit différemment en état de choc, et personne ne peut à l'avance prévoir comment il pensera ou se comportera dans une situation critique. Je suis formé à la gestion de crise, je connais toutes les phases de réaction et j'ai travaillé avec d'innombrables personnes en crise ou traumatisées. Rien de tout ça ne m'était d'aucune aide.

Ulrika a pris sa veste au portemanteau et allait franchir la porte quand elle a fait demi-tour.

« Juste un truc à faire, a-t-elle dit en rentrant dans la maison.

— Mais raconte-moi, à la fin. Que dit Blomberg ? »

Je l'ai suivie en direction de la cuisine. Devant l'escalier, elle a fait volte-face et m'a repoussé, les deux bras tendus.

« Attends ici. J'arrive tout de suite ! »

Interloqué, je suis resté sur le seuil à compter les secondes. Ulrika est bientôt redescendue et m'est passée devant.

« Qu'est-ce que tu as fait ? »

Je l'ai suivie dans le vestibule en continuant à mouliner mes questions sur ce qui s'était passé et ce qu'avait dit Blomberg.

J'ai revu le visage de Stella. Son sourire édenté, les petites fossettes de ses douces joues. Et j'ai pensé à tout ce que j'avais souhaité pour elle, et qui ne s'était pas réalisé.

10

Les gens nous avaient mis en garde au sujet de la petite enfance. Aucun de nous deux ne dormirait plus, le bébé ne ferait que crier, manger et faire caca, notre vie intime serait détruite, nous allions nous brouiller et nous détester. Beaucoup nous considéraient comme bien trop jeunes. D'autres avaient l'air de trouver que nous gâchions notre vie. Parfois, j'avais l'impression que c'était un vrai miracle que des gens continuent à mettre des enfants au monde.

Stella était un bébé exemplaire. Elle n'a pas tardé à faire ses nuits, elle pouvait dormir n'importe où et, à son réveil, était calme et silencieuse, toujours satisfaite, ce qui, bien sûr, en chiffonnait beaucoup. Attendez seulement, disaient-ils. Votre heure viendra. Amis et collègues, connaissances et parents, tous donnaient leur avis.

Avoir le cœur d'une autre personne qui bat contre son sein, c'est sentir Dieu. Stella était couchée sur moi, et les bouts de mes doigts ne se lassaient jamais de sa peau lisse comme du papier. Son embonpoint était malléable comme de la pâte de verre sous mes paumes précautionneuses. Nos haleines se mêlaient.

Il est tellement facile de croire que le meilleur est toujours à venir. Je soupçonne que c'est un défaut profondément humain. Même Dieu nous enseigne à espérer.

Pourquoi ne pense-t-on jamais au temps qui passe pendant qu'il passe ?

Le premier mot de Stella a été « abba ». Elle l'employait indifféremment pour moi ou pour Ulrika. De nos jours, la plupart des Suédois associent ce mot à une marque de hareng mariné ou à la musique pop, mais dans la langue de Jésus, l'araméen, il signifie « papa ».

J'ai passé quatre belles semaines d'automne en congé paternité avec Stella, et j'ai vu sa personnalité se développer de jour en jour. Les autres parents de la garderie ouverte de la maison paroissiale avaient l'habitude de dire qu'elle était une « fille à papa » sans pareille. Je ne crois pas en avoir compris la signification avant qu'il soit trop tard. Dans une certaine mesure, toute ma vie a été placée sous le signe de *l'esprit d'escalier*. Je n'ai jamais réussi à saisir au vol ne serait-ce qu'une minute. L'instant m'a toujours fui.

Je suis condamné à espérer.

11

Nous étions arrêtés dans le vestibule. Ma main sur le verrou. Ulrika tremblait de tout son corps.

Pourquoi Michael Blomberg avait-il appelé ? Que faisait Stella à la police ?

« Dis-moi.

— Je ne sais que ce que Michael m'a dit. »

Michael Blomberg. Je connaissais son nom depuis plusieurs années. Blomberg n'était pas célèbre que dans les cercles juridiques. Il avait fait carrière comme l'un des avocats les plus en vue du pays, avait représenté des accusés dans de nombreux procès médiatisés. On l'avait vu dans les journaux du soir, expert à la télé. C'était aussi lui qui, jadis, avait pris Ulrika sous son aile et préparé son succès d'avocate. Il ne m'a jamais beaucoup plu. Balourd et prétentieux.

Ulrika haletait. Ses yeux bougeaient comme des oiseaux apeurés.

Elle a tenté de forcer le passage, mais je l'ai attrapée sur le seuil, retenue entre mes bras.

« Stella a été arrêtée par la police. »

J'entendais ce qu'elle disait, les mots me parvenaient, mais c'était incompréhensible.

« C'est sûrement une erreur. »

Ulrika a secoué la tête. L'instant d'après, elle s'est abattue contre ma poitrine, en laissant tomber son portable par terre.

« Elle est soupçonnée de meurtre. »

Je me suis figé.

Ma première pensée a été le chemisier taché de Stella.

Ulrika a appelé un taxi tandis que nous nous dépêchions de gagner la rue. Devant le centre de recyclage, elle a lâché ma main.

« Attends-moi », a-t-elle dit en trébuchant entre les poubelles et les containers.

Resté sur le trottoir, je l'ai entendue tousser et vomir. Un taxi noir s'est bientôt pointé.

« Comment tu te sens ? ai-je demandé tandis que nous nous attachions sur la banquette arrière.

— À chier », a répondu Ulrika en toussant dans ses mains.

Elle s'est ensuite mise à écrire de ses deux pouces sur son portable, tandis que je baissais la vitre pour rincer mon visage d'air frais.

« Vous pouvez rouler un peu plus vite ? » a demandé Ulrika au chauffeur, qui a vaguement marmonné avant d'écraser l'accélérateur.

J'en suis venu à songer à Job. Était-ce là ma mise à l'épreuve ?

Ulrika m'a expliqué que Michael Blomberg attendait à l'hôtel de police.

« Pourquoi justement lui ? ai-je demandé. Ce n'est pas un hasard étrange ?

— C'est un avocat particulièrement habile.

— Oui, bien sûr, mais je veux dire, quelle était la probabilité ?

— Parfois, c'est simplement le hasard, mon chéri. On ne peut pas tout diriger. »

Je ne voulais pas reconnaître que Blomberg me déplaisait. Je répugne à dire du mal des autres de cette façon. Quand on n'aime pas quelqu'un sur des bases aussi peu claires, quand on condamne presque instinctivement une autre personne, l'expérience m'indique que le problème réside souvent chez soi-même.

J'ai laissé un pourboire au chauffeur et j'ai ensuite dû rattraper au pas de course Ulrika qui tirait déjà la porte.

Blomberg est venu à notre rencontre dans le foyer. J'avais presque oublié combien il était grand. Il s'est approché de nous en se dandinant comme un ours, la veste ballottant autour de son ventre. Bronzé, en chemise bleue et costume coûteux, avec ses cheveux plaqués en arrière qui bouclaient dans le cou.

« Ulrika ! » s'est-il exclamé.

Il s'est pourtant avancé pour me serrer la main avant d'embrasser ma femme.

« Qu'est-ce qui se passe, Michael ?

— Ne t'en fais pas. Nous venons de terminer l'interrogatoire, et ce cauchemar va bientôt finir. La police a pris une décision beaucoup trop hâtive. »

Ulrika a poussé un gros soupir.

« C'est une jeune femme qui a désigné Stella, a poursuivi Blomberg.

— Désigné ?

— Vous avez peut-être entendu parler de ce cadavre découvert sur une aire de jeux de Pilegatan ?

— Stella aurait été là-bas ? Dans Pilegatan ? ai-je demandé. Ce doit être une erreur.

— Et c'en est une. Mais cette fille habite le même immeuble que la victime, et affirme avoir vu Stella sur place hier soir. Elle pense l'avoir reconnue pour l'avoir déjà vue à la boutique H&M. Apparemment, c'est tout ce qu'ont les enquêteurs.

— Ça semble dingue, enfin ! Peut-on vraiment être arrêté sur des bases aussi fragiles ? »

J'ai songé à la soirée de la veille, en essayant de m'en remémorer les détails. Comment j'avais veillé en attendant Stella, jusqu'à ce qu'elle revienne enfin, se douche avant de filer dans sa chambre.

« Est-elle mise en cause ? a demandé Ulrika.

— Quelle est la différence ? ai-je demandé.

— La police a le droit d'arrêter une personne, mais pour que la privation de liberté se prolonge, un procureur doit décider de sa mise en cause, a expliqué Blomberg. L'enquêteur en chef doit maintenant briefer le procureur de garde, et Stella sera relâchée. Je vous le garantis. Tout ça est une erreur. »

Il avait l'air beaucoup trop sûr de lui, exactement comme le souvenir que j'en avais, ce qui m'inquiétait. Peu enclin au doute, il manquait sûrement aussi de précision et d'engagement.

« Mais pourquoi cette hâte de l'arrêter ? ai-je demandé. S'ils n'ont pas plus d'éléments ?

— C'est comme une patate chaude, a soupiré Blomberg. La police veut agir vite. La victime n'est en effet pas n'importe qui. »

Il s'est tourné vers Ulrika en baissant un peu la voix.

« C'est Christopher Olsen. Le fils de Margaretha. »

Ulrika a retenu son souffle.

« Le fils de Mar… Margaretha ?

— Qui est Margaretha ? » ai-je demandé.

Ulrika ne m'a même pas regardé.

« La victime s'appelle Christopher Olsen, a répété Blomberg. Sa mère est Margaretha Olsen, professeure de droit pénal. »

Professeure ? J'ai haussé les épaules.

« Mais qu'est-ce que ça change ?

— Margaretha est une icône dans le monde juridique, a expliqué Blomberg. Son fils aussi s'est fait un nom dans de nombreux domaines. Un homme d'affaires à succès, pro de l'immobilier et des conseils d'administration.

— Mais qu'est-ce que ça change ? » ai-je répété avec un agacement croissant.

En même temps, je me rappelais mes propres paroles. Ces choses-là n'arrivent qu'à des alcooliques ou des drogués. C'était bien sûr un préjugé, mais aussi une affirmation basée sur l'expérience et les statistiques. Parfois, il faut fermer les yeux sur les exceptions pour ne pas perdre pied.

« En principe, ça ne devrait rien changer », a dit Blomberg.

Entre les lignes, il apparaissait que c'était pourtant le cas, et qu'il n'était pas non plus certain qu'il y ait à y redire.

« Le fils de Margaretha Olsen, a dit Ulrika. Quel âge a… avait-il ?

— Trente-deux ans, je crois. Ou trente-trois. Agression mortelle à l'arme blanche. La police est très avare de détails. Au cours de l'interrogatoire, ils s'intéressaient surtout aux faits et gestes de Stella hier soir et cette nuit.

— À quelle heure la victime a-t-elle été assassinée ? a demandé Ulrika.

— On ne le sait pas avec précision, mais le témoin a entendu une dispute et des cris juste après 1 heure du matin. Étiez-vous réveillés quand Stella est rentrée ? »

Ulrika m'a regardé et j'ai hoché la tête.

Moi qui m'étais tourné et retourné dans le lit sans trouver le sommeil. Le SMS que j'avais envoyé sans obtenir de réponse. Finalement, mon inquiétude n'était pas injustifiée. J'ai songé au retour de Stella, au bruit qu'elle avait fait dans la salle de bains et dans la buanderie. Quelle heure pouvait-il être ?

« Quelqu'un doit pouvoir lui fournir un alibi », ai-je dit.

Ulrika et Blomberg m'ont tous les deux regardé.

12

Michael Blomberg a proposé de nous ramener avec son SUV. Cette belle soirée de fin d'été invitait à se mettre en manches courtes et, dans les rues de Lund, les gens flânaient comme si de rien n'était. Des gens promenaient leur chien, d'autres faisaient la fête, sortaient de chez eux ou rentraient, marchaient sans but, travailleurs de nuit ou insomniaques. Notre existence avait beau tanguer, le train-train quotidien refusait de cesser.

Une fois devant la maison, Blomberg a demandé s'il pouvait faire autre chose pour nous. Pas de problème pour lui à s'attarder un peu.

« Ce n'est pas la peine », l'ai-je assuré.

Ulrika est restée un moment dans l'allée à lui parler, tandis que je me dépêchais de gagner la salle de bains. Tout mon corps était échauffé et ma bouche sèche comme de la sciure. J'ai bu au robinet et me suis mouillé le front.

Quand je suis entré dans la cuisine, il était minuit largement passé et Ulrika se tenait la tête dans les mains. Malgré l'heure et mes objections, elle a bientôt entrepris de téléphoner à tous ses contacts au sein de la police, à quelques journalistes et juristes, à tous ceux susceptibles de savoir quelque chose ou d'aider. En face d'elle, je ratissais Internet à la recherche d'informations sur les événements de Pilegatan, Christopher Olsen et sa mère la professeure de droit.

Je n'arrêtais pas de regarder l'heure. Les minutes se traînaient.

Au bout d'une heure, je n'y tenais plus.

« Pourquoi on n'a pas de nouvelles ? Combien de temps ça peut prendre ?

— Je vais appeler Michael », a dit Ulrika en se levant.

L'escalier a grincé, et je l'ai entendue refermer la porte de son bureau. À force de ressasser, l'angoisse, telle une vermine grouillant sous ma peau, me rongeait le cerveau.

J'errais sans but entre la cuisine et l'entrée. Je tenais mon téléphone à la main quand il s'est mis à sonner.

« C'est Amina. »

Elle a sangloté et s'est raclé la gorge.

« Amina ? Il s'est passé quelque chose ?

— Pardon. J'ai menti. »

Exactement comme je m'en doutais. Elle n'avait pas du tout vu Stella vendredi. Elles en avaient parlé, mais rien ne s'était fait.

« J'ai été complètement prise de court quand vous m'avez demandé. Je n'ai menti que pour Stella. Je me suis dit qu'il y avait peut-être quelque chose qui… Je voulais d'abord vérifier avec elle. »

Je la comprenais. Il n'y avait pas de quoi se fâcher. Un petit mensonge blanc.

« Mais il doit bien y avoir quelqu'un d'autre pour lui donner un alibi, a continué Amina, désespérée. C'est complètement dingue ! »

C'était en effet surréaliste. Et en même temps de plus en plus réel. J'imaginais Stella enfermée dans une cellule froide et sordide utilisée pour les meurtriers et les violeurs.

Ulrika a dévalé l'escalier, courant presque.

« La procureure a mis en cause Stella.

— Mis en cause ? »

Mon cœur s'est mis à battre la chamade. J'ai commencé à suer.

« Ils la gardent en cellule.

— Comment est-ce possible ? Puisqu'ils n'ont pas de preuves ?

— C'est peut-être lié à l'enquête. Des choses que la police veut vérifier avant qu'elle soit relâchée.

— Comme son alibi ?

— Par exemple. »

Je ne savais pas ce que nous pouvions faire. Mon corps était en ébullition. Je n'arrivais à rester assis que de courts moments, puis il fallait que je me lève et que je bouge. Je marchais comme un zombie d'une pièce à l'autre, faisais le tour de la maison par l'extérieur, en chaussettes.

Quand le soleil a pointé en hésitant ses premiers rayons à l'horizon, nous ne savions toujours rien. J'avais ingurgité tant de café que mon ventre gargouillait de façon inquiétante, et le manque de sommeil m'embrumait le cerveau.

Blomberg avait fini par appeler. Dans la cuisine, en face d'Ulrika, je retenais mon souffle.

Elle lui murmurait des réponses laconiques. Elle est restée là, le téléphone collé à l'oreille, alors que la conversation était terminée.

« Qu'est-ce qu'il a dit ? » ai-je demandé.

Ulrika m'a fixé sans me voir. Son regard était ailleurs.

« Nous devons quitter la maison. »

Sa voix était un fil d'araignée, au bord de la rupture.

« Quoi ? Qu'est-ce qui se passe ?

— La police arrive. Ils vont faire une perquisition. »

J'ai aussitôt pensé au chemisier taché. Ça ne pouvait quand même pas être du sang ? Il y avait forcément une explication naturelle. Ce devait être comme avait dit Blomberg : un malentendu dans la précipitation.

Stella n'aurait jamais pu… Ou si ?

Je me suis glissé dans la buanderie pour soulever le tas de linge sous lequel j'avais fourré le chemisier. Mes mains se sont figées.

Le chemisier n'y était plus.

« Qu'est-ce que tu fais ? a lancé Ulrika de la cuisine. On doit partir. »

Désespéré, j'ai fouillé parmi les autres tas de vêtements, sans rien trouver. Rien non plus sur les fils à linge. Le chemisier avait disparu.

« Viens, maintenant ! » a crié Ulrika.

13

L'avenir était toujours lumineux, mais d'une manière scintillante, presque éblouissante, comme un soleil d'hiver à travers une brume épaisse. Il n'y avait pas d'inquiétude, mais pas non plus de chemin tout tracé. Je me souviens de Stella avec ses dents de lait et ses couettes à la Fifi Brindacier. Qui avait refusé de dormir seule après avoir lu l'histoire de Laban le petit fantôme. Et moi, qui l'accompagnais à la maternelle, année après année. Son regard suppliant à la fenêtre quand elle ne voulait jamais cesser de faire au revoir de la main. La petite Stella tracassée par quelques garçons qui la traitaient de « Fifille à Jésus », et qui cachait ses pleurs dans son oreiller, voulait arrêter la maternelle et déménager à mille kilomètres d'ici. Et moi, qui avais été aumônier en prison, qui avais eu affaire à des meurtriers et des violeurs, qui avais été formé à l'interaction à faible impact émotionnel, je me suis emporté au point d'attraper un des garçons et de le menacer des pires conséquences.

Je me souviens d'une réunion parents-profs à la maternelle, quand Stella avait cinq ans. Ce devait être le tour d'Ulrika, mais le hasard avait fait que j'étais moi aussi libre ce matin-là, et j'avais donc décidé de l'accompagner. Nous étions dans la salle de réunion du personnel, tandis que les enfants jouaient dans la cour, de l'autre côté de la fenêtre.

« Il vaut mieux que nous baissions le store », a dit la maîtresse en se penchant au-dessus de la table.

Elle avait la quarantaine, la frange tachée de gris, et une singulière aptitude à parler d'un air doux et d'une voix chantante pour, l'instant d'après, nous faire ses recommandations avec une mimique sévère. Sans doute une déformation professionnelle.

« Quelle est votre impression ? » nous a-t-elle demandé, une fois installés.

Ulrika et moi nous sommes regardés en hochant la tête. Notre impression était bonne.

La maîtresse, Ingrid, nous a rendu compte de toutes les activités, bricolages et autres jeux éducatifs pratiqués durant l'automne et l'hiver. Elle avait un dossier avec des dessins de Stella, des photos de Stella jouant dans la cour, en excursion ou assise en cercle par terre. Ulrika et moi avons regardé, souri en hochant la tête. J'avais l'impression permanente qu'on attendait autre chose, que tout ça n'était qu'un tremplin permettant à Ingrid de prendre son courage à deux mains pour la suite.

Une courte pause. Ingrid a feuilleté ses papiers au hasard, le regard fuyant.

« Certains parents ont exprimé leur inquiétude, a-t-elle repris sans nous regarder en face. Stella peut parfois se montrer assez dominatrice et… elle se met facilement en colère. Si les choses ne se passent pas comme elle veut. »

Nous reconnaissions le tableau, bien sûr, même si nous avions espéré que cela soit moins visible à la maternelle qu'à la maison. Que d'autres parents aient exprimé des remarques au sujet de Stella était pour moi à la fois gênant et provocant.

« Ce n'est quand même pas si grave que ça ? Elle n'a que cinq ans. »

Ingrid a hoché la tête.

« Quelques parents ont saisi la directrice de la maternelle. Il est important que Stella soit aidée pour ce problème, à l'école comme à la maison.

— Mais enfin ? Quels parents ? a demandé Ulrika.

— Pouvez-vous nous donner des exemples ? ai-je dit. De ce que Stella fait mal ? »

Ingrid a feuilleté ses papiers.

« Dans les jeux de rôle, par exemple. Quand les enfants jouent, Stella veut toujours commander les autres. »

Ulrika a haussé les épaules.

« Parfois, c'est bien que quelqu'un assume le rôle de chef, non ?

— Nous savons que Stella peut être perçue comme dominatrice, ai-je dit. La question est de savoir dans quelle mesure il faut la réprimer. Comme le dit Ulrika, l'aptitude au leadership peut être quelque chose de positif, qu'elle aille de l'avant, prenne les choses en main. »

Ingrid s'est grattée intensément au-dessus du sourcil.

« La semaine dernière, Stella a dit qu'elle était comme Dieu. Les autres enfants étaient obligés de lui obéir, parce qu'elle était comme Dieu et que Dieu décide de tout. »

Le regard d'Ulrika me brûlait sur le côté. Stella avait passé du temps avec moi à l'église, s'était intéressée à mon travail et avait posé des questions déjà existentielles, mais je n'avais en aucun cas envisagé de lui fournir des solutions et des réponses toutes faites. La toute-puissance divine est un sujet que je n'aurais jamais abordé, en présence de ma fille ou non.

« Nous allons parler à Stella », ai-je lâché.

Une fois dans la voiture, Ulrika a coupé la radio d'un index décidé.

« C'est dingue, que des gens fassent ce genre de remarques sur les enfants des autres.

— Ne t'inquiète pas pour tout ça, ai-je dit en remettant la musique. Elle n'a que cinq ans. »

Je n'avais aucune idée de la vitesse à laquelle le temps allait passer.

14

Dans la matinée du dimanche, je me suis retrouvé dans une pièce au mobilier spartiate du commissariat de police, à attendre d'être interrogé. On m'avait servi un gobelet de café fort, les minutes étaient lentes, pénibles, et ma peau me démangeait. La commissaire qui a fini par arriver s'appelait Agnes Thelin et avait une expression conciliante dans le regard. Elle a prétendu saisir exactement ce que je devais ressentir. Elle avait elle-même deux fils de l'âge de Stella.

« Je comprends votre crainte et votre tristesse.

— Ce ne sont pas les mots que j'utiliserais. »

Avant tout, j'étais en colère. Cela semble étrange, en tout cas maintenant, après coup, mais je devais me trouver dans une phase de choc aiguë. J'avais mis l'angoisse et le chagrin en attente pour me concentrer sur ma survie, sur la survie de ma famille. J'allais nous sortir de là.

« Qu'est-ce que vous cherchez ? ai-je demandé.

— Que voulez-vous dire ?

— Votre perquisition. Plein de policiers en train de retourner notre maison de fond en comble. »

La commissaire Thelin a hoché la tête.

« Nous cherchons des preuves matérielles. Il peut s'agir de choses très diverses. Par exemple un élément à l'avantage de Stella, quelque chose qui corrobore sa version des faits. Mais nous ne trouverons peut-être rien. Nous essayons de comprendre ce qui s'est passé.

— Stella n'a rien à voir avec ça », ai-je affirmé.

Agnes Thelin a hoché la tête.

« Procédons par étapes. Pouvez-vous commencer par me dire ce que vous faisiez vendredi dernier ?

— J'ai passé presque toute la journée à l'église.

— À l'église ? »

Dans sa bouche, cela sonnait comme le dernier endroit au monde où elle se serait rendue.

« Je suis pasteur », ai-je expliqué.

Agnes Thelin est restée un instant bouche bée avant de se ressaisir et de s'affairer à feuilleter ses papiers.

« Donc vous… travailliez ?

— J'avais un enterrement dans l'après-midi.

— Un enterrement, très bien. » Elle a noté quelque chose. « À quelle heure êtes-vous rentré ?

— Vers 6 heures, je crois. »

J'ai raconté que j'avais pris une douche, puis préparé un filet mignon en daube qu'Ulrika et moi avions mangé. Après dîner, nous avions fait une partie de Trivial Pursuit dans le canapé, puis étions allés au lit. Stella travaillait jusqu'à 7 heures et quart, et devait ensuite voir une amie en ville.

Agnes Thelin m'a demandé si j'avais eu le moindre contact avec Stella au cours de la soirée, et je lui ai répondu que j'avais envoyé un SMS, mais que je ne me souvenais pas si elle avait répondu.

« Est-il habituel qu'elle ne réponde pas à vos SMS ? »

J'ai haussé les épaules.

« Vous avez vous-même des ados.
— Oui, mais là, il s'agit de Stella. »
J'ai alors expliqué que cela n'avait rien d'inhabituel. On finissait en général par avoir une réponse, tôt ou tard, mais plutôt tard. Parfois très tard, longtemps après. Il n'était pas non plus rare que cette réponse, quand elle arrivait, se limite à un smiley joyeux ou un pouce levé.
« Qui est cette amie ? »
J'ai été obligé de déglutir.
« Que voulez-vous dire ?
— Qui était cette amie que Stella devait voir ? Avec qui elle devait sortir en ville ? »
J'ai regardé la table.
« Stella avait dit à ma femme qu'elle devait voir sa copine Amina. Mais nous avons parlé avec Amina, et nous savons qu'elles ne se sont finalement pas vues vendredi dernier.
— Selon vous, pour quelle raison Stella a-t-elle menti ? »
Le choix de ce vocabulaire m'a mis hors de moi.
« Elle n'a pas menti du tout. Amina nous a dit qu'elles avaient prévu de se voir, mais qu'elle avait changé ses plans.
— Que pensez-vous qu'elle ait fait à la place ? »
Je n'ai pas répondu. Pourquoi abonderais-je en spéculations ? Ce que je croyais n'avait pas grande importance.
« Savez-vous ce qu'elle a fait ? » a demandé Agnes Thelin.
C'était une question plus raisonnable.
« Non. »
Agnes Thelin a feuilleté à nouveau ses papiers en silence. En réalité il ne s'est écoulé que quelques

secondes, mais cela a suffi pour me faire sentir que ce silence était chargé.

« Quel genre de portable possède Stella ? » a demandé la commissaire.

J'ai expliqué que c'était un iPhone, mais que je m'emmêlais toujours avec les modèles. En tout cas, il était blanc, cela j'en étais sûr.

« En a-t-elle plusieurs ? a demandé Agnes Thelin.

— Non. »

La police allait évidemment trouver son portable chez nous et le saisir. Un instant, j'ai envisagé de mentionner à Thelin que Stella avait oublié son téléphone à la maison, mais j'ai décidé de m'abstenir. Une jeune de dix-neuf ans qui oubliait son portable, c'était bizarre. Presque suspect.

« Savez-vous si Stella dispose de gaz lacrymogène ?

— Du gaz lacrymogène ? Comme ce qu'utilise la police ?

— C'est ça. Stella en a-t-elle en spray ?

— Bien sûr que non. Est-ce seulement légal ? »

Je me suis senti mal.

« Quelle heure était-il quand vous êtes allé vous coucher vendredi dernier ? a demandé Agnes Thelin.

— 11 heures, peut-être juste un peu plus.

— Vous êtes-vous endormi tout de suite ?

— Non, je n'arrivais pas à m'endormir.

— Donc vous êtes resté longtemps éveillé ? »

J'avais du mal à respirer. Mes pensées m'assaillaient. Des images floues de Stella petite fille, fière ado, femme adulte. Ma fille. Notre famille : Ulrika, moi et Stella. La photographie sur le rebord de la fenêtre.

« Je suis resté éveillé à attendre Stella. Peu importe l'âge de ses enfants. On n'arrête jamais de s'inquiéter. »

Agnes Thelin a hoché la tête. Je crois qu'elle comprenait.

Ce qui s'est passé ensuite est difficile à expliquer.

Je ne l'avais pas prévu. J'étais venu à l'interrogatoire dans l'idée de contribuer de mon mieux. À aucun moment, je n'avais envisagé de m'écarter le moins du monde de la vérité.

« Donc vous étiez éveillé quand Stella est rentrée ? »

Agnes Thelin avait de grands yeux engageants.

« Mmh.

— Pardon ?

— Oui, ai-je dit d'une voix plus ferme. J'étais éveillé quand Stella est rentrée.

— Avez-vous une idée de l'heure qu'il était ?

— Je sais exactement quelle heure il était. »

Qu'est-ce qu'un mensonge ? ai-je pensé. Tout comme il existe plusieurs sortes de vérité, il doit exister plusieurs sortes de mensonges. Les mensonges blancs, par exemple, dont je ne me suis jamais privé. Plutôt un mensonge qui épargne qu'une vérité qui blesse. J'ai toujours raisonné ainsi.

Mais ceci était bien sûr tout autre chose :

« Il était 23 h 45 quand Stella est rentrée. »

La commissaire Thelin m'a dévisagé, et le huitième commandement s'est tortillé comme un serpent dans mon ventre. Dans la Bible, il est écrit que celui qui profère un mensonge sera damné. Mais aussi : mon Dieu est juste et miséricordieux.

« Comment le savez-vous ? a demandé Agnes Thelin. Avec autant de précision, je veux dire ?

— J'ai regardé l'heure.

— Où ?

— Sur mon portable. »

Il y a un verset dans les Évangiles qui dit qu'une famille désunie ne peut perdurer. J'ai réalisé que j'avais oublié ma famille. Négligé. Pensé qu'elle allait de soi. Je n'avais pas été le père et l'époux que j'aurais dû.

Je ne savais encore rien de ce qui s'était passé quand cet homme avait perdu la vie sur cette aire de jeux de Pilegatan, mais il y avait une chose que je savais avec la plus grande certitude : ma fille n'est pas une meurtrière.

« Et vous êtes certain que c'est Stella qui est rentrée ? a demandé Agnes Thelin.

— Bien entendu.

— Je veux dire, est-ce que vous n'auriez pas pu entendre autre chose ? »

J'ai souri, l'air déterminé. Intérieurement, j'étais en train de me briser.

« J'en suis sûr. Je lui ai parlé.

— Vous lui avez parlé ? s'est exclamée Agnes Thelin. Qu'a-t-elle dit ? Avez-vous remarqué quelque chose de particulier ?

— Rien du tout. Nous nous sommes juste souhaité bonne nuit. »

Agnes Thelin refusait de me quitter des yeux.

Le serpent s'est à nouveau tordu dans mon ventre. Une impression convaincante qu'en fait ce n'était pas moi, mais une tout autre personne qui était dans cette salle d'interrogatoire étouffante en train de dire tout ça.

Dans la Première Lettre à Timothée, saint Paul écrit que celui qui ne s'occupe pas de sa famille a abandonné sa foi en Jésus. Je n'avais jamais été très bon pour m'occuper de ma famille. C'était là une occasion de réparer mes erreurs.

J'ai pensé que c'était là ce que faisait une famille : se protéger les uns les autres.

15

L'été de mes seize ans, je suis enfin sorti avec Åsa, de la classe parallèle à la mienne, que je convoitais depuis plusieurs années, et j'étais plus heureux que jamais. Mais pendant une semaine de camping en Dalécarlie, j'ai fait la connaissance de Doris, qui avait deux ans de plus, fumait des cigarettes au menthol et écrivait un roman. Rien ne s'est passé entre Doris et moi, mais à mon retour, en retrouvant Åsa, la mauvaise conscience m'a rongé jusqu'à ce que je dise tout de Doris à Åsa, même que j'avais eu envie de l'embrasser – alors que Doris et moi ne devions vraisemblablement jamais nous revoir. Åsa m'a largué sur-le-champ et le bruit n'a pas tardé à se répandre que j'étais un salaud infidèle à qui on ne pouvait pas faire confiance. Je n'ai plus eu de petites amies en Blekinge, mais au fond de mon cœur, je sentais que j'avais fait ce qui était juste.

J'ai grandi dans une famille marquée par les valeurs de liberté et de solidarité des années 1970. Mon père faisait de la culture bio et prenait son petit déjeuner nu dans la cuisine, avec son café et sa pipe fraîchement bourrée. Ma mère m'a parlé du cycle menstruel et des pollutions nocturnes avant que je commence le CP. Les règles et les obligations étaient presque inexistantes. Le bon sens et la morale naturelle suffisaient.

« Est-ce que ça te fait chaud au cœur ? » m'a demandé mon père quand, âgé d'une dizaine d'années, il m'avait surpris en train de tirer les cheveux de ma sœur à lui en arracher de grosses touffes.

Ça avait suffi pour me faire pleurer de culpabilité et de honte.

J'ai essayé la même chose avec Stella quelques fois.

« Est-ce que ça te fait chaud au cœur ? » lui ai-je demandé, quand le proviseur m'a appelé pour me signaler qu'elle avait lancé le bonnet d'une autre fille sur le toit de l'école.

Stella m'a défié du regard.

« Mon cœur ne sent rien du tout. Il bat, c'est tout. »

Je suis indéfectiblement convaincu qu'il n'est rien de plus difficile que d'être parent. Toutes les autres relations ont une issue de secours. On peut quitter un partenaire, c'est arrivé à la plupart, quand l'amour s'épuise, quand on s'éloigne l'un de l'autre, ou quand le cœur n'y est plus. On peut laisser des amis ou des connaissances sur le bord du chemin, des membres de sa famille, même ses frères et sœurs ou ses parents. On peut les laisser et continuer sa route, s'en sortir quand même. Mais son enfant, on ne peut jamais l'abandonner.

Ulrika et moi étions jeunes et sans expérience de la vie quand Stella est venue au monde. Nous comprenions certes que ce serait dur, mais nos tourments se cantonnaient surtout à des soucis terre à terre, comme le manque de sommeil, les problèmes d'allaitement ou les maladies. Il nous a fallu longtemps pour comprendre que le plus difficile, pour des parents, était tout à fait ailleurs.

Pendant presque dix ans, Ulrika et moi avons essayé de donner à Stella un frère ou une sœur. Par moments, toute notre existence tournait autour de ce manque, qui mobilisait l'intégralité de nos forces. Nous sommes partis en guerre, tous deux animés du pire instinct de compétition qui soit. Nous nous figurions qu'une petite croix sur un test de grossesse serait la solution à tout.

Nous ne voyions pas ce qui nous arrivait, que nous nous enterrions toujours plus profond dans un abîme de culpabilité, de honte et d'insuffisance.

À la clinique de fertilité, nous nous lorgnions en chiens de faïence par-dessus la tête de Stella qui jouait par terre aux Lego. Encore un résultat négatif. Pas de fécondation.

Dans la voiture au retour, j'ai crié à Ulrika :

« On n'est pas au tribunal ! Il n'y a pas de coupable, ici ! »

Elle a pouffé contre la vitre embuée.

« Dans ce cas, j'accuse Dieu. Peux-tu m'expliquer pourquoi Dieu ne veut pas que nous ayons d'enfant ?

— Nous avons un enfant », ai-je dit en me penchant en avant pour monter le son de la radio jusqu'à faire saturer les haut-parleurs.

Les dernières années, nous étions si absorbés par notre combat contre la nature et contre nous-mêmes que nous avons probablement refoulé ce pour quoi nous nous battions. J'ai lu quelque chose sur des soldats dans les tranchées de la Première Guerre mondiale qui avaient fini par oublier contre qui ils luttaient et s'étaient mis à tirer sur leurs compatriotes.

Ce soir-là, Stella est arrivée en pyjama dans l'entrée, les cheveux ébouriffés, et nous a regardés, les yeux ensommeillés. Je crois qu'elle venait de commencer l'école, elle pouvait avoir six ou sept ans. Ulrika et moi avions vieilli avant l'heure, en peu de temps l'amertume et le silence s'étaient immiscés dans les failles de notre union. Tout ce qui semblait nous rester en commun était désormais ce combat.

Stella nous a pris de court : « Je ne veux pas de petit frère ni de petite sœur ! »

16

Après mon interrogatoire, j'ai appelé Ulrika. Elle venait de passer devant chez nous, mais la police était toujours sur place.

« Ils croient vraiment que Stella a fait quelque chose, ai-je constaté. C'est un cauchemar.

— Qu'est-ce que tu as dit précisément à la police ? a voulu savoir Ulrika.

— J'ai dit que je savais exactement quand Stella était rentrée vendredi soir. J'ai expliqué que j'étais réveillé et que je lui ai parlé. »

Ulrika s'est tue un moment.

« Quelle heure était-il, alors ? » a-t-elle ensuite demandé.

J'avais du mal à respirer. Je déteste le mensonge. Qui plus est, envers ma femme. Mais je ne voyais pas d'alternative. Je ne pouvais pas mêler Ulrika à tout ça. Elle ne savait rien, elle dormait quand Stella est rentrée. Comment lui expliquer que j'avais menti à la police ?

« Minuit moins le quart », ai-je répondu.

Ce n'était pas aussi terrible que je le redoutais. Comme si mes scrupules s'émoussaient chaque fois que je répétais ce mensonge.

Ulrika m'a dit qu'elle allait rencontrer un policier enquêteur de sa connaissance. Je ne pouvais rien faire pour le moment. Ne rien pouvoir faire alors qu'il y aurait eu tant à faire. J'ai marché d'un bon pas vers Bantorget. Le soleil était vif, et m'a forcé à baisser la tête dans la montée. Les voix autour de moi me semblaient perçantes et accusatrices. J'ai hâté le pas. C'était comme si la ville entière se couvrait d'yeux inquisiteurs.

Dans l'après-midi, la police a enfin quitté notre maison. Quand je suis rentré, Ulrika se trouvait au commissariat, en train d'être interrogée par Agnes Thelin, et un malaise sournois m'a serré le ventre tandis que je fermais la porte à clé avant de passer de pièce en pièce. Rien à redire au soin des policiers : les traces qu'ils avaient laissées était peu nombreuses et à peine visibles. Mais le sentiment d'une intrusion dans ma vie privée me rongeait.

J'ai fait le tour du rez-de-chaussée, regardé dans la buanderie, l'entrée et le séjour, ouvrant même la trappe de la cheminée pour y jeter un œil. Je suis ensuite monté dans la chambre de Stella. Je me suis un peu attardé sur le seuil, frappé par l'impression de vide. Les policiers avaient dû emporter pas mal de choses.

Je suis resté un moment à la fenêtre de notre chambre, devant le cadre que j'avais accidentellement brisé. Lentement, j'ai passé l'index sur la photo, et ça m'a fait chaud au cœur. Il n'y a rien de plus important que la famille.

De l’autre côté de la vitre, le crépuscule étendait sur la plaine un fin tégument d’ombre. J’ai suivi du regard la ligne scintillante des réverbères à l’horizon en songeant que la grâce vient à celui qui attend. Le juste continue son chemin avec constance.

De l’autre côté de la rue, j’ai aperçu quelques voisins qui montraient notre maison du doigt. J’ai violemment baissé le store. En même temps, j’ai décidé d’appeler le président du conseil paroissial pour me mettre en congé maladie. Il a paru sincèrement désolé pour moi, a eu quelques mots consolateurs et m’a conseillé de rester chez moi aussi longtemps que j’en aurais besoin, sans me faire de souci pour la paroisse.

Quand j’ai appelé Ulrika, elle avait terminé son interrogatoire.

« Ce n’est pas aussi simple que Blomberg l’a d’abord cru », m’a-t-elle annoncé.

Sa voix faisait des vagues. Impossible de déterminer si la ligne était mauvaise, ou Ulrika au bord des larmes.

« Qu’est-ce que tu veux dire ? »

Il y avait de la friture. J’entendais sa respiration haletante.

« La police doit avoir trouvé quelque chose chez nous. La procureure vient juste d’émettre un mandat d’arrêt. »

17

Le cabinet de Michael Blomberg occupait un troisième étage de Klostergatan, à deux pas du Grand Hôtel. Lundi matin, Ulrika et moi sommes arrivés aux premières heures. Le manque de sommeil se reflétait clairement sur le visage de ma femme. J'avais beau ne pas avoir non plus fermé l'œil depuis deux jours, la fatigue ne prenait pas le pas sur le reste : tant d'autres sujets me rongeaient de l'intérieur.

On nous a servi du café sous un haut plafond à stucs et guirlandes, tandis que Blomberg enfonçait ses pouces dans ses poches arrière en piétinant sur place avec ses chaussures vernies.

« L'audience d'incarcération se tiendra à 13 heures. »

Un chatouillement dans ma poitrine. Enfin, nous allions pouvoir voir Stella.

« La police a retrouvé une empreinte de chaussure sur le lieu du crime, a continué Blomberg en se grattant le cou. C'est la même pointure et la même semelle que les chaussures de Stella. »

J'ai serré l'avant-bras d'Ulrika.

« C'est tout ? ai-je demandé. Leur seule preuve ? Ils n'ont rien trouvé lors de la perquisition ?

— Il est trop tôt pour le dire. Une partie des saisies a été envoyée au labo pour des analyses techniques.

— Mais ça ne prend pas du temps, d'habitude ?

— Il ne faudra pas plus de quelques jours pour avoir des réponses, a dit Blomberg. En l'occurrence, il s'agit d'une détention pour les besoins de l'enquête. En gros, ils veulent garder Stella sous les verrous pendant que la police attend les résultats du labo. Il n'y a pas besoin de grand-chose pour retenir quelqu'un : il suffit d'être un suspect plausible.

— Pas plus qu'une empreinte de chaussure ? »

Blomberg a regardé Ulrika, comme s'il trouvait qu'elle aurait dû intervenir. Comme s'il lui incombait d'expliquer les choses à son mari lent à comprendre.

« Je crois qu'il faut vous préparer à l'idée qu'elle va être incarcérée. »

Le ton était si fataliste. Découragé. J'ai regardé Ulrika, qui s'est contentée de hocher la tête. Que se passait-il donc ?

« Qui est le procureur ? a-t-elle demandé.

— Jenny Jansdotter.

— Elle est censée être bonne. Une des meilleures. »

J'avais du mal à décider si c'était positif ou négatif. Je n'avais jamais eu à me plonger dans les textes de loi traitant de la privation de liberté. La plupart des gens n'ont heureusement jamais de raison de le faire. J'avais beau être marié à une avocate, mes connaissances en la matière étaient pour le moins succinctes. Je sais à présent comme il suffit de peu de preuves pour garder une personne sous les verrous. J'avais plusieurs fois entendu dire le contraire, des policiers découragés se plaignant que les criminels étaient relâchés avant d'être arrivés à la maison d'arrêt, une opinion générale selon laquelle le système judiciaire suédois serait en plein marasme, préférant défendre les droits des suspects et des condamnés plutôt que se pencher sur la souffrance des victimes. Un appel à des peines plus dures et à plus de poigne. Moi-même, qui ai travaillé en milieu pénitentiaire, il m'est arrivé de penser en ces termes. Je n'ai jamais eu aucune raison de changer de point de vue.

« En plus, la procureure a son témoin, a précisé Blomberg en se penchant sur son bureau pour lire. La voisine, My Sennevall. »

Il semblait si calme, comme s'il n'y avait qu'à accepter la situation. Il aurait pourtant dû être furieux, non ? Vouloir agir ?

« La voisine ? ai-je dit. Comment peut-elle être certaine que c'est Stella qu'elle a vue ? Elle ne la connaît pas.

— Elle affirme reconnaître Stella après l'avoir vue chez H&M.

— La reconnaître », ai-je marmonné.

Ulrika m'a donné un coup de coude.

« Que dit Stella ? »

Blomberg s'est raclé la gorge et s'est passé la main dans les cheveux. Encore une fois, il s'est adressé directement à Ulrika. J'étais chaque seconde davantage persuadé de son incompétence.

« Après la fermeture du magasin, Stella a suivi quelques collègues au restaurant Stortorget. Elles ont mangé un morceau et bu un verre. Sur le coup de 10 heures et demie, Stella a quitté le restaurant. Toutes ses collègues le confirment. Elle n'a dit à personne où elle allait, mais toutes ont supposé qu'elle rentrait chez elle.

— Mais ?

— Stella déclare qu'elle est allée à vélo jusqu'au restaurant Tegnérs, avant de faire la tournée des bars. Elle ne se rappelle pas où elle était à tel ou tel moment. »

Nous nous sommes regardés, Ulrika et moi. Ça ne faisait pas un alibi solide. Plutôt une dérobade, quelque chose qu'une personne coupable raconterait. Pourquoi ne faisait-elle pas un effort pour se rappeler plus de détails ?

« Quand même, il faut bien qu'elle se souvienne de quelque chose, ai-je dit. Il y a forcément des gens qui l'ont vue. Elle connaît la moitié de la ville. »

Blomberg a regardé Ulrika.

« En savons-nous davantage sur les horaires ? a-t-elle demandé. Ce témoin, Sennevall, a bien entendu des cris et une dispute vers 1 heure du matin ?

— C'est ça. Les premières constatations faisaient pencher pour un décès vers 1 heure du matin, mais on attend maintenant le rapport médico-légal pour en avoir la certitude. »

Ulrika m'a regardé.

« Si on établit que Christopher Olsen est mort à 1 heure du matin, cela voudrait dire que Stella a un alibi.

— Exact », a dit Blomberg.

Ma vue s'est brouillée.

« Et pas n'importe quel alibi non plus, a continué l'avocat vedette avec un sourire satisfait. Tous ceux avec qui j'ai parlé attestent que tu es l'honnêteté même, Adam. »

J'ai dégluti péniblement.

18

L'audience d'incarcération s'est tenue juste après le déjeuner. J'étais passé des milliers de fois devant le tribunal, cette curieuse façade d'ardoise à détails de cuivre, avec son petit clocher adjacent. Pour la première fois, j'en franchissais les portes, forcé de vider mes poches. Je suis resté les bras en croix dans l'entrée pendant qu'un vigile m'inspectait au détecteur de métaux. Je suis ensuite allé attendre dans le couloir, assis à côté d'Ulrika sur une banquette aux airs de couchette. Ça sentait le renfermé.

Chaque fois que la porte s'ouvrait, nous nous levions d'un bond, faisant sursauter le vigile, qui s'est décidé à venir nous demander de nous tenir tranquilles.

Stella a fini par arriver, encadrée par deux hommes en uniforme. Elle était pendue là, frêle fantôme entre ces deux armoires à glace. Sans même regarder dans notre direction. Ulrika s'est précipitée vers elle en tendant les bras, mais a vite été refoulée par les uniformes.

« Stella ! Ma chérie ! »

Je me suis faufilé pour pouvoir toucher ma petite fille, mais un des types a déplié ses bras gonflés pour me bloquer le chemin.

« C'est bientôt fini, Stella », a dit Ulrika.

Stella avait le teint grisâtre, l'œil cave, et autre chose encore, que je ne lui avais jamais vu. Le découragement. La lassitude sur son visage était de celles qu'on ne voit que chez les personnes qui se sont résignées, abandonnées au destin ou, en l'occurrence, au système. Quelqu'un qui dit : « Faites de moi ce que vous voulez. » On le voit dans ses yeux, toute vie en a été aspirée.

J'ai déjà rencontré d'autres personnes qui avaient capitulé. Des personnes à ce point vidées de sens et de volonté qu'elles n'ont même plus assez d'énergie pour se nuire à elles-mêmes.

Tandis que Stella était conduite dans la salle d'audience, je me suis abîmé dans les limbes de l'incertitude. J'y flotte encore, je m'y débats pour sauver ma vie, j'y cherche à l'aveuglette quelque appui.

La salle d'audience n'était pas plus vaste qu'un salon. Le président de séance a feuilleté quelques papiers tandis que nous prenions place sur les bancs du public. Blomberg a tiré un siège pour Stella et, quand elle a essayé de s'asseoir, elle m'a paru brisée, comme si les parties de son corps n'étaient plus reliées entre elles, au point que Blomberg a dû la tenir à deux mains.

Ulrika et moi nous sommes serré fort la main. Notre petite fille était à cinq mètres devant nous, et nous n'avions pas même le droit de la toucher.

La procureure a fait son entrée avec des talons qui claquaient depuis le bout du couloir. Une allure énergique dans des vêtements coûteux, des bijoux qui tintaient autour du cou et des poignets, un corps typique de gymnaste : court, mince, athlétique, les jambes arquées. Des lunettes carrées et les cheveux lissés sur le crâne sans qu'une seule mèche dépasse. Elle a rangé ses papiers en trois tas bien alignés, rectifié les coins avec ses ongles au vernis rubis, avant de serrer la main à Blomberg et Stella.

J'ai à peine eu le temps de comprendre que l'audience avait commencé que le président a décidé d'un huis clos et qu'un vigile est venu nous demander, à Ulrika et moi, de partir.

« C'est ma fille ! » lui ai-je crié à la figure.

Le vigile a regardé mon col romain, interloqué.

L'amour est la tâche la plus ardue de l'homme. Je me demande si Jésus a bien compris ce qu'il demandait en nous enjoignant de nous aimer les uns les autres comme nous nous aimons nous-mêmes.

Peut-on continuer à aimer un meurtrier ?

Tandis que j'attendais à nouveau à l'extérieur de la salle d'audience, une pensée a pris de plus en plus de place. Elle avait déjà tenté de s'imposer, mais c'était la première fois que j'osais m'y arrêter : l'idée que Stella pouvait être coupable.

Les taches sur le chemisier. Bien sûr, ça pouvait être n'importe quoi. Mais pourquoi personne n'avait vu Stella ? Quelqu'un qui aurait su dire où elle avait été, ce qu'elle avait fait ? Plusieurs heures de ce vendredi soir demeuraient un trou noir. Qu'avait-elle fait pendant ce temps-là ?

J'ai parfois eu en face de moi d'infâmes meurtriers, à qui j'ai promis l'amour inconditionnel de Dieu.

L'amour des hommes est d'une tout autre sorte. J'ai songé aux paroles de saint Paul, sur l'amour qui se réjouit quand la vérité triomphe, l'amour qui est fidèle, quel qu'en soit le prix.

Pour ma famille. C'était en ces termes que je pensais : je dois tout faire pour ma famille. J'avais trop souvent échoué dans mon aspiration à être le meilleur mari et père au monde. J'avais à présent une occasion de m'améliorer et de me racheter. J'allais tout faire pour protéger ma famille.

Quand la porte de la salle s'est rouverte, mon corps était si lourd qu'Ulrika a dû m'aider à me lever. Devant nous, Stella était assise, le visage dans les mains.

Ulrika et moi étions agrippés l'un à l'autre comme deux personnes qui se noient dans une mer agitée.

La porte s'est refermée derrière nous et le juge a balayé la pièce du regard.

« Stella Sandell est suspectée de meurtre. »

Aucun parent ne peut envisager entendre un jour le nom de son enfant cité dans un tel contexte. Quiconque a eu son bébé couché sur son ventre avec ses pieds miniatures qui gigotent et son rire qui gargouille ne peut imaginer une chose pareille. Ça arrive aux autres. Pas à nous.

J'ai serré fort la main d'Ulrika, en me disant que nous n'étions pas des parents de ce genre. Nous n'avons pas de problèmes de drogue, nous avons fait des études, nous avons de hauts salaires. Nous sommes en bonne santé, physique comme psychique. Nous ne sommes pas une famille cabossée issue d'un quartier frappé par l'exclusion et les problèmes socio-économiques.

Nous étions une famille tout à fait normale. Ce n'était pas à nous d'être ici. Et pourtant nous y étions.

19

Après l'audience, Ulrika et moi avons attendu en silence dans le bureau de Blomberg. Je me suis levé, rassis, levé à nouveau. J'ai gagné la fenêtre et soupiré.

« Où est-il ? »

Ulrika fixait le mur, absolument immobile.

« Quand pourrons-nous parler avec Stella ? ai-je continué. C'est inhumain de la maintenir isolée de cette façon.

— C'est comme ça que ça fonctionne, a dit Ulrika. Elle aura des restrictions pendant toute la durée de l'enquête. »

Blomberg a fini par arriver, au pas de course. Ses joues étaient plus couperosées que jamais. Il parlait vite, comme un pantin mécanique remonté à bloc.

« J'ai mis toute mon équipe sur Christopher Olsen. Il se trouve qu'il avait plus d'un cadavre dans le placard, si vous me passez l'expression. »

Je ne passais rien du tout, mais j'étais trop curieux pour relever.

« Raconte !

— Dans les affaires, on se met facilement des gens à dos, a commencé Blomberg. Mais dans le cas d'Olsen, il ne s'agit pas de n'importe quels ennemis. Apparemment, il est entré en conflit avec quelques Polonais au casier long comme les évangiles. »

J'ai fait une grimace sceptique. C'était une réplique digne d'une mauvaise série policière.

« C'est un immeuble qu'Olsen a acheté le printemps dernier. Les Polonais ont un snack-pizzeria au rez-de-chaussée, dont Olsen aimerait bien se débarrasser. Ce n'est pas bon pour les prix des appartements, j'imagine.

— Mais le mode opératoire ne fait pas du tout penser à un meurtre mafieux, a objecté Ulrika.

— Qui parle de mafia ? Il s'agit de pizzaïolos polonais. Mais c'est encore mieux. »

L'idée dans son ensemble me déplaisait. Pour moi, c'était la police qui menait les enquêtes criminelles, pas les avocats. En outre, je ne trouvais pas bien du tout de mettre en cause la victime de cette façon.

« Voilà seulement six mois, Christopher Olsen a fait l'objet d'une plainte pour violences répétées et viol. Une enquête préliminaire a été diligentée, mais après quelques mois, le procureur a décidé de l'abandonner, faute de preuves. » Blomberg a marqué une pause rhétorique, avant de poursuivre : « La plaignante était la compagne d'Olsen depuis trois ans. D'après elle, Christopher Olsen était un tyran brutal qui avait détruit sa vie. »

J'ai vu à l'air d'Ulrika que tout s'éclaircissait.

« Elle n'a jamais obtenu réparation ?

— Non, a dit Blomberg.

— Elle pourrait être mue par un désir de vengeance. »

Blomberg a hoché la tête.

Ulrika s'est tournée vers moi :
« Tu comprends ce que ça signifie ? »

Le plan de Blomberg était de présenter une meurtrière alternative, afin d'instiller le doute sur la culpabilité de Stella. Si les pizzaïolos polonais constituaient une autre piste, l'ex-compagne de Christopher Olsen semblait beaucoup plus pertinente encore.

« Mais elle n'a peut-être rien à voir avec tout ça, ai-je dit à Ulrika ce soir-là, assis dans le canapé sans trouver le sommeil. Est-ce qu'il ne vaut pas mieux laisser l'affaire à la police ? »

Elle m'a regardé comme un pasteur stupide.

« Les avocats font ce genre de trucs.

— Mais ça ne suffit pas de montrer que Stella est innocente ? Imagine qu'une autre personne finisse par se faire pincer. Elle a été battue et violée, et maintenant… »

Ulrika s'est levée.

« C'est de Stella qu'on parle ! Notre fille est enfermée dans une cellule à la maison d'arrêt ! »

Bien sûr, elle avait raison. Rien n'était plus important que de faire sortir Stella le plus vite possible. J'ai avalé la fin de mon whisky et je me suis approché de la cheminée. Quand j'ai ouvert la trappe vitrée, la chaleur m'a sauté au visage, et j'ai dû attendre un moment avant de plonger le tisonnier dans la cendre : des flocons se sont envolés et des langues de fumée se sont élevées autour de ma tête.

« Tu m'aimes ? ai-je demandé sans regarder Ulrika.

— Mais mon cœur, bien sûr. » Elle a tendu la main pour me toucher le cou. « Toi et Stella, je vous aime plus que tout.

— Je t'aime aussi.

— C'est un cauchemar. Je ne me suis jamais sentie aussi impuissante. »

Je me suis assis en la prenant dans mes bras.

« Quoi qu'il arrive, nous devons rester ensemble. »

Nous nous sommes embrassés.

« Et si…, ai-je commencé. Est-ce que tu crois qu'elle peut avoir… »

Ulrika a eu un mouvement de recul.

« Ne pense pas comme ça !

— Je sais. Mais… son chemisier… »

Il fallait que je sache où il était passé. Ulrika devait l'avoir pris. Et dans ce cas, elle avait bien sûr vu les taches, impossible de les rater.

« Qu'est-ce que tu veux dire ?

— Les taches sur son chemisier.

— Quelles taches ? »

Elle m'a regardé comme si je délirais.

N'avait-elle pas touché le chemisier ? Dans ce cas, la police devait l'avoir trouvé. Mon cœur s'est emballé, tandis qu'Ulrika posait sa main sur la mienne.

« Nous savons que Stella était à la maison quand cet homme est mort. »

Puis elle n'a plus rien dit.

20

Dans la nuit du lundi au mardi, je n'ai pas fermé l'œil. Mes pensées tournaient en rond. Qu'avait fait Stella ? J'ai passé l'aspirateur, récuré le sol et astiqué les placards de la cuisine, en sueur, de plus en plus troublé. J'avais peur de mes propres pensées. Stella, ma petite fille. Quel genre de père étais-je pour ne serait-ce que laisser affleurer le soupçon qu'elle ne soit pas innocente ? L'oxygène me restait en travers de la gorge comme une glaire épaisse, et j'ai dû sortir dans le jardin me remplir les poumons d'air frais.

Ulrika s'est enfermée dans son bureau. Au bout de plusieurs heures, je l'ai retrouvée endormie à sa table de travail, la tête sur les bras. À côté, une bouteille de vin vide et un verre à demi rempli. Doucement, je lui ai caressé les cheveux, j'ai inspiré le parfum de son cou et je l'ai laissée continuer à dormir.

Au matin, je me suis affalé à la table de la cuisine, épuisé, et j'ai feuilleté le journal, dans lequel j'ai vu une photo de l'aire de jeux où était mort Christopher Olsen. Stella s'y était-elle rendue vendredi dernier ?

Pourquoi ? Je me suis défait de ces pensées et suis monté voir Ulrika.

« J'ai l'intention d'y aller. Je veux le voir de mes propres yeux.

— Voir quoi ?

— L'endroit. L'aire de jeux.

— Je ne crois pas du tout que ce soit une bonne idée. Il vaut mieux que nous restions le plus loin possible de tout ça. »

À la place, je suis allé fouiller sur Internet.

Pour le moment, il n'y avait pas grand-chose sur le meurtre, mais ce n'était qu'une question de temps, probablement pas plus de quelques heures, avant qu'on ne commence à poster des messages sur divers forums et à en discuter sur les réseaux sociaux. Stella allait très certainement être étiquetée coupable. Pas de fumée sans feu, allait-on dire. Une situation particulièrement délicate, s'agissant de la fille d'un pasteur.

Le pouvoir de juger appartient aux gens, quoi qu'en dise l'institution judiciaire, et le tribunal du peuple est loin d'avoir les mêmes exigences de preuves. Je n'ai qu'à me regarder moi-même : combien de fois n'ai-je pas douté quand un suspect de crime était relâché faute de preuves ?

J'ai continué à surfer, mais les mots et les images ne me suffisaient pas. Je voulais voir le lieu par moi-même, m'y plonger.

Je n'ai pas dit à Ulrika où j'allais. Elle avait l'air tellement certaine que Stella n'avait rien à voir avec ce qui s'était passé. Je me suis mis au volant de la voiture, une sensation oppressante dans la poitrine.

À mi-chemin du centre-ville, mon téléphone a sonné. L'écran indiquait que c'était Dino.

« La police a interrogé Amina. Ce n'est pas bon qu'elle soit mêlée à ça. »

Il parlait vite, avec une dureté inhabituelle dans la voix.

« Qu'est-ce qu'ils lui ont demandé ? »

Dino ne m'écoutait pas.

« Imagine qu'on apprenne à la faculté de médecine qu'Amina est mêlée à une enquête criminelle. Ça n'est pas bon du tout.

— Arrête ça, Dino ! C'est ma fille qui est soupçonnée de meurtre ! Ce n'est pas Amina qui est à plaindre. »

Il s'est tu un moment.

« Je sais, je sais. Pardon, je ne veux juste pas qu'Amina ait à pâtir d'une histoire avec laquelle… elle n'a rien à voir. »

Naturellement, il ne pensait pas à mal. Dino n'est connu ni pour son tact, ni pour sa retenue. Je ne saurais compter le nombre de fois où j'ai dû arrondir les angles après des réactions précipitées ou des mots échappés sur le terrain de hand. Mais cette fois, j'étais moi aussi sous pression, c'était peu de le dire.

« Parce que tu crois que Stella, elle, a à voir avec ça ?

— Bien sûr que non, mais il s'agit de la formation de médecin d'Amina. Elle ne sait rien de ce qui s'est passé vendredi.

— Stella non plus, non ?

— C'est juste tellement typique que ça tombe pile maintenant. Il faut dire que ce n'est pas la première fois qu'Amina a des ennuis à cause de… »

Il n'a pas fini sa phrase. Pas besoin. J'ai raccroché d'un index tremblant.

Je me suis garé devant le bowling et j'ai fini à pied. Derrière une haie, contre les jardins ouvriers, j'ai trouvé l'aire de jeux. Du travail de la police ne restait qu'un lambeau de Rubalise bleu et blanc oublié autour d'un réverbère. Une petite fille au rire pétillant se balançait si fort qu'une de ses chaussures s'est envolée. Un peu plus loin, son père tendait les bras devant un toboggan où le petit frère de la fillette hésitait à se lancer.

Près de la haie dense, derrière eux, on avait créé un mémorial. Des lumignons, des roses et des lys, des photos et des cartes avec des mots d'adieu. En rouge sur fond noir, quelqu'un avait écrit « POURQUOI ? » en majuscules.

La petite fille a sauté de la balançoire dans son élan, ramassé et remis sa chaussure au passage avant de s'élancer vers son papa avec un cri de joie.

« Chut », lui a-t-il murmuré en lorgnant dans ma direction.

La tête inclinée devant les fleurs et les bougies, j'ai fait une brève prière pour Christopher Olsen.

Je n'avais jusque-là vu son visage que sur mon ordinateur et l'écran de mon portable, quelques photos d'un reportage et d'une présentation d'entreprise. Je le découvrais à présent pour la première fois sous un autre jour, dans un contexte privé, comme une personne en chair et en os, que d'autres regrettaient et pleuraient. Sur la plus grande des photos, il regardait droit dans l'objectif avec des yeux pétillants et un sourire où semblaient se mêler joie et étonnement, comme s'il avait été surpris par le photographe. La mort est rarement aussi tangible que lorsque l'on voit combien une personne a été vivante.

J'ai alors été submergé par un brutal désarroi. Tout ça était si désespérément atroce. Un jeune homme inconnu avait été privé de sa vie ici, sur le gravier. On devinait encore où le sang avait coulé.

Comment pouvait-on croire une seconde que Stella soit mêlée à ça ? J'ai regardé les photos de Christopher Olsen. C'était évident : un beau jeune homme avec des yeux heureux et de l'avenir dans le regard. C'était une tragédie absurde.

Je me suis dépêché de regagner la rue et j'ai regardé en contrebas dans Pilegatan.

Pourquoi cette voisine affirmait-elle avoir vu Stella ici vendredi dernier ? Qui était-elle, et comment pouvait-elle être aussi sûre de son fait ? Si elle mentait en connaissance de cause, il fallait que quelqu'un lui explique quelles pouvaient en être les conséquences.

Et si elle ne mentait pas ? Et si Stella avait bien été ici ?

Plus bas dans la rue, j'ai trouvé l'immeuble jaune 1900 où Christopher Olsen habitait. J'ai levé les yeux vers ses belles fenêtres et ses élégants balcons. Puis j'ai examiné le porche. Il était ouvert.

J'ignorais s'il y avait une contre-indication juridique à ce que je parle avec le témoin. D'un point de vue moral, c'était bien sûr condamnable, même si je me jurais de ne pas tenter d'influencer cette fille. Je voulais seulement comprendre ce qu'elle avait vu. Et puis il fallait lui faire prendre conscience que Stella était une vraie personne, avec des proches que l'inquiétude était en train d'anéantir. Il fallait qu'il soit clair pour elle que ce n'était pas un jeu. Qu'elle voie que j'existais.

21

Le pas mal assuré, j'ai lentement monté l'escalier. Ça sentait le café et la pâtisserie. Macabre ! Comment pouvait-on se mettre à faire des gâteaux au milieu de tout ça ?

Au premier étage, je me suis arrêté pour lire les plaques sur les portes. En lettres chantournées sur le métal poli, on lisait « C. Olsen ». En face, il y avait deux appartements. À droite habitait un certain Agnelid et, sur la porte de gauche, écrit à la main sur un papier : My Sennevall. J'ai aussitôt reconnu le nom.

La sonnette a retenti, stridente, tandis que j'essayais de trouver quoi dire. Il fallait que je lui fasse comprendre pourquoi j'étais là. J'ai bientôt entendu des pas traînants de l'autre côté de la porte, le parquet a craqué, puis à nouveau silence complet. J'ai sonné une nouvelle fois.

Était-elle derrière la porte en train de tendre l'oreille ?

« Excusez-moi, ai-je fait d'une voix étouffée. Il y a quelqu'un ? »

J'ai entendu la serrure tourner et, très lentement, la porte s'est entrouverte, si peu que j'ai dû me pencher de côté pour apercevoir la silhouette à l'intérieur.

« Bonjour. Pardon d'arriver comme ça. »

Je ne voyais pas beaucoup plus qu'une paire d'yeux qui brillaient dans le noir.

« Je m'appelle Adam Sandell.

— Oui ?

— Je peux entrer ? »

Elle a ouvert un peu plus la porte.

« Vous avez quelque chose à vendre ? »

La voix ressemblait à celle d'un enfant.

« Je voudrais juste vous poser quelques questions au sujet de Stella. Je suis son papa.

— Stella ? » Elle a paru réfléchir. « Cette Stella ?

— S'il vous plaît, j'ai besoin de savoir. »

Avec une grande hésitation, elle a ôté la chaîne de sécurité et m'a tenu la porte pour que je puisse entrer dans un vestibule plongé dans la pénombre. Sur l'étagère à chapeaux, une casquette, au portemanteau un coupe-vent et un parapluie. Sinon rien d'autre.

« Vous êtes bien My ? My Sennevall ? »

La fille a reculé vers le mur et m'a regardé fixement. Elle était petite et mignonne, des cheveux en corolle descendant jusqu'à la taille. Probablement pas beaucoup plus âgée que Stella.

« Je ne comprends pas ce que vous voulez. J'ai déjà tout dit à la police.

— Je ne vous dérangerai pas longtemps », ai-je promis en tendant le cou pour voir l'intérieur de l'appartement.

Les murs étaient nus, et un unique abat-jour répandait une lumière tamisée dans la pièce par ailleurs plongée dans le noir. Devant la fenêtre, un fauteuil à oreilles bleu foncé qui aurait eu besoin d'être rafraîchi. Sur une étagère Billy, quelques figurines en porcelaine, le genre qu'on trouve dans les brocantes. Il n'y avait pas de bureau, pas de chaise, pas d'autres meubles. Juste un lit de quatre-vingt-dix défait, dans un coin.

« Bon, allez, dites-moi ce vous voulez », s'est impatientée My Sennevall.

Je n'étais moi-même pas sûr de savoir ce que je voulais.

« Est-ce que vous pourriez juste me dire où vous l'avez vue ? J'ai besoin de votre aide pour comprendre ce qui s'est passé. »

My Sennevall a cligné des yeux.

« J'ai l'habitude de m'asseoir à cette fenêtre, a-t-elle dit en indiquant le fauteuil. J'aime bien observer.

— Observer quoi ?

— Ce qui se passe. »

C'était étrange. Quel genre de personne était-ce ?

« Quand avez-vous vu Stella ? ai-je demandé. Êtes-vous certaine que c'était vendredi dernier ? »

Elle a ricané en soufflant par le nez.

« La première fois, c'était à 11 heures et demie.

— La première fois ? »

Elle a hoché la tête.

« Stella est arrivée à toute allure sur son vélo. Elle a ouvert le porche d'un coup et elle s'est précipitée à l'intérieur. »

My Sennevall a fait quelques pas lents dans la pièce, s'est placée à côté du fauteuil et a montré par la fenêtre. Elle avait une vue parfaite sur Pilegatan.

« Puis je l'ai vue à nouveau. Une demi-heure plus tard, environ. Elle était en bas, sur le trottoir d'en face, un peu sur le côté. Sous cet arbre. »

Une demi-heure plus tard ? My Sennevall avait donc vu cette personne qu'elle croyait être Stella non pas une, mais deux fois le même soir.

« Comment pouvez-vous être certaine que c'est Stella que vous avez vue ? Vous la connaissez ? »

Elle a baissé la tête.

« Je sais qu'elle travaille chez H&M. Je l'ai tout de suite dit à la police. »

Elle m'a à nouveau regardé. My Sennevall était bien sûr un peu spéciale, mais rien n'indiquait qu'elle mentait. Elle avait certainement vu quelqu'un vendredi dernier, et était persuadée que c'était Stella. Je me suis surpris à me dire qu'elle n'avait pas l'air de quelqu'un qui mentirait. Idée bizarre.

« Vous reconnaissez toutes les employées de H&M, ou seulement Stella ? »

Elle a ricané à nouveau.

« J'ai une mémoire des visages exceptionnellement développée, a-t-elle expliqué en regardant par la fenêtre. Mon sens de l'observation, en général, est très bon. Je remarque ce qui échappe aux autres.

— Je n'en doute pas.

— J'ai vu très souvent votre fille chez H&M. Quand la police m'a montré une photo, j'étais sûre à cent pour cent. Ils ont dit qu'il était inhabituel qu'un témoin soit aussi convaincant. »

Je me suis penché un peu pour avoir la même perspective que si j'avais été assis dans le fauteuil, et j'ai constaté que la vue sur le trottoir d'en face était dégagée.

« Ensuite, j'ai été réveillée par des cris. Des hurlements, plutôt. Ça ressemblait en tout cas à un homme.

— Quand était-ce ?

— Je venais de me coucher, alors il devait être autour de 1 heure du matin. »

Exactement comme avait dit Blomberg. 1 heure du matin.

« Je me couche toujours à 1 heure. En tout cas, je me suis précipitée à la fenêtre pour regarder. Je n'ai rien vu, mais je suis quasiment sûre que le bruit venait de l'aire de jeux, là-bas. »

J'ai essayé d'imaginer à quoi cela ressemblait dans le noir. Il y avait certes quelques réverbères le long du trottoir, mais ce ne devait pas être simple de discerner les détails en pleine nuit.

« Comment pouvez-vous être certaine que c'était elle ? Vous comprenez sûrement que vous pouvez détruire la vie d'une personne, de plusieurs personnes, si vous désignez la mauvaise ? Vous devez être vraiment sûre.

— Mais je le suis. Je l'ai dit tout à l'heure. »

Son ton était tellement naïf, comme un déni de réalité. Cela semblait insensé que Stella soit incarcérée dans une cellule sur la seule base des affirmations de cette femme.

Il fallait que je me maîtrise. J'aurais voulu attraper My Sennevall et la secouer.

« Vous ne connaissez pas Stella ! Vous l'avez juste vue dans la boutique où elle travaille. Comment pouvez-vous prétendre être certaine ? »

My Sennevall a croisé mon regard. Ses yeux étaient remplis de compassion.

« Ce n'était pas la première fois que Stella venait ici. »

22

Quand les filles avaient quatorze ans, Amina est venue me voir un jour à la maison paroissiale. En tenue d'été, elle s'est présentée dans l'embrasure de la porte, jambes tremblantes, comme si le monde allait l'engloutir d'une seconde à l'autre.

« Les pasteurs ont bien un devoir de réserve ? »

À peine ces mots prononcés, j'ai su que les choses allaient changer. Au fond de ses yeux de biche apeurée, quelque chose pantelait, sur le point de basculer.

Amina a vraiment occupé une grande place dans l'enfance de Stella. À certaines périodes, Stella passait autant de temps chez les Bešić que chez nous. Amina était fille unique elle aussi et, même si nous n'avons pas abordé le sujet avec Dino et Alexandra, Ulrika et moi les soupçonnions de n'avoir comme nous jamais réussi à faire un deuxième enfant.

« Qu'est-ce qui s'est passé ? » ai-je dit en posant la main sur l'épaule d'Amina.

À bien des égards, je me considère comme une sorte de deuxième père pour elle.

« Tu as bien un devoir de réserve, hein ? a-t-elle répété. Ce que je vais te raconter, tu n'as le droit d'en parler à personne ?

— Ça dépend de ce que tu veux me dire. »

Je l'ai invitée à s'asseoir, et je lui ai offert un jus d'orange et des biscuits. Avant d'en arriver au fait, nous avons bavardé un moment à bâtons rompus de l'école, de ses camarades de classe, du handball et de ses rêves. Puis elle a expliqué qu'il s'agissait de Stella.

J'ai attendu deux jours avant d'en parler à Ulrika, n'y tenant plus.

« De la drogue ? »

Ma femme m'a dévisagé. Comme si elle attendait que je retire la chose, que je dise que c'était pour rire.

« C'est ce qu'affirme Amina.

— Et pourquoi Amina viendrait-elle te raconter une chose pareille ? »

Elle ne voulait vraiment pas y croire.

« Elle devait avoir peur », ai-je supposé.

Les jours suivants, Ulrika a pris les choses en main sur les chapeaux de roue. Elle a contacté le proviseur, l'infirmière scolaire, et fait organiser un test antidrogue.

« Putain, vous n'avez pas le droit de me forcer ! a crié Stella en essayant de se dégager, devant le centre de soins.

— Bien sûr que si, a répliqué Ulrika. Tu n'es pas majeure. »

Les gens regardaient avec curiosité Stella protester bruyamment dans la salle d'attente. J'ai essayé autant que possible de me cacher, mais la situation a fini par être tellement gênante que j'ai dû traîner Stella dans le labo en leur expliquant que nous ne pouvions pas attendre plus longtemps. Ulrika a bloqué la main de

Stella pendant que l'infirmière enfonçait l'aiguille dans son bras.

Quelques jours plus tard, nous avons eu la réponse, au téléphone : il y avait bien des traces de cannabis dans le sang de Stella.

« Pourquoi, n'arrêtait pas de répéter Ulrika. Pourquoi ? »

Elle marchait en cercles serrés autour de Stella et moi, assis à la table de la cuisine. Là, c'était moi qui me sentais comme un avocat de la défense.

« Parce qu'il ne se passe jamais rien », a répondu Stella.

C'est vite devenu sa réponse standard.

« Tout est si triste. Il ne se passe jamais rien. »

Ulrika l'a dévisagée en secouant la tête, un poing serré sur la hanche.

« De la drogue, Stella ! C'est de la drogue !

— C'était juste un joint. J'ai testé.

— Testé ?

— Ça rend les choses un peu plus drôles. Exactement comme ton vin. »

Ulrika a frappé si fort du poing sur la table que les verres ont sauté. Stella s'est levée et a vomi une longue guirlande de jurons bosniaques qu'elle devait avoir piqués à Dino.

Quand je suis allé me coucher ce soir-là, j'ai trouvé Ulrika tournée vers le mur.

« Ma chérie », ai-je fait en lui touchant doucement le dos.

Elle s'est contentée de sangloter.

« Ça va aller, l'ai-je rassurée. On va s'entraider. Ensemble, on va s'en sortir. »

Elle a tourné le regard vers le plafond.

« C'est ma faute. J'ai trop travaillé.

— Ce n'est la faute de personne.

— Nous devons demander de l'aide. J'appelle le centre de psychiatrie infanto-juvénile dès demain. »

Des psychologues ?

« Que vont penser de nous les gens ? » ai-je dit.

Le soir suivant, j'ai aperçu Amina en rentrant à la maison. J'ai reconnu son blouson rose à col blanc en fausse fourrure et j'ai lâché le guidon pour la saluer de la main, mais Amina n'a pas répondu. Elle a ralenti le pas jusqu'à s'arrêter à côté d'une grande armoire électrique, et j'ai compris que quelque chose n'allait pas.

Tandis que je m'approchais, l'ombre sur son visage est apparue de plus en plus clairement. Jusqu'au bout, j'ai espéré me tromper. Quand j'ai freiné, en me penchant par-dessus le cadre du vélo, Amina a porté la main à sa joue dans une vaine tentative de cacher sa gêne.

« Mais Amina, qu'est-ce qui s'est passé ? »

Elle a détourné le visage.

« Rien, a-t-elle répondu en s'éloignant. Je croyais que les pas teurs avaient un devoir de réserve. »

Deux semaines plus tard, nous avons eu un rendez-vous au centre de psychiatrie infanto-juvénile. Nous avions alors déjà arrangé une réunion à l'école avec les enseignants et le proviseur, l'assistante sociale, l'infirmière et le psychologue. Je me sentais le parent le plus raté de la planète.

Le thérapeute du centre avait de fines moustaches lissées, si longues qu'elles rebiquaient. Difficile d'en détacher son regard.

« J'ai coutume de dire qu'un problème d'ado est toujours un problème de famille », a-t-il commencé en se penchant tellement au-dessus de la table basse arrondie que son collier de perles noires s'est balancé en l'air.

Dès qu'Ulrika ou moi tentions de donner notre point de vue sur la situation, il nous interrompait en levant la main.

« Nous ne devons pas oublier la perspective de Stella. Comment tu sens les choses, toi ? »

Stella fixait ses pieds.

« M'en fiche.

— Mais, Stella…, avons-nous essayé, Ulrika et moi.

— Hep, hep, hep, a fait le thérapeute. Elle a le droit d'avoir son ressenti. »

Mes doigts me démangeaient. Ce n'était pas ma petite fille qui était là, bras croisés et air rebelle. C'était une tout autre personne que le bébé duveteux qui avait grimpé sur ma poitrine, les coins des lèvres pleins de rires joyeux. J'aurais voulu la prendre par les épaules et la secouer.

« Je t'en prie, Stella », a dit Ulrika.

Mon ton était toujours plus dur :

« Stella ! »

Mais Stella a continué à marmonner dans son coin, d'une consultation à l'autre.

« De toute façon, vous ne comprenez rien. Ça ne vaut pas la peine. Je m'en fiche. »

Lentement, je me suis fait à ce qui s'était passé, notre fille avait fumé du haschich, ça arrivait aussi dans d'autres familles. Cela n'impliquait pas forcément la catastrophe totale que j'avais d'abord redoutée. La plupart des personnes qui fument du haschich à un moment ou à un autre de leur adolescence deviennent malgré tout de bons citoyens et réussissent leur vie sans problèmes d'addiction à l'âge adulte.

Mais la drogue n'était qu'un symptôme parmi d'autres des problèmes de Stella, et il était frustrant de ne pas pouvoir l'aider. À la maison, Ulrika et moi marchions sans cesse sur des charbons ardents. La moindre contrariété pouvait déclencher une explosion. Le regard de Stella devenait noir, elle criait en jetant des objets autour d'elle.

« C'est ma vie ! Vous ne décidez pas pour moi ! »

Dans les pires cas, nous ne trouvions aucune autre solution que de l'enfermer dans sa chambre jusqu'à ce qu'elle se calme.

À la fin de l'automne, la moustache du thérapeute a été remplacée par une femme douce aux cheveux couleur de feu. Elle nous a donné des exercices à faire à la maison. Des *outils*, disait-elle. Nous avions besoin d'outils. Mais quand Stella n'obtenait pas ce qu'elle voulait et mettait tout sens dessus dessous, peu importait les outils que nous sortions.

Lors d'une consultation, on est arrivés à la conclusion que Stella souffrait d'une défaillance dans le contrôle de ses pulsions. D'après la rousse, ça pouvait se rééduquer.

Je me suis confié à mes collègues de la paroisse, qui ont été merveilleux et m'ont soutenu. *Ce n'est pas facile avec les ados*. Pourtant, je n'ai pas pu manquer de discerner quelque satisfaction chez certains d'entre eux, une sorte de soulagement de voir que chez moi aussi la façade se craquelait.

Un samedi, alors qu'Ulrika et moi allions nous coucher, j'ai découvert que Stella avait filé par la fenêtre de sa chambre. Je me suis jeté sur mon vélo et, heureusement, je l'ai assez vite retrouvée. Elle était sur un quai, avec une dizaine d'autres jeunes, capuches rabattues et jeans troués. L'air était enfumé et menaçant.

« Tu me suis à la maison », ai-je ordonné.

Stella n'a pas protesté. Elle est restée silencieuse sur mon porte-bagages à travers toute la ville et, à l'approche de la maison, elle a passé les bras autour de moi en appuyant le front contre mon dos.

Le lundi, nous avons reçu les résultats d'une nouvelle analyse d'urine. Négatif.

Je commençais à entrevoir une lumière dans la nuit.

23

La nuit suivante, Ulrika et moi étions chacun dans un coin du canapé. Nous luttions contre le temps et la plaie qui s'était ouverte au cœur de notre petite famille. L'air était étouffant de non-dits.

Je n'arrêtais pas de penser à My Sennevall. Ses mots m'empoisonnaient d'angoisse. Elle était absolument sûre que c'était bien Stella qu'elle avait vue vendredi dernier, car ce n'était pas la première fois qu'elle venait chez Christopher Olsen.

Vers 2 heures du matin, Ulrika est allée chercher une autre bouteille de vin. En revenant, elle a trébuché et dû se retenir au mur.

« Nous devrions peut-être arrêter de boire, ai-je suggéré.

— Nous ? »

J'ai haussé les épaules.

Dans mes prêches, il m'est plusieurs fois arrivé de dire qu'il faut souvent des tragédies ou des catastrophes pour que les personnes se rencontrent et s'unissent, pour que nous nous arrêtions et nous occupions vraiment les uns des autres. Dans le malheur, nous nous redécouvrons et prenons conscience de ce que c'est qu'être humain parmi d'autres humains. Nous n'avons jamais autant besoin les uns des autres que dans le chagrin.

« Sois gentil, Adam, ne me dis pas ce que je dois faire ou ne pas faire, a continué Ulrika. Ma fille est soupçonnée de meurtre. »

Elle a à nouveau titubé et s'est assise dans son coin du canapé. J'ai inspiré à fond. Nous étions une famille, nous devions nous épauler. Il n'y avait pas de place pour des mensonges ou des secrets.

« Tu sais quoi ? Je crois que Stella connaissait cet homme.

Christopher Olsen ? »

J'ai hoché la tête et elle a trempé les lèvres dans son vin.

« Qu'est-ce qui te fait croire ça ?

— Oh, c'est plutôt une impression que j'ai. »

Ulrika m'a regardé avec de grands yeux.

Devais-je tout dire ? Révéler que j'avais parlé avec My Sennevall ? J'avais peur qu'Ulrika ne comprenne pas. Elle serait furieuse et croirait que j'avais essayé d'influer sur le témoignage de My. C'était évidemment pour elle une question d'honneur. Si elle l'apprenait, elle se sentirait peut-être même tenue de signaler mon initiative à la police.

« Qu'avons-nous mal fait, ma chérie ? Comment les choses ont-elles pu tourner ainsi ? »

Les yeux d'Ulrika sont devenus brillants.

« Je n'ai jamais été à la hauteur, a-t-elle lâché, presque en mur murant. Je ne suis pas une bonne mère. »

Je me suis rapproché.

« Tu es une mère fantastique.

— Bah, Stella a toujours été la fille de son papa. Tout le monde le disait. C'était elle et toi.

— Arrête. » J'ai tendu la main vers elle, mais elle m'a tourné le dos et s'est refermée. « Stella et toi, vous avez eu une très belle relation. Ces derniers temps… »

Elle a secoué la tête.

« Il a toujours manqué quelque chose.

— C'est peut-être inévitable », ai-je répliqué, sans être tout à fait sûr de ce que je voulais dire par là.

Quand j'ai enfin trouvé le sommeil, là, sur le canapé, il a été agité et morcelé. Je n'arrêtais pas de me réveiller, courbaturé, me demandant où j'étais et essayant de faire le tri entre la réalité et les fantômes échappés de mes rêves fébriles.

Ulrika était à moitié étendue à côté, la respiration sifflante et les paupières papillonnantes. Vers le matin, je me suis rapproché d'elle pour sentir sa présence dans mes rêves.

À mon réveil suivant, elle avait disparu. Je me suis dépêché de gagner la cuisine. La lumière du matin affluait dans la maison silencieuse. Je me suis précipité à l'étage pour ouvrir la porte de la chambre. Le lit était vide. L'instant suivant, je l'ai entendue dans la chambre de Stella.

« Les résultats du labo sont arrivés. Il y aura une nouvelle audience d'incarcération aujourd'hui. »

Elle était sur le seuil, les épaules tombantes, des poches sombres sous les yeux.

« Qu'est-ce que ça veut dire ?

— On peut être incarcéré comme suspect plausible, ou pour suspicion vraisemblable. Je dirais que la différence est notable. Une incarcération pour les besoins de l'enquête, quand une personne n'est qu'un suspect plausible, ne nécessite pas grand-chose. Mais pour incarcérer quelqu'un pour suspicion vraisemblable, l'exigence de preuves est beaucoup plus élevée. »

Ces paroles rebondissaient dans ma tête.

« D'après la procureure, le faisceau de preuves contre Stella s'est renforcé. Elle veut élever le degré de suspicion. »

Augmenter la suspicion ? Mon cœur s'est emballé.

« Qu'est-ce qu'ils ont trouvé ? »

24

Ulrika et moi n'avons jamais parlé de la honte et de la culpabilité d'avoir une fille surprise à se droguer. Nous passions des heures au centre de psychiatrie à nous taire à mort, nous nous obstinions à prendre de bonnes résolutions pour l'avenir, et expliquions à qui voulait ou non nous écouter que le bien-être de notre enfant était ce qui comptait le plus pour nous, comme si nous pensions sérieusement que cela nous distinguait des autres parents.

Cet automne-là, Ulrika s'est mise à temps partiel. Elle était plus à la maison, mais avait au moins autant à faire qu'avant.

Une nuit, je me suis réveillé en l'entendant taper sur son clavier. Je me suis glissé en douce dans son bureau, où elle travaillait dans le noir, en simples sous-vêtements. Elle avait perdu du poids ces derniers mois et, dans la faible lueur de sa lampe de bureau, j'ai découvert des bandes écarlates avec des cloques juste au-dessous du soutien-gorge.

Un zona, a constaté le médecin le lendemain. Il a refusé de lui prescrire des somnifères, mais était prêt à la mettre en congé maladie.

« Il faut que tu penses à toi, ma chérie, lui ai-je dit en l'aidant à enduire ses éruptions de baume apaisant.

— Il faut que je pense à Stella », m'a-t-elle répondu.

Cependant, pour Stella, la vie semblait continuer à toute allure. Je suppose que c'est comme ça quand on a quatorze ans, on n'a pas le temps de mettre son existence en stand-by. Il faut suivre, pour ne pas se retrouver à la traîne ou hors du coup. Assez souvent, je songeais au mot de Dino, selon lequel Stella était elle-même son pire adversaire. Qu'il lui fallait remporter un combat contre elle-même. Parfois, il semblait qu'elle avait déclaré forfait dans ce match.

« Bah ! Je m'en fiche. »

Au cours du printemps, la psychologue rousse a été remplacée par une version plus jeune, qui était convaincue que la TCC pouvait résoudre la plupart des problèmes, du moins jusqu'à ce que Stella explose au milieu d'un entretien et la couvre d'obscénités. Nous avons alors été confiés à une thérapeute familiale, une jeune femme du Norrland avec une frange et un sourire soucieux, qui nous a enjoint de *geler la situation* quand Stella piquait une crise.

« Arrêtez tout et dites-vous ce que vous ressentez, et pourquoi vous en êtes arrivés là. »

Quelques jours plus tard, Stella a jeté une tartine contre la porte du réfrigérateur après qu'Ulrika et moi lui avions expliqué qu'elle n'irait pas à une fête à Malmö.

« Vous me tuez ! a-t-elle crié. Pourquoi vivre si on n'a le droit de rien faire ? »

Je me suis levé en étendant les bras, comme un arbitre de hockey.

« Stop, on gèle la situation.

— Lâche-moi ! »

Stella s'est précipitée vers le vestibule, mais je lui ai vite barré la route.

« Je gère plus, là », a dit Stella en passant en trombe devant Ulrika pour monter à l'étage.

La porte de sa chambre a claqué derrière elle et j'ai soupiré de déception en m'adressant à ma femme.

« Il faut qu'elle gère, ai-je dit en m'appuyant contre l'îlot central. Il faut qu'on gère tous les trois.

— Je ne comprends pas ce qui se passe », a répondu Ulrika.

Aucun de nous ne comprenait. Stella qui, à cinq ans, passait des heures et des heures sur des puzzles bien trop difficiles. À la maternelle, on n'avait jamais rien eu à redire sur sa patience. Et à présent, elle ne pouvait pas s'asseoir et se concentrer plus de dix minutes.

Mais chaque fois que des psychologues parlaient de TDA ou de TDAH, Ulrika était sur la défensive. Elle ne leur donnait jamais de raisons concrètes, mais à moi, elle avait expliqué qu'elle redoutait qu'un diagnostic stigmatise Stella et devienne une prophétie autoréalisatrice.

« Quand j'étais petite, les adultes passaient leur temps à répéter que j'étais une fille sage. »

Elle avait l'air d'avoir un mauvais goût dans la bouche. Je ne comprenais pas ce qu'elle voulait dire.

« *Une fille sage*, disaient-ils avec une petite tape sur ma tête. Ulrika est une fille si sage. À la fin, je n'ai pas eu d'autre choix que de devenir la fille sage à laquelle tous s'attendaient. »

Je n'avais jusqu'ici jamais réfléchi en ces termes.

À un moment, au collège, Stella avait cessé de m'accompagner à l'église. Je n'en avais pas fait une grande affaire, y voyant comme une forme de révolte tout à fait naturelle. Les enfants se comportent comme des ados bien plus tôt de nos jours, se libèrent de leurs parents dès avant la puberté. Il n'y avait rien d'étrange à ce que Stella veuille son indépendance. Et puis je n'ai jamais eu la moindre intention de lui inculquer ma foi.

Il arrivait de plus en plus souvent que Stella accuse la religion de tous les malheurs du monde, moque ou dénigre ceux qui se réclamaient d'une autre vision que le strict athéisme. Bien sûr, je comprenais qu'il ne servait à rien d'argumenter. Moi aussi, jadis, j'avais été comme elle. Ce qui me faisait mal était ma conviction qu'elle faisait tout ça pour me blesser. Ça me déchirait. C'est une souffrance de voir son enfant changer dans un sens qu'on n'aurait jamais pu prévoir.

Vu la position négative de Stella vis-à-vis de l'Église, ça a été une surprise quand elle a voulu partir en camp de confirmation.

À mon arrivée dans la paroisse, un de mes premiers projets a été de mettre en place un parcours de confirmation valable. Avec la paroisse voisine, nous avons trouvé la résidence de formation idéale au bord du lac Immeln, aux confins du Blekinge et, par hasard, nous avons aussi pu recruter le jeune diacre Robin comme directeur du camp.

Ce camp a été un succès immédiat et, cette année-là, des jeunes et des parents de toute la ville s'étaient manifestés pour se renseigner. Je comprenais qu'une grande partie de cette réussite venait de Robin, à la fois jeune et charmant, sans pour autant manquer de profondeur ; aussi ai-je fait affecter une grande partie du budget de la paroisse à son engagement cette année encore comme responsable de l'encadrement du camp.

Je voyais bien quels regards lui jetaient les jeunes confirmandes, je comprenais que son charme cachait certains dangers, mais j'ai été tout simplement trop naïf pour écouter les sonnettes d'alarme.

Stella faisait toutes les trois semaines des analyses d'urine, chaque fois négatives, et les consultations au centre de psychiatrie infanto-juvénile portaient de plus en plus sur des problèmes d'ados assez normaux, comme les devoirs, les copains et les questions de discipline.

« Je pense qu'on devrait la laisser partir au camp de confirm », ai-je dit un soir d'avril où soufflait un vent à faire trembler les murs.

Nous étions en train de dîner, toute la famille rassemblée, pour une fois. La semaine entière était passée sans grosse crise.

« Vrai ? »

Stella s'est jetée à mon cou.

« Tu es le meilleur, m'a-t-elle dit, la bouche pleine. Je t'aime, papa !

— Voyons d'abord ce qu'en dit maman. »

Ulrika mâchait énergiquement. Elle venait juste de se voir confier le poste d'avocate adjointe dans ce qui allait être un des procès les plus médiatisés de Suède. Elle s'était jetée à corps perdu dans cette tâche. Elle qui travaillait déjà beaucoup, elle était à présent encore moins disponible.

« Qu'est-ce que je dois dire ? »

Elle a bu plusieurs gorgées de lait en me fixant.

« Que je peux, est intervenue Stella, toujours pendue à moi.

— S'il te plaît », ai-je appuyé avec un sourire un peu ridicule.

Je dois admettre que, dans une certaine mesure, je voyais ce camp de confirmation comme une possibilité pour Stella de découvrir de nouvelles valeurs au sein de la communauté chrétienne. Une chance de s'ouvrir et de se trouver. Peut-être, espérais-je, cela serait-il le début d'un retour ? Un retour pour Stella, mais aussi pour moi, un retour vers cette fille qui me manquait.

« Bien sûr que tu peux », a fini par dire Ulrika.

J'avais l'impression que ce serait un tournant.

Un vendredi d'août, Stella est montée dans le bus, sur le parking à côté de l'église. Ulrika avait raté son avion à Stockholm, mais j'étais là pour agiter la main quand le bus a manœuvré. Le sourire de Stella occupait toute la vitre arrière. Elle n'a pas répondu à mon salut.

25

Le matin du mercredi, nous étions de retour au tribunal de Lund. Ulrika m'a précédé sous le portique de sécurité. À mon passage, il s'est mis à biper et à clignoter. Tous les regards se sont tournés vers moi, mais le vigile a vite constaté que j'avais simplement oublié d'ôter mon collier.

Michael Blomberg a tout juste eu le temps de nous saluer dans le couloir. Son front était luisant de sueur et son nœud de cravate mal fait. Était-il vraiment l'homme de la situation ?

Je sentais à peine mes pieds en entrant dans la salle d'audience. Stella était déjà assise à sa place et, de dos, elle ressemblait à n'importe qui, une adolescente ordinaire, une jeune femme avec la vie devant elle. Ce n'est qu'en voyant son regard sans vie que la réalité m'a rattrapé. Rien de tout ça n'était normal.

L'audience d'incarcération a débuté et, cette fois, aucune des deux parties n'a exigé le huis clos. La procureure Jenny Jansdotter a pris la parole. Elle parlait vite, sans hésitation.

« Sur la base des nouveaux éléments de preuves techniques apportés au dossier, je considère que le degré de suspicion à l'égard de Stella Sandell a augmenté. »

Je n'arrivais pas à lâcher Stella du regard. C'était si terrible qu'elle soit là, à seulement quelques mètres devant moi, et que je ne puisse pourtant pas lui parler. Tout ce que je voulais, c'était serrer dans mes bras ma chère petite fille.

D'après le résultat du laboratoire, l'empreinte relevée par les techniciens de la police scientifique sur le lieu du crime provenait du même type de chaussures que celles que portait Stella lors de son arrestation. On ne pouvait cependant pas affirmer avec certitude que c'était effectivement la chaussure de Stella qui avait laissé l'empreinte.

L'analyse technique avait en outre décelé des traces de capsaïcine sur le corps de la victime, ce qui indiquait que Christopher Olsen avait vraisemblablement été exposé à un spray lacrymogène.

« Plusieurs des collègues de Stella ont confirmé lors de leur interrogatoire que Stella avait toujours un spray lacrymogène dans son sac à main », a dit la procureure.

Ça semblait tiré par les cheveux. Pourquoi Stella se promènerait-elle avec un spray lacrymogène ?

La police avait également trouvé de nombreuses traces de Stella dans l'appartement de Christopher Olsen, dans Pilegatan. Cheveux, fragments de peau et fibres textiles.

« Stella n'a pas su expliquer ces découvertes. Par ailleurs, elle n'a pas fourni de récit cohérent de ses faits et gestes le soir du meurtre. »

Ulrika a pris ma main, mais j'étais incapable de la regarder.

La procureure a ajouté qu'on attendait encore le rapport de médecine légale pour préciser dans les détails le déroulement des faits.

C'était comme regarder la télévision. Malgré la carrière juridique de ma femme, je n'avais que rarement assisté à une audience au tribunal, mais, ces fois-là également, j'avais vécu ça comme une sorte de représentation, quelque chose qui se déroule sur une scène, devant un public, pendant un temps limité. Un peu comme un mariage, ou un enterrement. Ce n'est que lorsqu'on est soi-même concerné que cela cesse d'être du théâtre. Quand il s'agit de sa propre vie. De sa famille.

« Les enquêteurs ont aussi trouvé des preuves dans l'ordinateur de Christopher Olsen, a poursuivi la procureure en feuilletant une liasse de papiers. Voici un grand nombre d'échanges de chats entre Olsen et Stella Sandell. Des conversations qui démontrent que Stella et Christopher se connaissaient et avaient vraisemblablement une relation intime. »

Je me sentais mal. Des images atroces me traversaient l'esprit comme des éclairs.

Blomberg n'a formulé presque aucune objection quand on lui a donné la parole, sur quoi le juge a déclaré que le tribunal allait délibérer. Cette fois, les gardiens ont emmené Stella directement au sous-sol. Il y avait un passage de la salle d'audience vers les cellules d'arrêt au niveau inférieur et, quand la porte s'est refermée derrière eux, Stella ne s'était pas retournée une seule fois.

« Pourquoi ne proteste-t-elle pas ? ai-je dit à Ulrika. Pourquoi les laisse-t-elle faire, comme ça ? »

On aurait presque dit que Stella gobait tout. Comme si elle n'était qu'un rouage dans la représentation.

« Elle ne peut pas faire grand-chose, a répondu Ulrika. Elle est sans doute aussi choquée que nous. »

Je ne voulais pas même penser à une autre raison.

Après seulement dix minutes, nous avons été rappelés dans la salle, où le juge a déclaré que le tribunal avait décidé de placer Stella en détention provisoire pour suspicion vraisemblable.

Nous nous sommes directement rendus au bureau de Michael Blomberg, dans Klostergatan. La star du barreau faisait les cent pas sur le parquet grinçant, le regard furibond.

« Une enquête aussi mauvaise, c'est un scandale. Jansdotter et la police ont l'air de s'être polarisés sur Stella avec des œillères.

— Pourquoi n'as-tu rien dit à l'audience ? » ai-je demandé.

Blomberg s'est arrêté net.

« Comment ça ? »

Il s'est tourné vers Ulrika, comme si c'était elle et non moi qui émettait une objection.

« Pourquoi accepter ça sans rien dire ? ai-je repris. Tu aurais pourtant dû protester, non ? Elle a un alibi ! Pourquoi ne pas avoir parlé de son alibi ? »

Blomberg a fait un geste conciliant.

« Ça n'aurait servi à rien pour le moment. Il y a trop d'indices qui désignent Stella, et la médecine légale n'a pas encore établi l'heure du meurtre.

— Mais le témoin, ai-je insisté. My Sennevall. Elle a entendu une dispute devant sa fenêtre vers 1 heure du matin. »

Blomberg a regardé Ulrika.

« C'est vrai, ça, a dit ma femme. Qu'est-ce que vous avez trouvé sur cette Sennevall, Michael ? »

Blomberg s'est laissé tomber sur son fauteuil, à son bureau.

« Ce n'est peut-être pas le témoin idéal. My Sennevall passe toute sa vie à la fenêtre. Littéralement. Elle ne sort que pour faire des courses et voir son thérapeute, sinon elle reste là, à guetter les voisins. C'est incroyable comme aucun événement du quartier ne lui échappe.

— Ça fait plutôt d'elle un témoin valable », ai-je dit.

En fait, je savais que ce n'était pas vrai.

« À voir. Cette fille, c'est la définition incarnée de la maladie mentale. Elle cumule toutes les phobies et les névroses dont tu peux avoir entendu parler. »

Je m'en serais presque douté.

« Mais ça n'a pourtant rien à voir avec notre affaire ? »

Blomberg et Ulrika se sont agités sur place.

« Peut-être peut-on le penser, a dit Blomberg.

— Et on en est où sur l'ex-compagne d'Olsen, alors ? a demandé Ulrika. Vous avez déterré quelque chose de plus à son sujet ? »

Déterré ? Le terme mettait mal à l'aise. Je l'associais à des ragots, du chantage, du mauvais journalisme de magazines à sensation. Comme s'il fallait toujours trouver à tout prix un bouc émissaire.

« Je crois que c'est sur elle que nous allons mettre le paquet, a dit Blomberg. Linda Lokind.

— Elle s'appelle comme ça ? »

Blomberg a attrapé un papier devant lui sur le bureau.

« *Yes*. Linda Lokind, Tullgatan 10.

— Vous lui avez parlé ? a demandé Ulrika.

— Elle n'est pas vraiment bavarde. Elle dit qu'elle a déjà tout raconté à la police et à la procureure, même si personne ne la croit. J'ai essayé d'obtenir les procès-verbaux de l'enquête préliminaire, mais rien à faire. On va quand même trouver une solution. Il faudra passer par le tribunal.

— Combien de temps ça va prendre ? » ai-je demandé.

Blomberg s'est mis à tripoter son stylo.

« Du calme, a dit Ulrika en me tapotant le bras.

— Du calme ? Quel calme ? Si cette Lokind a un mobile, ce serait de l'intérêt de tous de l'interroger ! La police n'est pas censée travailler de façon ouverte et objective ?

— La police l'a interrogée, a indiqué Blomberg en laissant tomber son stylo sur son bureau. À titre informatif.

— Visiblement, ça ne suffit pas », ai-je lâché. Blomberg a jeté un regard inquiet à Ulrika. « Et quand pourrons-nous rendre visite à Stella ? Il faut qu'on puisse parler à notre fille ! »

J'étais sur le point de me lever de mon siège.

« Stella est sous un régime de restriction totale, a expliqué Blomberg. Elle n'a le droit de parler à personne d'autre qu'à moi.

— Mais elle n'a que dix-neuf ans, ai-je protesté.

— Malheureusement, l'âge ne change rien.

— C'est une enfant ! »

Je n'avais pas voulu crier. C'est juste sorti comme ça. Le sang palpitait dans mes poings serrés et Ulrika m'a fermement saisi par le poignet.

« Pas aux termes de la loi, a prudemment expliqué Blomberg.

— Mais je me fiche de la loi. Je veux voir ma fille ! »

Mes oreilles sifflaient. Même Blomberg, avec sa carrure d'ours, a paru un peu craintif quand je me suis dégagé de la poigne d'Ulrika et levé de mon siège.

« Veille à ce que Stella dise tout à la police, maintenant. Fini les secrets et les mauvaises surprises. Une innocente ne ment pas. »

26

Je n'avais pas dit à Stella que je comptais passer pendant le camp de confirmation. C'était peut-être idiot. Bien sûr, j'aurais dû la prévenir, mais pour moi, ça allait tellement de soi. J'étais pasteur dans une des paroisses organisatrices, le camp avait été lancé sur mon initiative, il était évident que je voulais rendre visite aux jeunes.

Quand je suis arrivé sur les lieux, les confirmands venaient de faire griller des saucisses. Plusieurs s'étaient mis en maillot de bain, quelques-uns grelottaient, dans l'eau jusqu'à la taille, d'autres plongeaient du ponton. Deux des cheftaines riaient sous un arbre tandis que Robin pataugeait dans le lac, les cheveux humides et la mine ravie.

Je me suis attardé un moment en haut de la butte herbeuse. Comme devant un tableau. La joie et le partage peints dans les plus belles couleurs.

Les jeunes n'avaient pas de temps pour moi. Quelques-uns des camarades de classe de Stella m'ont salué, mais la plupart ont à peine remarqué ma présence.

Je suis descendu vers les cheftaines sous l'arbre, j'ai serré les mains. Elles m'ont assuré que tout se passait vraiment bien. Travailler avec ce groupe était formidable, il y avait déjà eu plusieurs échanges intéressants et sincères.

Aucune d'elles n'a mentionné Stella, ce que j'ai pris comme le signe qu'elle se tenait bien. J'avais d'emblée décidé de ne pas m'inquiéter, mais ainsi rassuré, j'ai senti le soulagement m'envahir.

Ça s'est gâté quand Stella a découvert ma présence.

Elle est sortie du lac, les cheveux mouillés collés en épaisses mèches. Sur le rivage, elle s'est drapée dans une serviette.

En me voyant, son regard s'est assombri.

« Qu'est-ce que tu fais ici ?

— Je me suis juste arrêté un peu pour voir comment ça se passe. »

J'ai risqué un sourire prudent.

« Fiche-moi la paix ! »

Elle a disparu en haut de la pente en faisant claquer ses tongs.

Je n'ai jamais pu parler de sexe avec ma fille. Je ne voulais pas être le genre de père qui est gauche et gêné dès que le mot « contraception » est prononcé, qui préfère fermer les yeux et faire comme si la sexualité de sa fille adolescente n'existait pas, comme si elle vivait dans une bulle filtrante, sans la moindre idée du monde hypersexualisé que nous avons tous sous les yeux. J'ai longtemps eu l'ambition d'être un papa d'un tout autre genre, à qui on peut se confier, qui ne change pas de chaîne dès qu'une scène de chambre à coucher chauffe un peu ou qui prend l'initiative de glisser sans rien dire des préservatifs dans un sac de voyage. Je ne sais pas ce qui s'est passé, pourquoi ça a évolué ainsi.

D'autres hommes m'ont laissé comprendre que je n'étais pas le seul dans cette situation. On se figure aisément qu'on a progressé, que l'égalité des sexes a permis à la plupart des papas de faire face à la sexualité de leurs filles adolescentes. Le fait est, aussi triste cela soit-il, que je ne connais pas un seul homme qui puisse parler de sexualité avec sa fille de façon naturelle.

Quand un jour, après quelques bières de trop, j'ai interrogé Dino sur le sujet, il a eu une violente quinte de toux.

« Si quelqu'un touche à Amina, je lui coupe la bite. »

Bien sûr, je sais qu'il ne parlait pas sérieusement. Amina a eu un certain nombre de petits amis, et aucun, à ma connaissance, n'a été amputé d'une partie de son anatomie. Mais je ne crois pas non plus que Dino ait jamais parlé de sexe en confiance avec Amina.

Avant le camp de confirmation, Ulrika et moi n'avions jamais vraiment parlé de la sexualité de Stella. Je savais que ma femme l'avait aidée quand elle avait eu ses règles, mais pour le reste, notre fille n'était encore qu'une enfant, sous tous rapports. Elle venait juste d'avoir quinze ans. Je ne sais pas si c'était moi qui étais naïf.

Robin a insisté pour que je reste dîner. Il y avait une salle séparée dans le réfectoire, où nous pouvions nous installer sans que Stella ait à me voir.

Les cuistots de ce centre étaient vraiment doués, le repas était excellent. Robin et moi avons eu une conversation intéressante, où il m'a raconté que presque tous les confirmands déclaraient croire à une puissance divine, une force supérieure à l'homme. Robin leur avait demandé pourquoi cette puissance n'était pas Dieu, et, après avoir écouté la réponse de chacun, leur avait expliqué que ce pouvait très bien être de Dieu qu'ils parlaient.

Je ne voulais pas y mêler mes affaires privées, mais je n'ai pu m'empêcher de demander :

« Qu'a dit Stella ? »

Robin a rempli sa bouche de pommes de terre au romarin et m'a fait attendre, le temps de mâcher.

« C'est une fille intelligente. Elle est maligne.

— Et qu'a-t-elle dit, alors ?

— Elle a dit qu'il y avait sûrement un Dieu, mais que le mieux était de faire comme s'Il n'existait pas, puisque toutes les religions et autres doctrines conduisaient à des contradictions. »

Je ne crois pas avoir réussi à cacher mon sourire.

« Comme je disais, c'est une fille maligne », a souligné Robin.

Après dîner, j'ai demandé si je pouvais m'attarder un peu. J'allais bientôt rentrer, mais il me restait un certain nombre de choses à préparer pour le service religieux du lendemain.

« Bien entendu », a dit Robin.

Il m'a expliqué que les confirmands allaient être répartis en petits groupes pour continuer leurs exercices de conversation.

Après quelques heures de socialisation obligatoire, j'ai apprécié de me retrouver seul avec mon ordinateur et mes pensées. Je suis une personne assez sociable, mais au fond, je me considérerais plutôt comme introverti. J'ai toujours révéré la sphère privée, même au sein de ma propre famille. Le droit d'avoir une chambre à soi dans l'existence est pour moi aussi important que la possibilité de s'ouvrir et de parler de tout. Je crois que pouvoir se retirer seul avec soi-même nous a souvent aidés, Ulrika et moi. L'injonction de toujours tout partager peut très vite devenir un peu étouffante. On dit souvent que l'homme est un animal grégaire, mais il ne faut pas oublier que nous sommes tout autant des animaux solitaires.

Quand j'ai eu fini mes préparatifs, le soleil commençait à se coucher au-dessus du lac. Le temps avait filé, et mes tâches avaient été beaucoup plus prenantes que je n'aurais cru. Comme Ulrika travaillait à Stockholm, je n'avais au fond pas de raisons de me dépêcher de rentrer. Il ne me restait plus qu'à prendre congé de Robin. Je voulais autant que possible éviter Stella, pour ne pas attiser davantage son irritation. Que le camp soit une fois de plus aussi réussi, le mérite en revenait en grande partie à Robin, je ne pouvais pas le nier. J'étais content que tout se soit bien passé. Il me semblait qu'une grosse pierre venait d'être ôtée de ma poitrine, et j'avais plaisir à respirer l'air vif en traversant la cour.

Le centre de formation était constitué de trois bâtiments séparés. Dans le plus grand étaient réunis le réfectoire, la cuisine et la salle commune et, de l'autre côté de la cour, se dressait le bâtiment des dortoirs. Un peu plus loin, en partie caché par de grands hêtres, se trouvait le plus petit bâtiment, où les chefs dormaient quand ils n'étaient pas de garde de nuit.

Les confirmands avaient visiblement quartier libre. Quelques-uns étaient assis sur la pelouse, mais la plupart étaient restés dans les dortoirs.

« Tu as vu Robin ? ai-je demandé à une des cheftaines.

— Je crois qu'il est allé dans le bâtiment des chefs. »

Je me suis dépêché de traverser le petit bosquet. Les rires des jeunes retentissaient sous le ciel du soir.

Je suis allé frapper à la porte. Rien. Robin était peut-être aux toilettes ? Ou sous la douche ? J'ai enfoncé la poignée, mais la porte était verrouillée. Il ne s'était quand même pas endormi à l'intérieur ?

J'ai fait le tour du bâtiment pour jeter un coup d'œil par la fenêtre, ne distinguant qu'un lit vide. Sans grand espoir, j'ai continué jusqu'à la fenêtre suivante. Le store était baissé, mais il y avait une fente étroite qui laissait passer une vague lumière. Robin était probablement en train de dormir. Je me suis penché pour frapper à la vitre, mais j'ai sursauté en voyant l'intérieur de la chambre, à travers la fente. Là, dans la pénombre, deux personnes se regardaient, paniquées.

Une seconde a suffi. Quatre ans ont passé, mais je peux revoir quand je veux cette image désagréable. Probablement ne disparaîtra-t-elle jamais.

L'image de Robin et Stella essayant de rajuster leurs vêtements.

27

Le jeudi matin, ça faisait cinq nuits que Stella était sous les verrous. J'imaginais un lit sale, dans une cellule étroite et sombre. Au petit déjeuner, j'allais et venais dans la cuisine en moulinant mon inquiétude.

« Arrête de rabâcher, a dit Ulrika. Ruminer n'arrangera pas les choses.

— Et qu'est-ce que je dois faire, alors ?

— Moi, je vais aller travailler. Peut-être que toi aussi, ça te ferait du bien ? »

Au moins, ça me changerait les idées. J'ai envoyé via mon mobile une déclaration de guérison et suis parti à pied vers la maison paroissiale. Septembre est le mois d'effervescence dans cette ville. Après le calme plat de l'été, les rues se remplissent d'étudiants étourdis cherchant autour d'eux, le regard perdu, entièrement occupés à révéler leur personnalité. Partout, des cyclistes vacillants avec des voix de GPS dans les poches, des jeunes de vingt ans avec toutes les réponses aux questions difficiles de la vie dans leurs serviettes en cuir ou leurs sacs à dos Fjällräven. D'habitude, ce n'est qu'en octobre que Lund se remet, quand les pires coquetteries sont retombées et que la cambrousse a réabsorbé les éléments les plus inassimilables. C'est le défaut mais aussi le charme de la ville universitaire : être envahie chaque automne par de nouveaux rêveurs désireux de refaire le monde, muer durant quelques semaines d'été indien, avant la chute des feuilles. On peut aimer ou détester ça, mais on ne s'y habitue jamais complètement.

Mes collègues étaient dans la cuisine de la maison paroissiale, et leurs voix parvenaient jusqu'au vestibule où j'ai pendu mon blouson.

« D'abord, j'ai été choquée, mais après coup, en y repensant…

— Elle a toujours eu un caractère épouvantable. »

Je ne pouvais pas ne pas entendre ce qu'ils disaient.

« Ils n'ont pas réussi à lui mettre des limites. Une fille comme Stella ne comprend qu'une sorte de langage.

— Ulrika et Adam ont toujours été trop gentils. »

Je suis resté figé dans le vestibule, à digérer leurs paroles.

« C'est clair que ce n'est pas la faute de Stella, a dit Monika, une des diaconesses. Elle n'est qu'une enfant, en tout cas une jeune. »

Un moment de silence. J'ai fermé les yeux, me sentant lentement décoller du sol et flotter en l'air. Puis ça a continué.

« Stella a eu affaire à la pédopsychiatre.

— Ça ne m'étonne pas.

— Stella n'a jamais été bien. Déjà, toute petite, elle était spéciale. »

Nouveau silence. Quelqu'un a toussé.

J'aime bien mes collègues. Je me suis toujours reposé sur eux, j'ai toujours ressenti leur confiance et leur amour. Depuis mon arrivée dans la paroisse, beaucoup de choses ont changé, en mieux, et la plupart seraient sans doute d'accord pour dire que c'est en grande partie grâce à moi. J'étais tellement peu préparé à ce qu'on parle ainsi dans mon dos que mes pensées étaient comme anesthésiées. Comme un zombie, je suis allé directement m'asseoir à la table du café, dans la cuisine.

« Mais… Adam ! » s'est exclamée Monika.

Cinq paires d'yeux m'ont fixé, ronds et muets comme s'ils avaient assisté au retour du Seigneur.

« Tu ne vas quand même pas travailler ? ont-ils fait en chœur.

— J'ai un mariage cet après-midi.

— Mais on y a mis Otto, a dit Anita, notre administratrice.

— Tu as raté ma déclaration de guérison ? »

Ses joues ont rougi.

« Nous pensions que tu… »

Je les ai dévisagés chacun à leur tour, en attendant que quelqu'un finisse, mais il n'y a rien eu de plus que des phrases interrompues.

Monika a fini par se lever et m'a pris dans ses bras. Elle travaille à la paroisse depuis l'époque de saint Ansgar, elle est le ciment qui nous unit, le roc sur lequel nous nous appuyons en toutes circonstances.

« Viens », a-t-elle dit en me conduisant vers le couloir avec délicatesse, pendant que mon cerveau continuait à tourner au point mort.

Nous nous sommes assis face à face sur les fauteuils bas dans son bureau. Monika a posé ses mains couvertes de bagues sur mes genoux, et s'est penchée en avant avec ses doux yeux de chatte.

« Quelle erreur avons-nous faite, Monika ? »

Elle m'a entouré les coudes de ses mains en secouant tristement la tête.

« Vous n'avez pas fait d'erreur. Dieu a un dessein, à travers ça. Quelque chose que nous n'avons pas encore découvert. »

Une partie de moi aurait voulu dire à Monika et à Dieu d'aller au diable, mais je me suis heureusement ressaisi et je l'ai plutôt remerciée pour sa sollicitude.

« Rentre chez toi te reposer comme il faut. Occupe-toi d'Ulrika, a dit Monika en m'embrassant. Je prierai pour vous. Et pour Stella. »

Sur le moment, cela semblait si dérisoire. Presque fallacieux.

Je regrette pourtant de ne pas avoir suivi les conseils de Monika.

Toute ma peau était comme parcourue de démangeaisons. Mes pensées semblaient se former derrière un rideau d'épais brouillard et mon cœur fouissait ma poitrine comme un fox-terrier. Mon corps m'exhortait à courir pour ne pas m'enliser dans un présent unique et douloureux, alors j'ai couru, ou du moins j'ai marché, des kilomètres et des kilomètres, jusqu'à avoir le dos trempé de sueur.

Je suis descendu ainsi jusqu'en ville et, tandis que je sortais de Stadsparken au niveau du centre culturel la Laiterie, j'ai songé à tout ce qui aurait pu être différent si nous avions porté plainte contre Robin. Il avait violé Stella et nous l'avions laissé s'en tirer indemne. Quels signaux avons-nous envoyés à notre fille ? Quelle sorte de parents étions-nous ?

Mon sang battait avec indignation dans mon cou et mes muscles tressaillaient. J'ai hâté le pas en passant devant le parc à chiens de l'esplanade sud.

En voyant la plaque « Tullgatan », j'ai eu un coup au cœur. Je me suis arrêté, le regard fixe.

C'était là qu'habitait l'ex-compagne de Christopher Olsen. Blomberg nous avait lu son adresse. Je ne pouvais pas juste passer comme ça.

28

C'était pour beaucoup la décision d'Ulrika de ne pas porter plainte contre Robin. Ce n'est pas pour me défausser, mais sans ses objections, je n'aurais probablement pas hésité à dénoncer ce salaud.

Je l'ai plaqué contre le mur du bâtiment des chefs, le poing levé, mais au dernier moment j'ai réussi à me calmer. À la place, j'ai traîné Stella à travers le bosquet et je l'ai installée dans la voiture. Encore aujourd'hui, je ne me rappelle rien du trajet du retour sur l'autoroute.

Ulrika pensait qu'il fallait conduire immédiatement Stella à l'hôpital, mais j'étais d'avis d'appeler d'abord la police.

« Il l'a violée, ai-je dit. Même si Stella l'a suivi de son plein gré dans la maison des chefs. Peu importe que ce soit elle qui ait pris l'initiative. »

Ulrika ne tenait pas en place dans la cuisine.

« Je ne sais pas ce qui vaut le mieux.

— Tu ne peux pas prétendre que Stella ait la moindre responsabilité. C'est une enfant.

— Pas au sens de la loi. Elle a quinze ans révolus. »

Ulrika s'est arrêtée devant la fenêtre. Ses épaules tremblaient.

« Je sais comment se déroule ce genre de procès. J'y ai déjà participé. »

Je l'avais presque refoulé, mais quelques années auparavant, Ulrika avait défendu un garçon qui, avec plusieurs autres jeunes gens, était accusé de viol collectif. Leur acquittement général avait suscité un tollé.

« Ils vont lui tomber dessus à bras raccourcis, a soutenu Ulrika. Chaque détail va être sujet de pinailleries. Ce qu'elle a dit, comment elle a fait, ce qu'elle portait comme vêtements.

— Arrête. C'est elle la victime.

— Je le sais bien. Tout le monde le sait. Mais dans un procès, il devient décisif de savoir qui a fait quoi, quelles initiatives Stella a prises, comment elle s'est comportée avant et après les faits. Tout ce qui peut semer le moindre doute sera disséqué par l'avocat de la défense. »

J'ai gagné la fenêtre et je lui ai pris la taille.

« Ça ne doit pas être comme ça. Ça ne peut pas se passer comme ça. »

Ulrika m'a caressé le bras.

« Je ne sais pas s'il peut en être autrement. »

Plus tard dans la soirée, elle m'a fait part de quelques-uns de tous les détails répugnants extorqués au cours du procès à la fille violée. C'était choquant. Je ne me considérerais pas comme particulièrement naïf, mais le fait est que je me suis senti mal, physiquement, en réalisant comment se déroulait une telle procédure. Bien sûr, on a entendu parler d'avocats qui demandent à la victime de viol si sa jupe était courte et quelle quantité d'alcool elle avait bu, mais je voyais cela comme des cas exceptionnels. Je comprenais seulement maintenant que c'était la pratique habituelle dans ce genre d'affaires.

Je n'aurais jamais pensé devoir un jour conseiller à quelqu'un, et surtout pas à mon propre enfant, de ne pas porter plainte, de ne pas faire confiance au système en laissant la justice suivre son cours, mais à présent que je commençais à saisir ce que cela allait exiger de Stella, ce qu'elle allait devoir endurer, j'étais forcé de reconsidérer ma position.

« Qu'est-ce qui est le plus important, a demandé Ulrika avant que nous nous endormions. Que Stella sorte un minimum indemne de tout ça, ou que Robin soit puni ? »

Comme s'il y avait là une contradiction. Pourquoi serait-il impossible d'avoir les deux ? Aujourd'hui, je regrette de n'avoir pas remis en cause l'image en noir et blanc que me présentait Ulrika, tenu ferme, et veillé à ce que justice soit faite.

Notre trahison envers Stella était impardonnable.

29

Je suis entré sous le premier porche venu dans Tullgatan. Pour voir, simplement.

Linda Lokind était peut-être là, juste derrière ce mur ? L'ex-compagne de Christopher Olsen. Blomberg semblait certain qu'elle avait à voir avec le meurtre.

Mon pouls s'est accéléré tandis que je parcourais la liste de l'interphone. Jebring, Samuelson, Makkah. Pas de Lokind.

Je suis passé au porche suivant.

À défaut d'autre chose, Linda Lokind pourrait m'aider à comprendre. Elle pourrait me parler de Christopher Olsen. Peut-être avait-elle une idée de la façon dont Stella et lui s'étaient rencontrés, et de ce qui se passait entre eux ?

Au troisième porche, je l'ai trouvée. Lokind, deuxième étage. Je suis resté un long moment à regarder fixement le nom. Que faisais-je là, en fait ?

J'ai essayé d'ouvrir la porte. Fermée. Je me suis penché pour glisser un œil dans la cage d'escalier. Que lui dire ? Comment me présenter sans l'effrayer ? sans passer pour un fou ? Et si elle appelait la police ?

J'ai parcouru à nouveau les noms de l'interphone, en m'arrêtant sur un certain I. Jönsson. Son nom avait quelque chose d'engageant. J'ai sonné et, quand une voix rauque a croassé « Allô ? », j'ai expliqué que je venais livrer des fleurs à une voisine qui n'était pas chez elle. I. Jönsson m'a aussitôt ouvert la porte de l'immeuble.

Près de l'ascenseur, j'ai trouvé un escalier étroit en marbre craquelé, que j'ai monté en rasant ses murs ornés de branches et de feuillages au pochoir. Au deuxième étage, j'ai sonné.

Je me rappelais ma visite chez My Sennevall : comment m'y prendre mieux, cette fois ? Déjà, en rencontrant Sennevall, j'avais franchi les bornes, mais là, la transgression allait encore plus loin. Si on découvrait que j'étais venu voir Linda Lokind… Peut-être était-elle dangereuse ? Dans le pire des cas une meurtrière vindicative, et dans le meilleur une menteuse psychopathe qui avait accusé à tort son ex-compagnon des pires horreurs. Il s'agissait d'être prudent.

Quand une femme étonnée m'a ouvert, j'ai eu un mouvement de recul. Était-ce vraiment elle ? La femme que j'avais devant moi ressemblait à un mannequin.

« Linda ?

— Oui ? »

Elle m'a toisé avec méfiance.

« J'aimerais vous parler.

— Qui êtes-vous ? »

J'ai montré mon col romain.

« Je peux entrer un instant ? »

Elle s'est mise à haleter.

« Qu'est-ce qui s'est passé ? Pas maman, hein ?

— Il s'agit de Christopher Olsen. »

Linda Lokind a semblé aussitôt plus calme.

« D'accord, a-t-elle dit en me faisant entrer. Mais j'ai déjà expliqué que je n'étais pas concernée. »

Son appartement était vaste et lumineux. La cloison menant à la chambre était couverte d'une carte du monde découpée en silhouette et par terre, en dessous, un vase en verre d'un mètre de haut, en forme de bouteille, contenait un unique lys. L'étagère supportait quelques livres sur le sport pressés entre deux bibelots multicolores en forme d'éléphants. Le tout baignait dans la lumière d'un lustre de cristal de style moderne.

« Pouvons-nous nous asseoir ? ai-je proposé en montrant la table devant le balcon à la française.

— Pour quoi faire ? Que me voulez-vous au juste ? »

Elle était restée sur le seuil, les mains sur les hanches.

« Je représente la famille Olsen », ai-je dit en tirant une chaise à moi.

C'était comme si j'avais conçu ce plan depuis le début. Je n'avais plus qu'à le mettre en œuvre.

« Mais j'ai dit que je ne voulais rien avoir à faire avec tout ça.

— Asseyez-vous juste un instant, l'ai-je priée. Je suis ici parce que la famille mérite que tout s'achève dans la dignité.

— Quelle famille ? Margaretha ?

— C'est ça. » Je me suis dépêché de hocher la tête. « Christopher n'est plus. Tout ce que nous voulons, c'est la vérité.

— Que voulez-vous dire ? »

Bien sûr, je ne m'attendais pas à ce qu'elle avoue le meurtre, mais il était intéressant d'observer ses réactions. J'ai toujours été doué pour démasquer les menteurs.

« Que s'est-il passé entre vous et Christopher ? ai-je demandé.

— J'ai tout raconté à la police. »

Avec une grimace réticente, elle a fini par s'asseoir.

« Pouvez-vous me le redire ?

— Cette policière, Agnes Thelin, elle ne me croyait pas. J'ai tenté de parler à d'autres, mais personne ne m'a écoutée. »

Si Linda Lokind était indéniablement une femme très attirante, sous son teint lisse et son visage bien proportionné, je devinais également autre chose : une petite fille timide et ambivalente. Quel âge pouvait-elle bien avoir ? Vingt, vingt-trois ans ? J'étais à peu près sûr qu'elle ne disait pas toute la vérité, mais presque aussi sûr qu'elle n'était pas une meurtrière de sang-froid.

« Je comprends que ce soit dur à admettre pour Margaretha, mais son fils est un psychopathe. *Était*, je veux dire. Chris était un psychopathe, un malade. »

Je n'ai rien dit. Après des années d'entretiens, j'ai appris que le silence provoque souvent des réponses. Le silence appelle une réplique. Le silence éprouve et ne demande qu'à être brisé. Mon expérience est que les gens ont envie de parler, beaucoup n'attendent que ça, pourvu qu'on leur montre notre intention de les écouter.

Pendant deux ans, tout allait bien, a raconté Linda. Du moins elle vivait dans cette certitude. Après coup, elle avait réalisé que des aspects sombres étaient déjà là : secrets, trahisons, infidélités. Mais il avait fallu presque deux années avant que la façade commence à se craqueler.

Quand ils s'étaient rencontrés, Linda était tombée raide dingue de lui. Ils étaient vite passés de la passion à l'amour et aux projets d'avenir. Bien trop vite, elle le comprenait aujourd'hui. Peut-être aurait-elle pu détecter les signaux d'alerte si elle ne s'était pas jetée corps et âme dans cette relation ?

« Ne vous accusez pas vous-même, ai-je dit. Le cœur comme le cerveau peuvent être de bons guides. Ce n'est qu'après coup qu'il est facile de savoir quels chemins il n'aurait jamais fallu prendre. »

Elle a souri. Même si elle me cachait quelque chose, je l'aimais bien, avec sa naïveté sans fard et son fort désir d'être comprise.

« La première fois qu'il m'a frappée, je me suis promis que ça n'arriverait jamais plus. Je n'étais pas cette sorte de femme. Je ne sais pas combien de fois je me suis dit cela.

— Personne ne doit s'identifier avec cette sorte de femme. »

Elle a hoché la tête. Son sourire avait disparu, ses yeux étaient luisants.

« Ça semble dingue de dire ça, mais Chris était aussi formidable. Quand il ne me frappait pas. Chaque fois, je me disais que c'était la dernière, que ça ne devait plus arriver, que j'allais le quitter. Mais tout changeait alors, et l'espoir se rallumait. Peut-être cette fois. Si seulement je lui donnais une dernière chance. C'est idiot, non ?

— Pas du tout. »

Je la croyais. J'avais entendu des récits analogues de la bouche d'autres femmes dans la même situation.

« Je ne peux pas moi-même me mettre à leur place, mais par mon métier, j'ai rencontré beaucoup d'hommes violents. Et je comprends bien que cette violence n'est qu'une partie d'eux-mêmes. Personne n'est tout blanc ou tout noir.

— Il aurait été si facile de partir, a dit Linda en se passant le petit doigt sous l'œil. Je ne me le pardonnerai jamais. Je ne peux plus me voir comme la personne que je croyais être. Vous ne comprenez pas combien c'est affreux de voir s'effondrer toute l'image qu'on a de soi. »

Elle avait raison. Je ne pouvais pas comprendre. Pas à ce moment-là.

« Mais Chris était un salaud, qui mérite de pourrir en enfer. Ce qu'il m'a fait… Vous pouvez le lire dans les rapports de police. Je n'ai pas le courage de tout raconter à nouveau. Et puis ça n'a plus d'importance.

— Pour Margaretha… »

Linda m'a regardé droit dans les yeux.

« Je m'en fiche. Je ne suis pas triste que Chris soit mort. »

Son regard était glacé. Il était clair qu'elle pensait ce qu'elle disait et, pour la première fois, je me suis demandé si elle n'avait pas malgré tout pris part au meurtre. Peut-être y avait-il plusieurs auteurs ? Peut-être avait-elle poussé quelqu'un à agir ainsi ?

« En même temps, je ne suis pas du tout étonnée », a-t-elle ajouté.

Une fois de plus, j'ai utilisé la stratégie du silence, et j'ai attendu qu'elle poursuive :

« Il lui a sûrement fait la même chose à elle aussi. »

J'ai continué à refouler ma curiosité, j'ai joint les mains en la regardant, mais cette fois, elle n'a pas continué. Linda a fait la moue, laissant son regard se perdre vers la fenêtre. « À qui ? ai-je fini par demander.

— À Stella. Celle qui l'a tué. »

Que voulait-elle dire par là ? Comment pouvait-elle connaître le nom de Stella ?

« Elle n'est qu'une ado. Elle a sans doute fait ce que j'aurais dû faire depuis longtemps. »

Je ne pouvais m'empêcher d'imaginer : une lame luisante qui frappe, frappe, le beau sourire de Christopher Olsen transformé en cri de douleur. Étourdi, j'ai tenté de gommer le visage de Stella de ces scènes. Ça ne pouvait pas être vrai.

« Pourquoi dites-vous ça ? ai-je réussi à lâcher.

— Quoi ?

— Pourquoi croyez-vous que c'est Stella qui l'a fait ? »

Linda m'a regardé avec étonnement.

« C'est elle qui est arrêtée pour ça.

— Vous la connaissez ? »

Elle a secoué la tête.

« Mais j'espère qu'elle va s'en tirer. »

Je suis resté sans voix. Christopher Olsen pouvait-il avoir agressé Stella, lui avoir fait subir quelque chose ? Pourquoi dans ce cas ne pas l'avoir dit à la police ? Et si Stella était la véritable victime de cet imbroglio ?

« Comment va Margaretha ? » a demandé Linda Lokind.

J'étais plongé dans mes pensées, et je n'ai pas eu le temps de répondre.

« Ça doit quand même être affreux pour elle, a continué Linda. En fait, j'aimais bien Margaretha. En tout cas, je n'avais rien contre elle. Elle a toujours été gentille avec moi. Ce n'est pas sa faute si Chris est un psychopathe.

— Non », ai-je dit, doutant pourtant intérieurement.

Margaretha ne portait-elle aucune responsabilité ? C'était malgré tout sa mère.

« Et Stan, qu'est-ce qu'il dit ? »

Je me suis gratté la nuque. De qui parlait-elle ?

« Stanislav ? » a insisté Linda.

Son regard était perçant et hostile.

« Vous dites représenter la famille Olsen. Vous ne savez pas qui est Stanislav ?

— Si, bien sûr. »

Linda a écarté sa chaise et reculé de plusieurs pas rapides.

« Qui êtes-vous, au fait ? Vous ne vous êtes pas présenté.

— Ah non ? »

Un nom m'a aussitôt traversé l'esprit, mais le prononcer me coûtait. Combien de mensonges pouvait-on se permettre ? Tôt ou tard, on passe les limites de la décence et de la dignité, aussi noble que soit le but de ces mensonges.

« Je veux que vous partiez », a dit Linda.

Elle avait reculé jusqu'à la cloison, à côté du grand vase. Elle avait l'air effrayée, mais il y avait aussi dans ses yeux une lueur qui confinait à la folie.

« Je pars tout de suite, ai-je répondu en me dépêchant de passer devant elle. Merci d'avoir pris le temps. »

Elle s'est glissée sur le seuil pour me surveiller. Elle tenait son portable dans sa main levée, prête à appeler d'une seule pression.

Je me suis accroupi dans l'étroit vestibule pour enfiler mes chaussures. J'ai noué le premier lacet et allais passer à l'autre pied quand mon regard s'est arrêté sur le râtelier à chaussures. Il devait y en avoir là sept ou huit paires, mais l'une d'entre elles a aussitôt attiré mon attention.

Les doigts tremblants, j'ai réussi à lacer mon autre chaussure, et lorgné à nouveau vers le râtelier.

Aucun doute : c'était une paire de chaussures du même modèle que celles de Stella. Voire peut-être de la même pointure ? La même sorte de chaussures que celle qui avait laissé une trace dans le sable sur le lieu du crime. La même que portait le meurtrier de Christopher Olsen.

30

J'ai marché à grands pas à travers la ville, mes pensées bourdonnant comme un essaim de guêpes. Linda Lokind possédait donc une paire de chaussures du même modèle que celles de Stella. Et ce regard quand elle avait reculé contre la cloison. Absent et perdu, mais aussi plein de fureur. Elle avait vraiment l'air de quelqu'un capable d'un coup de folie. En même temps, sa théorie selon laquelle Christopher Olsen avait aussi agressé Stella me travaillait en arrière-plan. Je ne pouvais le nier, c'était un scénario envisageable. Cette ordure avait-elle fait du mal à Stella ? J'ai hâté le pas, tellement que mes chaussures claquaient sur l'asphalte. Pas encore une fois. Ce n'était pas possible. Cependant, je n'avais aucun mal à me représenter la réaction violente de Stella, une explosion de fureur aveugle, un couteau qui se trouvait à portée de main. Mais pourquoi là ? Devant l'immeuble, sur une aire de jeux. Et d'où alors venait le couteau ? Et pourquoi donc enfin ne pas avoir dit à la police ce qu'il en était ?

J'ai envisagé de faire part à Ulrika de mon raisonnement, mais j'avais peur qu'elle ne le rejette en bloc comme fantaisiste, et s'efforce de me faire agir autrement. Elle semblait avoir une tout autre idée de la meilleure manière d'aider Stella. Je ne comprenais pas comment elle pouvait autant faire confiance à Michael Blomberg. Même s'il avait une immense expérience et un talent reconnu, je ne le trouvais pas assez engagé. Pourquoi Stella était-elle toujours incarcérée ? Et nous n'avions pas encore été autorisés à la voir.

J'ai plutôt décidé d'aller parler à la police. Ça ne pouvait pas se passer ainsi. N'importe qui se serait rendu à l'évidence que Linda Lokind était susceptible d'apporter quelque chose à cette enquête. Pourquoi Stella était-elle enfermée, et pas elle ?

J'ai encore accéléré, jusqu'à presque courir en remontant Södergatan. Au niveau du restaurant Stäket et du parking de la Teinturerie, mon portable a vibré dans ma poche. C'était maman. Elle parlait sans respirer entre les mots, dont une partie disparaissait en route, mais le message lui-même ne laissait aucun doute.

Tout le monde était au courant.

Les journaux du soir avaient parlé de Stella sur Internet. Cet après-midi, il y avait eu en plus un court sujet aux infos à la radio. Son nom n'avait été donné nulle part, le respect des règles d'éthique de la presse n'avait malgré tout pas complètement disparu, mais on avait donné assez d'indices pour que celui qui souhaitait savoir n'ait pas à se donner trop de mal.

« Tante Dagny a téléphoné pour savoir si c'était vrai », a dit maman.

Elle avait l'air secouée.

« Dis-lui la vérité : la police a fait une erreur. »

Aussitôt après avoir raccroché, je me suis glissé dans la ruelle le long du parking pour trouver un endroit à l'écart. J'ai traversé le bâtiment pour ressortir de l'autre côté. Sur un banc, devant l'école de la Cathédrale, je me suis livré via Google à une demi-heure de surf autodestructeur. J'ai commencé par lire ce qu'écrivaient les journaux, avant de continuer sur des sites plus obscurs. Les informations générales sur Stella et notre famille s'y mêlaient à de purs mensonges et de folles spéculations.

Stella était vraiment prometteuse au handball, mais elle ne savait pas contrôler sa colère.

Elle l'a probablement attendu sur l'aire de jeux. Olsen était plein aux as, c'était sûrement prémédité.

J'ai tout lu avec une seule envie : crier. C'était tellement opposé à la réalité. Et ces mêmes personnes qui écrivaient ou lisaient ces commentaires, assises derrière leur écran, allaient me croiser dans les rues, à mon travail, ou même peut-être dans une salle du tribunal.

Il fallait que je parle à la police. Tout en remontant Lilla Fiskaregatan, j'ai téléphoné pour avertir Agnes Thelin de mon arrivée. Elle m'a fait dire que j'étais le bienvenu.

En chemin, j'ai été intercepté à plusieurs reprises par des curieux qui voulaient me parler. J'ai dû m'arrêter, entouré de personnes qui savaient qui j'étais mais dont j'avais depuis longtemps oublié les noms, tandis que les cyclistes passaient à toute allure et que le Roumain devant le kiosque jouait le thème du *Parrain* à l'accordéon.

Une femme de la paroisse s'est arrêtée.

« Comment allez-vous ? a-t-elle demandé, les yeux tristes. Ça doit être une erreur. La police se ridiculise. »

En temps normal, je n'ai aucun mal à m'avancer au-devant d'une église bondée pour diriger l'office, ou pour saluer toutes les personnes qui se présentent. Je m'attarde volontiers pour échanger quelques mots, écouter quelqu'un et m'efforcer de répondre de façon suffisamment polie et sage. Mais à présent, c'était différent. J'étouffais.

J'ai fini par être pris de panique, j'ai caché mon visage, j'ai hâté le pas vers Bantorget et je suis passé sous le viaduc pour continuer vers l'hôtel de police.

La commissaire Agnes Thelin m'a rejoint dans la salle d'interrogatoire. Elle m'a offert du café, mais ma main tremblait tant que j'ai fait tomber la cuillère en voulant remuer le sucre.

« Comment ça va ? a-t-elle demandé.

— Cette nuit, j'ai enfin pu dormir un peu. »

Agnes Thelin a souri chaleureusement.

« J'espérais que vous me donneriez de vos nouvelles, Adam. »

Mais que voulait-elle dire ?

« Je croyais que vous m'en donneriez, vous, ai-je répliqué avec une certaine raideur. Nous avons l'impression de ne recevoir absolument aucune information. »

Agnes Thelin a versé du lait dans son café.

« L'enquête est dans une phase sensible. Nous travaillons d'arrache-pied pour clarifier ce qui s'est passé.

— Vraiment ? ai-je dit en croisant les bras. Vous le faites vraiment ? Vous travaillez l'esprit ouvert et sans a priori ? Parce qu'on aurait plutôt l'impression que vous avez déjà choisi votre coupable. »

Un instant, ma vue s'est brouillée. Je me suis penché en avant, les mains sur le front.

« Ça va ? a dit Thelin. Je comprends que ça doit être déchirant pour vous. »

Je l'ai regardée, derrière sa frange. J'ai essayé de me ressaisir. De ne pas passer pour fou.

« Linda Lokind. Pourquoi ne vous intéressez-vous pas à elle ? »

Thelin a trempé les lèvres dans son café.

« Nous nous intéressons bien évidemment à tout ce qui peut être pertinent dans cette affaire, a-t-elle répondu en se passant un doigt sur les lèvres.

— Êtes-vous conscients du fait que Linda Lokind possède une paire de chaussures exactement semblables à celles de Stella ? Celles qui ont laissé une empreinte sur le lieu du crime ? »

La commissaire a failli cracher son café.

« Quoi ? Comment savez-vous ça ?

— Comment je le sais, ça n'est pas l'essentiel, non ? Quelqu'un me l'a dit. La question est pourquoi vous n'avez pas enquêté à ce sujet. Pourquoi ne faites-vous pas une perquisition chez Linda Lokind ? »

Agnes Thelin s'est essuyé la bouche avec une serviette.

« Je ne peux pas discuter avec vous de l'enquête préliminaire, mais je vous garantis…

— Là, je ne donne pas cher de vos garanties. J'ai l'impression que vous ne savez pas de quoi il retourne.

— C'est triste que vous ressentiez ça. Mais ce n'est pas vrai. »

J'ai inspiré à fond.

« Linda Lokind a été brutalisée et humiliée par Christopher Olsen des années durant. Quand elle a fini par oser porter plainte, vous ne l'avez pas écoutée et vous avez abandonné les poursuites. Elle avait toutes les raisons de se faire justice elle-même. Elle voulait se venger de l'homme qui avait détruit sa vie. Peut-il y avoir un mobile plus clair ? En plus, elle possède exactement les mêmes chaussures que celles portées par le meurtrier. Pouvez-vous m'expliquer pourquoi elle est libre, alors que ma fille est enfermée sans même pouvoir parler à ses parents ? »

Agnes Thelin a lorgné en direction de la porte. Il était clair qu'elle ne savait pas comment se justifier.

« Ça commence à sentir l'erreur judiciaire, ai-je dit. Un assassinat légal.

— Je comprends votre frustration, mais nous en savons beaucoup plus que vous, Adam. Vous devez nous faire confiance, nous faisons de notre mieux pour parvenir à la vérité.

— Mais pourquoi donc ne pas me dire ce que vous savez ? »

Elle s'est gratté le nez.

« Voilà ce que je peux dire. Il y a des raisons de ne pas trop écouter ce que raconte Linda Lokind. Nous avons enquêté de manière approfondie sur les accusations qu'elle a portées contre Christopher Olsen, et cette enquête préliminaire a été abandonnée, faute de preuves. Rien ne laissait croire que ce qu'elle affirmait s'était vraiment passé.

— Vous voulez dire que Linda Lokind a menti sur toute la ligne ? »

Agnes Thelin s'est mordu la lèvre.

« Je vous donne juste les résultats de l'enquête préliminaire. »

31

Agnes Thelin a attendu, tandis que je tournais ma cuillère dans ma tasse de café. Pouvais-je avoir été dupé par Linda Lokind ? Était-ce elle, la folle, qui, pour se venger, avait accusé Christopher Olsen de l'avoir battue et violée ?

« C'est bien la règle, plutôt que l'exception, que ceux qui battent leur femme ne soient pas inquiétés, non ?

— Il peut être difficile de trouver des preuves solides, a répondu Agnes Thelin. Mais dans ce cas précis, il y avait tant d'incohérences que je vous conseille de prendre les déclarations de Linda Lokind avec une certaine réserve. Je ne peux malheureusement pas vous en dire davantage. »

Ce n'était pas la peine. Elle était persuadée que Linda Lokind avait menti au sujet de Christopher Olsen. J'étais aussi convaincu que Linda me cachait quelque chose.

« Mais au fond, ça ne change rien. Si Linda Lokind était prête à porter de fausses accusations contre son ex-compagnon, elle peut tout aussi bien avoir eu recours à la violence. Vous devez bien le comprendre ? »

Agnes Thelin a essayé de cacher un soupir derrière sa main.

« J'entends ce que vous dites, Adam. »

J'ai serré les mâchoires. Elle m'entendait, mais n'avait pas l'intention de bouger le petit doigt.

« Quand avez-vous parlé au téléphone avec Stella pour la dernière fois ? » a-t-elle demandé alors.

Quel rapport ?

« Je ne m'en souviens pas, figurez-vous. Nous ne parlons presque jamais au téléphone. J'ai cessé de l'appeler, de toute façon elle ne répond pas. On ne passe que par les SMS ou Messenger.

— Vous avez déclaré avoir été en contact par SMS vendredi soir.

— Non, pas en contact. Je lui ai envoyé un message, mais je n'ai pas reçu de réponse.

— En êtes-vous certain ? »

J'ai tardé à répondre. La police avait-elle réussi à reconstituer les messages de Stella ? Ou bien allait-on saisir mon portable pour l'analyser ? Il n'y avait vraiment aucune raison de se faire surprendre à mentir, surtout sur quelque chose qui n'avait finalement aucune espèce d'importance.

« Je ne me rappelle pas. Elle a peut-être répondu, ou peut-être non. »

La commissaire s'est raclé la gorge.

« Quand avez-vous vu le portable de Stella pour la dernière fois ? »

Quoi ? J'ai détourné le visage, pour ne pas dévoiler mon étonnement. La police n'avait-elle pas retrouvé le téléphone de Stella ? J'avais supposé qu'il avait été saisi lors de la perquisition.

« Désolé, je ne me le rappelle pas. »

Agnes Thelin a noté quelque chose dans ses papiers.

« Avez-vous vu ce téléphone après l'arrestation de Stella ? »

Qu'est-ce que cela voulait dire ? Où était passé le portable de Stella, si la police ne l'avait pas trouvé ?

« Non », ai-je répondu.

Agnes Thelin a lâché un soupir par le nez.

« C'est important, là, Adam. Vous souvenez-vous de ce que Stella portait en rentrant à la maison vendredi soir ? »

J'ai senti la sueur sous mes bras.

« Est-ce que c'est un interrogatoire ? Suis-je seulement obligé de répondre à vos questions ? »

Thelin s'est contentée de me regarder.

« Je ne suis pas trop doué pour ça. Ma femme est toujours exaspérée que je ne remarque pas quand elle s'achète de nouveaux vêtements. »

Agnes Thelin a souri, d'un air un peu forcé.

« Mais vous avez parlé avec Stella quand elle est rentrée ? Vous avez vu ses vêtements ?

— Euh, oui.

— Et vous n'avez rien remarqué de spécial ? Pas de taches, rien de ce genre ?

— Il faisait sombre. Je ne me rappelle pas bien… »

Ne pas se rappeler, ce n'est évidemment pas la même chose que mentir. Je rasais les murs. Pendant ce temps, Thelin feuilletait ses documents, les doigts crispés.

« Quand avez-vous entendu parler de Christopher Olsen pour la première fois ?

— Samedi dernier, ai-je dit, tout à fait sincèrement. Quand j'ai su que vous aviez arrêté Stella.

— Donc vous n'aviez pas entendu son nom auparavant ? »

Je me suis frotté les yeux.

« Pas que je sache.

— C'est une question simple, Adam. Aviez-vous entendu parler d'Olsen, ou non ?

— Non.

— Stella n'a donc jamais mentionné son nom ? A-t-elle parlé de quelqu'un qui pourrait être Olsen ? Un petit copain ? Saviez-vous si elle voyait quelqu'un ?

— Stella n'avait pas de petit ami. Vous pouvez demander, tout le monde vous le dira. Si j'ai bien compris, elle n'a vu Christopher Olsen que quelques rares fois. Pourquoi voudrait-elle lui faire du mal ? C'est illogique.

— Le comportement humain n'est pas toujours logique.

— Mais le plus souvent, si. »

Agnes Thelin a pris un papier devant elle.

« Écoutez ça, a-t-elle dit avant de lire à voix haute : "Je pense à toi 24 h/24, 7 jours/7. Tu vois comme j'ai envie de toi." Ou celui-ci : "Tu es l'être le plus beau et le plus sexy du monde. Trop contente de t'avoir rencontré." »

J'ai dégluti une boule de dégoût. Avait-elle vraiment le droit d'agir ainsi ? Ça me semblait contraire à la déontologie, pour le moins immoral.

« Ces messages sont des chats que Stella a envoyés à Christopher Olsen. On en trouve d'autres, analogues, dans son ordinateur. »

J'ai serré les poings sous la table et les ai pressés contre mes cuisses.

« Comment savez-vous que c'est Stella qui les a écrits ? N'importe qui peut avoir piraté son compte. »

Thelin m'a pris de haut.

« Je comprends ce que vous ressentez, Adam. Mais ça va bien se passer. Nous allons traverser cette épreuve ensemble.

— Mais qu'est-ce que vous racontez ? Vous n'avez rien à traverser. Vous pouvez rentrer chez vous embrasser vos garçons. C'est ma fille qui est enfermée dans une cellule !

— Je sais, je sais. Mais la seule façon d'avancer, maintenant, c'est d'oser dire la vérité. Étiez-vous vraiment réveillé quand Stella est rentrée ?

— Oui.

— Et quelle heure était-il, alors ? »

J'ai inspiré à fond.

« Minuit moins le quart, ai-je répondu en me contenant de mon mieux. Exactement 23 h 45. »

Agnes Thelin a eu un bref hochement de tête et a reculé sa chaise. À environ un mètre du bord de la table, elle est restée là, calée en arrière, le regard au plafond.

« Adam, Adam. Je comprends pourquoi vous faites ça. Je ferais peut-être pareil. »

Je n'ai rien dit. Elle n'avait aucune idée de ce que c'était d'être à ma place.

« Nos enfants sont tout pour nous, a-t-elle continué. Stella est votre petite fille. C'est affreux de découvrir qu'on est incapable de protéger son propre enfant. »

J'ai de nouveau pensé à Job.

« Je ne cherche pas à vous juger, a dit Agnes Thelin. Mais je ne pense pas que ce soit la bonne façon de faire. Ce n'est pas bien, Adam. »

J'ai fermé les yeux. Ce n'est pas bien, de protéger son enfant ? sa famille ? Comment cela pourrait-il jamais être mal ?

« Je pense que nous en avons fini », ai-je décrété en me levant.

Agnes Thelin a soupiré en me regardant fixement.

Il fallait que je trouve Amina.

J'ai cherché son numéro dans mon portable et je l'ai appelée. Après une sonnerie, une voix artificielle m'a informé que son abonnement avait cessé.

32

Je me suis dépêché de gagner le gymnase. L'entraînement des filles allait finir d'un moment à l'autre, et avec un peu de chance j'allais y trouver Amina.

En temps normal, j'adore venir au gymnase. Ces salles sont toujours comme une deuxième maison pour moi. L'odeur de sueur des vestiaires, le sol collant sous les semelles, les sifflets et les rebonds des balles. Quand je franchis ces portes, j'entre aussi dans un autre rôle. Là, je ne suis plus pasteur, mais entraîneur et chef d'équipe, et peut-être avant tout le papa de Stella.

Cette fois, quand j'ai tiré la porte, la bouffée de sueur estivale qui m'est montée aux narines ne m'a procuré que désagrément. Quelques ados en survêtement traînaient à la cafétéria et une femme a filé devant moi vers le parking. L'impression d'hostilité m'a submergé. Les regards, les questions, la certitude que tous savaient. Car c'était bien le cas, non ? Tous croyaient un tas de choses, s'imaginaient le reste, avaient leurs théories toutes faites. Mon cerveau était embrumé et mon cœur battait jusqu'au fond de ma gorge. Je n'ai pas supporté l'idée de devoir rencontrer des gens que je connaissais.

J'ai titubé dehors jusqu'au parking à vélos, où j'ai attendu derrière un arbre. Je suis resté là, le dos appuyé au tronc rugueux, caché, furieux que tout ça ait pu se produire. Ces choses-là n'arrivent pas en Suède. Ici, on ne cloue pas au pilori des innocents condamnés à l'avance.

Je me sentais floué. Comment avais-je pu me laisser à ce point laver le cerveau en croyant qu'on pouvait, sans se poser de questions, faire une confiance aveugle au système judiciaire suédois ?

Au bout d'un moment, les filles se sont déversées hors du gymnase. Les copines d'équipe d'Amina. J'ai jeté un œil, sans sortir de ma cachette.

Amina a fini par se diriger vers le parking. Lorsqu'elle a attaché son sac de sport sur le porte-bagages et s'est penchée pour ouvrir l'antivol, je l'ai saluée.

Elle a fait un petit bond en arrière.

« Tu m'as fait peur !

— Pardon, je n'ai pas fait exprès. J'ai essayé de t'appeler, mais…

— On m'a volé mon portable. »

Elle a enroulé l'antivol dans le panier et a sorti à reculons son vélo du râtelier.

« On peut parler un moment ? ai-je demandé.

— Il faut que je rentre, a-t-elle répondu sans me regarder. J'ai un boulot dingue et ma formation commence dans trois jours.

— Je peux t'accompagner un peu, ai-je proposé. Si tu pousses ton vélo. »

Elle a soupiré et s'est mise en route en marchant les deux mains sur le guidon, si vite que je devais à moitié courir pour la suivre.

« Pourquoi tu ne veux pas me parler ?

— Ben quoi ? On se parle, là. »

Je l'ai suivie sur la passerelle qui enjambe Ringvägen. Amina gardait le regard fixé droit devant elle et continuait à avancer à toute allure.

« Est-ce que tu sais quelque chose, Amina ? »

Elle n'a pas répondu.

« Je t'en prie, tu dois tout raconter.

— Je ne sais rien ! J'ai tout dit à la police. »

En pressant le pas, je l'ai rattrapée.

« Tu savais que Stella fréquentait Christopher Olsen, n'est-ce pas ?

— Oui, a-t-elle lâché tandis que nous entrions dans Stadsparken.

— Formaient-ils un couple ? Stella avait-elle une liaison avec cet homme ? »

Nous venions de dépasser le café quand elle a freiné pour me dévisager.

« Non, pas ça. Ils s'étaient rencontrés et se connaissaient vaguement. Pas plus que ça. »

Ses yeux lançaient des éclairs dans la pénombre. Elle avait lâché le guidon d'une main, son vélo vacillait.

« Tu l'as rencontré, toi aussi ? » ai-je demandé.

Elle s'est alors détournée, a saisi fermement le guidon et poussé le vélo devant elle sur l'allée de gravier.

« Amina ! ai-je fait d'une voix inutilement dure. Stella est en prison. Est-ce que tu es déjà allée dans une prison ? Tu sais à quoi ressemble une cellule ? »

J'ai failli me faire renverser par un joggeur à écouteurs qui m'a marmonné « vieux dégueulasse », mais j'ai fini par la rattraper à nouveau. Amina a un peu ralenti. Des larmes muettes coulaient sur ses joues, et ça m'a déchiré le cœur. Ma réaction première a été de la prendre dans mes bras comme une enfant, comme l'enfant qu'elle était encore en partie. Au lieu de quoi je lui ai demandé pardon.

« Je ne vais pas bien, Amina. Cette histoire va me rendre fou.

— Je sais, a-t-elle lâché entre deux sanglots. Moi aussi, je me sens comme une merde.

— Raconte, maintenant », l'ai-je suppliée.

33

Amina et moi avons toujours eu une relation spéciale. Parfois, elle préférait se tourner vers moi plutôt que vers ses parents. Je pense savoir des choses d'Amina dont aucun autre adulte n'a connaissance.

C'était il y a presque exactement quatre ans. La fin de l'automne après la confirmation, les filles étaient en troisième et l'équipe était en tête de série régionale A.

Un matin, j'ai trouvé Roger Arvidsen sur le perron de la maison paroissiale. Sous sa chapka, il semblait abattu et confus.

Roger Arvidsen faisait plus que son âge. Il venait d'avoir cinquante ans, mais une hygiène négligente et de mauvais gènes, combinés à la position assise, au tabac et à une consommation constante de café lui avaient donné son allure bien particulière. Il avait l'air décati, les dents brunâtres, un double menton et des doigts sales. Les gamins du quartier le surnommaient le Monstre.

Chaque dimanche, Roger venait fidèlement à l'église en compagnie de sa mère, chez qui il habitait. J'ai vite pris l'habitude de bavarder un peu avec lui chaque fois que nous nous voyions, car je me doutais qu'il n'avait pas l'habitude d'être regardé par quelqu'un d'autre que sa mère. Roger n'était assurément pas très doué, mais il avait l'air d'une personne gentille et timide, qui méritait la considération.

Pas une seule fois, il n'était venu me voir de lui-même, et quand nous parlions, je devais souvent lui tirer les vers du nez. Aussi, j'ai tout de suite compris qu'il y avait un problème en le voyant là sans sa mère.

Je lui ai demandé si je pouvais l'aider.

L'instant d'après, Roger était dans mon bureau, sa chapka toujours sur la tête, claquant des dents. Son récit m'a fait physiquement mal.

Roger m'a raconté qu'il avait à deux reprises reçu la visite d'une jeune fille. Chaque fois, juste après que sa mère était partie jouer au loto. Il savait que la fille n'était pas seule. Il avait vu sa copine restée à la porte faire le guet.

La fille lui avait demandé s'il voulait bien lui offrir un café, ce que Roger avait fait. Il avait été élevé comme ça. On offre le café quand on reçoit de la visite. La première fois, ils avaient seulement bavardé un peu, puis la fille avait disparu. Mais la deuxième fois, à l'improviste, elle avait demandé à Roger de baisser son pantalon. Il avait bien sûr refusé. Il ne comprenait pas les intentions de la jeune fille, mais n'était pas assez bête pour croire qu'elle était attirée par lui. À l'usure, Roger avait pourtant fini par la laisser s'asseoir sur ses genoux. Elle les avait photographiés tous les deux avec son portable.

« Après, elle a voulu mille balles, m'a expliqué Roger. Si je ne lui donnais pas mille balles, elle allait diffuser ces photos et porter plainte à la police. Elle m'a dit que tout le monde croirait que j'étais pédophile. Ce bruit court déjà à mon sujet. »

Alors il lui avait donné mille couronnes. Difficile de le lui reprocher. Il était loin d'être le premier à avoir payé pour faire taire des accusations mensongères.

Il venait de trouver un mot dans sa boîte aux lettres, où la fille exigeait encore mille couronnes, sans quoi la police recevrait les photos.

« Je ne veux pas qu'elle soit inquiétée, m'a-t-il dit. C'est presque autant ma faute. »

Je me suis levé avec résolution, en assurant Roger que j'allais prendre les choses en main au plus vite.

Il n'a même pas eu besoin de me donner le nom de la fille. De qui nous parlions était évident.

J'ai dit à Monika, la diaconesse, que j'avais la migraine, et je suis rentré à la maison tambouriner à la porte de Stella, jusqu'à ce qu'elle m'ouvre.

« Nom de Dieu, qu'est-ce que tu as fait ? »

Moi qui ne jure jamais. Stella a rarement eu l'air aussi penaude. Elle a tout reconnu sans barguigner. Elle a promis solennellement de restituer l'argent sur-le-champ, avec ses plus plates excuses. Ce n'était qu'une idée stupide qui avait dérapé. Ça n'arriverait plus jamais.

Je n'ai rien dit à Ulrika. D'un côté, j'avais l'impression d'une trahison : c'était le genre de choses qu'on est censé partager avec son épouse. D'un autre côté, je l'épargnais, puisque selon le dicton on ne souffre pas de ce qu'on ignore. Rétrospectivement, je dois admettre que c'était par honte. Je n'arrivais pas à accepter ce que Stella avait fait, et je ne voulais pas que quiconque, pas même ma femme, en ait connaissance.

Quand j'ai revu Roger à l'église, le dimanche suivant, je l'ai pris à l'écart, après la messe. À nouveau, j'ai dû lui tirer les vers du nez.

« Avez-vous récupéré votre argent ?

— Oh oui.

— Tout ?

— Oui.

— Et Stella vous a demandé pardon ? Est-ce qu'elle avait l'air sincèrement désolée ?

— Oui. » Roger a hoché la tête par à-coups. « Mais ce n'était pas elle. C'était l'autre, la petite brune. »

34

Amina et moi avons continué côte à côte à travers Stadsparken. Nous étions presque arrivés à Svanegatan et entendions déjà filer les voitures.

« J'étais là quand Stella a rencontré Chris, la première fois, a dit Amina. C'était chez Tegnérs. Il avait l'air d'un garçon tout à fait normal. Rien de louche chez lui. À part qu'il était assez vieux, mais nous ne l'avons pas su tout de suite.

— Quand était-ce ? »

Elle a haussé les épaules.

« Il y a quelques mois.

— Mais qu'est-ce que Stella est allée faire chez lui ? La police a trouvé des preuves de sa présence.

— Elle a dû rentrer avec lui, c'est tout. »

J'ai regretté ma question. Je ne voulais pas en savoir plus.

« Un after, peut-être ? a continué Amina. Je ne sais pas bien. Je n'ai pas revu Stella depuis le week-end dernier. »

Son vélo a vacillé, et je me suis préparé à le rattraper si elle lâchait prise.

« Vous avez revu Christopher Olsen ? »

Amina a tourné le guidon.

« Oui, vendredi dernier.

— C'était l'anniversaire de Stella.

— Nous n'avons fait que le croiser, puis Stella et moi avons filé à Stortorget boire un verre de vin. J'avais un match le lundi, alors on n'a pas fait de folies.

— Et vous ne vous êtes plus revues toutes les deux depuis ? Mais vous vous êtes bien parlé ?

— Pas vraiment. Ce vendredi, elle m'a écrit. Nous avions prévu de nous retrouver plus tard dans la soirée, mais j'avais entraînement, et puis je ne me sentais pas très bien. J'ai eu de la fièvre le samedi.

— Donc tu ne sais pas du tout ce qui s'est passé vendredi ? »

Elle s'est dépêchée de secouer la tête. J'étais sceptique.

« Et qu'est-ce que tu as dit à la police ? lors de ton interrogatoire ?

— La vérité, bien sûr. Je ne pouvais quand même pas mentir ? »

Je n'ai pas répondu.

L'expérience m'a appris que le mensonge est un art que certains maîtrisent et d'autres pas du tout. Comme divers talents, on peut sans doute le cultiver et le peaufiner, mais il semble que ce soit fondamentalement une question de disposition génétique. Stella a toujours été douée pour mentir. Dès l'école primaire, j'ai eu du mal à discerner ses mensonges. Il pouvait s'agir des choses les plus banales.

Tu as rangé ta chambre, Stella ?

Oui, papa.

Une fois c'était vrai, la suivante elle me mentait effrontément. Impossible de savoir si elle disait ou non la vérité.

Amina n'est probablement pas une menteuse très habile. Après l'affaire Roger Arvidsen, elle est venue me demander pardon en pleurant, et m'a fait promettre de ne jamais en parler à Dino et Alexandra. Une promesse que j'ai évidemment tenue.

Aujourd'hui, elle n'arrivait pas non plus à bien mentir. Aucun doute : elle me cachait quelque chose. Qui cherchait-elle à protéger ? Elle-même, ou Stella ?

Ou moi ? Pensait-elle que je n'allais pas supporter la vérité ?

Nous avons pris à gauche dans Svanegatan. Une voiture nous a dépassés en roulant beaucoup trop vite.

« Amina, est-ce que tu crois que Stella… ? Tu crois que c'est Stella qui l'a fait ? »

Elle s'est arrêtée net.

« Non ! Stella n'a rien fait ! Tu ne crois quand même pas que… ? »

Je ne savais pas. Comment Amina pouvait-elle en être aussi certaine ?

« Je t'en prie, l'ai-je à nouveau suppliée en la voyant se mettre en selle pour faire les cinquante derniers mètres jusque chez elle à vélo. Il faut que je sache.

— Sache quoi ?

— Tout.

— Moi non plus, je ne sais pas tout. » Amina a posé les pieds sur les pédales et s'est élancée. « Je n'en sais pas plus que toi. Probablement que Stella n'en sait pas davantage elle non plus. »

Elle m'a salué par-dessus son épaule et s'est éloignée.

Je savais qu'elle mentait.

35

En rentrant ce soir-là, j'ai trouvé Ulrika dans la chambre, en train de regarder par la fenêtre. Mes pensées étaient engluées. Le moindre de mes muscles était endolori, comme si j'avais escaladé une montagne.

« Qu'est-ce que tu regardes ? » lui ai-je demandé.

Elle n'a pas répondu. En passant les bras autour de sa taille, j'ai découvert les ombres sur son visage, comme si les larmes lui avaient creusé les joues et asséché les lèvres.

« Ma chérie, ai-je chuchoté.

— Où étais-tu passé ? »

Sa voix n'était qu'un tremblement.

Je lui ai expliqué que j'avais été renvoyé chez moi, remis d'office en congé maladie pour au moins encore une semaine. Ulrika n'a pas réagi. Ses yeux semblaient vidés de toute vie. Par la fenêtre, on ne voyait que la nuit. Une nuit noire, impénétrable.

« Tu as sans doute déjà entendu parler de Job ? ai-je dit.

— Je connais ce nom. »

J'ai appuyé le menton sur son épaule, mais sans prévenir, elle a sursauté et s'est retournée.

« Tu ne crois quand même pas sérieusement que c'est une épreuve que Dieu nous envoie ? »

Je ne savais plus que croire.

« Job était l'homme le plus droit de la terre, ai-je expliqué. Mais l'accusateur a fait remarquer qu'il était aisé de croire en Dieu quand on avait une vie aussi bonne que celle de Job.

— L'accusateur ?

— C'est ce qui est écrit dans la Bible. C'est une des manières de désigner Satan. »

Au milieu de tout ce malheur, j'ai aperçu une ombre de sourire chez ma femme.

« En tant qu'avocate de la défense, je n'ai aucune objection sur ce point. »

Tandis que je lui rappelais l'histoire de Job, à qui Dieu a laissé l'accusateur prendre tout ce qu'il avait, tuer son bétail, ses dix enfants et le rendre gravement malade, Ulrika a hoché la tête, voyant où je voulais en venir.

« Alors Job, c'est toi ? »

Difficile de dire si elle essayait de plaisanter ou était juste méprisante.

« Bien sûr que non. La femme de Job trouvait en tout cas qu'il aurait mieux fait de tourner le dos à Dieu, après tout ce qu'Il lui avait fait subir. Et tu sais ce que Job lui a répondu ?

— Non, qu'a dit Job ?

— Que si nous recevions tous les dons de Dieu, il fallait aussi être prêt à recevoir le malheur. »

Ulrika a répondu en soufflant par le nez. Je n'étais pas sûr de savoir ce que cela signifiait.

Puis elle a soupiré.

« Nous ne pouvons pas continuer à habiter ici.

— Quoi ? »

À nouveau, Ulrika a détourné les yeux vers la fenêtre.

« Tu as vu les infos sur le Net, aujourd'hui ?

— Oui, maman a appelé.

— Lund n'est pas une grande ville. La plupart des gens savent qui nous sommes. »

Nous regardions fixement dans la nuit.

« Est-ce que tu ne dramatises pas un peu, là ? ai-je demandé.

— Tu n'imagines même pas. J'ai vu ça tellement de fois. Des gens forcés de fuir, d'abandonner leur vie et de recommencer ailleurs.

— Alors tu crois que Stella va être condamnée ? »

Elle m'a regardé comme un enfant qu'elle était obligée de décevoir.

« Peut-être pas par le tribunal. Il est trop tôt pour le prédire. Mais au fond, ça n'a pas d'importance. C'est le jugement de l'entourage qui compte vraiment. Les gens, dans leur ensemble, n'ont que faire des décisions du tribunal. »

Je ne pouvais pas être d'accord avec ça.

« Là, tu exagères.

— Pas du tout. Une semaine aux arrêts, et tu es comme condamné aux yeux des gens. Même si Stella est lavée de tout soupçon, un doute subsistera en germe chez tous ceux qui la connaissent. Au moins tant que personne n'aura été condamné pour ce meurtre. »

Cela semblait tellement cynique. C'était sans doute l'expérience amère de près de vingt ans dans les tribunaux, et il y avait certainement du vrai dans son raisonnement. Je ne pouvais que me prendre moi-même en exemple : combien de fois avais-je considéré comme une évidence la culpabilité d'une personne mise en accusation, alors que le tribunal était parvenu à la conclusion opposée ? Si Stella était acquittée mais que personne n'était condamné pour ce meurtre, beaucoup douteraient sûrement de son innocence.

« Tu es sérieuse ? Tu veux qu'on quitte Lund ? »

Ulrika a hoché la tête.

« Michael m'a proposé un truc à Stockholm.

— Michael ?

— Blomberg. »

J'ai cligné des yeux plusieurs fois. La nuit au-dehors s'est accrochée comme une ombre dans mon regard.

« Quel genre de truc ?

— Il a du boulot pour moi, un gros procès qui va prendre longtemps, plusieurs mois. Nous pourrons loger dans l'appartement d'appoint de son cabinet, en centre-ville, en attendant de trouver quelque chose.

— Déménager ? »

Elle m'a passé les bras autour du cou.

« Ça nous fait du mal de rester dans cette ville. »

La chaleur de son corps m'a adouci.

« Mais Stella, alors ?

— Stella viendra avec nous, bien sûr. Avant de partir faire son voyage en Asie.

— Mais elle est enfermée.

— Après le procès, a dit Ulrika en inspirant dans mon cou.

— Après…

— Pour le moment, on ne peut rien faire. On va très vraisemblablement aller jusqu'au procès.

— Tu crois ? »

J'ai tourné le haut du corps, mais Ulrika m'a retenu en pressant ma joue contre sa poitrine. « Nous savons pourtant qu'elle est innocente, ai-je ajouté.

— Nous ne savons rien, mon chéri.

— Qu'est-ce que tu veux dire ? »

Je me suis libéré de ses bras. Elle avait l'air tellement vidée de ses forces. Cette situation nous déchirait bien plus que j'aurais pu l'imaginer.

« Elle a un alibi ! ai-je insisté. Stella a un alibi. »

Ulrika m'a tendu la main.

« Mon chéri, moi aussi, j'étais réveillée quand Stella est rentrée vendredi dernier. Je sais exactement quelle heure il était. »

Quelque chose s'est brisé en moi. Pourquoi n'avait-elle rien dit ? Depuis le début, elle savait que j'avais menti à la police.

Que savait-elle d'autre ? J'ai pensé au chemisier taché et au portable.

« Où est passé le téléphone de Stella ?

— Qu'est-ce que tu veux dire ?

— Je pensais que la police l'avait saisi, mais ce n'est pas le cas. Qu'est-ce que tu en as fait ?

— Je… je… »

Elle avait beau me regarder, ses yeux semblaient flotter au loin. Je me sentais seul et abandonné, et j'ai dû me mordre la langue pour ne pas dire quelque chose que j'aurais regretté.

« Qu'est-ce que tu as fait du téléphone de Stella ? » ai-je à nouveau demandé.

Elle m'a caressé la joue.

« Son téléphone a disparu. »

J'ai haleté. Qu'avait-elle fait ? Avait-elle jeté le portable quelque part ? Si ça se savait, sa carrière était fichue.

« Et comment ça s'est fini, pour Job ? a-t-elle demandé, tout bas.

— Ça s'est bien fini. Dieu lui a donné neuf autres enfants. »

J'ai esquissé un sourire, et Ulrika m'a embrassé.

« Il faut qu'on fasse bloc, mon chéri. Toi, moi et Stella. Il faut qu'on fasse bloc. »

J'ai eu la forte impression qu'elle me cachait quelque chose. Même ma femme.

36

Lundi venu, Blomberg a appelé. Pouvions-nous passer au cabinet l'après-midi même ? Il avait des nouvelles. « Sans doute pas des bonnes », ai-je dit à Ulrika.

Pendant le court trajet entre le parking et Klostergatan, je lui ai serré fort la main. Au moment où nous passions devant notre pizzeria favorite de Bangatan, la porte s'est ouverte et un homme dégingandé en est sorti, les bras chargés de boîtes en carton, laissant échapper une bouffée d'un fumet alléchant, comme un souvenir de toutes ces fois où nous nous y étions retrouvés, et regardés. À la fenêtre, un des pizzaïolos nous a fait un signe de la main en nous reconnaissant.

Ulrika avait peut-être raison ? Nous devrions quitter Lund. J'ai toujours bien aimé Stockholm, il y a plein de banlieues agréables et ni Ulrika ni moi n'aurions de mal à trouver un emploi. Ça pourrait être un nouveau départ. Un peu comme à Orust l'été dernier. De longues vacances, loin des ornières de la routine, un trou dans le temps où nous pourrions nous consacrer exclusivement à nous-mêmes. Nous en avions besoin. Stockholm pouvait être notre refuge.

Mais évidemment, pas question de laisser Stella en Scanie. Tant qu'elle était incarcérée, nous resterions là. Sur ce point, j'étais déterminé.

Nous avons tourné au coin de Klostergatan et marché vers le porche. En embrassant Ulrika, j'ai deviné un faible parfum d'alcool. Dans l'ascenseur qui montait vers le bureau de Blomberg, elle a sorti un boîtier de poudre et du rouge à lèvres de son sac et a retouché son maquillage devant le miroir.

« Prenez place », a dit Blomberg, vêtu pour une fois d'un simple tee-shirt.

Il était inhabituel de le voir aussi mal habillé. Presque gênant. Comme s'il était nu.

« Je lui ai parlé de ta proposition d'emploi », a annoncé Ulrika.

Blomberg m'a souri. Je trouvais désagréable qu'Ulrika et lui aient des discussions en mon absence.

« Il paraît que tu as du nouveau ? ai-je dit.

— Tout à fait, a répondu Blomberg en s'asseyant, jambes écartées en face de nous. Comme je vous le disais, Chris Olsen a un CV assez rempli. Mais rempli aussi de choses qu'on préférerait ne pas y trouver.

— Comme quoi ? ai-je demandé.

— Ce mec a trempé dans plein d'affaires louches, c'était vraiment magouilles et compagnie. » Blomberg a hoché la tête, l'air content de lui. « Je vous ai parlé des Polonais de la pizzeria ? Il s'avère à présent qu'Olsen avait une grosse combine de Roumains employés au noir. Des gens qu'il entassait dans une putain de grange du côté de Revinge pendant qu'ils travaillaient comme des chiens à rénover des immeubles pour sa société.

— C'est dingue.

— Les types comme Olsen achètent des immeubles qui tombent en ruine, les rénovent, puis les refourguent la peau des fesses.

— Mais quel rapport avec le meurtre ? » ai-je demandé.

Blomberg a fait un grand sourire.

« Quelques-uns des Roumains se plaignaient de leurs conditions de travail, et trouvaient qu'Olsen essayait de les rouler sur la thune. Une bonne partie de leurs compatriotes à qui nous avons causé à Revinge sont absolument sûrs que c'est eux qui ont dézingué Olsen.

— Quoi ? La police est au courant ?

— J'en ai informé Agnes Thelin, mais c'est Jansdotter qui dirige l'enquête préliminaire.

— Agnes Thelin », ai-je ricané.

Ulrika m'a regardé avec étonnement.

« Nous continuons aussi les vérifications sur les Polonais, a repris Blomberg. Nous avons les noms de deux individus que nous allons surveiller de plus près. »

Grosse déception. C'était tout ? Je ne donnais pas cher des enquêtes privées de Blomberg. C'est l'affaire de la police d'enquêter sur un meurtre.

« Quand pourrons-nous voir Stella ? » ai-je demandé.

Le cou de Blomberg a rougi.

« Sache que j'ai essayé. J'ai vraiment fait tout ce que j'ai pu, mais cette fichue Jansdotter refuse de vous laisser voir votre fille.

— Mais c'est un pur abus de pouvoir. Nous devrions peut-être contacter les journaux du soir ? Demander une enquête ? »

Blomberg a secoué la tête.

« Il est bien trop tôt pour ça. Tant que personne n'a été condamné, ça ne les intéresse pas.

— Il faut que tu parles avec Amina Bešić, ai-je dit. Je suis sûr qu'elle cache quelque chose. »

Blomberg a tripoté la chaîne autour de son cou.

« Mouais, je ne sais pas », a fait Ulrika.

Elle avait sans doute peur que Dino et Alexandra le prennent mal.

« J'ai essayé, a dit Blomberg. La police l'a aussi auditionnée, mais il ne semble pas qu'elle sache rien d'important.

— Mais si », ai-je rétorqué.

Ulrika m'a donné un coup de coude.

« C'est d'Amina, qu'on parle. Pourquoi mentirait-elle ?

— Je sais qu'elle ment ! »

Je ne pouvais pas en dire plus, puisque Ulrika ne devait pas savoir que j'avais parlé avec Amina. Elle n'aurait jamais compris, elle aurait juste été furieuse, aurait trouvé que j'avais une fois de plus passé les bornes.

« C'est malgré tout l'ancienne compagne d'Olsen, Linda Lokind, qui reste la plus intéressante pour nous », a dit Blomberg.

Il avait des perles de sueur dans les sourcils, et a demandé s'il pouvait ouvrir une fenêtre.

« Bien sûr », ai-je répondu.

Il s'est exécuté et a placé son visage dans le courant d'air. Je me suis aussitôt mis à grelotter.

« Il s'est avéré que Lokind a un long historique de crises d'angoisse et de dépressions, a repris Blomberg. Dès l'adolescence, elle a eu affaire à la psychiatrie, et n'a au fond jamais cessé depuis de valser d'une clinique à l'autre. »

Ça ne m'étonnait pas vraiment. Linda Lokind était une jeune femme dont la confiance en elle était en pièces. Par bien des aspects, elle me rappelait d'autres femmes battues que j'avais rencontrées. Je savais que Linda m'avait menti, mais j'ignorais à quel point. Son récit des violences de Chris Olsen pouvait-il vraiment être entièrement inventé ? Une terrible vengeance parce qu'elle refusait d'accepter que Chris veuille rompre ? Je doutais que Linda Lokind soit capable de tels agissements. Mais dans ce cas, elle devait cacher autre chose.

« C'est invraisemblable que la police n'enquête pas sérieusement sur Lokind, ai-je dit. Il faut que tu insistes !

— Il est de plus en plus courant que ce genre de choses revienne aux avocats, a expliqué Blomberg. Sache que j'ai mis des gens habiles sur le coup. Mais il nous faudrait du concret sur Linda Lokind pour pouvoir avancer. »

Du concret ?

« Les chaussures », ai-je dit.

Ulrika et Blomberg m'ont dévisagé.

Ça m'a juste échappé. Il nous fallait du concret, et je savais qu'il y en avait.

« Quelles chaussures ? » a dit Blomberg en se penchant en avant.

J'ai soupiré. Senti Ulrika se raidir à côté de moi. Pas d'autre issue que de dévoiler la vérité.

« Linda Lokind possède les mêmes chaussures que Stella. La même sorte de chaussures que celle qui a laissé une trace sur le lieu du crime. »

Blomberg a levé le sourcil.

« Comment le sais-tu ? »

J'ai regardé Ulrika. Elle restait impassible.

« Je suis allé chez elle. »

Ils parurent tous deux retenir leur souffle tandis que je leur racontais ma visite chez Linda Lokind dans Tullgatan. J'avais vu ces chaussures de près, et j'étais à cent pour cent sûr que c'étaient les mêmes.

Le silence s'est fait, et je suis resté comme coincé entre les deux avocats.

« Tu es fou, ou quoi ? a dit Ulrika. Tu es allé chez elle ?

— Il fallait que je fasse quelque chose. Stella est enfermée, aux arrêts ! Je ne peux pas juste rester là à regarder nos vies s'effondrer ! »

Ulrika n'a rien dit. Blomberg l'a regardée, puis tous deux ont baissé les yeux. Naturellement, ils me comprenaient.

37

J'ai encore fait un tour dans le quartier, casquette enfoncée sur la tête et yeux dans le dos, craignant d'avoir à m'arrêter, à parler. D'un pas rapide, j'ai tourné au coin de la rue pour m'engouffrer dans l'allée, avant de refermer la porte derrière moi.

Ulrika était penchée sur son bureau, en train de feuilleter une liasse de documents, marqueur fluo à la main. « Qu'est-ce que tu fais ?

— Le procès à Stockholm que Michael m'a confié. Ça me change les idées. »

À quoi est-ce que ça rimait ? Pourquoi penser à autre chose quand Stella était en prison ?

« Ferme la porte derrière toi, s'il te plaît », m'a prié Ulrika.

Je me suis blotti sur le canapé du séjour avec mon portable. De l'étage me parvenait la voix de ma femme. Elle parlait au téléphone.

Je me suis versé un whisky, l'ai bu et m'en suis servi un autre. Revenu sur le canapé, j'ai cherché du nouveau sur ce que les médias avaient désormais baptisé « le meurtre de l'aire de jeux ».

J'ai commencé sur les sites des journaux du soir, avant de me laisser entraîner, à mon corps défendant, sur quelques arènes du Net où des gladiateurs se livraient aux plus infâmes spéculations au sujet de Stella. Quelqu'un qui prétendait avoir eu une courte liaison avec elle affirmait au monde entier avec le plus grand sérieux que Stella Sandell était une « perverse gluante » qui avait sans aucun doute possible assassiné l'homme de trente-deux ans. D'autres intervenants du forum connaissaient indubitablement Stella pour de bon, ce qui rendait le tout encore plus malsain. Un certain Flikkis racontait en détail des événements survenus au cours de la scolarité de ma fille. D'après Flikkis, Stella était une gamine hyperactive qui pensait que le monde lui appartenait, mais cette personne considérait comme hautement improbable qu'elle ait assassiné quelqu'un.

C'était terrible de lire ça, et pourtant impossible de s'en abstenir. Contre toute attente, quelque chose d'important pouvait toujours faire surface. Plusieurs fois, j'ai eu l'impression d'être là, mains attachées dans le dos, à regarder ma petite fille emmenée à l'abattoir.

Sur la victime, pas beaucoup de ragots. Quelqu'un constatait laconiquement qu'il était beau et riche. Un autre le traitait de psychopathe typique, ce qui m'a fait penser à Linda Lokind. Était-ce là qu'elle avait pêché le nom de Stella ?

J'ai avalé les dernières gouttes de mon whisky puis appuyé la tête contre l'accoudoir du canapé. En fait, j'avais besoin de dormir. J'ai cligné des yeux et essayé de les fermer, tout en continuant à faire défiler le flux sur mon portable.

Ça a commencé par un commentaire anonyme.

C'est sûrement le père qui a fait ça. Le pasteur. Il a dû avoir vent que sa fille baisait avec Chris Olsen.

Je me suis redressé en balayant frénétiquement l'écran du bout du pouce.

Exactement ce que je pense. Le père ! a écrit un utilisateur se faisant appeler Meow76. Rapidement, il a reçu des soutiens de tous côtés.

Tout le monde à Lund sait quel genre de type est Adam Sandell, écrivait Misspiggylight. *Il a toujours été bizarre.*

Dans son commentaire suivant, Meow76 collait mes données personnelles des pages blanches. Mon nom complet, avec adresse et numéro de téléphone. Mon âge et ma date de naissance.

Je me suis mis à bouillir. C'était de la diffamation !

J'ai attrapé mon ordinateur et rédigé en toute hâte un mail à l'adresse de contact du forum, menaçant de prendre des mesures juridiques. Puis j'ai effectué des captures d'écran et entrepris de formuler un dépôt de plainte destiné à la police.

Ulrika a descendu l'escalier, et je l'ai entendue ouvrir la cave à vin.

« Viens voir, ma chérie ! » ai-je lancé.

Après lui avoir fait lire mon mail, je lui ai montré les captures d'écran.

« C'est de la diffamation, n'est-ce pas ?

— Douteux, a estimé Ulrika. Dans tous les cas, ça ne tombe pas sous le coup de la loi.

— C'est-à-dire ?

— Que ta plainte ne mènera sans doute qu'à un abandon de l'enquête préliminaire. »

Le vendredi matin, je me suis réveillé plus tard que d'habitude, patraque, sans savoir quelle heure il était ni si j'avais dormi une heure ou une nuit entière. En descendant l'escalier cahincaha, j'ai trouvé Ulrika appuyée à l'îlot central de la cuisine, en peignoir éponge, les cheveux encore humides. Devant elle, deux tasses de café fumant.

« Le rapport d'autopsie est arrivé, a-t-elle annoncé. On a établi l'heure du décès de Christopher Olsen entre 1 et 3 heures du matin environ.

— Ce qui veut dire… »

Ulrika a hoché la tête.

« La cause du décès est une hémorragie externe, a-t-elle constaté d'un ton factuel. Deux coupures et quatre perforations. »

La personne qui avait tué Christopher Olsen ne s'était donc pas contentée de lui planter un couteau. Rien à voir avec un geste de défense dans une situation de détresse. Cette personne l'avait frappé à plusieurs reprises. Il y avait eu beaucoup de sang.

J'ai songé au chemisier taché de Stella. Bien sûr, notre fille pouvait se mettre dans des colères folles quand elle perdait le contrôle. Et ça pouvait aller très vite. Mais de là à tuer quelqu'un ?

« Ce type de violence extrême signifie habituellement qu'il s'agit d'une affaire personnelle, a continué Ulrika. Le meurtrier nourrissait vraisemblablement une forte haine à l'égard de la victime.

— Comme une ancienne petite amie ivre de vengeance ?

— Par exemple. »

Ulrika a soufflé sur son café.

« Michael et moi avons aussi parlé de l'appartement.

— Quel appartement ?

— L'appartement d'appoint de son cabinet, à Stockholm. Nous pouvons nous y installer dès la semaine prochaine. Il nous suffit d'emporter le strict nécessaire. »

Je me suis brûlé la langue avec mon café.

« Déjà ? Mais… Il ne faudrait pas y réfléchir un peu plus ?

— J'ai pris ma décision, a-t-elle tranché. Je ne peux pas refuser une affaire pareille.

— Mais tu ne veux pas dire qu'on va laisser Stella ?

— De toute façon, nous n'avons pas le droit de la voir. Nous ne pouvons rien faire avant le procès.

— Tu as déjà baissé les bras.

— Au contraire, Adam. J'ai consacré toute ma vie à la procédure criminelle. Tu dois me faire confiance. »

Je me suis approché d'elle. Si près que je pouvais sentir la chaleur de son haleine.

« Lâche-moi ! »

J'ai baissé les yeux et découvert que mes mains lui avaient saisi les avant-bras.

« Pardon, je n'ai pas fait exprès. »

Ulrika a reculé.

« Tu es en train de… Je ne te reconnais plus.

— Qu'est-ce que tu veux dire ?

— Nous devons faire bloc, mon chéri. Nous sommes une famille. »

J'ai serré les poings le long de mes cuisses.

« Je fais tout pour maintenir cette famille unie. C'est toi qui m'exclus.

— Michael est un défenseur habile, a dit Ulrika. Il a une stratégie, mais il ne peut pas nous en dévoiler les détails. Nous devons lui faire confiance. Il a déjà enfreint son devoir de réserve, tu ne comprends pas ça ?

— Je ne fais pas confiance à Blomberg.

— Il le faut, Adam. »

Elle était à présent au bord des larmes.

« Et si c'était elle qui l'avait fait ? ai-je dit. Et si c'était Stella ? »

Ulrika a détourné le visage, et je me suis à nouveau avancé tout près d'elle.

« Tu t'es débarrassée du téléphone. Et le chemisier ? Pourquoi ? Tu crois que Stella a tué cet homme ? »

Elle a posé ses deux mains sur ma poitrine. Les larmes ont coulé sur ses joues.

« Pardon », ai-je dit.

Ulrika a secoué la tête.

« Tu es fou. Tu es allé chez cette Linda Lokind. Tu es entré dans son appartement, Adam.

— Mais la police ne fait rien. Il faut bien que quelqu'un fasse quelque chose !

— Moi aussi, je fais quelque chose. Il y a beaucoup de gens qui font des choses, Adam. Mais pas comme ça. Il y a de meilleures façons. »

Elle a essuyé ses larmes. Je ne l'avais pas souvent vue pleurer, et la culpabilité m'a déchiré.

« Alexandra m'a écrit hier, a-t-elle continué. C'est vrai, que tu es allé attendre Amina à la sortie du gymnase ? »

Je ne savais pas quoi répondre.

« Tu as suivi Amina en lui posant plein de questions ?

— Ça ne s'est pas passé comme ça. »

Je ne comprenais pas ce qui avait pris à Amina de le raconter à sa mère. Au fond, c'était de bonnes nouvelles, car désormais, elle allait être forcée de tout dévoiler, quoi qu'elle cache. Alexandra ne pouvait pas la laisser continuer à se taire. Il était évident qu'Amina détenait des informations susceptibles de décider de l'avenir de Stella.

« Tu ne peux pas continuer comme ça, a dit Ulrika.

— Qu'est-ce que je dois faire ? Ma fille est accusée de meurtre ! »

J'ai filé dans le vestibule attraper mon manteau. J'ai ouvert et je suis sorti en claquant la porte.

38

J'ai erré à travers la ville, en ébullition. Le regard dans le dos, le pas lourd. Je commençais à me faire peur moi-même.

En fin d'après-midi, Ulrika m'a appelé. J'étais sur une allée de gravier en plein Lundagård, sans savoir comment j'étais arrivé là ni où j'allais.

« Pardon, mon chéri, a-t-elle dit. Ne laissons pas tout ça détruire aussi notre couple. C'est déjà assez pénible comme ça. »

Elle avait réservé une table au restaurant Spisen et me proposait de nous y retrouver pour dîner.

Mon pouls s'est ralenti et je suis passé devant la cathédrale en marchant lentement. Au fond, il n'était pas étonnant que cette situation nous déchire. Une fois encore, j'ai songé à ce que dit la Bible : une famille divisée ne peut perdurer. Je me suis promis d'être fort.

C'est par un pur hasard que, quelques heures plus tard, je suis tombé sur Jenny Jansdotter devant les halles. Que je l'aurais d'une manière ou d'une autre suivie, comme elle l'a prétendu par la suite, ce ne sont que des balivernes. En réalité, je me dirigeais vers le restaurant Spisen quand j'ai aperçu Jansdotter devant moi. Ses échasses arquées, cette façon fébrile de marcher, comme si elle rebondissait sur ses hauts talons. Elle était si frêle qu'on aurait pu très facilement la prendre pour un enfant, sans ses talons, son tailleur et le coûteux sac à main à son épaule.

Les paroles de Michael Blomberg résonnaient dans ma tête : c'était Jansdotter qui dirigeait l'enquête préliminaire. C'était elle qui pilotait l'action de la police et qui, selon l'avocat, s'était entièrement enferrée dans l'hypothèse de la culpabilité de Stella. En la voyant là, devant moi, je ne comprenais pas. Pourquoi ? Était-elle absorbée par son travail au point d'avoir oublié que c'était de vraies personnes, avec de vrais sentiments, qui étaient frappées par sa décision ? Comment pouvait-elle nous refuser de rencontrer notre propre enfant ? J'étais sincèrement curieux de savoir quel genre de personne agissait ainsi, et, en la voyant traverser Botulfsplatsen, je n'ai pas pu me maîtriser. Je l'ai rattrapée juste devant l'entrée ouest des halles.

« Excusez-moi. Excusez ! »

Elle s'est retournée vivement. Je crois qu'elle a mis quelques secondes à comprendre qui j'étais.

« Ceci est extrêmement déplacé, a-t-elle dit.

— Je voudrais juste vous poser une question. »

Elle n'a même pas répondu. Elle a fait volte-face, si brusquement que son sac s'est enroulé comme une fronde autour de son corps, avant de se diriger vers la porte vitrée des halles.

« Pourquoi n'enquêtez-vous pas sur Linda Lokind ? ai-je demandé en lui emboîtant le pas. Savez-vous que Lokind possède une paire de chaussures du modèle que vous recherchez ? »

Elle a hâté le pas pour entrer dans les halles, et j'ai dû hausser la voix :

« Pourquoi n'avons-nous pas le droit de voir notre enfant ? »

La procureure s'est arrêtée net et m'a regardé avec un visage froid, parfaitement inexpressif.

« Vous vous rendez coupable de harcèlement.

— Pas du tout. J'essaie juste de comprendre pourquoi vous faites ça. »

Jenny Jansdotter a secoué la tête avant de tourner les talons. Dans la plainte qu'elle a ensuite rédigée, elle a prétendu que je lui avais alors saisi le bras pour l'empêcher de partir. Naturellement, c'est faux. En réalité, j'ai juste tendu la main dans une dernière tentative désespérée d'être écouté. Certes, j'ai frôlé son bras, je ne le nie pas, mais jamais je n'aurais imaginé tenter de la retenir.

« Vous détruisez nos vies ! » ai-je crié, derrière elle.

Autour de nous, les gens s'étaient arrêtés. Une forêt de visages curieux, de chuchotements sifflants et de regards brûlants. J'ai levé la main pour protéger mon visage, et je me suis dépêché de ressortir sur le trottoir et de m'éloigner en direction du cinéma.

Par la suite, la police allait interroger au moins dix personnes, mais pas une seule ne devait confirmer la version de Jenny Jansdotter.

39

Ulrika m'attendait au restaurant à une table près de la fenêtre. Je me suis assis tout contre elle et elle a appuyé la tête contre mon épaule.

« Pardon, chérie. Pardon.

— Nous ne sommes plus nous-mêmes.

— Je t'aime. »

Je le ressentais avec une telle évidence dans mon corps. La moindre idée d'un avenir sans Ulrika me brûlait de l'intérieur.

« Viens avec moi à Stockholm, m'a-t-elle dit. Nous ne pouvons rien faire de plus pour le moment. Tu comprends bien que jamais de la vie je n'abandonnerais Stella, mais de toute façon, on ne nous laisse pas la voir. Pour elle, peu importe que nous soyons à Lund ou ailleurs. Nous devons aussi penser à nous. J'ai vu beaucoup de parents dans notre situation, des familles qui ont été déchirées. »

Elle avait raison. Tant que Stella restait incarcérée avec restrictions maximales, nous ne pouvions rien faire. Le pire qui pouvait arriver, c'était de nous arracher l'un à l'autre, Ulrika et moi.

« Qu'est-ce qui va arriver à Stella, à ton avis ?

— Je ne sais pas, mais la procureure semble décidée à aller au procès. »

Je revoyais Jenny Jansdotter. Devais-je mentionner à Ulrika que j'étais tombé sur elle ?

« Que crois-tu qu'il s'est passé, le soir du meurtre ? » ai-je demandé.

Ulrika s'est figée.

« Je ne sais pas… Je ne peux pas…

— L'idée ne t'a pas même effleurée ?

— Quelle idée ? a-t-elle demandé, alors qu'elle comprenait sans doute très bien ce que je voulais dire.

— L'idée que… C'était peut-être malgré tout… Que Stella a fait… quelque chose ? »

Tout au fond de moi, j'aurais voulu qu'elle dise non. Qu'elle soit furieuse contre moi, qu'elle me demande comment je pouvais bien me permettre de penser en ces termes. Je préférais être en train de perdre la raison plutôt que savoir mes doutes effectivement fondés.

« Évidemment, que l'idée m'a effleurée. Évidemment, mais je refuse de la laisser s'enraciner. »

Cela semblait si simple. Trop simple.

« Il y a un certain nombre d'indices, a-t-elle ajouté. Mais les preuves sont faibles. »

Comme s'il s'agissait d'une question juridique.

Elle a posé sa main sur mon genou, je l'ai caressée doucement. Après toutes ces années passées ensemble, je connaissais sa peau comme la mienne.

« Je ne comprends tout simplement pas ce qu'Amina cache. Il y a quelque chose qu'elle ne dit pas. »

La main d'Ulrika a tressailli.

« Pourquoi Amina mentirait-elle ? C'est la meilleure amie de Stella.

— Je ne sais pas. Je ne sais vraiment pas. Je sais juste qu'elle ne dit pas tout.

— Mais tu crois sérieusement qu'Amina est impliquée en quoi que ce soit ?

— Je ne sais plus. Je ne sais plus que croire. »

Un peu trop fatigués et légèrement éméchés, nous avons décidé d'aller à pied à la gare. Nous avons traversé la ville sans beaucoup parler. Les gens nous regardaient, certains nous saluaient, d'autres se détournaient sur notre passage, j'entendais leurs chuchotements. Ulrika avait passé son bras sous le mien et marchait d'un pas résolu, sans s'arrêter.

Je crois que c'est à son initiative que nous sommes allés chez Dino et Alexandra. Nous étions de toute façon dans les parages. Elle pensait qu'un peu de compagnie nous ferait du bien, et a envoyé un SMS pour prévenir de notre arrivée.

Dans Trollebergsvägen, Alexandra nous a accueillis sur le pas de leur porte avec de grands yeux.

« Vous ? »

Derrière son étonnement se cachait aussi de la réticence. Cela a peut-être échappé à Ulrika, car elle est entrée sans hésitation en l'embrassant.

« On a parié que vous seriez à la maison. J'ai envoyé un SMS, mais tu n'as pas répondu. »

Alexandra m'a regardé par-dessus son épaule.

Dino a déboulé de l'intérieur de l'appartement, vêtu uniquement d'un bermuda, une bière à la main. En nous voyant, il a souri et nous a assaillis d'embrassades.

« Comment ça va ? a demandé Alexandra. Comment va Stella ? »

Après notre compte-rendu des derniers événements, ou plutôt non-événements, Dino m'a fait entrer dans le séjour, où un journaliste survolté et essoufflé commentait un match de foot sur le grand écran mural, tandis que de la musique sortait des haut-parleurs. La porte du balcon était grande ouverte, et l'air nocturne entrait avec un tiède parfum d'été indien.

« 2-1, a fait Dino en montrant l'écran d'un geste.

— OK. »

Je ne pouvais pas montrer davantage de désintérêt.

« Tu as l'air fatigué. Ça peut sans doute se comprendre. Tiens, prends une bière. »

La capsule a fait *pschitt* et j'ai attrapé la bouteille fraîche.

« Amina a reçu son emploi du temps. Et tu sais quoi ? Ils lui ont mis des réunions et des examens obligatoires le samedi. Ils ont le droit de faire ça ? »

Je ne savais pas s'il était sérieux.

« En tout cas, je les ai appelés.

— Ah oui ?

— Amina a des matchs importants le samedi. Je crois qu'ils ont pigé. J'ai eu l'impression. »

Je me suis retourné vers Ulrika et Alexandra, qui avaient pris racine dans la cuisine. J'aurais préféré ne pas bavarder avec Dino. En fait, je n'avais pas le courage de parler du tout. Si j'avais accompagné Ulrika, c'était pour une unique raison.

« Tu te souviens qu'on disait toujours qu'Amina était douée pour les livres et Stella douée pour la rue ? a fait remarquer Dino. Elles se complétaient si bien, sur le terrain et dans la vie.

— Mmh. »

J'avais du mal à me concentrer, avec cette musique qui dégoulinait et la voix du commentateur qui me faisait fuir la télévision, tandis que les voix de nos femmes nous parvenaient de la cuisine.

« Stella est une *survivor*, a continué Dino. Une *fighter*. »

J'ai marmonné en guise de réponse en me dirigeant vers la station d'accueil qui surmontait un des haut-parleurs.

« Ça t'ennuie si j'éteins ?

— Non, pas du tout », a dit Dino, et j'ai coupé la musique.

Dans la cuisine, nos femmes parlaient de Stockholm. Alexandra trouvait que c'était une bonne idée de partir un moment.

J'ai lorgné en direction de la chambre d'Amina.

« Elle est à la maison ? » ai-je demandé.

Dino a secoué la tête.

« Elle n'est pas là ?

— Non. »

Il s'est gratté la nuque et a bu de grandes gorgées de bière.

« Elle est dans sa chambre ? ai-je demandé en indiquant la porte.

— Non, elle n'est pas à la maison. »

Je suis allé poser la main sur la poignée.

Il fallait que la vérité éclate.

« Putain, qu'est-ce que tu fais ? Arrête ! »

Dino s'est levé du canapé.

« Amina ? » ai-je appelé en ouvrant la porte.

Tout au fond de sa chambre faiblement éclairée, elle lisait, assise à son bureau. Elle a tout juste eu le temps de se retourner.

Dino s'est précipité sur moi. Très vite il m'a ceinturé et tiré hors de la chambre.

« Arrête ! » ai-je entendu crier Ulrika et Alexandra.

Mais Dino n'a pas arrêté. Il m'a retourné le bras dans le dos si violemment qu'il a failli le briser, et m'a bousculé devant lui.

« Qu'est-ce que vous faites ? » a crié Ulrika.

Alexandra est accourue pour s'emparer de Dino.

« Arrête !

— Il faut qu'il dégage ! a dit Dino en me poussant dans l'entrée, où il m'a plaqué joue contre la cloison, son genou sur mes reins.

— Tu es fou ! ai-je protesté.

— Calme-toi », a sifflé Dino.

Au milieu de ce tumulte, j'ai aperçu l'effroi dans le regard d'Ulrika.

« Mais qu'est-ce qui s'est passé ? »

J'ai essayé de répondre, mais Dino a parlé plus fort.

« Il est entré de force dans la chambre d'Amina. »

Toutes mes protestations étaient vaines.

« Qu'est-ce qui te prend ? » a demandé Ulrika.

La brutalité de Dino m'a fait pousser un gémissement. J'attendais qu'il réponde à la question d'Ulrika, qu'il donne une explication à cette violence absolument inutile. Ce n'est que lorsque je suis parvenu à me tourner que j'ai vu que ce n'était pas à Dino, mais à moi qu'Ulrika s'adressait.

« Tu es entré dans sa chambre ? Sans permission ?

— C'était ouvert, ai-je bégayé. Dino avait dit qu'elle n'était pas à la maison.

— Qu'est-ce qui se passe, Adam ? »

Ulrika a pris son visage dans ses mains. Ses joues étaient pâles.

Je ne comprenais pas. Tout ce que je faisais, c'était tenter de préserver ma famille unie. Je savais que ce qui s'était passé m'avait changé. Mais c'était en mieux. J'étais meilleur père et chef de famille que jamais. Je faisais tout pour ma famille. Ulrika aurait dû l'apprécier.

« Adam, a-t-elle dit, mon pauvre Adam. »

Dino m'a regardé avec compassion. Quand il a lâché prise, j'ai aussitôt tourné sur moi-même, mais j'ai trébuché sur une paire de chaussures sur le tapis de l'entrée, je suis tombé à la renverse contre la porte et me suis retrouvé assis par terre.

« Elle ment, ai-je lâché. Amina en sait plus qu'elle ne veut bien le dire. »

Tous les trois m'ont regardé comme on regarde quelqu'un qui vient de vous annoncer qu'il souffre d'une maladie incurable.

« Je vous plains, a dit Dino en se tournant vers Ulrika. Mais ne faites pas souffrir Amina de tout ça. »

Ulrika a lentement hoché la tête et Alexandra l'a prise sous son bras.

« Naturellement, nous avons parlé avec Amina. Elle ne sait rien de ce qui s'est passé.

— Je comprends, a dit Ulrika. J'espère que vous pourrez nous pardonner. Nous ne sommes plus nous-mêmes. »

J'ai enfilé mes chaussures et mon manteau et suis sorti sur le perron. Mon cerveau était en liquéfaction. Mes pensées filaient comme des chevaux au galop, mes oreilles sifflaient et bourdonnaient et tout tournait devant mes yeux. Je ne sais pas si j'ai prononcé un seul mot sur le chemin du retour. C'est comme une tache aveugle dans ma mémoire, quand j'y repense. Altération temporaire des sens. Je suppose qu'un habile avocat de la défense aurait pu plaider l'irresponsabilité.

40

J'ai passé le reste du week-end alité, avec de la fièvre et une migraine carabinée. Le seul fait de me déplacer du canapé au lit me demandait un effort surhumain et je me nourrissais de soupe d'églantine, de galettes de seigle et de paracétamol.

« Tu devrais peut-être consulter ? » a suggéré Ulrika.

J'ai coupé la télévision. Le moindre bruit me hurlait dans les oreilles.

« Qu'est-ce qu'un médecin pourrait faire ? »

Ulrika s'est assise dans le canapé et m'a caressé le genou.

« Je ne pensais pas à un médecin. »

J'ai remonté le plaid sur mon menton.

« Tu as peut-être besoin de quelqu'un avec qui parler ? a-t-elle précisé.

— Et pour dire quoi ? Que je suis allé contre tout ce en quoi je crois, tous les principes moraux ? J'ai menti à la police, j'ai rendu visite à des témoins à leur domicile pour les harceler. J'ai fait tout ça pour ma famille, mais maintenant ma femme est persuadée que je suis en train de perdre la raison.

— Je n'ai jamais dit ça. Nous nous trouvons en pleine crise. Rien d'étonnant à ce que nous soyons sur le point de craquer.

— Nous ? »

Ulrika ne me regardait plus.

« Nous avons chacun notre façon de gérer les crises. »

Tôt le lundi matin, elle a pris l'avion pour Stockholm afin d'honorer quelques rendez-vous, mais aussi de récupérer les clés de l'appartement. J'ai reçu un SMS avec un selfie et une promesse qu'on allait se tirer de ce mauvais pas. Elle m'écrivait qu'elle m'aimait et qu'on s'en sortirait ensemble.

Dans la matinée, j'ai téléphoné à Alexandra et Dino pour m'excuser mille fois de mon comportement. Pouvaient-ils transmettre mes excuses à Amina ? Ils ont été compréhensifs et ont manifesté l'espoir que cet enfer serait bientôt fini.

Lentement, je me suis éveillé de ma torpeur. J'ai fait en titubant le tour du quartier, la vue brouillée et les pensées gélatineuses. Chaque personne que je croisais me dévisageait effrontément. Un homme grisonnant en duffel-coat a grommelé en secouant la tête, mais quand je lui ai demandé ce qu'il disait, il m'a regardé d'un air offusqué, comme s'il ne voyait absolument pas ce que je lui voulais.

Dans le vestibule, Ulrika avait empilé des cartons de déménagement. Je me suis arrêté pour les regarder fixement. J'en ai ouvert un et ai fouillé dedans. Toute ma vie telle que je la connaissais dans huit cartons de bananes. Un vide béant creusait ma poitrine.

Deux semaines plus tôt, nous étions une famille tout à fait normale.

Le jeudi venu, je suis allé attendre Ulrika à la gare. Elle est descendue du bus arrivant de l'aéroport en souriant dans le soleil.

Nous nous sommes embrassés pendant une éternité. Nous sommes restés là comme dans une faille temporelle, dans les bras l'un de l'autre, deux corps qui s'appartenaient, liés par l'amour, le temps et le destin. Par Dieu ? Au milieu du ballet des bus et des sonnettes des cyclistes, des étudiants en retard, leur gobelet de café fumant à la main, des universitaires pressés aux plis de costumes parfaits et des classes moyennes habillées d'occasion. Je ne crois pas que nous ayons été créés l'un pour l'autre, qu'il y ait eu un plan balisé à l'avance pour Ulrika et moi, mais je crois – non, je sais – que le temps et l'amour nous ont unis à jamais, jusqu'à ce que la mort nous sépare.

Serrés l'un contre l'autre, nous avons traversé Clemenstorget puis descendu Bytaregatan. Les paroles de saint Paul résonnaient dans ma tête. Celui qui ne prend pas soin de sa famille a abandonné sa foi en Jésus.

« Comment vas-tu ? a demandé Ulrika.

— Terriblement mal, ai-je répondu sincèrement.

— Je t'aime, Adam. Nous devons être forts, à présent.

— Pour Stella », ai-je dit.

Puis nous nous sommes à nouveau retrouvés assis dans les fauteuils du cabinet de Michael Blomberg. Il portait une chemise bleu layette avec de grands ronds de sueur sous les bras.

« J'ai réussi à obtenir le rapport de l'enquête préliminaire diligentée contre Christopher Olsen, nous a-t-il annoncé, non sans triomphalisme. Le tribunal me l'a accordé, à part certains détails qui restent confidentiels. »

Il a agité une liasse de papiers.

« Écoutez ça. Ça vient d'un interrogatoire de Linda Lokind. »

Je me suis penché en avant, au bord du fauteuil.

« "EP : Ces déclarations que vous avez faites concernant Christopher Olsen…"

— Qui est EP ? l'ai-je interrompu.

— Agnes Thelin, la commissaire de la criminelle, a répondu Blomberg sans lever le regard. EP pour enquêteur principal.

— OK, OK. »

Il a poursuivi sa lecture.

« "Vous comprenez bien, Linda, qu'il s'agit d'accusations très graves contre Christopher. Si, dans ce que vous nous avez raconté, certaines choses ne sont pas entièrement véridiques, vous devez nous le dire maintenant."

— Mais enfin, ai-je dit en agitant les mains. Elle a vraiment le droit de dire ça ? Elle affirme que Linda ment ! »

Blomberg a poussé un profond soupir avant de continuer.

« "LL" – c'est Linda Lokind, a-t-il précisé à mon intention. "LL : Peut-être que… Je ne sais pas. Parfois, j'hésite, je ne sais plus bien si les choses ont vraiment eu lieu, ou si c'est mon imagination. J'avais l'impression que c'était arrivé pour de bon. J'avais vraiment cette impression." »

Blomberg nous a regardés d'un air grave, avant de continuer.

« “EP : Est-ce que cela veut dire que vous nous avez fait des déclarations inexactes, Linda ? Tout ce que je veux, c’est que la vérité se manifeste. LL : Je ne sais pas. Je ne me souviens pas. C’est comme si tout se mélangeait, la réalité et… et… les rêves.” »

Je ne savais que croire. C’était fou. Linda Lokind était-elle incapable de distinguer les rêves de la réalité ?

Blomberg a replié le procès-verbal et l’a tendu à Ulrika.

« Et ça continue comme ça. Linda Lokind ne sait pas ce qui s’est vraiment passé et ce qui relève de son imagination ou ses rêves. Du pain bénit, en somme. Pas étonnant que l’enquête ait été abandonnée. »

Ulrika a feuilleté la liasse.

« Donc Christopher Olsen n’a jamais brutalisé Linda ? »

C’était peut-être le cas, après tout. Mais que Linda soit incapable de distinguer les rêves de la réalité ? J’avais peine à le croire. Au contraire, j’étais convaincu qu’elle avait menti en parfaite connaissance de cause. Elle cachait quelque chose. À moi, à la police, à tout le monde. Il fallait que je trouve quoi.

41

Sortis du bureau de Blomberg, Ulrika et moi avons zigzagué sur les trottoirs étroits de Klostergatan. Un homme d'un certain âge en pardessus sable s'est soudain arrêté devant nous en me fixant comme si j'étais un fantôme. Je me suis dépêché de passer mon chemin, le regard tourné vers la vitrine.

Nous nous sommes glissés dans un salon de thé, on nous a donné une table tout au fond dans un coin à l'abri des regards, où nous avons bu du café en avalant chacun notre pâtisserie à la crème et au massepain.

« Tu as l'air changé, a remarqué Ulrika.

— Plus en forme ? Il faut dire que j'ai réussi à dormir. »

Elle m'a longtemps regardé, déchiffrant chaque millimètre de mon visage. C'était rassurant, comme si ses yeux me caressaient avec chaleur et sollicitude.

« Maintenant je sais ce que c'est. Le col. J'ai tellement peu l'habitude de te voir sans ton col romain. »

J'ai rentré le menton pour regarder mon propre cou. J'avais ôté mon col sans réfléchir. Ce n'était pas une décision de ma part. J'avais juste oublié de le mettre ces derniers jours.

« Tu veux lire ? » a proposé Ulrika en plaçant la liasse de procès-verbaux d'interrogatoires sur la table.

Nous nous sommes partagé les pages, que nous avons lues à tour de rôle. De temps à autre nous soupirions, nous regardions en secouant la tête.

Aucun doute : Linda Lokind apparaissait comme une personne confuse donnant des indications contradictoires. D'après ce qui ressortait de l'enquête préliminaire, on pouvait difficilement reprocher à la procureure d'avoir lavé Christopher Olsen de tout soupçon. Les accusations de Linda Lokind semblaient fabriquées de toutes pièces par une partenaire vindicative et fragile psychologiquement, trompée et larguée. Mais était-ce si simple ?

Quand nous sommes ressortis sur le trottoir, Ulrika a voulu aller faire un tour rapide en ville.

« J'ai besoin d'un nouveau châle. Il y en a pour une demi-heure maxi.

— Je n'aime pas ça, ai-je dit.

— Quoi ?

— La façon qu'ont les gens de nous regarder.

— Je me dépêche », m'a-t-elle promis.

Et je l'ai suivie en grommelant chez Åhléns, me frayant un passage entre les rayons, tête baissée et sueur sous les bras. Je suis resté tout le temps collé à Ulrika. Quand nous avons fini par ressortir, j'ai donné un billet de vingt à la mendiante qui grelottait devant l'entrée. Elle a prié Dieu de me bénir.

« On va aussi faire un tour chez H&M ? a proposé Ulrika.

— Pas H&M. Ce n'est pas possible.

— Laisse-les regarder.

— Mais ils vont peut-être poser des questions. Le personnel. »

Elle m'a regardé en me caressant le coude.

« C'est bientôt fini. Quand on aura déménagé d'ici… »

Je me suis blindé et suis entré sur les talons de ma femme dans la chaleur étouffante de H&M, directement à l'étage. En voyant une fille du personnel, j'ai obliqué vers le rayon homme, jusqu'au fond de la boutique. Mon dos comme un mur contre le reste du monde, j'ai tâté quelques chemises, en me plaquant tellement contre les portants que l'odeur de neuf me piquait le nez.

Collé à ces vêtements à rayures craie, j'ai laissé plusieurs minutes s'écouler. Ulrika n'avait-elle pas bientôt fini ? J'ai fait un pas de côté pour voir.

« Adam ? C'est vous ? »

Une seule erreur, et elle m'est directement tombée dessus. J'ai reconnu sa voix stridente, son ton caractéristique à la Betty Boop. Et bien sûr, si j'étais forcé de parler à l'une des filles de H&M, je préférais de loin que ce soit Benita.

« Bonjour ! m'a-t-elle dit en me regardant avec un mélange parfaitement équilibré de compassion et de ravissement.

— Ah, bonjour », ai-je lâché en retenant un soupir.

Benita avait le même âge que Stella, et avait commencé à travailler là à peu près en même temps. Elle était venue à la maison quelques fois et m'avait bien plu : une fille intelligente, gaie et ouverte qui rêvait de devenir chanteuse. Moitié pour plaisanter, moitié sérieusement, en bavardant, nous avions suggéré qu'elle se présente à la « Nouvelle Star ».

Benita a écarté les bras tandis que je me dérobais, ce qui a donné une sorte de demi-accolade.

« Je pense à vous sans arrêt, a-t-elle assuré. Comment va-t-elle ? »

J'ai regardé autour de moi dans la boutique. Ça semblait calme, personne ne m'écoutait en douce.

« C'est fou, ai-je dit. Tout indique qu'elle est innocente, mais la procureure refuse de la libérer. Ça me fait presque perdre la foi… dans le système judiciaire.

— Je vous comprends, a acquiescé Benita. Mon cousin a été emprisonné l'été dernier, juste parce qu'il connaissait un type qui avait tiré sur quelqu'un. »

J'ai hoché la tête, sans rien dire. Je ne voyais pas le rapport avec Stella.

« C'est vraiment dommage qu'elle ne puisse plus travailler ici. Mais c'est clair, je comprends aussi la chef. Beaucoup de clients auraient sûrement été perturbés en reconnaissant Stella, ça aurait fait une mauvaise publicité, quoi.

— Attends. Qu'est-ce que tu veux dire ? Elle ne peut plus travailler ici ? »

Benita a posé la main sur sa bouche.

« Je pensais qu'elle vous l'avait dit. Malin lui a écrit il y a plusieurs jours.

— Stella est en maison d'arrêt avec les restrictions maximales. Elle n'a le droit de communiquer avec personne d'autre que son avocat. »

Benita a regardé par-dessus son épaule.

« Je…, a-t-elle commencé en indiquant les caisses. Saluez Stella en tout cas. Enfin, je veux dire… J'espère que tout va bien se passer.

— Ne t'inquiète pas », ai-je dit pour dissiper sa gêne.

Je n'ai pas levé une seule fois les yeux en regagnant l'escalier. Je n'apercevais Ulrika nulle part. À mi-étage, j'ai été forcé de m'accrocher à la rampe. L'air s'épaississait et je me mettais à voir double. J'ai descendu les dernières marches en titubant. J'entendais des voix autour de moi, mais tout se mélangeait en une incompréhensible bouillie sonore. Une main m'a touché le bras, mais je l'ai chassée, je me suis frayé un passage vers la porte entre les rangées de vêtements et j'ai continué jusqu'à l'autre côté de la rue sous les klaxons des voitures. Devant la vitrine de l'office de tourisme, je me suis penché en avant en respirant à fond, persuadé que j'allais vomir d'une seconde à l'autre.

42

J'ai descendu Stora Södergatan en courant à moitié. Il y avait quelque chose que je devais faire, quelque chose qui ne pouvait pas attendre.

Il fallait que je clarifie pour de bon ce qui s'était passé. Linda Lokind avait-elle menti au sujet des agressions et de la tyrannie de Christopher Olsen ? Pourquoi dans ce cas s'accrochait-elle à ce mensonge, maintenant qu'Olsen était mort ? Et pourquoi déclarait-elle dans un interrogatoire de police qu'elle confondait la réalité avec ses rêves et son imagination ? Ça ne pouvait pas coller.

Après ma première visite, j'étais sûr que Linda cachait quelque chose, mais en même temps, j'avais reconnu dans ce qu'elle disait des analogies avec d'autres femmes battues par leur partenaire.

Je ne croyais pas que Linda Lokind soit malade au point de ne pas pouvoir distinguer réalité et imagination. Peut-être avait-elle inventé ça en voyant que la police ne prenait pas ses accusations au sérieux ? Avait-elle plutôt décidé de régler elle-même ses comptes avec Chris Olsen ? Il n'était pas très vraisemblable qu'elle le laisse s'en tirer indemne après ce qu'il avait fait.

Mais pourquoi avoir nommé Stella ? Savait-elle quelque chose à son sujet, ou avait-elle juste lu un tas d'idioties sur Internet ?

Les questions s'accumulaient. Il fallait que je sache, maintenant, tout de suite.

Je ne faisais que mon devoir, ce qu'on attendait de n'importe quel père de famille dans ma situation.

J'ai appuyé mon vélo contre le mur devant le porche de Tullgatan. Je n'ai aucun souvenir précis de comment je m'y suis pris pour entrer, mais tandis que je montais l'escalier d'un pas lourd, je ressassais une prière entêtante.

Mon Dieu est juste et miséricordieux.

Je savais que je faisais ce qu'il fallait. Une famille éclatée ne peut perdurer. Celui qui ne prend pas soin de sa famille a abandonné sa foi.

Linda Lokind a déverrouillé sa porte et glissé le nez dans le peu d'ouverture que permettait la chaîne de l'entrebâilleur.

« Encore vous ? »

Elle m'a considéré en fronçant les sourcils.

« Attendez un peu », a-t-elle dit en refermant la porte.

J'ai supposé qu'elle allait juste ôter la chaîne de sécurité, mais les secondes s'écoulaient et rien ne se passait. Je restais planté là à fixer la porte close et muette. Comptait-elle m'empêcher d'entrer ? J'ai patiemment attendu quelques minutes, puis sonné à nouveau.

Je l'ai bientôt entendue se rapprocher sur la pointe des pieds. Le silence est revenu. J'ai prononcé son nom et elle a fini par m'ouvrir.

« Pardon d'avoir mis tout ce temps. Il fallait que je… Entrez. »

J'ai pendu mon manteau et me suis baissé pour ôter mes chaussures. Du coin de l'œil, j'ai lorgné vers le râtelier.

Elles avaient disparu. Toutes les autres chaussures étaient toujours sur le râtelier, mais la paire en question, ces chaussures exactement semblables à celles de Stella, avait disparu.

« Il n'y en a pas pour longtemps », ai-je dit quand Linda m'a proposé de m'asseoir.

Elle m'a regardé avec étonnement en montrant son propre cou.

« Vous n'avez pas… ?

— Mon col romain, ai-je complété en me tâtant le cou. On ne peut pas être toujours en service. Parfois, même les pasteurs ont droit à une vie privée. »

Elle a fait un sourire un peu hésitant, et s'est assise.

« Eh bien, voilà, ai-je commencé en me demandant comment présenter les choses. Tout ce que vous m'avez dit la dernière fois que j'étais ici sur les violences de Christopher, j'y crois. Je crois que ce que vous m'avez dit est la vérité.

— Tant mieux, a-t-elle répondu, toujours hésitante.

— Mais pourquoi vous êtes-vous rétractée lors de votre interrogatoire à la police ? Vous avez déclaré ne pas savoir ce qui était réel ou imaginaire. En fait, vous le saviez très bien, n'est-ce pas ?

— Personne ne me croyait, de toute façon.

— Donc, vous avez retiré vos accusations parce que personne ne croyait à ce que vous disiez ?

— Mmh.

— Avez-vous du mal à distinguer la réalité et l'imagination ? »

Linda a regardé au loin.

« La police ne vous a pas écoutée, ai-je dit. Que comptiez-vous faire, à la place ? »

Elle a alors changé de position sur son siège.

« Rien. Ou alors…

— Ou alors ? »

Elle a retourné son bras pour se gratter l'omoplate. Rien n'indiquait que cette femme soit folle ni incapable de distinguer réalité et imagination. Pourquoi avait-elle dit ça lors de son interrogatoire ?

« Je sais qui vous êtes », a-t-elle soudain lâché.

Mes pensées se sont figées, gelées.

« Comment ça ?

— Je me suis informée, après votre dernière visite. »

J'ai ouvert la bouche, mais mes mots se sont coincés quelque part en route.

« J'ai beaucoup pensé à me venger de Chris, a poursuivi Linda Lokind. Je ne crois pas que j'aurais été capable de le tuer, mais j'ai réfléchi à divers moyens de lui faire du mal. C'est vrai. »

Elle m'a fixé.

« Je suis désolée, a-t-elle dit alors en baissant les épaules. C'est Stella qui a tué Chris. J'ai essayé de la mettre en garde. Je comprends que vous préféreriez ne pas y croire, mais la police a raison. C'est votre fille qui l'a fait. »

J'étais incapable de bouger. Tout mon monde intérieur s'effondrait, mes pensées se noyaient et je me sentais écrasé dans un étau de ténèbres.

« Vous mentez. »

Elle a secoué la tête.

Doucement, elle a remonté la manche de son chemisier pour regarder l'heure.

On a frappé à la porte. Trois coups violents.

Linda s'est levée et mes jambes se sont presque dérobées sous moi quand je l'ai suivie. La pièce entière tournoyait.

« Il faut que je sorte », ai-je dit.

Linda me précédait. Je me suis arrêté au milieu du séjour tandis qu'elle gagnait l'entrée. Je l'ai entendue tourner la serrure. Une voix d'homme a retenti dans la cage d'escalier, sans que je puisse distinguer ce qu'il disait. Pendant ce temps, j'ai filé vers la cuisine à la recherche d'une cachette, d'une issue, je ne sais pas bien quoi.

Je n'ai vu que le dos de Linda quand elle a refermé la porte. Ses gestes avaient à présent quelque chose d'hésitant. Instinctivement, j'ai reculé pour me mettre hors de vue.

L'homme a déboulé sans ôter ses chaussures. Ses pas déterminés faisaient comme un bruit de bottes sur le parquet et, sans réfléchir une seconde, j'ai fait un rapide pas de côté pour saisir le col du long vase en forme de bouteille posé à même le sol.

Je crois que c'est profondément humain. Celui qui n'a jamais vécu une menace directe et sérieuse contre lui et sa famille ne peut pas tout à fait comprendre. On se défend, soi-même et les siens. On prend des décisions irrationnelles et on transgresse des limites comme on ne le ferait jamais en temps normal. Celui qui ne peut plus fuir doit se battre.

J'ai un peu soulevé le vase pour le soupeser, et j'ai réalisé que j'étais forcé de le tenir à deux mains. Au moment où j'ai levé les yeux, l'homme a débouché devant moi au coin du couloir. J'ai eu une décharge d'adrénaline en voyant ses gros souliers noirs brillants.

« Police ! »

Il s'est jeté sur moi.

Tout est allé si vite, la pièce a chaviré et des éclats de verre ont soudain volé comme de la neige tout autour de nous. L'instant d'après, j'étais plaqué la joue contre le sol, incapable de respirer. J'avais l'impression d'avoir été renversé par une voiture, mon dos devait être brisé et une douleur me poignardait entre les côtes.

« Adam Sandell ? » a dit le policier.

Je n'ai réussi à lâcher qu'un gémissement.

« Adam Sandell ? » a-t-il répété jusqu'à ce que je réussisse à confirmer que c'était bien mon nom.

Ce n'est que lorsqu'on m'a relevé que je me suis rendu compte qu'ils étaient deux. L'autre policier était près de Linda et me regardait avec mépris tout en sortant ses menottes.

« Portez-vous une arme ?

— Une arme ? Vous êtes fou ?

— Rien de coupant non plus ? »

On m'a fouillé au corps et informé que j'allais devoir les accompagner au commissariat pour être interrogé. Quand j'ai voulu savoir si j'étais soupçonné de quelque chose, je n'ai eu droit qu'à de vagues dérobades. Il fallait que j'attende d'être arrivé au commissariat.

J'ai supplié qu'on m'enlève les menottes, mais n'ai obtenu que du silence en réponse. La voiture est allée se garer à l'arrière du commissariat, et on m'a conduit à travers le parking comme un criminel entre deux imposants policiers.

43

Ce n'est qu'après trente minutes d'attente qu'Agnes Thelin est entrée dans la petite salle d'interrogatoire. Elle a posé mes clés et mon portefeuille sur la table.

« Nous allons garder votre téléphone pour une analyse technique, m'a-t-elle informé, en m'agitant sous les yeux un mandat du procureur.

— Une analyse technique ? De quoi suis-je accusé ? »

Agnes Thelin a affiché une mine préoccupée, comme si elle se faisait vraiment du souci pour moi.

« Linda Lokind nous avait déjà contactés après votre dernière visite, Adam. Elle avait peur. Vous vous êtes introduit chez elle grâce à de faux-semblants.

— Il se trouve simplement que je portais mon col romain.

— Vous avez prétendu représenter Margaretha Olsen. »

Je ne pouvais pas le nier, même si je trouvais l'infraction assez légère. Décidément rien qui puisse justifier la brutalité du policier.

« Nous avons décidé que Linda devait nous contacter immédiatement si vous reveniez », a continué Agnes Thelin.

C'était donc pour ça qu'elle avait mis si longtemps à ouvrir la porte.

« Mais pourquoi suis-je ici ? Pourquoi m'a-t-on arrêté ? Je n'ai enfreint aucune loi.

— Vous avez balancé un vase en verre sur mon collègue.

— Balancé ? C'est ce qu'il prétend ?

— Il ne prétend rien. Vous étiez quatre dans la pièce.

— Mais vous devez à nouveau interroger Linda Lokind. Elle a reconnu devant moi que ce dont elle avait accusé Christopher Olsen était vrai. Il la brutalisait sans arrêt, et elle a songé à plusieurs façons de se venger.

— Je ne peux pas me prononcer sur des détails de l'enquête, Adam. Il faut que vous nous fassiez confiance, nous faisons notre travail.

— Mais comment vous faire confiance ? Ma fille est enfermée alors que vous n'avez pas de preuves !

— Nous venons de recevoir de nouveaux résultats du labo. Les techniciens de la police scientifique ont décelé de petits défauts sur les semelles des chaussures de Stella, qui correspondent à l'empreinte sur le lieu du crime. Nous sommes certains qu'elle provient de la chaussure de Stella.

— Ce n'est pas vrai.

— Naturellement, que c'est vrai.

— Mais elle a pu être faite là-bas n'importe quand. Stella a un alibi ! »

Agnes Thelin a formé une pyramide sous son menton avec ses mains. Ses yeux étaient un peu vitreux, mais son regard stable et déterminé. J'ai compris que je n'arriverais à rien. Elle avait tranché. Elle et la procureure Jansdotter avaient décidé que Stella était coupable et que j'étais un vulgaire menteur. Rien de ce que je pouvais dire ne changerait jamais leur position.

« Comment allez-vous, Adam ? Vous avez dépassé un certain nombre de bornes ces derniers temps. »

J'ai appuyé mes mains contre mes tempes pour me débarrasser de leur grondement continu.

« La procureure Jenny Jansdotter a déposé plainte contre vous, a continué Thelin en prenant un papier sur la pile de son bureau. Vous l'avez attaquée en pleine rue, en criant, avec un comportement menaçant.

— Attaquée ? Menaçant ? »

Ma vue s'est mise à trembler. J'ai cherché à tâtons sur la table quelque chose à boire. Ma bouche était pleine de poussière. La lumière était si vive que je devais plisser les yeux.

« Adam ?

— Je veux un avocat. »

Contre toute attente, j'ai éprouvé un soulagement en voyant Michael Blomberg entrer d'un pas chaloupé et venir s'asseoir à côté de moi.

« Fais-moi confiance », a-t-il dit en posant sa grosse paluche sur mon épaule.

C'était Ulrika qui l'envoyait.

« Je n'ai pas attaqué Jansdotter ! »

C'est tout ce que j'ai réussi à dire.

« Bien sûr que non, a approuvé Blomberg. Ce sont des accusations complètement fantaisistes. Ne t'inquiète pas. »

J'étais prisonnier d'un cauchemar.

« Je comprends que tout ceci est affreux, a dit Agnes Thelin. Et que vous n'allez pas bien. »

Blomberg l'a arrêtée en levant la main.

« Je suis de plus en plus perplexe sur votre façon de faire votre travail », a-t-il lancé.

Je l'ai regardé. Enfin, il agissait.

Agnes Thelin a continué comme si de rien n'était.

« Ce que je vais vous dire à présent va d'abord être un choc horrible, mais je crois que par la suite ce sera un soulagement pour vous, Adam. »

Je me suis tourné vers Blomberg, qui tripotait sa cravate.

« Je sais que vous ne faites qu'essayer de protéger votre fille, a repris la commissaire Thelin. Mais ce n'est plus possible. »

Une sorte de calme est descendu sur moi. Je ne comprenais pas d'où il venait. Le grondement derrière mon front a cessé et la salive a inondé ma bouche. Je voyais à nouveau clair. C'était comme si l'instant présent avait fini par me rattraper.

« Hier, je suis allée à la maison d'arrêt pour réinterroger Stella, a continué Agnes Thelin. Il y a un certain nombre d'éléments nouveaux. »

J'ai vu devant moi ce qui allait se passer d'ici quelques secondes. L'avenir était un film qui se projetait dans ma tête juste avant d'avoir lieu.

« Stella dit qu'elle n'est pas du tout rentrée aussi tôt que vous le prétendez.

— Non ?

— Elle pense qu'il était plus de 1 heure du matin, plutôt 2 heures.

— Non, c'est faux. » J'ai secoué la tête avec détermination. « Elle avait bu. Elle s'est trompée. »

Les secondes s'égrenaient l'une après l'autre. J'ai regardé Blomberg, qui a regardé Thelin, qui m'a regardé. Nous savions tous les trois. Tout ceci était un jeu, et rien d'autre. Une représentation.

« Ce n'est pas ce qu'a dit Stella. »

J'ai rempli mes poumons d'air.

« Elle était là, a affirmé Agnes Thelin. Stella était sur l'aire de jeux de Pilegatan quand Chris Olsen est mort.

— Non, ai-je dit. Ce n'est pas possible.

— Elle a avoué qu'elle y était, Adam. »

Ma vue s'est à nouveau troublée. J'avais du mal à respirer.

« Non, répétais-je sans arrêt. Non, non, non.

— Elle a avoué. »

LA FILLE

Crois-tu que le crime, ce tout petit crime insignifiant, ne serait pas compensé par des milliers de bonnes actions ?

Fiodor Dostoïevski, *Crime et Châtiment*
(Traduction D. Ergaz)

Il savait que, désormais, tous ses jours se ressembleraient, que tous lui apporteraient d'égales souffrances. Et il voyait les semaines, les mois, les années qui l'attendaient, sombres et implacables, venant à la file, tombant sur lui et l'étouffant peu à peu.

Émile Zola, *Thérèse Raquin*

44

Le pire, dans cette cellule, ce n'est pas le lit dur sur lequel on peut à peine se retourner. Ce n'est pas la lumière glauque. Pas même les dépôts dégoûtants de vieille pisse sur la cuvette des toilettes. Le pire, c'est l'odeur.

Impossible de la décrire.

Bien sûr, Nounours n'est pas d'accord avec moi. Tout peut se décrire, dit-il. Oui, oui, c'est ça.

Il dit que je dois décrire sans utiliser d'adjectifs.

Sans adjectifs ?

Bon, OK, je pige. Un truc typique de prof. Le genre qu'ils apprennent dans leurs séminaires pédagogiques. Forcer les élèves à décrire quelque chose sans utiliser d'adjectifs. Les forcer à faire une addition sans utiliser de plus. Les forcer à faire le poirier sans se servir des mains.

La grammaire. À peu près aussi drôle qu'un furoncle à l'intérieur de la cuisse. *Les adjectifs sont des mots qui indiquent comment sont les choses*. Ils donnent les caractéristiques, décrivent à quoi une chose ressemble.

Ou ce qu'elle sent.

L'adjectif n'existe que pour décrire comment sont les choses. C'est la seule mission de l'adjectif en ce monde. Et voilà que Nounours veut que je n'en utilise *pas* pour décrire ce que ça sent ici.

Il prétend qu'il le sent à peine. Que j'exagère, que je me suis mis ça en tête. Je réponds que j'ai peut-être un odorat particulièrement bien développé.

« Ah mais, oui, on va dire ça. »

Il rit.

Nounours rit souvent. C'est un bon point. La plupart des enseignants que j'ai eus criaient plutôt.

« Non, mais sérieusement, s'il y a des mots spéciaux pour décrire comment est une chose, pourquoi ne pas les utiliser ?

— C'est la théorie de la *Gestalt. Show, don't tell.* Il n'y a pas de bonne expression pour le dire en suédois. »

Nous rions à ce paradoxe ironique.

Pas étonnant que j'aie merdé en suédois dès le CP.

J'ai quand même toujours entendu dire que j'écrivais bien, que j'avais un langage expressif, et tout ça. Mais il y avait trop de grammaire et toutes ces conneries de règles à suivre, et dès qu'on les suivait on tombait forcément sur une exception. Les règles, ça n'a jamais été trop mon truc.

C'est un peu un TOC. Un trouble obsessionnel compulsif. S'il y a une règle, il faut que je l'enfreigne.

Nounours n'est vraiment pas comme les autres profs que j'ai eus. Au lycée, on avait Bim en suédois. Elle s'appelait comme ça. Bim. Une vieille chouette à lunettes qui aurait dû prendre sa retraite au siècle dernier.

Elle a aussi été ma prof principale. J'ai l'habitude de dire que c'est elle qui a saboté ma carrière universitaire, mais bien sûr c'est pour rire. Nounours pige ça, il s'esclaffe. Il est bien, pour ça. Il pige les trucs et il a de l'humour.

On voyait tout de suite dans ses yeux que Bim ne m'aimait pas. Certes, elle n'aimait personne dans notre classe, elle n'arrêtait pas de rabâcher combien ceux de la section sciences sociales étaient bons, et qu'elle n'exigeait pas grand-chose de nous, pauvres élèves inéducables de la filière commerciale, mais qu'il fallait au moins que nous sachions orthographier à peu près correctement et lire les courriers administratifs que nous recevrions une fois adultes. Je me fiche bien que les gens ne m'aiment pas, c'est leur plus grand droit, mais ça me dérange quand on est assez bête pour ne pas réussir à le cacher. Bim se promenait avec son sourire autocollant étalé sous ses lunettes carrées et son duvet de moustache, et se fendait d'un smile en disant : « Bonjour, jeunes gens et jeunes filles. »

Il faut avouer qu'il n'y avait pas beaucoup de profs qui m'aimaient bien. Ce n'était pas pour moi qu'ils avaient hâte de retourner au boulot le dimanche soir, on peut le dire. Je n'étais pas une élève modèle. Ça se serait probablement mieux passé si j'avais été un garçon. Ils n'y peuvent rien, *boys will be boys* et toutes ces conneries.

Mais Nounours est différent.

Ou alors, c'est moi qui ai changé.

« Putain, comment tu as pu devenir prof ? » je lui demande.

Alors, il rit. Ça a l'air de venir droit du cœur.

« T'as été pris nulle part ailleurs, ou quoi ? »

Il me débite tous les clichés, genre que c'est un métier important, amusant et passionnant, et que c'est tellement gratifiant de travailler avec les jeunes.

« OK, tu veux dire des drogués et des voyous. C'est sûr, ça a l'air passionnant. »

Il soupire en levant les yeux au ciel.

« Et tu gagnes sans doute presque autant qu'un RMiste ? » dis-je pour bien tourner le couteau dans la plaie.

Mais Nounours ne le prend pas mal. Il n'est pas le genre à se laisser facilement provoquer, ce qui est un grand avantage pour travailler dans un endroit pareil.

Alors j'essaie quand même. Pour Nounours. Et parce qu'il n'y a rien de mieux à faire. J'essaie d'écrire sans adjectifs. Je propose, prête à noter :

« Ici, ça sent la vieille culpabilité.

— Vieille…

— … est un adjectif. Oui, oui, et merde ! »

La patience de Nounours est impressionnante. Je n'aurais jamais supporté son boulot. Je craque dès qu'un client tergiverse un peu trop, il faut presque que je respire dans un sac plastique pour ne pas lui hurler : « Eh, oh, c'est juste cent trente-neuf balles, et tu peux te faire rembourser ! »

Je finis en tout cas par décider d'une formulation :

Ici, ça sent la claustrophobie. L'angoisse et la peur montent comme une fumée du sol en plastique. Chaque pensée qu'on a pensée entre ces murs me remonte aux narines. Ça pue la sueur, la terreur, le sperme et la culpabilité.

Pas un seul adjectif.

Nounours me complimente. Il le fait toujours, c'est en quelque sorte un classique de son répertoire, mais cette fois, on dirait que c'est différent, comme s'il était vraiment bluffé.

« Très suggestif. Poétique. »

Évidemment, lui aussi m'a sous-estimée.

Avant de partir, il faut toujours qu'il me serre la main. C'est une habitude curieuse, qui ne fait pas naturel du tout. Ça convient peut-être aux gars durs à cuire du secteur. Mais je ne dis rien. Je me contente de prendre sa main et de la serrer. C'est malgré tout bien agréable de pouvoir de temps en temps toucher une autre personne.

« Alors on se voit peut-être demain », dit-il.

Toujours *peut-être*. Il y a en effet une certaine probabilité que je ne sois plus là. C'est ce qu'il m'a expliqué la première fois. En maison d'arrêt, on ne peut être sûr de rien, d'un jour à l'autre. Les gens sont transférés, libérés, condamnés. Certains meurent.

Nounours n'a rien dit sur ce dernier point. C'est ma propre conclusion.

« À demain », dis-je.

Car je sais que je ne vais pas bouger d'ici avant un bon moment.

45

Je dois avouer une chose. J'étais du genre à croire que le système pénitentiaire suédois était une vraie chaîne hôtelière. Que c'était à peine une punition d'être enfermé, dans ce pays. Je croyais que c'était un peu comme un centre de vacances où on pouvait chiller, traîner au lit en matant des séries télé, se faire servir une bouffe correcte sans avoir à s'occuper de rien.

Au lycée, j'ai dit une fois que je ne comprenais pas qu'il puisse y avoir des SDF en Suède, et que je préférerais de loin aller en prison que vivre à la rue.

Aujourd'hui, je ne suis pas en prison, mais après six semaines en maison d'arrêt, on ne m'y reprendra jamais plus à dire que je préfère être enfermée ou à penser que c'est comme être à l'hôtel.

Ma chambre fait neuf mètres carrés. Ils appellent ça « chambre » parce que « cellule », ça sonne un peu plus triste. Neuf mètres carrés, c'est aussi grand qu'un box à chevaux. C'est moins que la plupart des serres qu'on trouve en Suède. On y loge un lit, une table, une chaise et une étagère, une cuvette WC et un lavabo.

Je ne veux pas qu'on me plaigne. J'ai une raison d'être ici, et je ne suis pas une victime. J'ai mal partout. J'ai perdu du poids et mes pensées me tourmentent comme des acouphènes. Mais je ne suis pas à plaindre. Non, putain. Au collège, j'avais une expression favorite dont je me servais souvent, et elle semble plus d'actualité que jamais aujourd'hui : pour jouer, il faut savoir perdre.

Une fois par jour, on nous fait sortir prendre l'air. Si on a de la chance. Parfois il manque du personnel, parfois il est impossible de coordonner le transport jusqu'aux ascenseurs. Parfois ils s'en foutent juste.

C'est comme un chenil, sur le toit. On ne peut rien faire d'autre que piétiner en rond, aller et venir en petits cercles. Mais quoi ? Ça fait une interruption, autre chose. Pendant un moment, on est libéré de l'odeur et de l'enfermement. Mais les pensées et la boule au ventre, on ne s'en débarrasse pas.

Un soir, il pleuvait des cordes, mais je suis malgré tout sortie me balader sur le toit. Tourner en rond. Peu importait que je me pèle, que la pluie me crible les joues. Tout ce qui n'est pas rester enfermée à ne rien faire est de l'or, ici.

C'est bien sûr pour ça que j'ai commencé les cours de suédois. J'aurais bien fait de l'anglais et des maths, n'importe quoi, mais on ne peut pas suivre des matières qu'on a déjà validées pour le bac. Merci, Bim-la-chouette, sincèrement, de m'avoir sacquée ! Sans Nounours, putain, j'aurais sombré, ici.

Radio, télé, Internet ? Aucune chance. J'ai un régime de restriction totale. Je n'ai le droit de rien voir, entendre ou lire qui ait un rapport direct avec mon dossier, genre mandat d'arrêt, minutes du tribunal et autres joyeusetés. Je n'ai pas le droit de passer ni de recevoir des coups de téléphone, et le seul à pouvoir me rendre visite est mon avocat.

Trois fois par semaine, le kiosque ambulant passe et j'en profite pour m'enfourner deux mille calories de Daim et de Coca. C'est dingue ce que le sucre est sous-estimé, comme drogue, et c'est la seule qu'on puisse se procurer, ici.

Vraiment, c'est incroyable, l'impatience avec laquelle on peut attendre que deux personnes inconnues tournent la clé dans la serrure et entrent avec un plateau-repas. Les premiers jours, ça me donnait presque envie de chialer. Le seul fait de voir du monde me remplissait de joie. Je bondissais du lit comme pour leur sauter au cou, puis je les bombardais d'au moins cinquante questions sur tout et n'importe quoi pour qu'ils ne repartent pas.

Dès que je suis seule, mes pensées se mettent à tourner. L'odeur revient.

J'étais là depuis deux jours quand ils m'ont envoyée chez le psychologue.

« Je n'ai pas demandé à voir de psy », ai-je dit au surveillant.

Il m'a fixée comme si j'étais une tache oubliée par l'équipe du ménage.

« Ça ne peut pas faire de mal. »

Je crois qu'il s'appelle Jimmy. Il a un de ces boucs dégoûtants, comme des poils pubiens hérissés sur le menton, et des yeux d'un bleu glacé. Je suis à cent pour cent sûre de le connaître, j'ai dû le croiser à l'Étage, ou dans une autre boîte de nuit.

On peut facilement classer les surveillants en deux catégories. La première : ceux qui y voient un boulot comme un autre, avec une paie sur le compte en banque à la fin de chaque mois. La maison d'arrêt est peut-être une station provisoire, en attendant de trouver une occupation plus gratifiante ou mieux payée. La seconde : ceux qui jouissent du pouvoir. Ceux qui ont voulu venir ici. Peut-être ont-ils été collés à l'école de police, probablement par le psychologue. Ceux qu'attirent la répression et la violence, et qui considèrent les détenus comme de la vermine.

On apprend vite à faire la différence. Même si beaucoup ont le même regard froid, il y a une différence décisive entre l'indifférence et le mépris.

Jimmy fait très clairement partie des dingues du pouvoir. C'est quelque chose dans sa façon de vous regarder. À la fois d'en dessous et de haut. Comme s'il pensait valoir mieux que moi, mais savait en son for intérieur que c'est l'inverse, ce qui le rend fou. Il passe beaucoup trop de temps au club de sport. Ses avant-bras sont plus gros que sa cuisse et son cou irait mieux à un taureau. J'ai tellement envie de le forcer à ramener ses gros bras gonflés le long de son corps.

Il répond à toutes les questions par d'autres questions. *Tu rigoles ? Qu'est-ce que tu crois ? Je ressemble à ta mère ?*

Je voudrais lui crier en pleine face.

Si quelqu'un a besoin d'un psy, putain, ce n'est pas moi.

J'ai une théorie sur les psychologues. Je ne dis pas qu'elle vaut pour tous, mais j'en ai quand même rencontré quelques-uns, à la longue, et jusqu'ici, je n'ai jamais trouvé d'exception.

Voilà : si on se forme pendant cinq ou six ans, qu'on est gavé de plein de modèles d'interprétation et de diagnostic, je crois assez inévitable qu'on cherche ensuite à se servir de ce qu'on a appris. Faire autrement serait idiot. Donc, on va à la rencontre des gens – des clients, des patients, comme vous voudrez – persuadé qu'on devrait pouvoir expliquer pourquoi ils sont comme ils sont et font ce qu'ils font. En somme, le boulot des psychologues est de nous faire entrer dans un de leurs moules.

Proposition : vous devriez faire l'inverse !

Raison : chaque personne est unique.

Tous ces psys qui ont défilé. Est-ce que c'était une vie, ça ? Toutes ces auto-évaluations, ces tests de personnalité. La première chose qu'ils essaient de trouver, évidemment, c'est une enfance difficile. On dirait que c'est le rêve moite de tout psychologue de découvrir une âme brisée qui a refoulé plein d'atroces souvenirs d'enfance.

Le truc bizarre, avec tous ces diagnostics qu'ils balancent, c'est qu'on peut facilement se reconnaître dans la plupart d'entre eux. Il n'y a pas un test psy où on ne coche pas quelques cases.

À une époque, j'étais un peu obsédée par ça. Comme tout le monde pensait que quelque chose clochait chez moi, et même dans ma propre famille – oui, peut-être surtout dans ma propre famille –, j'ai essayé de trouver quel était, au fond, le problème. Partout, je lisais que je me sentirais mieux en mettant une étiquette dessus, en donnant un nom au problème et en sachant que beaucoup d'autres avaient le même.

D'abord, j'ai pensé souffrir de TDAH, puis être borderline, avoir un trouble schizoïde de la personnalité, une maladie bipolaire.

Je suis arrivée à la conclusion que tout ça, c'était des conneries.

Je suis ce que je suis. Diagnostic : Stella.

J'ai une foule de problèmes, je ne le nie pas. Je suis tout sauf normale. Mon cerveau me fait tourner en bourrique vingt-quatre heures sur vingt-quatre. Mais je n'ai pas besoin de mettre là-dessus un autre nom que le mien. Je suis Stella Sandell. Si quelqu'un a un problème avec moi, c'est peut-être lui qui devrait prendre des médicaments.

Que les psys aient souvent leurs propres problèmes psychiques, ce n'est pas non plus un secret. S'ils n'en ont pas au début, ça leur vient par la suite. Freud à haute dose, ça rend fou n'importe qui.

C'est en lisant sur tous ces sujets que j'ai commencé à m'intéresser aux psychopathes. On peut dire que j'ai fait une fixation. Il paraît que c'est bien d'avoir un hobby, alors j'ai remplacé le handball par la psychopathie.

Les psychologues que j'ai rencontrés avant la maison d'arrêt avaient un certain nombre de points communs. Beaucoup étaient des femmes, la plupart rousses, souvent avec une inquiétude particulière dans le regard, habillées plus d'une fois comme des profs de musique de collège. Un nombre frappant parlait avec l'accent du Småland.

Aussi, quand Jimmy-le-surveillant m'introduit chez la psychologue de la maison d'arrêt, j'ai du mal à cacher mon étonnement.

« Bonjour, Stella. Je m'appelle Shirine », me dit une jeune fille en me tendant la main.

Elle est brune, mignonne, avec deux tresses serrées, une version moyen-orientale de la princesse Leia.

« Je n'ai pas besoin de psychologue », dis-je.

En fait, j'ai préparé une attaque tonitruante avec de grands mots comme « violation de l'intégrité » et « abus de pouvoir », le genre qui prend toujours sur les fonctionnaires timorés qui vous sous-estiment. Mais Shirine reste là, la bouche en cœur, et je suis incapable de hausser la voix.

« OK, dit-elle. Je comprends ta réticence, mais je vois tous les jeunes détenus une heure par semaine. Ce n'est pas moi qui l'ai décidé. »

Elle sourit avec sincérité. Elle a l'air vraiment gentille, de cette façon qu'on rencontre surtout chez les vieilles dames et les chiots. Je mets les points sur les i :

« Je veux dire, ne le prenez pas personnellement. Vous êtes sûrement très bien. Mais les psys, j'ai déjà donné.

— Je comprends, dit Shirine. Et je ne le prends pas personnellement. »

Puis c'est le silence, le genre de silence que je ne supporte pas. Shirine reste là, souriante, son regard sympathique posé sur moi.

« Alors vous comptez me forcer ? On va rester une heure comme ça à se regarder en chiens de faïence ?

— C'est à toi de voir, Stella. Si tu veux parler, je t'écouterai volontiers. »

Je lève les yeux au ciel. Aucune chance que je parle, malgré ses doux yeux bruns et sa bouche en cœur. Qu'est-ce que je pourrais lui dire ? Je ne pourrai jamais raconter à personne ce que j'ai vécu. Personne ne comprendrait. Je le comprends à peine moi-même.

Le jeu du silence commence.

Nous nous regardons. De temps en temps, Shirine pose une question à laquelle je ne réponds pas : Comment tu te sens, ici ? Tu as pu parler avec ta famille ? Tu dors correctement ? L'heure passe incroyablement vite, presque au point que je me demande si elle n'a pas truqué l'horloge.

« Bon, alors on se voit peut-être la semaine prochaine, dit-elle en se levant pour appeler les surveillants.

— Sûrement. »

Sur quoi Jimmy me récupère et me pousse devant lui dans les couloirs comme du vulgaire bétail. Il me dévisage de ses yeux de glace en me faisant entrer dans ma chambre.

Je déteste la solitude. Elle m'effraie. Tout est si désagréablement proche, ici. Impossible d'échapper aux pensées et aux sentiments une fois que Jimmy a tourné la clé et me laisse seule avec les murs et l'odeur. Ça crie dans ma tête. Je vais exploser.

Je ne sais pas si ça en vaut la peine, si je vais tenir. Je sais que beaucoup ne sortent pas vivants d'ici.

46

Bien sûr, ils étaient en civil, mais pas besoin d'avoir vu beaucoup de séries policières pour comprendre qu'ils étaient flics. Deux clichés sur pattes, larges d'épaules, regards aux aguets, jeans et tennis. Ne manquait qu'un talkiewalkie à la ceinture.

C'était juste une heure avant la fermeture, et après un samedi chargé, le flot de clients avait commencé à diminuer. J'étais en train d'encaisser une vieille aux cheveux blancs en veste de jean qui avait fini par se décider à prendre une tunique mauve qu'elle était déjà entrée tâter plus tôt dans l'après-midi.

« Le ticket de caisse est dans le sac », lui ai-je précisé en lui tendant l'affreuse tunique. Elle lui irait très bien.

La vieille s'est attardée, a ôté ses lunettes à monture épaisse pour examiner le ticket. Elle s'est presque fait piétiner par les deux policiers.

« Stella Sandell ? C'est vous, hein ? »

J'ai regardé leurs cartes de police. La vieille à la tunique a failli en perdre son dentier.

« Il s'est passé quelque chose ? » ai-je demandé.

Plein de scénarios catastrophe ont défilé dans ma tête.

« Ne me dites pas que…

— Nous avons besoin de vous parler, a expliqué le policier le plus âgé en se grattant les pousses de barbe. Vous devez nous suivre. »

Il avait de gentils yeux verts. Le genre à aimer les ragoûts et à parler sentiments, même s'il est certainement né dans les années 1950. Sans doute marié jeune, avec aujourd'hui un mariage brisé derrière lui, il avait commencé à fréquenter les sites de rencontres depuis que les enfants avaient quitté la maison, mais faisait partie de la catégorie de ceux qui ne tiennent pas en place et savent qu'il y a toujours une herbe plus verte ailleurs, raison pour laquelle les histoires ne duraient jamais plus de quelques mois.

« Est-ce que quelqu'un peut vous remplacer ? » a demandé l'autre policier.

Vingt ans plus jeune, mais des yeux nettement plus las. À en juger par le bronzage cancérigène de son visage, il venait de rentrer de deux semaines en Turquie. Il avait l'air du genre à en profiter, les vacances, c'est les vacances. Longues soirées, canettes d'Efes et raki, jeux de cartes sur le balcon. Il lui faudrait au moins une semaine pour s'en remettre.

« Il n'y a personne pour prendre le relais ? a demandé le plus vieux, comme s'il n'avait pas entendu son collègue.

— Pas de problème, ai-je dit. On ferme dans une heure. »

Malin et Sofie se sont toutes les deux proposées pour reprendre ma caisse. Puis, terrifiées, elles m'ont regardée fixement sortir avec les policiers.

« Qu'est-ce qui s'est passé ? » a chuchoté Sofie.

Je n'ai pas entendu de réponse.

La femme qui m'a interrogée s'appelait Agnes Thelin. Si je l'avais croisée en ville, je n'aurais jamais deviné qu'elle était policière. Elle ressemblait plutôt à une *visual merchandiser* ou une *creative director*. Elle ne faisait certainement pas son shopping chez H&M. Elle habitait sûrement une villa d'architecte de type loft avec du design danois pour les luminaires. Elle n'aurait jamais avoué ne pas aimer les sushis. Le genre à prétendre apprécier la franchise brutale, mais qui était totalement anéantie si quelqu'un critiquait directement sa personne.

Elle m'a tout de suite plu. Peut-être parce que je pouvais dans une certaine mesure m'identifier à elle.

« Si je dis Christopher Olsen, qu'est-ce que vous me répondez ? »

Je l'ai regardée dans les yeux, en haussant les épaules.

« Vous le connaissez ?

— Je ne crois pas. »

Agnes Thelin a incliné la tête de côté.

« C'est une question assez simple. »

Je lui ai expliqué que je connaissais des milliers de personnes, de l'école, du handball, des gens rencontrés dehors ou sur Internet, des connaissances et des connaissances de connaissances. En plus, je suis assez nulle pour les noms. Certains, je sais exactement comment ils s'appellent, mais il y en a que je ne connais que par le prénom ou le surnom, et d'autres, aucune idée.

« Christopher, vous avez dit ?

— Christopher Olsen, a opiné Agnes Thelin. La plupart l'appellent Chris. »

J'ai réfléchi.

« Chris ? Oui, je connais au moins un Chris, en tout cas. Un mec un peu plus âgé, hein ? »

Agnes Thelin a hoché la tête. Puis, sans prévenir, elle a posé sa photo sur la table et m'a demandé si c'était de lui que je parlais.

Mon cœur s'est mis à battre plus fort. J'ai regardé la photo longtemps et attentivement. Je l'ai prise pour l'examiner de près.

« Oui, ai-je fini par dire. Je le reconnais.

— Malheureusement, il est mort », a dit Agnes Thelin.

Je me suis entendue haleter.

Agnes Thelin m'a expliqué qu'une pauvre mère d'enfants en bas âge avait trouvé le corps sur une aire de jeux près de l'école Polhem.

« Putain », ai-je lâché en portant les mains à ma bouche.

J'ai sérieusement cru que j'allais vomir.

« Vous avez fréquenté Polhem ? a demandé Agnes Thelin.

— Le lycée Vipan.

— Et vous venez de passer le bac ? »

J'ai hoché la tête et Agnes Thelin a un peu reculé sur son fauteuil.

« Mon aîné l'a passé à Katedralskolan l'été dernier. Il est à Londres, maintenant. Mon plus jeune est en dernière année de bac international. »

J'ai essayé d'avoir l'air de m'y intéresser. C'était probablement un simple truc, ce ton personnel. Elle cherchait à créer une situation de confiance.

« En quoi tout ça me concerne ? ai-je demandé. Vous étiez obligés de venir me chercher au boulot pour ça ?

— Désolée, mais c'était en effet nécessaire. »

Elle m'a soigneusement dévisagée. J'ai senti un serpent d'inquiétude se lover dans mon ventre. Ma nausée s'était transformée en autre chose : un pressentiment menaçant, une peur glaciale, mordante.

« De quoi s'agit-il ? ai-je demandé.

— Pouvez-vous me dire ce que vous avez fait hier ?

— J'ai travaillé. Travaillé jusqu'à la fermeture. Puis on est allées casser la croûte à Stortorget. On a bu un peu de vin et bavardé.

— Qui ça, *on* ?

— Moi et quelques collègues. »

D'un clic, elle a fait sortir la mine de son crayon et noté quelque chose.

« À quelle heure ?

— Nous fermons à 7 heures. L'horaire du travail, c'est jusqu'au quart. »

Agnes Thelin voulait savoir combien de temps nous étions restées à Stortorget.

« Les autres, je ne sais pas, mais moi, en tout cas, bien quelques heures. Je crois qu'il devait être autour de 10 heures et demie quand je suis partie.

— Et alors, qu'avez-vous fait ? a-t-elle demandé sans toucher son crayon.

— Je... j'ai pris mon vélo. » J'ai essayé de me souvenir exactement. « D'abord, je suis remontée jusqu'au restaurant Tegnérs. Je sais que j'ai bu un cidre au bar, mais je n'ai pas trouvé de visages connus. Puis je suis restée un moment à... l'Inferno, si c'est comme ça que ça s'appelle. C'est en face de la bibliothèque municipale.

— L'Inferno ? C'est aussi un bar ?

— Oui.

— Quelle quantité avez-vous bu ? »

Agnes Thelin avait le même ton que mon père. Et aussi ce regard typique de parent. Quand ils prétendent être inquiets, mais sont juste drôlement énervés.

« Pas beaucoup. Il fallait que je me lève pour aller travailler. »

Elle m'a regardée comme si je mentais, et je me suis sentie vexée.

« C'est vrai. L'alcool, c'est pas mon truc. »

J'ai alors pensé à ce que papa a l'habitude de dire. Il prétend qu'il est difficile de mentir, que la plupart des gens sont nuls pour ça. Longtemps, j'ai cru qu'il avait tort. Je n'arrêtais pas de lui prouver le contraire. Je n'avais aucun mal à mentir. En général, les gens sont tellement crédules, voilà ce que je pensais.

Jusqu'à ce que je comprenne qu'en fait, c'était le contraire. Que papa avait raison. Et que peut-être que les gens ne gobaient pas n'importe quoi, mais que j'étais, moi, une menteuse exceptionnellement douée.

Maintenant, je sais que c'est vrai.

47

Quand j'étais petite, papa était mon héros. Plus fort que Fifi, plus intelligent que Carapace la Tortue et plus courageux que Ronya.

À la crèche, un jour, Nisse-le-Bonnet s'est moqué de mon père. On l'appelait Nisse-le-Bonnet parce qu'il portait un bonnet toute l'année. Il a éclaté de rire et expliqué aux autres combien c'était trop bizarre d'avoir un papa pasteur.

J'ai bousculé Nisse-le-Bonnet si fort qu'il est tombé à la renverse et s'est ouvert le crâne sur une étagère. Papa m'a grondée en apprenant ça. Évidemment, personne ne lui a parlé de la cause, juste que j'avais fait une crise et poussé Nisse-le-Bonnet si violemment qu'il avait dû être conduit aux urgences. Je n'ai rien dit non plus.

J'ai toujours espéré que papa comprendrait tout seul. Je trouvais important de n'avoir pas à m'expliquer. C'est peut-être un manque, chez moi, quelque chose que les autres ne conçoivent pas de la même façon, mais j'ai toujours éprouvé une honte à devoir me justifier pour ce que je suis.

Chaque fois que papa ne comprenait pas, j'étais déçue et nous nous éloignions un peu plus l'un de l'autre.

C'est dingue, cette ironie : les côtés, chez moi, qui ont le plus gêné papa sont pour la plupart ceux que j'ai hérités de lui.

Là, tu as un os à ronger, Shirine !

J'ai une théorie, selon laquelle les psys adoraient notre famille : un pasteur, une avocate et une fille inadaptée. Nous pouvions servir d'exemple dans leurs manuels.

Une fois, au lycée, toute ma classe s'est fait gronder par Bim, notre prof principale, parce que nous avions trop d'opinions. C'est typique de votre génération, a-t-elle glapi : il faut toujours que vous ayez un avis sur tout !

Je suppose que beaucoup de choses étaient plus simples autrefois, quand les jeunes fermaient leur gueule et obéissaient. Je n'ai jamais été comme ça, et je ne le serai jamais. Je ne crois pas que ça aurait changé quoi que ce soit si j'avais été jeune dans les années 1980 plutôt qu'aujourd'hui.

Quand je repense à toutes mes consultations en psychiatrie infanto-juvénile, il y avait malgré tout une certaine dose de satisfaction à se repaître du malheur d'autrui chez une partie de ces fouilleurs de cerveaux. Cela doit procurer un frisson assez particulier de glisser un œil dans les coulisses d'une famille en apparence brillante, une avocate qu'on voit parfois à la télé, et un pasteur, mon Dieu, un pasteur ! Imaginez : avoir accès aux recoins les plus sales de notre famille parfaite. Peut-être leur faut-il ça pour supporter leur propre existence tragique dans un service psychiatrique régional sinistré ?

Mais je me demande si Shirine… Elle ne leur ressemble pas, pas comme dans mon souvenir.

À une époque, je voulais moi-même être psychologue. J'imagine que je suis assez douée pour percer les gens à jour et comprendre ce dont ils n'ont peut-être pas eux-mêmes conscience. Avec moi, ils ont affaire à une connaisseuse. Et honnêtement, ce n'est pas une idée que je me fais, on me l'a toujours dit. On s'est adressé à moi pour toutes sortes de soucis : problèmes familiaux et petits copains mollassons. Je suis douée avec les gens, douée pour les analyser.

Et puis, en troisième, il y a eu cette journée portes ouvertes de Katte, Spyken et Polhem, les seuls lycées de Lund où je me voyais. À Katte, deux types cheveux en arrière et chemise boutonnée jusqu'au cou nous ont parlé de la filière socio-économique. Quand j'ai dit que je voulais être psychologue, ils m'ont ri au nez.

« Tu sais que c'est presque impossible d'entrer en psycho ? »

C'était un coup de poing en pleine figure.

La semaine suivante, le conseiller d'orientation m'a confirmé qu'il fallait les meilleures notes dans toutes les matières pour devenir psy. Une des filières universitaires les plus demandées. Est-ce que je ne me verrais pas travailler dans les ressources humaines ? C'était en gros la même chose.

Je crois que c'est à ce moment-là que j'ai décidé de me foutre du lycée. Ça n'en valait pas la peine.

Combien j'en connais qui ont gâché trois années de leur vie à bûcher comme des esclaves pour n'obtenir à la fin que des notes moyennes ? Ils ont mis leur vie sociale sur pause, quelques-uns ont même croqué des cachets et se sont tailladé les bras pour un C en anglais.

À quoi bon ? Pour pouvoir s'habiller en tailleur tous les jours ?

Au fond, Bim en comprenait plus qu'on ne croyait. Aux réunions parents-profs, elle disait à papa que je pourrais sûrement obtenir A ou B dans la plupart des matières. Pour peu que je le veuille.

Elle mettait pile le doigt dessus : je ne voulais pas.

Je préférais une soirée en boîte avec les boissons offertes aux moins de vingt-cinq ans plutôt qu'un devoir de marketing pratique. Je préférais Copenhague avec mes copines plutôt que le concours général de maths. Plutôt qu'aller en contrôle d'histoire, j'étais à l'Expresso House à bécoter comme si ma vie en dépendait.

C'était un choix conscient.

En terminale, quand il a commencé à être question du test d'entrée à l'université, j'étais occupée à planifier mon long voyage en Asie. J'étais tellement lasse de Lund et de la Suède. Sur YouTube, je dévorais des clips sur la Malaisie et l'Indonésie, et ce voyage est bientôt devenu mon seul but dans la vie. J'aspirais à l'aventure, à de longues nuits, à de nouvelles personnes, à des fêtes et une nature paradisiaques.

La psychologue scolaire cherchait dans la banque de données de son expérience des explications objectives à mes mauvais résultats scolaires. Drogue ? Anorexie ? Divorce des parents ? Pas une seule raison qui n'ait été avancée.

« Ton père est pasteur ? » m'a-t-elle demandé en me fixant, comme si son monde s'écroulait.

« Pasteur ? » demandait Bim-la-chouette chaque fois qu'il était question de lui.

La mémoire n'était pas son fort, mais ça n'expliquait pas son air choqué.

« Pasteur ? Au sein de l'Église suédoise ? »

Tout est une question de contrôle.

Le gens n'y croient pas. On associe le besoin de contrôle avec les types tatillons qui font tout un plat si un papier atterrit sur la mauvaise pile de leur bureau, le genre à ranger leur penderie selon une exacte échelle chromatique. Les gens pensent aux fascistes de l'organisation, avec leurs agendas entièrement griffonnés, ou aux névrosés qui angoissent s'ils ne vident pas immédiatement leur boîte mail et grimpent aux rideaux pour quelques miettes sur le canapé ou de la vaisselle dans l'évier. Le genre à avoir du gel hydroalcoolique dans leur sac.

Mais ici, je parle d'une autre sorte de contrôle. Il s'agit de ne pas perdre la face. De ne laisser personne s'approcher trop près.

Ce n'est qu'à l'adolescence que j'ai compris que notre famille n'était pas la seule à avoir des secrets. Il avait toujours été crucial pour mon père de garder une façade au regard du monde.

« On en parlera à la maison. » Je ne sais pas combien de fois j'ai pu entendre ces mots. « Ça ne regarde pas les autres. »

J'ai été bercée dans la croyance que notre famille était unique, que nous étions les seuls à nous trimballer toute cette merde qu'il fallait cacher sous le tapis. Peut-être était-ce à cause de la profession de papa. Un pasteur est sans doute tout simplement condamné à vivre une partie de sa vie privée en cachette.

C'est dingue, mais papa était un athée pur et dur avant d'avoir la révélation. Il y a des années, j'ai retrouvé un vieux journal scolaire où il publiait des chroniques. Je crois qu'il venait d'entrer au lycée. Il haïssait vraiment la religion, écrivait, par exemple, que le christianisme était un hochet fallacieux qui avait mis le monde en pièces, et que le baptême chrétien aurait dû être considéré comme une agression sur enfants innocents. Il traitait les prêtres de robes noires et de bouffons.

Parfois, j'ai pu penser que tout aurait été différent si papa avait exercé un autre métier. S'il avait été rond-de-cuir ou sous-chef ou universitaire comme tous les autres parents normaux.

À dire vrai, je crois que papa et moi nous ressemblons beaucoup. Tout au fond. J'ai moi aussi tendance à me noyer dans un verre d'eau, à monter en épingle ce qui sur le moment me semble d'une importance vitale. En CM2, j'étais la définition même du *Potterhead*. Je lisais les livres en suédois et en anglais, je regardais tous les films au moins vingt fois et j'écrivais en ligne de longues fan-fictions au point de mettre en péril ma vie sociale. Quelques années plus tard, j'ai eu une période où j'étais complètement accro au groupe Broder Daniel, où je me maquillais comme un panda et où je passais le plus clair de mon temps sur le site gothique Helgon. Il y a une composante autistique dans nos gènes. heureusement, j'ai très tôt décidé d'éviter tous types de religions, à la différence de mon paternel.

« Il ne faut jamais dire jamais, avait-il coutume de me taquiner. Avant d'avoir dix-huit ans, je n'avais pas non plus compris que c'était là ma vocation.

— Plutôt récurer les chiottes, répondais-je. Enfin, je veux dire, plutôt devenir une vieille mémé new age, partir en vacances nudistes au Ghana et mâcher du khat.

— On verra bien », riait papa, inquiet juste ce qu'il fallait.

Comme tous les autres jeunes de dix-neuf ans, j'ai consacré beaucoup d'heures à penser avenir, formation, métiers. Et c'est vrai, que certains métiers sont plus que de simples métiers. Pas comme caissière chez H&M. On branche le sourire vendeur à 9 h 55 et on s'en débarrasse cinq minutes après la fermeture. Ce n'est pas une grande part de mon identité. Je n'hésiterais pas à passer chez KappAhl s'ils me proposaient mille balles de plus par mois. Je pourrais tout aussi bien être à la caisse chez Clas Ohlson ou SIBA. *Who cares ?* Le fric, c'est en gros la seule chose qui me manquera si je perds mon boulot. Ce qui va vraisemblablement se passer.

Non, je ne crois pas que papa savait dans quoi il mettait les pieds en devenant pasteur. Maintenant, il se tue à la tâche pour rentrer dans une sorte de moule : le cureton parfait, le père parfait, la personne parfaite. Il paraît que nous passons notre temps à ça, nous les jeunes filles. Visiblement, nous ne sommes pas les seules.

C'est clair, ça coince et ça fait mal quand on n'entre pas dans le moule. Lequel finit par se craqueler.

Et voilà, Shirine. Pas mal, comme psychanalyse, non ? Cinq années d'études, les meilleures notes dans toutes les matières au lycée, est-ce que ça en valait vraiment la peine ?

Je suis moi-même mon meilleur psy.

Je ne comprendrai jamais les gens qui s'ouvrent comme des bouteilles de champagne secouées dès que quelqu'un incline la tête de côté et veut bien les écouter. Ces personnes qui vident leur sac sur un blog ou les réseaux sociaux, qui se tatouent les avant-bras de citations expliquant combien elles se sentent mal et bassinent tous les pékins qu'elles trouvent sur leur chemin avec leurs auto-analyses pathétiques.

J'ai une seule amie, une seule personne sur cette terre qui sait tout de moi et comprend ce que je ressens, ce que je pense et ce que je fais. J'aimerais pouvoir lui parler, là. J'ai besoin d'elle. Sans Amina, je suis perdue, je ne sais pas quoi faire. Je ne sais pas si je tiendrai le coup. Cette nuit, je me suis pour de bon cogné la tête contre le mur en hurlant à m'en percer les tympans. La seule chose qui pourrait être pire que tout ça serait qu'Amina soit forcée d'être enfermée. Un après-midi, alors que les gardiens me conduisaient vers l'ascenseur, j'ai cru la voir. Je me suis tournée et j'ai crié son nom, mais sous les cheveux sombres se cachait un visage étranger. Cette cellule est en train de me rendre folle.

48

Agnes Thelin avait presque l'air de s'excuser en m'expliquant que j'étais suspecte. Mes pensées se sont mises à tourbillonner comme dans une tempête. Suspecte ? Je me suis tassée sur ma chaise en essayant de me ressaisir.

J'étais encore secouée quand, un peu plus tard, l'avocat est entré et a exigé de me parler en particulier.

« Nous allons trouver une solution, m'a-t-il dit en posant sa main gauche sur mon épaule tout en serrant ma main droite. Ne t'inquiète pas. »

Sa main était grosse et moite et il ressemblait à un croisement entre Tony Soprano et Lasse Berghagen. Grand comme un ours, bronzé, avec des chaînes en or autour du cou et des poignets. Chemise bleu tourterelle avec les trois derniers boutons ouverts. Le genre d'homme à rentrer jusqu'à sa villa en Jeep SUV alors que le quartier est censé être sans voitures. Qui possède un barbecue gros comme une caravane derrière chez lui et trouve que tout était mieux avant, quand il était jeune, et qui a l'impression d'avoir toujours vingt-trois ans, pas un jour de plus. Il était sûrement tout en haut de la liste pour les divorcées mères d'enfants en bas âge à la recherche d'une partie de jambes en l'air.

« Alors c'est à ça que vous ressemblez ? ai-je lancé.

— Qu'est-ce que tu veux dire ?

— Je ne me souvenais pas bien.

— On s'est déjà vus ? a demandé l'avocat.

— Je crois. »

Une lueur s'est alors allumée dans son regard.

« Stella *Sandell*. J'aurais dû comprendre. La fille d'Ulrika ? »

J'ai hoché la tête.

« Ça sera vite réglé, a-t-il repris. Ils n'ont rien contre toi. Certains flics ne se sentent plus, ces derniers temps. Ils ont des procédures en cas d'homicide, pleins de trucs à suivre. Ils pensent que les premières heures sont absolument décisives, alors ils ramassent le premier nom qui leur passe sous le nez, vaille que vaille. »

Il s'est assis les jambes bien écartées, en posant ses grosses mains sur ses genoux.

« Mais ils doivent avoir quelque chose, ai-je dit. Ils m'ont affirmé qu'un témoin m'a reconnue sur une photo.

— On peut à peine parler d'un témoin. Une cinglée qui prétend t'avoir vue depuis sa fenêtre. Dans le noir ! Et elle est sûre à cent pour cent que c'est toi, alors qu'elle ne te connaît pas. Non, elle ne vaut pas grand-chose, comme témoin. »

Je l'imaginais : une silhouette dans l'ombre, à la fenêtre du deuxième étage. Était-ce vraiment tout ce qu'ils avaient ? C'était juste à cause de ça que j'étais enfermée ici ?

« Ils veulent continuer l'interrogatoire dès que possible, a dit Blomberg. Tu as de la chance. Agnes Thelin est une des plus raisonnables de cette maison. On peut lui parler. »

Il s'est levé et a agité un peu son téléphone à un demi-centimètre de son nez. L'idée de mettre des lunettes le faisait probablement se sentir vieux ou moche ou peut-être les deux.

« Oublié mes lentilles », a-t-il marmonné.

Je me suis levée, les jambes comme des pâtes trop cuites. L'avocat m'a précédée vers la porte.

« Qu'est-ce que je dois dire, alors ? »

Blomberg s'est retourné si rapidement que sa frange lui est tombée sur un œil.

— « Qu'est-ce que tu veux dire ?

— Qu'est-ce que je dois dire à la police ?

— Raconte juste ce qui s'est passé. »

Il m'a toisée, lentement, de bas en haut, jusqu'à ce que je referme ma veste en laine sur ma poitrine. Je me sentais comme un animal de foire. L'avocat s'est passé la main sur le front pour essuyer la sueur et écarter sa frange.

Je me suis étirée.

« C'est tout ce que vous avez en magasin ? *Raconte ce qui s'est passé*. C'est ça, votre stratégie ? »

Blomberg s'est un peu tassé.

« De quoi tu causes ?

— Vous êtes censé être un avocat de choc, un crack. Vous n'avez pas gagné plein de procès ? Vous n'aviez pas de meilleure stratégie, les autres fois ? »

Blomberg a fait un geste d'impuissance.

« Mais de quoi s'agit-il, à la fin ? »

J'avais réussi à éveiller le doute chez lui. Un philosophe a dit que le savoir, c'était le pouvoir.

C'est décidément vrai. L'ignorance chez autrui est une puissante source de pouvoir.

« Et si c'était moi qui l'avais fait ? »

Blomberg était complètement transformé. Il avait débarqué en mâle alpha tout juste démoulé du solarium. À présent, il rappelait plutôt un gamin au nez pâle.

J'ai pensé à la devise de papa : mentir est un art rare. Blomberg partageait-il cette opinion ?

« Pourquoi aurais-tu fait une chose pareille ? » a-t-il demandé.

C'était bien sûr une bonne question.

49

Le livre qu'apporte Nounours fait trois cent dix-sept pages. Texte dense, sans espace pour souffler. Je le feuillette avidement, d'un doigt fébrile. Lis la première phrase : *C'était un été étrange et étouffant. L'été où ils ont exécuté les Rosenberg. Je ne savais pas ce que je venais faire à New York.*

Il y a six mois, je lui aurais ri au nez. Si un prof était venu avec un bouquin vieux de cinquante ans contenant de longues phrases et des références que je ne comprenais pas, j'aurais cru que c'était une mauvaise blague. Peu importe si ce prof avait une houppette à la Tintin, un look de boys band et s'appelait Nounours.

Bon, je dois être la seule à l'appeler Nounours, mais quand même.

Je ne me souviens pas de la dernière fois où j'ai lu un livre en entier. Je n'ai jamais eu assez la paix. Au bout de quelques minutes, mes pensées partent ailleurs, j'oublie complètement ce que j'ai lu, je dois revenir en arrière et recommencer. Mais enfermée ici, c'est différent. Je désire tant quelque chose qui puisse un moment kidnapper mes pensées. Je suis si lasse de moi-même.

« Comment tu as pu convaincre la procureure ?

— Ça n'a pas été facile, en fait. Il fallait absolument qu'elle sache de quel livre il s'agissait, le but de cette lecture, le lien avec un cursus d'études, et tout ça. Mais ça a fini par s'arranger.

— Merci, Nounours. »

Il sourit, l'air satisfait. Il n'a rien contre le fait que je l'appelle Nounours. La première fois, quand il s'est présenté avec son nom d'ours, Björn, je lui ai demandé s'il n'avait pas un surnom.

« Non, juste Björn.

— Juste Björn ? »

J'ai décidé alors de lui donner un surnom. J'aime bien les surnoms. En primaire, les gens avaient pris l'habitude de m'appeler La Star quand ils avaient su ce que signifiait mon prénom, mais au bout d'un moment, c'était juste pathétique. J'ai souvent appelé Amina Mini, jusqu'à ce que papa m'explique que Dino n'aimait pas ça. Ce type doit toujours avoir un avis sur tout. Lui, il appelait Amina son pitbull.

Mais Nounours a vraiment l'air d'un ours en peluche, tout doux, mignon, avec des joues rondes. Je me demande si j'aurais autant désiré sa venue dans d'autres circonstances. Si nous avions été ailleurs. Sans l'odeur de cette cellule et mes pensées qui menacent de me faire éclater le crâne en mille morceaux. Si j'avais vu Nounours à une terrasse de Lilla Torg, un soir de début d'été, je n'aurais sans doute pas même fait attention à lui.

Je m'approche maintenant aussi près de lui qu'il est possible sans qu'il aille s'imaginer des choses ou crier au harcèlement sexuel.

« Et qu'est-ce que c'est comme livre ? je lui demande, tout en parcourant des yeux la quatrième de couverture.

— C'est un classique du féminisme. »

Je hausse un sourcil.

« Donne-lui une chance. Je crois que tu vas aimer. »

J'achète un grand Coca et deux Daim au kiosque ambulant. La gardienne qui referme derrière moi est nouvelle, sans doute une de ces nombreuses remplaçantes qui vont et viennent. Elle me fixe d'un air effaré tandis que je regagne en traînant les pieds mes neuf mètres carrés d'odeur. Elle reste sur le seuil, et je sens son regard se lover autour de mon corps comme une larve terrorisée.

« Putain, qu'est-ce qu'il y a ? »

Sa tête a un mouvement de recul. Ses yeux sont écarquillés.

Elle a l'air d'une fille tout à fait normale. Le genre à être sortie de la filière économique et sociale avec de bonnes notes, à s'habiller chez Nelly et Vero Moda et à aimer les textes d'Håkan Hellström, parce qu'il sait toujours comment sont les choses dans ses chansons. Dans une autre vie, nous aurions sûrement pu être amies, elle et moi.

« Rien, dit-elle en cachant son visage derrière sa main. Ce n'est rien. »

Puis elle agite son trousseau de clés, complètement stressée. Pendant qu'elle verrouille la porte, je m'étends de tout mon long sur le lit, le nez dans le livre et la bouche bourrée de Daim et de Coca. Enfin, je peux m'échapper de moi-même un moment. Grâce au livre, un tout autre monde s'ouvre à ma conscience, où je me précipite la tête la première. Je voudrais ne jamais en ressortir, ne jamais revenir dans cette maudite cellule de merde.

Je ne sens même plus l'odeur quand je lis.

Le lendemain matin, Nounours est de retour.

« J'ai fini. Est-ce que je dois faire une fiche de lecture, ou bien… ? »

Je jette le livre sur le lit, et Nounours a l'air de l'avoir reçu sur l'orteil.

« Quoi ? Déjà ? »

Je hausse les épaules.

« Comment ça se fait ? Ça t'a plu ?

— C'est dingue ce que c'est déprimant.

— Ça oui, c'est vrai. »

Le visage de Nounours est accablé de remords.

Pourquoi ne pas lui dire la vérité, que j'ai adoré le livre, qu'il m'a mise en colère et rendue triste, mais que je n'ai rien contre le fait d'être en colère et triste. J'ai besoin de ces émotions. Je ne pardonnerais jamais à Nounours s'il venait me fourguer une putain d'histoire à l'eau de rose.

« Bon, alors, je l'écris, cette fiche, ou non ? »

Nounours rit. Il fait penser à un chameau.

« Écrire une fiche de lecture ? C'est ça, l'image que tu as du suédois à l'école ? »

Je ne comprends pas bien ce qu'il veut dire. C'est quoi, le problème, avec les fiches de lecture ?

« Tu peux me trouver d'autres livres ? Ça ne suffit quand même pas d'en lire un seul pour avoir la note ? »

Son sourire va d'un œil à l'autre. Il a vraiment une tête de gendre idéal quand il se fend comme ça d'un grand smile, quand son ricanement de chameau a disparu.

Maman l'aurait sûrement aimé. Enfin, avec une décennie de moins, je veux dire.

« Bien sûr, je vais te trouver d'autres livres.

— Très bien. »

Il s'assied devant la table, pose ses classeurs et ouvre la fermeture éclair de sa trousse très peu virile, décorée d'animaux de toutes les couleurs de l'arc-en-ciel.

Il sent si bon. Pas une odeur lourdement masculine, ni même un parfum. Je ne pense pas que ce soit du savon. Peut-être un adoucissant très léger sur ses vêtements ? Il sent l'être humain.

Les larmes viennent sans crier gare. Je ne peux expliquer pourquoi. Peut-être une pensée qui a effleuré quelque chose qui brûle ? J'appuie les mains sur mon visage douloureux, à vif. Et je pense à Esther, dans le livre, à l'hôpital psychiatrique.

« Ça va ? » demande Nounours d'une voix douce.

Impossible de répondre. Quoi que je dise, ce sera dérisoire, sûrement incompréhensible. Probablement égoïste. Ma vie est détruite. Chris est mort et j'ai tout bousillé. Comment pourrai-je jamais regarder à nouveau maman et papa dans les yeux ? Il n'y a plus d'autre solution que la fuite.

« Je veux que tu partes », dis-je à Nounours.

Je ne mérite que l'obscurité.

50

Amina et moi avons toujours entendu dire que nous étions un couple mal assorti. Elle est si froide, retenue et ordonnée. Et moi, qui occupais toujours toute la place, si tapageuse et trouvant toujours une règle idiote à enfreindre.

Mais derrière cette façade, nous sommes assez semblables. J'ai toujours pu voir mon reflet en Amina. À l'intérieur, nous sommes faites de la même chair, du même sang. C'est juste que nous choisissons de montrer des aspects différents au monde extérieur. C'est comme ça que ça marche. Nous avons tous nos secrets, profonds et sombres, auxquels très peu ont accès. Il suffit de creuser un tout petit peu, et on trouve rapidement des merdes effrayantes chez chacun d'entre nous. Amina ne fait pas exception.

Je regrette vraiment qu'elle ne soit pas venue au camp de confirmation. Je crois sérieusement qu'alors ça se serait passé autrement. Pas seulement au camp, mais tout ce qui a suivi.

On appelle ça l'effet papillon. Un seul mouvement d'ailes de papillon peut avoir des conséquences énormes et influencer tous les autres événements.

Mais Amina n'a même pas osé demander à ses parents de la laisser y aller. Sa mère n'aurait sûrement rien eu contre, mais son père est musulman. Non que je l'aie jamais vu faire quoi que ce soit en rapport avec l'islam. Plutôt l'inverse. Dino a la bière joyeuse et il ne lui viendrait jamais à l'idée de faire le ramadan ou de s'agenouiller en direction de La Mecque. Durant les matchs de hand, il hurlait des obscénités auxquelles Allah aurait sûrement trouvé à redire.

Mais ça n'y changeait rien. Amina n'avait pas l'intention de demander si elle pouvait m'accompagner au camp de confirm. Elle était musulmane, et c'était important de dire qu'on l'était, même si au fond on s'en fichait. Merde, ils bouffaient même de la saucisse et des ribs à la maison, mais à l'école, il lui fallait toujours le menu « sans porc ».

Amina m'aurait sûrement retenue. Si seulement elle avait été à ce camp, au bord du petit lac. Elle m'aurait dit combien ma fichue idée était stupide. Elle m'aurait secouée pour me faire entendre raison, aurait joué la grande sœur et m'aurait convaincue de rester dans ma chambre à jouer aux cartes avec les autres confirmands.

Je n'aurais jamais suivi Robin si Amina avait été là.

Je ne serais peut-être pas ici aujourd'hui.

L'effet papillon.

L'été entre la cinquième et la quatrième, nous sommes allées à une coupe de handball dans un trou paumé au Danemark. Comme d'habitude, nous avons remporté l'or et j'ai été la meilleure buteuse. On passait les nuits sur des matelas gonflables dans une salle de classe, dans les ronflements et la sueur, et il y a eu deux boums sous une tente dans la cour de l'école.

Dès le premier jour, Amina et moi avons été collées par une bande de Croates, des garçons de quelques années plus âgés, avec d'irrésistibles yeux bruns, des pectoraux et des biceps à vous mettre l'eau à la bouche. Au début, on a joué les difficiles. On les a ignorés, agacés, surtout parce que c'était ce qu'on attendait de nous, ce qu'on a toujours attendu des filles. Mais pendant notre dernier match de poule, ils étaient dans les tribunes à siffler dès qu'Amina ou moi avions la balle et, ce soir-là, nous avons quitté la boum pour aller avec les Croates. Nous nous sommes assis en cercle sur la plage, des mouettes planaient au-dessus des arbres et les vagues balayaient le rivage d'une écume blanche. Les garçons ont fait circuler une cigarette, et ce n'est qu'en l'ayant dans la main que j'ai compris que ce n'était pas une cigarette ordinaire.

« *No strong* », a dit Luka.

Ses yeux verts de chat scintillaient dans le noir. J'étais attirée par lui depuis la première fois que je l'avais vu. Amina, elle, avait des vues sur le gardien de but.

J'ai tiré quelques bouffées. J'ai toussé et ri, les voix autour de moi se sont lentement faites métalliques, mais à part ça il ne s'est pas passé grand-chose.

Quand le joint est arrivé à Amina, elle s'est mise à se tortiller.

« *She doesn't want to* », ai-je expliqué.

Luka et les autres m'ont regardée, interloqués.

« *You have to respect her will* », ai-je dit en tendant la main vers le joint.

Une heure plus tard, j'étais couchée sur le dos, dans un creux de sable à l'écart, avec Luka qui m'a couvert le cou de suçons avant d'enfoncer en moi ses doigts en essayant de me charmer avec des répliques de film porno.

Des grandes vacances. Quand j'y repense aujourd'hui, ça me semble une éternité, mais ça n'a duré qu'un été. Nos vies passaient à la vitesse supérieure, et c'était comme si le monde entier s'ouvrait.

J'avais quatorze ans et tout était une aventure. À mes yeux, j'étais quasiment adulte, et je n'avais absolument pas besoin que des parents s'en mêlent. J'avais de plus en plus de mal à contrôler mes explosions émotionnelles, et chaque jour me semblait une guerre.

Maman se dérobait tout le temps. Elle se cachait, faisait des heures sup et avait des migraines. Mais avec papa, c'était différent. Il pouvait me poursuivre à travers la moitié de la ville si je ne rentrais pas à la maison à l'heure. J'ai remarqué qu'il fouillait mes poches, et, chaque soir, il attendait comme un foutu concierge dans le vestibule.

« Souffle-moi dessus », disait-il en se penchant pour que je puisse lui envoyer mon haleine au visage.

« Encore. »

Il flairait, le nez en l'air, comme un chien. Me dévisageait avec scepticisme.

« Tu n'as pas fumé, hein ? »

Ce qu'il y a de drôle, c'est que papa ne reconnaîtrait sans doute pas l'odeur de l'herbe, même si on lui allumait un pétard sous le nez.

Bien sûr, son inquiétude n'était pas complètement infondée. Après le voyage au Danemark, j'avais pris goût à la beuh et j'en fumais presque tous les jours. Ça gommait mes pensées, ça me rendait légère et libre.

Assez ironiquement, c'était surtout de maman que j'avais peur.

« Promets-moi de ne rien dire à maman, implorais-je Amina en la tenant par les deux bras.

— Je le jure.

— Sur le Coran ?

— Sur le livre que tu veux. »

Amina et maman avaient toujours eu une relation particulière et, cet été-là, elles avaient paru se rapprocher encore davantage. Il m'arrivait, en rentrant à la maison, de les trouver au jardin en train de rire de quelque chose dont elles étaient incapables de m'expliquer en quoi c'était si drôle.

J'avais fait la connaissance d'une bande de garçons de Landskrona, qui dealaient alcool et shit. Ils m'offraient tout ce que je voulais, et je me sentais plus vivante que jamais. Un soir, j'ai filé de la maison et dormi à la belle étoile du côté de Ven. Et perdu mon innocence dans un buisson épineux, entamant une liaison de deux semaines avec un Danois prénommé Mikkel.

C'était comme si tout dansait et souriait quand j'emplissais mes poumons de fumée.

« Ça ne me plaît pas que tu sois accro à ce truc, m'a dit Amina.

— Je ne suis pas accro. C'est juste pour rire. Pendant les vacances. »

Nous avons eu beau nous éloigner un temps, car Amina préférait éviter la bande de Landskrona, je n'ai jamais douté de notre amitié. Amina était toujours là.

Il ne restait plus qu'une semaine de vacances quand, un soir, je l'ai trouvée qui m'attendait devant chez nous.

« Ton père m'est tombé dessus après l'entraînement.

— Quoi ? »

J'ai frissonné et resserré mon blouson. Le handball avait recommencé, mais j'avais séché les premiers entraînements. Je n'avais pas envie.

« Qu'est-ce qu'il a fait ? »

Amina avait les larmes aux yeux.

« Il m'a pressée de questions, il voulait savoir plein de trucs.

Avec qui tu traînes, si tu es avec quelqu'un, si vous couchez ensemble.

— Si on couche ensemble ? » Je n'en croyais pas mes oreilles. « Il a demandé si on couchait ensemble ? »

Amina a hoché la tête.

« Si tu fumes, si tu bois, ce genre.

— Il est complètement taré. Franchement, ce n'est pas sain. »

Amina balançait son corps d'avant en arrière. Chassait les mèches de ses joues. Elle avait peur. Papa l'avait menacée de rapporter à Dino, même si Amina ne buvait pas, ne fumait pas, ni aucune autre connerie. Elle voyait à peine ces garçons. Elle préférait rester chez elle à regarder la télé, jouait au hand ou au basket, traînait avec les mecs de la classe. Chaque fois qu'elle était venue à Landskrona, c'était pour moi.

C'était tellement injuste que papa s'en prenne à elle.

Quelques jours plus tard, nous nous sommes retrouvées devant la gare. Amina était fatiguée, sans maquillage, elle avait l'air d'un putain de cadavre.

« Pardon, pardon, pardon », m'a-t-elle dit.

Je lui ai pris le bras pour la tirer sur un quai désert. J'ai écarté les cheveux de son visage et lui ai tapoté les joues.

« Explique-moi. Qu'est-ce qui s'est passé ? »

Elle respirait par à-coups.

« Ton père, a-t-elle murmuré. Je lui ai raconté. J'étais forcée.

— Qu'est-ce que tu dis ? »

Elle a baissé la tête et pleuré. Je n'ai pas pu m'empêcher de lui griffer les épaules de désespoir.

« Qu'est-ce que tu as dit à papa ? »

Elle ne parvenait à lâcher que des mots décousus.

« J'étais forcée… Il me tenait… fort… par le bras.

— Le salaud ! Qu'est-ce que tu lui as raconté ? »

Elle a secoué la tête, désespérée.

« Le hasch, a-t-elle sangloté. Je lui ai raconté le hasch. »

Je l'ai dévisagée. Ma meilleure amie depuis toujours. Mon âme sœur. La seule personne qui me connaissait vraiment.

La trahison était si énorme. Si incompréhensible.

« Putain, comment tu as pu ? »

Amina se frottait les yeux.

Je l'ai regardée, tandis que mes poings se serraient. Mes muscles me tiraillaient. Je ne pouvais pas me contrôler. Ma main refermée est partie à la volée, et je pouvais presque la voir de l'extérieur, comme dans un film.

Amina n'avait aucune chance. Mon poing l'a touchée en pleine pommette. Son arcade zygomatique a craqué, la sensation était énorme. Mieux que la drogue. Je n'avais jamais rien éprouvé d'approchant.

51

Les gardiens ne frappent pas à la porte. La clé tourne dans la serrure, et une seconde plus tard ils sont dans ma chambre.

C'est Jimmy avec son bouc et la nouvelle, la fille qui a failli me tuer à force de me dévisager devant le kiosque ambulant, l'autre jour. Ils viennent récupérer mon plateau-repas.

« Pas bon, aujourd'hui ? » dit Jimmy en souriant.

J'ai laissé une mare de haricots bruns dans mon assiette. Sérieux, je ne suis pas difficile, je mange à peu près de tout. Mais les haricots bruns, c'est juste impossible.

« Il y a bien le kiosque, ce soir ? »

Jimmy continue de sourire. Il a toujours ce sourire aux lèvres, j'ai l'impression. Pas du tout sympathique, comme sourire. Très suffisant, comme s'il souriait de sa propre excellence imaginaire.

« On verra bien. C'est si facile d'oublier d'ouvrir toutes les cellules. Pas vrai, Elsa ? »

La nouvelle ne répond pas. Elle lève à peine les yeux. Probablement qu'elle veut éviter de se retrouver en porte-à-faux.

« Tu as entendu ce qu'il a dit, Elsa, lui dis-je d'une voix exagérément distincte. Tu es mon témoin. Si je n'ai pas la possibilité de cantiner ce soir… »

Je ne finis pas ma phrase. Ça n'en vaut pas la peine. On ne gagne jamais contre un type comme Jimmy.

« Tu dois plaisanter, là ? » dit-il en ricanant.

Il passe mon plateau-repas à Elsa. Son sourire s'efface et il me regarde avec dégoût.

« C'est vrai que tu lui as planté plusieurs fois le couteau dans la poitrine ? »

Je lutte avec moi-même. Je sais exactement ce qu'il cherche, et je n'ai pas l'intention de lui faire ce cadeau.

Jimmy se tourne vers Elsa.

« Tu peux imaginer cette petite nana en meurtrière bestiale ? »

Elsa le supplie du regard, comme si elle voulait plus que tout partir d'ici, loin de l'odeur, regagner son monde normal, où tout est rose et cucul.

Mais Jimmy ne lâche pas l'affaire.

« On ne croirait pas ça, hein ? insiste-t-il. Hein, Elsa ? »

Elsa regarde ses pieds.

« On ne peut quand même pas savoir, rien qu'en voyant une personne, si celle-ci a assassiné quelqu'un ? »

J'apprécie son courage.

« *Si celle-ci* ? Comme tu causes bien, ma poulette ! dit Jimmy avec un mauvais rire. Écoute, Elsa, moi aussi, j'étais naïf quand j'ai débuté ici. Tu vas apprendre. Après cinq ans dans cette taule, j'ai pigé que tout ça, c'était du baratin. Au contraire, on le voit à leur tête que ce sont des raclures. La plupart des assassins sont exactement comme on les imagine : des manouches noirauds, tous des bohémiens de merde. On est rarement surpris. »

Les yeux d'Elsa grandissent. Elle a l'air de vouloir s'extirper de sa propre peau.

« Mais ferme ta gueule, va ! » dis-je à Jimmy.

Je n'arrive juste pas à me taire. C'est mon problème. Les gens m'ont toujours conseillé de me retenir, de reculer, on n'était pas obligé de toujours dire ce qu'on sent et ce qu'on pense. « Contrôle défaillant des pulsions », les psychologues appellent ça comme ça. Une fois, à un test, j'ai eu quelque chose comme le pire résultat possible. Je suis du genre à engloutir le chamallow en une seule bouchée à la première occasion.

« Mais pour qui tu te prends, toi ? »

Jimmy passe la main sur son bouc et me souffle en plein visage.

« Laisse tomber, quoi », dit Elsa derrière lui.

Mais Jimmy n'a pas l'intention de laisser tomber.

Il est planté à quelque chose comme cinquante centimètres de moi, et la haine luit dans son visage.

« Sale petite pute de meurtrière. Réfléchis avant de prendre ce ton-là. »

Il ne sait pas que je n'ai aucun contrôle de mes pulsions. S'il l'avait su, il n'aurait pas fait ça.

« Ça suffit maintenant », intervient Elsa d'une voix ferme. Je crois même qu'elle le tire par le bras. « Là, ça passe les bornes. »

Je l'aime bien.

« *Ça passe les bornes* ? » Jimmy fait volte-face en bousculant Elsa. « Quelles putains de bornes ?

— Tu n'as pas le droit de la traiter…

— Qu'est-ce que tu racontes, là ? Tu es en train de défendre cette salope de meurtrière ? »

Il gesticule vers elle.

« Calme-toi, maintenant, dit Elsa.

— Moi, je dois me calmer ? Tu devrais réfléchir si c'est un endroit pour toi, ici. »

Je la plains. C'est tellement évident qu'elle n'est pas à sa place, ici. Elle devrait retourner à sa vie dans le monde de crème Chantilly d'où elle vient, et où toutes les histoires finissent bien.

« Ici, il y a juste deux camps, dit Jimmy. Tu es soit de notre côté, soit du leur. »

Il se retourne alors lentement vers moi.

Il a tort. Il devrait mieux évaluer la situation. Ce n'est pas un bleu, et je ne suis sûrement pas la seule ici à ne pas maîtriser mes pulsions.

Je me prépare un bon moment, je vise le centre de la cible. Et au moment où il se tourne, je lui envoie un coup de pied dans l'entrejambe.

Il gémit et se plie en deux.

Elsa et moi nous regardons, tandis que Jimmy se tord de douleur à nos pieds. J'ai beau lui montrer clairement que j'ai l'intention de me rendre sans opposer aucune résistance, elle me plaque au sol avec une espèce de prise de karaté. J'ai la joue écrasée contre le sol crasseux et son genou dans le dos.

Pour la solidarité entre sœurs, on repassera. Mais une fille sage ne fait jamais de compromis avec sa sagesse.

Elsa reçoit vite le renfort de deux collègues et, après quelques secondes de concertation, ils décident de me conduire en cellule d'observation.

Ils me traînent hors de ma chambre et, en route vers l'ascenseur, j'abandonne toute résistance. C'est inutile.

En fait, la cellule d'observation sert à protéger les détenus contre eux-mêmes. Petite et sombre, juste un matelas par terre, et on observe tous vos faits et gestes par une fenêtre dans la porte.

On me laisse là toute la nuit. J'ai beau tambouriner contre le mur ou crier jusqu'à avoir la voix rauque en menaçant de porter plainte, rien n'y fait.

Le lendemain, quand ils ouvrent pour me reconduire dans ma cellule, je n'ai pas fermé l'œil.

« Bienvenue à la maison », dit le gardien qui m'ouvre la porte.

L'odeur envahit mon cerveau.

Je m'effondre sur le lit et dors jusqu'au déjeuner.

52

Je ne me suis toujours pas pardonné d'avoir frappé Amina. Cinq ans après, ce souvenir me tourmente encore plusieurs fois par semaine. Quel genre de personne frappe sa meilleure amie ?

Une seconde après, j'ai craqué. J'ai couru dans tous les sens comme une folle complètement allumée, en criant et en agitant les bras. J'avais du mal à réaliser ce que je venais de faire. J'aurais juste voulu effacer ces dernières minutes et tout recommencer en me comportant comme l'aurait fait une personne normale.

Le pire de tout : j'y avais même trouvé du plaisir. Cette formidable sensation de libération quand mes phalanges ont touché sa joue.

Amina était assise sur le banc voisin, le visage dans les mains. J'ai écarté ses bras pour examiner son œil refermé et la poche rouge mauve qui avait gonflé sur sa joue.

« Pardon, ma vieille. Pardon ! »

C'était irréparable, désormais plus rien ne serait comme avant. J'avais tout bousillé. La seule chose constante de ma vie, la seule chose inconditionnelle et qui avait vraiment de l'importance, je l'avais bousillée.

Je me suis agenouillée pour lui prendre les mains. Les gens qui passaient nous dévisageaient. Quelques-uns se sont arrêtés pour demander si tout était OK.

Mais non. Putain, c'était très loin d'être OK.

Je l'avais frappée. J'avais blessé Amina.

« Ça ne fait rien, a-t-elle dit. Je l'ai mérité.

— N'importe quoi ! Tout ça, c'est la faute de papa !

— Je n'aurais rien dû lui dire du tout. Tu peux me pardonner ?

— Mais arrête ! Ce n'est quand même pas à toi de t'excuser ? »

Peu importait ce qu'elle disait. Je comprenais bien qu'on ne pouvait pas pardonner une chose pareille. On peut le dire, mais tout au fond de soi, on ne l'oublie jamais.

Nous avons appuyé nos fronts l'un contre l'autre, et pleuré.

Cet hiver-là, j'avais plus que jamais besoin d'Amina. Maman était au trente-sixième dessous, elle passait le plus clair de son temps cachée dans son bureau. Parfois, elle avait l'air de préférer parler à Amina qu'à moi. Je me suis mis en tête qu'elle aurait aimé plus que tout m'échanger contre mon amie. Alors que j'étais synonyme de déception après déception, je crois que maman reconnaissait beaucoup d'elle-même chez Amina, la fille intelligente, sage, qui ne faisait jamais mal.

En même temps, papa devenait de plus en plus parano. Il fouillait mes poches, mon sac et ma chambre. Il commandait des listes d'appel pour savoir avec qui j'avais parlé au téléphone. Il épluchait l'historique de mon ordinateur et exigeait d'avoir accès à tous mes mots de passe.

C'était pour moi. C'était la chanson. Il avait peur pour moi.

Papa a été aumônier de prison pendant plusieurs années, ce qu'il met souvent en avant. Il connaît les conséquences de la drogue. Il a à peu près tout vu.

J'ai rapidement développé des stratégies pour satisfaire les attentes de papa, tout en continuant à vivre une vie plus ou moins sans limitations. J'en avais fini avec le haschich, mais il restait tellement plus : des garçons à embrasser, des nuits de volupté, des fêtes à fêter. Je laissais papa fouiller mes vêtements, flairer mon haleine, inspecter mes pupilles et croire qu'il surveillait tout ce que je faisais. Il est nettement plus facile de cacher quelque chose quand on donne l'impression d'être transparent.

Quand on s'est mis à causer du camp de confirm, j'ai tendu l'oreille. Il circulait plein de rumeurs alléchantes sur le camp de l'année précédente. Alcool, sexe et cigarettes. Plein d'activités très peu religieuses. Et par-dessus le marché, cerise sur le gâteau, un chef de camp prénommé Robin qui, d'après des sources unanimes, était le garçon le plus sexy qu'on puisse imaginer.

Les aspects chrétiens de la confirmation me laissaient absolument froide. Bien évidemment, je ne croyais pas en Dieu, mais les autres participants du camp non plus. La plupart s'en fichaient, pourvu qu'ils aient un cadeau et une semaine de camp sympa. Il existait peut-être quelque part une puissance surnaturelle, mais dans leur quotidien d'ados, cela avait à peu près la même importance que s'il y avait de la vie sur Mars.

J'étais sans doute la seule à prendre une position plus tranchée les rares fois où des questions relatives à la foi étaient abordées à l'école, et mon hostilité à l'Église et à la religion avait bien sûr essentiellement à voir avec papa.

Je savais exactement comment présenter les choses. Pourvu qu'on lui fasse miroiter le plus petit espoir que je recommence à m'intéresser à la Bible, il ne serait pas difficile à convaincre.

« Qu'est-ce que tu en penses ? » a-t-il demandé à maman au dîner. Il ne restait plus que quelques jours avant la limite des inscriptions. « On la laisse y aller ? »

Maman a répondu, le regard vide :

« Sais pas. Peut-être. »

Sa réponse standard depuis six mois. Elle dormait mal la nuit, mangeait comme un oiseau et tournait en rond à la maison tel un zombie. J'avais du mal à faire face à cette apathie, surtout parce que je m'en sentais responsable. Au lieu d'essayer de revenir vers elle la queue entre les jambes, je m'en éloignais toujours davantage. Même si c'était mon comportement qui avait déclenché la dégringolade de maman, je considérais que c'était à elle de résoudre la situation.

« C'est toi qui m'as mise au monde. Je n'ai jamais demandé à faire partie de cette famille. »

Puéril ? Absolument, mais je n'avais que quatorze ans.

Quand papa m'a dit que maman était épuisée, qu'elle allait droit dans le mur et aurait dû se mettre en congé maladie, j'ai contesté :

« Elle travaille tout le temps. C'est pour ça qu'elle est si fatiguée. »

Maman a fait tomber sa fourchette par terre et a mis extrêmement longtemps à la ramasser. Papa s'est mordu la lèvre inférieure.

« Elle dit qu'elle va travailler moins, mais elle passe ses nuits à trimer dans son bureau. Tu ne piges pas ça ? »

Papa n'a rien répondu. C'était peut-être une stratégie ? Il valait mieux que ça vienne de moi.

En tout cas, il a vite été décidé que je pourrais aller au camp de confirm. Maman et papa étaient d'accord, prétendaient-ils, et je me suis tout de suite mise à mes préparatifs.

Nous emportions du tabac et de l'alcool sous des formes diverses. Quand on vient juste d'avoir quinze ans, on ne peut pas se permettre d'être difficile. L'un avait rempli une bouteille de shampoing avec du whisky et de la liqueur du bar de son père. Un autre avait chipé une demi-bouteille de concentré de vin chaud à l'eau-de-vie dans la cave de sa grand-mère. Et quelques filles avaient réussi à se faire acheter une petite bouteille de vodka Explorer par un SDF. Les cigarettes étaient cachées dans nos valises, emballées dans du papier alu, des pots en plastique ou des boîtes en métal.

Je me souviens encore du sentiment de liberté dans ma poitrine au moment où le bus a quitté le parking.

Les premiers jours du camp sont passés d'un coup. Nous avons à peine eu le temps de penser aux bouteilles cachées au fond de nos valises. Un soir, tard, j'ai filé en forêt avec quelques garçons, fumé trois cigarettes à la file et failli vomir à force de tousser. Certains avaient conclu dès le premier soir et se bécotaient sous la couverture dans notre dortoir.

Il y avait un lac où nous allions nous baigner tous les jours. Un matin, Robin est resté un long moment à le contempler, dans l'eau jusqu'aux genoux, les rayons du soleil miroitant sur son torse mouillé.

Les autres filles ont couru en pouffant jusqu'au rivage. Le lac était encore beaucoup trop froid pour qu'on puisse y rester plus d'un quart d'heure.

Moi, je suis passée devant Robin en marchant dans l'eau, j'ai croisé son regard et souri. Je savais qu'il me suivait des yeux tandis que je regagnais la plage. J'ai pris tout mon temps pour me pencher et ramasser mon drap de bain.

Un peu plus haut sur la pelouse, deux des cheftaines regardaient la scène en souriant. J'ai secoué mes cheveux mouillés et me suis drapée dans ma serviette avant de me diriger vers les bâtiments.

En découvrant papa, j'aurais bien sûr dû être étonnée. Mais tout ce que j'éprouvais était un chagrin douloureux.

Il était là, comme si de rien n'était, et m'adressait un petit sourire hésitant. Pas même ça, il ne me le permettait. Pas même ça.

Je lui ai dit d'aller au diable. Puis j'ai couru en remontant jusqu'aux maisons.

C'est là que je me suis décidée.

Une prophétie auto-réalisatrice, papa ? S'il s'attendait au chaos, j'allais lui donner du chaos.

53

« Comment ça va, aujourd'hui ? » demande précautionneusement Nounours.

Je ne réponds pas.

Il pose un nouveau livre sur le bureau.

« Celui-ci n'est pas tout à fait aussi déprimant que *La Cloche de détresse*. »

Je lis la quatrième de couverture et le feuillette distraitement.

« J'adorais ce livre quand j'avais ton âge », dit Nounours.

Il s'agit apparemment d'un garçon de dix-sept ans, Holden, qui pense que la plupart des gens sont des idiots. Je préfère le titre original à celui de la version suédoise : *The Catcher in the Rye*.

« Qu'est-ce qui s'est passé, hier ? » dit Nounours.

Visiblement, il a entendu parler de ma nuit en cellule d'observation.

« Rien. »

Je ne veux pas en parler. Franchement, je ne crois pas que Nounours comprenne vraiment comment ça fonctionne, ici. Il n'est pas bête, ce n'est pas ce que je veux dire, pas même naïf. Je crois juste qu'il suffit de fermer assez fort les yeux pour continuer à vivre dans le déni *ad vitam æternam*. Nounours s'est fait son idée. Il a envie que les choses soient comme ci ou comme ça, et tout ce qui contredit cette image, il lui tourne efficacement le dos et ferme les yeux dessus. Une maison d'arrêt en Suède est un bon endroit : ici, on jouit de tous ses droits et on est pris en charge dans l'attente d'un éventuel procès. Les brimades, les violences et l'abus de pouvoir, dans le monde de Nounours, ça n'existe qu'en film.

« Tu devrais peut-être en parler à Shirine ? » suggère-t-il.

C'est trop.

« Tu es ici pour enseigner le suédois. Tout le reste, tu laisses tomber, tout de suite ! »

Nounours a l'air d'un chiot qui a pissé par terre.

« Est-ce que je fais une fiche de lecture sur celui-ci ? » dis-je en agitant en l'air le nouveau livre.

Il lève la main vers son visage, comme si j'allais le frapper.

« D'accord, d'accord, tu peux faire une fiche de lecture.

— Merci. »

Le lendemain matin, je me réveille avec le livre sur l'oreiller. Des images floues de la nuit s'accrochent à mes paupières et j'ai du mal à distinguer ce que j'ai lu de mes rêves. Je me sens comme Holden quand il se réveille sur le canapé, chez son ancien professeur, et que le bonhomme est en train de lui caresser les cheveux. Je reste longtemps devant le lavabo à m'asperger le visage d'eau froide.

Je suis vraiment contente de voir arriver le petit déjeuner. Les gardiens sont de bonne humeur et, pour une fois, le café n'a pas le goût de pisse de chèvre.

Je feuillette le livre tout en mangeant, j'essaie de retrouver jusqu'où j'avais lu avant de m'endormir, quand la porte s'ouvre derrière moi.

Une des gardiennes plus âgées, une femme qu'on verrait mieux travaillant dans une école maternelle, glisse des yeux vifs et un sourire guilleret.

« Ton avocat est là, Stella.

— Il attendra. Je bois mon café. »

Elle me dévisage, interloquée, sans rien dire. Je finis par me lever en poussant un gros soupir, je plie ma tartine en deux et je me la fourre dans la bouche avant d'avaler la dernière goutte de café.

Je traîne les pieds entre les gardiens qui me conduisent à la pièce où Michael Blomberg attend.

« J'ai de bonnes nouvelles, dit-il en me serrant la main. La procureure a accepté une visite de tes parents. »

Je sursaute.

« Comment ça, accepté une visite ? Qui l'a demandée ? »

Blomberg sourit en pointant l'index vers sa poitrine.

« Je soussigné.

— Mais… »

L'inquiétude se love dans mon ventre. Maman et papa.

« Merci, mais non merci. »

Blomberg se penche en avant, l'air soucieux. Son visage devient flou, j'ai le vertige.

« Qu'est-ce que tu veux dire ? »

J'inspire à fond en fermant les yeux.

« Je n'y arriverai pas, dis-je, sentant monter les larmes. Je ne veux pas les voir. »

54

Je savais papa ridiculement entiché de Robin. Je l'avais plusieurs fois entendu chanter ses louanges.

Attirer Robin dans la forêt ne serait pas un gros problème. Et une fois là-bas, il ne pourrait pas me résister. Alors, toute la bande des garçons arriverait en douce et nous surprendrait sur le fait. Ce serait le cirque du siècle.

Bien sûr, papa allait grimper aux rideaux. Je savais qu'il était encore là, sa voiture était garée devant le réfectoire.

La première partie de mon plan a bien fonctionné. Mais après avoir conduit Robin parmi les arbres, hors de vue du camp, j'ai commencé à hésiter. Quand il levait la main pour me toucher, il me regardait avec un autre regard qu'avant. Il y avait de la tendresse, comme s'il m'aimait vraiment.

« On ne peut pas faire comme ça », a-t-il chuchoté en me caressant de ses doigts sensibles.

Il avait raison. J'allais tout saboter pour lui. Il serait grillé comme chef de camp, ne pourrait plus jamais retravailler pour l'Église suédoise. Voire pire.

C'était de papa que je voulais me venger, pas de Robin.

« Dans quelques années, ai-je dit en ôtant doucement sa main. Dans deux ans et onze mois j'aurai dix-huit ans. »

Il a souri.

« Tu pourras attendre si longtemps ? » ai-je demandé.

Nous avions encore quelques minutes pour nous avant que les garçons n'arrivent en douce entre les arbres. J'ai regardé les lèvres de Robin, frémissantes de désir. J'aurais tellement aimé l'embrasser. Une seule fois. Qu'est-ce que ça faisait ?

« Ton père, a-t-il dit en détournant la tête. Adam est ton père.

— Et alors ? Tu as peur de lui ?

— Peur, a-t-il ri. Qui a peur d'Adam ?

— Alors où est le problème ?

— Rien. C'est juste que vous êtes si différents. »

Il m'a pris la main et m'a conduite plus loin dans le bois.

« Suis-moi. »

Ses dents luisaient dans la pénombre.

Il voulait me montrer quelque chose. Quelque chose dans sa chambre, dans la baraque des chefs. Quand je lui ai fait remarquer qu'il était strictement interdit, à nous les confirmands, d'entrer chez les chefs, il a éclaté de rire.

« Ce que personne ne sait, personne n'en souffre. »

L'ignorance est une force.

« Et papa, alors ? » ai-je dit en regardant nerveusement autour de moi.

Robin ne m'écoutait pas.

« Allez, viens », a-t-il dit en ouvrant la porte.

Il y avait quatre chambres chez les chefs. Une entrée étroite avec un miroir, et quatre portes. Une odeur de chalet de vacances. Robin logeait tout au fond à gauche.

Il est allé baisser le store.

« Assieds-toi », a-t-il dit en indiquant le lit.

C'était en désordre, des trucs et des vêtements partout : par terre, sur le lit et la petite table. Près du lit, la valise de Robin était à moitié ouverte et, en m'asseyant, j'ai jeté un œil curieux parmi ses caleçons, son déodorant et ses tee-shirts.

« Je reviens tout de suite », a-t-il dit en repartant vers l'entrée.

Assise sur le lit, je sentais battre mon cœur. J'ai bientôt entendu Robin tirer une chasse d'eau.

Je ne suis pas idiote. Je n'avais que quinze ans, mais je comprenais, évidemment. Robin n'avait rien à me montrer. J'aurais pu me lever du lit et m'enfuir, l'idée m'a effleurée, mais je voulais rester. Je voulais m'accrocher à cette excitation.

Maintenant, il n'y avait plus non plus de risque que la bande des garçons nous surprenne et provoque le chaos. Le pire qui pouvait nous arriver était qu'ils partent à notre recherche et que…

J'ai alors envoyé un message.

On annule ! J'ai changé d'avis.

Un pouce levé en réponse.

La seconde suivante, Robin a poussé la porte. Il y avait sur son visage quelque chose de nouveau, sans hésitation, déterminé. Sa lèvre supérieure a tressailli quand il m'a attirée à lui. Nos lèvres se sont rencontrées, sa langue s'est glissée dans ma bouche, et nous nous sommes embrassés.

J'ai aimé ça.

Il s'est serré contre moi, et ça m'excitait. Je voulais qu'il continue.

Au bout d'un moment, il m'a renversée sur le lit. J'étais étendue sur le dos, et il a fait glisser tout son poids sur moi, m'a couvert la bouche de ses lèvres et enfoncé sa langue jusqu'au fond de ma gorge.

Ça n'était plus agréable du tout. Je n'avais plus d'air.

Je frétillais sous lui comme un poisson. J'essayais de crier. Il ne voyait pas qu'il me faisait mal ?

Je n'arrivais plus à respirer, mais Robin continuait. Il ne restait plus rien de tendre ou d'amoureux chez lui. Ses mouvements étaient puissants, ils montraient son pouvoir et sa force. J'étais une proie qu'il avait mise à terre.

J'ai fini par comprendre que ma résistance était vaine. Tout ce que je pouvais faire, c'était fermer les yeux et attendre que ce mal disparaisse. En espérant que ce serait rapide.

Robin a fait glisser ma culotte sur mes hanches et m'a écarté les jambes. C'était comme si quelque chose se brisait en moi.

J'étais entre ses griffes. Je ne pouvais rien faire.

Puis, soudain, tout s'est arrêté.

Je ne savais pas si j'étais vivante ou morte.

Robin s'est levé et a piétiné en rond.

« Il y a quelqu'un, là » a-t-il sifflé, son pantalon autour des genoux.

Je remplissais mes poumons d'air, encore et encore. Enfin, je pouvais respirer librement.

« C'est Adam ! »

Robin fixait la fenêtre, terrorisé, tout en sautillant à la recherche de son tee-shirt. Il m'a attrapée par les bras en essayant de m'arracher au lit.

« C’est ton père ! »
J’ai fermé les yeux en respirant.
Papa.
Dieu merci.
Papa.

55

Maman et papa me manquent terriblement, mais je ne sais pas comment les regarder à nouveau dans les yeux. Amina me manque. La lumière me manque.

On tombe malade dans ce trou. Les souvenirs me poursuivent sans cesse et il n'y a nulle part où fuir.

Au milieu de la nuit, je me réveille en train de mourir. Je me noie.

Je me tourne et retourne dans le lit. Je cogne et martèle les murs, j'essaye de forcer la porte. Je lui donne des coups de pied jusqu'à ne plus sentir mes orteils. Mes cris me déchirent les tympans.

Jimmy-le-Gardien finit par ouvrir la porte. Ils sont quatre qui se précipitent dans la chambre, sans me laisser le temps de réfléchir. Ils se jettent sur moi et me renversent.

Les grosses mains de Jimmy plaquent mon visage contre le sol. Mes cris sont étouffés sous sa peau puante de reptile.

Les souvenirs du viol sont vifs comme une lame, les images claires comme du verre. Une partie de moi restera à jamais couchée sur ce lit dans le chalet des chefs, en train de suffoquer.

Ils m'attachent les mains dans le dos et me relèvent. J'essaie de crier, mais ma bouche est bâillonnée.

Quatre hommes musclés me tirent hors de ma chambre. Je me débats, ils sont forcés de me traîner dans le couloir. J'atterris violemment par terre et l'un d'eux me frappe au visage. Je ne sais pas si c'est volontaire.

Il leur faut un quart d'heure pour m'amener jusqu'à l'ascenseur. Une fois descendus à la cellule d'observation, d'autres gardiens encore viennent les aider à m'allonger. On me sangle les chevilles et les poignets. Je suis couchée sur le dos, je pleure et je tremble. Je suis revenue dans le chalet des chefs au camp de confirmation. Je me noie dans l'haleine haletante de Robin. La sueur et les larmes se mêlent. Ce qu'il y a d'inconcevablement répugnant à voir une autre personne prendre le contrôle de mon corps. Une autre personne s'est introduite de force au plus intime de moi-même, et m'a dérobé la dignité et le droit de décider par moi-même, que je croyais aller de soi.

Celle qui prétend qu'elle n'envisagerait jamais la vengeance, qui affirme haut et fort que des représailles sanglantes et violentes ne sauraient jamais être justifiées, celle-là ne peut pas avoir subi un viol. Même dans la Bible, c'est écrit : œil pour œil, dent pour dent. Avant que Jésus vienne tout foutre en l'air avec son histoire de tendre l'autre joue.

56

Deux jours plus tard, c'est Elsa, la nouvelle, qui doit me conduire chez la psychologue.

Elsa sent la vanille. Elle a l'air d'avoir plein de questions en tête, mais est bien trop professionnelle pour dire quoi que ce soit.

« Stella. »

Shirine me fait signe de m'asseoir.

Ses yeux de biche sont remplis d'empathie et de sollicitude. Il est difficile de penser autant de mal de Shirine que je m'évertue à le faire. Elle est ce genre de personne qu'il est difficile pour quiconque de ne pas aimer, mais que je voudrais bien haïr.

« Comment a été la semaine ?

— Comme un séjour tout compris à Ténériffe. »

Elle chasse un sourire.

« J'ai pensé à une chose. Ce que tu m'as dit la dernière fois, sur tous les psychologues que tu as vus. Qu'est-ce que tu n'aimais pas chez eux ? »

Je sais qu'elle essaie de me tirer les vers du nez. Tout ça, ce n'est qu'une façon de me faire causer. Et pourtant, je marche.

« Vous êtes tellement accros au diagnostic à tout prix. Vous voulez faire entrer les gens dans des cases. Je n'y crois pas.

— Et tu sais quoi ? dit Shirine. Moi non plus. Je promets de ne pas formuler de diagnostic à ton sujet. »

Elle a l'air sincère.

« À une époque, j'aurais même voulu devenir psychologue, dis-je en pouffant. Ridicule, non ?

— Pas du tout. »

Je me cale au fond de mon siège, les bras croisés.

« Dis-moi, reprend Shirine. Tu peux bien me donner une chance ? C'est ce que j'ai l'habitude de dire : on doit donner sa chance à tout le monde. Je trouve ça bien.

— Comme vous, vous allez me donner ma chance ? »

Elle sourit.

« Tu ne devrais pas me juger d'après tout ce qu'ont fait les autres psychologues. Je ne suis pas eux. Je suis moi.

— Donc, vous n'allez pas avoir d'idée préconçue à mon sujet ? Même si vous savez pourquoi je suis ici ? »

Shirine vacille un peu. Elle tient trop à sa franchise pour se défausser à la va-vite.

« Tout le monde a des préjugés, bien sûr, mais je vais essayer de m'en libérer autant qu'il me sera possible. Je peux te le promettre. Je suis curieuse de toi, Stella. Je voudrais faire ta connaissance.

— Parce que je suis une meurtrière ?

— Ça, je n'en sais rien. Tu attends toujours ton procès. »

Shirine sait y faire, dans le genre sournois. L'air de rien, elle a réussi à lancer une conversation.

« Ici, en maison d'arrêt, on voit passer toutes sortes de personnes, poursuit-elle. Coupables et innocentes, au sens juridique et moral. Je ne suis pas là pour juger.

— Bien dit ! »

Elle est assez irrésistible. Ou alors je suis juste affamée de relations sociales.

« Tu as des frères et sœurs, Stella ? »

Je me méfie. On va se mettre à causer enfance ? C'est une enquête qui commence, ou quoi ?

« Pourquoi vous demandez ça ?

— Il faut bien commencer quelque part, dit-elle. Si je veux faire ta connaissance. »

Je presse plus fort mes bras croisés sur ma poitrine.

« Je suis fille unique.

— Moi aussi, dit Shirine. Il y a une étude qui montre que les enfants uniques font de meilleurs chefs que les autres. Notre réussite est souvent très grande. Si on veut, on peut l'expliquer par un désir de se montrer à la hauteur de ses parents et d'impressionner papa et maman jusqu'à un âge avancé. »

Je fronce le nez.

« Je dois être l'exception qui confirme la règle.

— Tu crois ?

— Euh… ma réussite ? » J'écarte les bras, d'un air entendu. « *Not so much*, hein ? »

Je lorgne l'horloge derrière Shirine. Il ne s'est écoulé qu'un quart d'heure. Encore quarante-cinq minutes. Il faut que j'en fasse un moment agréable. Une heure hors les murs, loin de l'odeur et de l'enfermement. Je ne peux pas juste rester à me taire pour tuer le temps.

« Pourquoi être devenue psy ? »

Shirine tripote un peu l'anneau d'argent sur son lobe d'oreille.

« Mes parents.

— Ce sont eux qui voulaient ?

— Non, non, au contraire. » Elle incline le cou et se passe les doigts dans les cheveux. « Ils voulaient que je devienne médecin. Mon grand-père paternel est médecin et mes deux parents sont médecins. Ils pensent que l'homme est avant tout une créature biologique. Ils ne croient pas qu'on puisse soigner des maladies rien qu'en parlant de sentiments et autres abstractions. »

Elle sourit, malgré sa voix éteinte et ses yeux brillants.

« Alors c'est pour ça que vous êtes devenue psy ? Par révolte ?

— Pas vraiment. Je serais sûrement devenue médecin sans ma phobie des microbes. En tant qu'enfant unique, je cherche sans arrêt à être à la hauteur de mes parents.

— Phobie des microbes ? »

Shirine hoche la tête.

« J'ai suivi une TCC.

— Ça a marché ? »

Elle fait un sourire ambigu.

« Vous devriez peut-être essayer les médicaments. »

Le matin suivant, Nounours est de retour. Il se tient sur le seuil, le regard aux aguets. Elsa reste un moment à parler avec lui, avant qu'il entre et installe sur la table ses classeurs et sa trousse toute mignonne. Je le taquine :

« J'avais la même au collège. »

Il me cloue du regard.

« C'est ma fille qui me l'a choisie. »

Visiblement un sujet sensible.

« Alors, qu'est-ce que tu as pensé de ça ? demande-t-il au sujet du *Catcher in the Rye*.

— Tu n'as qu'à lire ma fiche de lecture. » Nounours sourit. « Mais tu as prétendu que ce livre n'était pas aussi déprimant, dis-je.

— Il l'était ? Ça fait tellement longtemps que je l'ai lu. Je me souviens juste que j'avais adoré.

— Le type finit à l'asile. Parfois, je me demande s'il y a une autre façon de finir, dans ce monde de dingues. Le suicide ou l'asile, il n'y a pas l'air d'y avoir d'autre issue. »

Les joues de Nounours rougissent.

« Pas nécessairement. La vie peut aussi être assez simple. On n'est pas forcé de se la compliquer. »

Je le dévisage. Est-ce qu'il veut dire que je n'ai qu'à m'en prendre à moi-même ? Qu'Esther Greenwood et Holden Caulfield auraient pu avoir une vie plus simple et aller mieux s'ils avaient simplement fait d'autres choix dans la vie et pas toujours cherché des putains de complications ?

« Qu'est-ce qu'il y a ? » demande Nounours.

Je secoue la tête. Je ne sais pas quels mots mettre sur ma colère.

« D'accord, dit-il. Voyons cette fiche de lecture. »

Je le dévisage.

« Qu'est-ce que tu penses de moi, Nounours ? »

Il a toujours le rose aux joues, et à présent il tord les lèvres, comme s'il avait mal quelque part.

« Je ne comprends pas.

— Tu es exactement comme les autres, dis-je. Toi aussi, tu crois que je suis coupable. »

Il détourne les yeux.

Je devrais lui dire. Essayer d'expliquer ce qui s'est passé. Nounours ne comprendrait jamais, mais ne condamnerait pas non plus. Il écouterait, en s'efforçant de dépasser sa morale et ses préjugés.

« Tu veux savoir ? »

Il me regarde, horrifié.

« Tu veux savoir ce qui s'est passé, Nounours ? »

Il respire lourdement.

Je lui laisse le temps dont il a besoin. Il finit par se tourner vers moi en secouant la tête.

« Non, je ne veux pas savoir, Stella. »

57

Au fond, je ne voulais pas sortir. Ça avait été un long vendredi au travail, et l'idée de quitter mon jogging pelucheux, de sortir mon sèche-cheveux et de me pomponner me fatiguait d'avance.

« Allez, quoi, a insisté Amina, qui avait aligné des shots sur le bureau. Pour une fois que je n'ai pas match demain. »

Elle penchait pour Tegnérs, mais restait ouverte à toute proposition.

« Tu sais de quoi tu as besoin ? a-t-elle dit en me tendant un verre rempli à ras. De draguer un bon coup.

— Sérieux ? Les seuls mecs dont j'ai besoin en ce moment s'appellent Ben et Jerry. »

J'ai soupesé le verre en hésitant.

« Santé », a lancé Amina, et nous avons fait cul sec.

C'est par amitié que je l'ai accompagnée. Pour Amina, et pour l'alcool. Après deux cidres et plusieurs shots plus ou moins forcés, mon pouls s'est accéléré et j'ai commencé à avoir chaud. Je n'ai pas l'habitude de boire tant que ça. Amina a passé notre playlist

« Party like an animal » sur Spotify et nous avons fini dans un taxi, en route pour Tegnérs.

Les spots clignotants faisaient déborder la piste de danse. Les cascades de lumière nous jaillissaient dessus de tous côtés et les vibrations des basses retentissaient comme des coups de canon dans la poitrine. Amina et moi étions à fond. Sacs par terre et mains au plafond.

Quelques garçons de notre ancien collège se sont pointés et, surprise, ils étaient marrants. Pendant que je déconnais avec eux, Amina s'est éclipsée en direction du bar :

« Besoin d'un verre d'eau. »

Après un bon moment, quand les garçons sont partis, elle n'était toujours pas revenue.

Je l'ai retrouvée au bar.

Elle était dressée sur la pointe des pieds. Depuis toujours elle aurait aimé avoir un décimètre de plus. Ses yeux scintillaient et elle avait entre les lèvres une longue paille qui plongeait dans un cocktail vert toxique. À côté d'elle, un type en chemise à motifs cachemire qui la baratinait comme s'il avait peur de ne plus avoir d'oxygène.

« Alors c'est là que tu te caches ? »

Amina a sursauté. Le type s'est tu d'un coup en me dévisageant comme si je venais de lui saboter sa soirée. C'était le mec mignon classique, épais cheveux rejetés en arrière et yeux bleu clair. J'ai vu alors aussi qu'il était vieux. Au moins dix ans de plus que nous.

« Et grand-père, qui c'est ? » ai-je dit en le toisant attentivement.

Amina a gémi, mais la chemise cachemire a lâché un rire décontracté.

« Je ne suis quand même pas si vieux ?

— Tout est relatif. Al Pacino doit avoir genre soixante-quinze ans. Et Abraham est mort à cent soixante-quinze.

— Abraham ? a demandé la chemise cachemire tout en faisant signe au barman.

— Dans la Bible, ai-je expliqué. C'est genre l'ancêtre de toutes les religions. »

Il a commandé un cocktail et m'a regardée avec des yeux ronds.

« Tu es chrétienne ?

— Pas le moins du monde. Ça s'appelle de la culture générale. »

Il a ri à nouveau. Ses dents étaient un peu trop alignées et trop blanches pour être naturelles.

« Je m'excuse pour elle, a dit Amina. Elle n'a pas l'habitude de boire.

— C'est à cause de tes shots.

— Elle a aussi de bons côtés. Si on creuse très longtemps et très profond.

— Quel âge, alors ? ai-je demandé. Parce que tu es vieux, c'est sûr. »

Il a pris la pose. Les mains sur les hanches, il a bombé le torse en décochant un nouveau sourire.

« À votre avis ?

— Trente-cinq », ai-je proposé.

Il a joué les vexés.

« Vingt-neuf, a tenté Amina.

— Bien joué. Et du premier coup ! a-t-il fait, en effleurant son bras au passage. Tu as gagné le cocktail de ton choix au bar. »

Amina s'est tournée vers moi.

« Il s'appelle Christopher. »

Il a tendu la main et, après un moment d'hésitation calculé, je l'ai serrée.

« Chris, a-t-il dit avec un clin d'œil. Tu peux m'appeler Chris. »

Je voulais retourner danser, et Amina m'a promis de me rejoindre. Juste le temps de.

Les bras levés en l'air, j'ai groové sur la pulsation. C'était comme de l'hélium dans ma poitrine. J'avais des ailes.

Le temps a passé, et Amina restait invisible. Quand, en sueur et courbaturée, je suis repartie à sa recherche, je l'ai trouvée à une table, les yeux plongés dans ceux de Chris.

« On boit des bulles », a-t-il dit en m'offrant un verre.

J'ai essayé de croiser le regard d'Amina. Qu'est-ce qui se passait, là ? Ce type l'intéressait ? Amina n'est pas du genre à flirter. Elle ne suivrait jamais chez lui un mec rencontré au bar. La dernière fois qu'elle avait vraiment été amoureuse d'un garçon, nous étions en CM2. Et là, ce type avait dix ans de plus que nous. Presque trente ans.

J'ai rempli ma bouche de bulles, avec l'impression que tout ça était louche, que quelque chose ne collait pas.

« Et qu'est-ce que tu fais, comme boulot ? » lui ai-je demandé.

Chris a fait un grand sourire, comme s'il appréciait la question.

« Un peu de tout, en fait. Des affaires. L'immobilier, surtout. J'ai quelques sociétés. »

À mes oreilles, c'était plutôt suspect.

« Amina m'a dit qu'elle allait être médecin. Et toi, tes projets ? »

J'essayais d'attirer l'attention d'Amina, mais elle n'avait d'yeux que pour Chris.

« À une époque, je voulais être psychologue. Mais je ne crois pas que je supporterais. Les gens ont tellement trop de problèmes. »

Chris a ri à nouveau. J'ai toujours eu du mal avec les gens qui ont l'air trop parfaits. Il doit y avoir une grave faille derrière la façade fantastique qu'ils exhibent.

« Je vais peut-être faire du droit. Ma mère est avocate, mais je crois que je préférerais être juge. J'aime décider.

— Ma mère aussi est juriste, a dit Chris. Prof de droit, maintenant.

— Passionnant. »

Mon ton était plus ironique que je n'aurais voulu.

« Pas du tout, a-t-il ri. Le droit, c'est du pinaillage et des cheveux coupés en quatre.

— Je ne pense pas.

— Tu verras bien.

— Bah, ai-je fait en m'étirant. Je vais sans doute laisser tomber le droit et partir plutôt en Asie. Ça fait des années que je rêve de faire un long voyage au Cambodge, au Laos et au Vietnam.

— Elle est complètement obsédée par ce voyage, a commenté Amina. Pose-lui juste quelques questions et elle te parlera jusqu'à ce que le sang te coule des oreilles.

— Merveilleux. J'adore voyager, moi aussi », a dit Chris.

Il n'y avait pas un coin de la carte qu'il n'ait exploré. Il avait vu toute l'Asie, sauf la Mongolie. Il avait habité à New York, Los Angeles, Londres et Paris. Mais Lund, c'était la ville de son enfance, chez lui. Pour une raison ou pour une autre, il y était toujours revenu.

Je me suis demandé quel genre d'affaires il faisait, en réalité. Il avait l'air et le comportement de quelqu'un qui n'a pas de soucis d'argent, et ça me rendait à la fois curieuse et sceptique.

« Ça doit être bien, quand même, d'avoir une juriste dans la famille, quand on s'occupe de sociétés, tout ça, non ? »

Chris a hoché la tête.

« J'ai en effet eu pas mal besoin de maman, ces derniers temps. Mais pas pour mes affaires. Ça, elle ne s'en mêle pas.

— Qu'est-ce qui s'est passé, alors ? »

Pour la première fois, il s'est tu en regardant la table. Amina m'a fait la morale : « Ça ne nous regarde pas.

— Pas de problème, a dit Chris. J'ai eu un tas d'emmerdes. Mais… C'est une longue histoire.

— Ils ne ferment pas avant trois heures », ai-je fait remarquer.

Il m'a regardée. Son sourire était différent, à présent. Ses lèvres se sont dessinées avec douceur.

« J'ai été harcelé.

— Harcelé ?

— Sérieux ? »

Amina a haussé les sourcils.

« Une personne vraiment malade », a dit Chris.

58

Chris n'aimait pas danser. Aussi, quand Amina et moi sommes retournées dans la mer de néon de la piste de danse, il est resté à table avec son champagne et son sourire.

« Franchement, Amina, lui ai-je crié. Il t'excite ?

— Arrête ça ! Qu'est-ce que tu crois ? »

Nous tournions en nous tenant les mains. Les basses vibraient agréablement à travers nos corps.

« Il est moche, ai-je dit.

— J'ai vu pire. »

J'ai ri en twerkant.

Après, je ne sais plus trop bien ce qui s'est passé. Encore une fois, je n'ai pas l'habitude de boire autant. Avec le temps, j'ai constaté que je n'avais pas besoin d'alcool, je trouvais malgré tout mon kif, autrement. L'alcool me rend surtout speed et pénible, et malade comme un chien le lendemain.

Il y a en tout cas un mec qui m'a collée. Nous avons dansé de plus en plus près l'un de l'autre, et j'ai bientôt eu sa bouche dans le cou et son paquet aux fesses. Nous nous étions déjà rencontrés au printemps. Le sexe avait été OK, mais je ne me rappelais ni son nom, ni ce qu'il faisait, ni de quoi on avait parlé.

« Il faut que je retrouve ma copine, ai-je dit au bout d'un moment.

— Mais quoi, merde ? »

Il faisait une tête comme si je lui avais annoncé une maladie grave.

Je me suis frayé un passage à travers la piste, à la recherche d'Amina. Il allait bientôt être 2 heures et demie. Était-elle encore avec ce Chris à attendre le slow final ? J'ai titubé entre les tables, devant le bar, mais elle n'était nulle part. En prenant mon portable pour lui écrire, j'ai vu que j'avais déjà un message.

Pardon !!! Suis rentrée vomi aux toilettes pas pu te trouver

J'ai répondu qu'il n'y avait pas de lézard, je comprenais, j'allais rentrer moi aussi. J'ai reçu un émoji vert en train de vomir en réponse.

Après avoir vidé un grand verre d'eau au bar, j'ai chancelé dehors, sur le trottoir. La nuit était pleine de chants d'oiseaux, ça sentait l'alcool, le parfum mêlé de sueur et le pollen. Le ciel était poinçonné d'étoiles.

« Taxi ? » a fait une voix masculine derrière moi.

Je l'ai ignoré. Je ne prends jamais de taxi au noir.

« On peut partager », a-t-il ajouté, et je me suis alors retournée.

C'était Chris.

« Seulement si tu veux bien, hein ? Ce sera moins cher. »

Il souriait à nouveau de cette façon charmante et humble. La lueur d'un réverbère se reflétait dans ses yeux clairs.

« Je ne sais pas dans quelle direction tu vas », ai-je répondu, en remarquant que j'avais du mal à tenir debout.

Est-ce que j'avais vraiment envie de monter dans un taxi avec lui ?

« Pilegatan, a-t-il dit. Juste à côté du lycée Polhem. »

En tout cas, nous partions dans la même direction.

Chris s'est avancé vers le taxi le plus proche et m'a fait signe de venir. Quel danger ? Nous allions rouler genre cinq minutes ensemble. Nous nous sommes glissés chacun de notre côté sur la banquette arrière, et j'ai serré les genoux.

La voiture a démarré avec un à-coup, et mon ventre s'est retourné. J'avais la bouche sèche comme du carton et j'ai fermé les yeux pour essayer d'éliminer mon vertige.

« Ça va ? » a demandé Chris.

J'ai tenté de le regarder, mais tout se voilait et se mettait à tourner.

« Tu te sens bien ? a-t-il dit en posant sa main sur la mienne.

— Comme une princesse, ai-je répondu en rotant discrètement derrière ma paume. Ça doit être la bouffe chinoise que j'ai mangée. Putain de canard.

— Ah, le canard avarié. Je connais ça. Pas un bon souvenir. »

J'ai regardé par la fenêtre. J'ai dégainé mon portable et écrit à Amina.

En taxi avec pépé Chris !

Pas de réponse. Et si elle était fâchée ? Un nouveau message :

M'en veux pas, hein ?

Cette fois, la réponse a été rapide.

Hahaha, tu peux avoir pépé pour toi toute seule, no worries.

Un smiley joyeux avec des lunettes de soleil.

« Tu viens souvent là ? » a demandé Chris.

À nouveau ce sourire parfait dégoûtant.

« Chez Tegnérs ? Ben, il n'y a pas trop le choix, quand on est trop jeune.

— Ou trop vieux. »

En fait, il était drôle. J'aimais bien sa distanciation.

« À ton âge, on sort plutôt chez Gloria's ?

— Chez les ploucs, tu veux dire ? »

Le taxi a pilé et le contenu de mon estomac s'est remis à remuer dangereusement.

« Ça va ? » s'est inquiété Chris.

J'ai inspiré à fond en grommelant : incroyable quand même qu'il ait réussi à choisir le pire taxi de Lund.

« Tu as essayé Tinder ? ai-je demandé ensuite. Happy Pancake ? C'est plein de gens de ton âge.

— Happy quoi ?

— C'est un nouveau truc. Internet. Un réseau numérique mondial. Mais c'est peut-être surtout pour les jeunes. »

Il a ri, mais sa bouche a rapidement pris un pli grave.

« J'ai eu quelques mauvaises expériences.

— Avec Internet ?

— Avec les filles. »

J'ai ri, mais le sourire de Chris paraissait forcé et chagrin. Le taxi a tourné à gauche et freiné. Plus doucement cette fois. Le chauffeur avait peut-être entendu ma pique. Mon ventre était toujours très retourné, et j'avais peur de vomir d'une minute à l'autre.

« C’est ici que j’habite, a dit Chris, et c’est alors seulement que j’ai réalisé que la voiture était à l’arrêt. Je paie toute la course, tu n’auras qu’à indiquer au chauffeur où il doit te déposer. »

Il s’est penché entre les sièges pour glisser son American Express dans le lecteur.

Mon portable a vibré. Un nouveau message d’Amina.

Tu as bien ton lacrymo ??? On ne sait jamais !

Qu’est-ce qu’elle croyait ? J’ai commencé à répondre, mais la nausée remontait, mes joues se remplissaient de salive et je ne pouvais plus attendre davantage. J’ai ouvert la portière et chancelé dehors.

Les yeux rivés sur l’asphalte, j’ai titubé jusqu’à un buisson, jeté mon sac à main par terre et vomi direct.

Je me suis raclé la gorge, j’ai toussé, et il en est venu davantage. Jusqu’à ce qu’il ne reste que de la bile. Comment pouvais-je être aussi bourrée ? Je n’avais pourtant pas bu tant que ça.

C’était à cause de ce genre de situation que je détestais boire.

Car ce n’était quand même pas quelque chose qu’il aurait versé dans mon verre ?

Quand j’ai été certaine qu’il n’en viendrait pas davantage, j’ai essayé de m’arranger un peu avec une lingette sortie de mon sac. Puis je me suis retournée, penaude, pour découvrir que le taxi avait disparu. Un peu plus loin, Chris était sur le trottoir, avec une expression dure dans le regard.

« Viens. Monte avec moi pour faire un brin de toilette. »

J’ai songé au SMS d’Amina et j’ai tâté mon sac à main à la recherche de mon spray lacrymo. J’ai fouillé, touillé dans tous les sens. Et quoi, merde ? J'y ai enfoncé la moitié du bras, tourné tout au fond. Rien. J'ai toujours cette bombe sur moi. Toujours.

Mais elle avait disparu.

59

Chris habitait au premier étage d'un immeuble jaune, non loin du lycée Polhem. La porte indiquait « C. Olsen ».

Qu'est-ce que je faisais là ? Ivre, la tête qui tourne et complètement à plat après avoir vomi mes tripes.

En me penchant dans l'entrée pour me débarrasser de mes chaussures, j'ai failli tomber la tête la première. Chris m'a rattrapée par les hanches.

« Couche-toi un moment sur le canapé », a-t-il dit en me conduisant doucement vers le séjour.

Je m'y suis affalée à la renverse. Gisant là comme une épave, je fixais les magnifiques stucs du haut plafond. Pendant ce temps, Chris fabriquait quelque chose à la cuisine. Mes paupières étaient lourdes, j'avais à moitié plongé dans le brouillard.

« Tu dors ? » a demandé Chris.

Il a posé un grand verre d'eau sur la table basse.

« Bois ça. »

Tout s'est mis à tourner devant mes yeux quand je me suis relevée. J'ai bu de grandes gorgées d'eau.

Chris m'a observée, dans l'expectative.

En reposant le verre, j'ai réalisé d'un coup quelle idiote naïve j'étais. Je savais très bien qu'il existait des drogues du viol qui n'avaient aucun goût. Pourquoi étais-je aussi imprudente ? Mais bon, on se trouvait chez lui, et j'étais pour l'instant la fille la plus cruche d'Europe. Il n'y avait sans doute pas de raison de s'inquiéter.

« Ce que tu as dit sur les filles. Tu m'expliques ?

— Qu'est-ce que j'ai dit sur les filles ?

— Que tu avais eu de mauvaises expériences.

— Ah oui. »

Il s'est mordu la lèvre inférieure, l'air de regretter de l'avoir mentionné.

« C'est bon, ai-je dit. On n'est pas forcés d'en parler. »

Chris s'est calé au fond du canapé, les mains posées sur les genoux.

« Tu sais, cette histoire de harcèlement ?

— Ah oui, le harcèlement.

— Ce n'était pas une inconnue. C'était mon ex.

— Aïe ! »

Il a hoché la tête en se grattant le menton.

« Elle n'avait pas digéré notre rupture. Je n'avais pas eu le beau rôle, j'avoue. J'avais rencontré quelqu'un d'autre, j'étais tombé amoureux. Ça n'est pas glorieux, mais qu'est-ce qu'on y peut ? Le cœur a ses raisons, non ?

— Tu as été infidèle ?

— Ça dépend comment on voit les choses. Techniquement, il ne s'est rien passé avec cette nouvelle personne, pas même un baiser. Mais en matière de sentiments, c'est sûr, j'ai été infidèle, et je n'en suis pas fier. »

Je le comprenais. Je déteste l'infidélité, mais personne ne commande à ses sentiments.

« Bien sûr, je savais que j'allais blesser Linda, et c'est sans doute pour ça que j'ai tant tardé. Mais je n'aurais jamais imaginé qu'elle parte en vrille à ce point.

— Qu'est-ce qu'elle a fait ? »

Chris s'est gratté de plus belle autour du menton.

« Linda traîne un long passif de troubles psychiques.

— Quoi, psychiques ? »

Ça m'a toujours dépassée. On entend rarement parler d'un passif de troubles physiques.

« Je savais qu'elle n'était pas stable. Elle avait fait des dépressions, de l'anorexie à l'adolescence. C'est une âme sensible. »

C'était ridicule. Qui n'a pas l'âme sensible, quand celui qu'on aime nous abandonne ?

« Quand je lui ai expliqué la situation, elle est devenue folle. Elle a fait des crises dingues. Elle a jeté des objets, m'a menacé. Ça a beau être mon appartement – je l'avais depuis trois ans quand Linda est apparue dans le tableau – elle a refusé de s'en aller. J'ai dû aller vivre chez maman pendant plusieurs semaines, et menacer Linda de faire intervenir la police, et tout ça, avant qu'elle finisse par céder.

— C'est là que ta mère t'a été utile ?

— Moui, entre autres. Il y a eu pire. Linda s'est mise à harceler ma nouvelle copine. Elle lui envoyait des messages, des centaines par jour. Puis elle s'est pointée à la sortie de son travail et l'a suivie dans la rue.

— C'est dingue. »

On se serait cru dans un film.

« J'ai toujours espéré pouvoir lui parler. On avait quand même été ensemble pendant trois ans. Ma copine voulait porter plainte, mais je l'ai convaincue d'y renoncer. Je connaissais Linda.

— Quelle histoire tordue. Je comprends que tu sois sur tes gardes avec les filles. »

Chris a hoché la tête.

« Il y a pire. Linda est allée à la police porter plainte contre moi. Un tas d'accusations répugnantes. J'ai à peine la force d'y penser. Elle prétendait que je l'avais battue et violée. C'est absurde.

— Putain, ai-je laissé échapper.

— J'ai dû subir des interrogatoires, écouter toutes les choses tordues dont elle m'accusait. Je n'ai rien vécu de pire. À un moment, j'ai eu peur qu'elle parvienne à ses fins. J'avais l'impression que les enquêteurs la croyaient. J'étais sur le point d'aller en taule avec l'étiquette "violeur". Ma vie aurait été détruite.

— Putain. »

Je n'arrivais à rien sortir d'autre. Chris avait l'air ravagé, comme s'il revivait tout ça, et j'avais honte d'avoir pensé à des drogues du viol.

Au fond, je n'avais rien à me reprocher. La vie m'a appris à considérer tout homme comme un violeur potentiel. *Better safe than sorry*. Je n'aurais pas dû éprouver de honte, mais en voyant la peur de Chris, je ne pouvais m'en empêcher.

« Au bout d'un moment, j'ai rompu aussi avec ma nouvelle copine. Elle disait qu'elle me soutenait, mais j'ai bien vu qu'elle doutait. J'ai peut-être tort de le lui reprocher, comment aurait-elle pu être sûre ? Mais je ne peux pas rester avec quelqu'un qui pense que je pourrais lui faire du mal. »

Ses yeux bleu clair brillaient, et mes pensées s'agitaient comme des oiseaux en fuite dans ma tête.

« Alors voilà pourquoi je suis célibataire, et que j'ai un peu peur des filles, a conclu Chris avec un sourire triste. Il me faudra sans doute du temps avant de faire à nouveau confiance à quelqu'un.

— Je comprends. »

Il a poussé un profond soupir en baissant la tête. Par pur réflexe, j'ai posé une main consolatrice sur son genou. Sa chaleur s'est transmise à travers mon corps. De petites larmes brillaient dans ses yeux.

Je ne sais pas ce qui m'a pris. Je crois que j'avais pitié de lui. L'alcool avait transformé mon cerveau en un fruit blet.

« Écoute », ai-je dit en lui passant le bras autour du cou.

Quand il a tourné le visage, j'ai approché mes lèvres de sa bouche et je l'ai embrassé.

« Arrête », a-t-il murmuré en me repoussant.

Je l'ai lâché. Mais putain, qu'est-ce que je fabriquais ?

« Pas comme ça, a-t-il dit. Pas maintenant. »

J'aurais voulu disparaître sous le canapé.

« Je crois qu'il vaut mieux que tu rentres chez toi, a dit Chris en prenant son portable. Je t'appelle un taxi. Tu habites où ? »

C'était tellement gênant. Je ne voulais pas le regarder en face.

Je lui ai donné mon adresse, et j'ai titubé vers le vestibule pendant qu'il appelait. En me voyant dans le miroir, j'ai été forcée de plisser les yeux. Je ressemblais à un grand HELP !

J'avais un nouveau message d'Amina.

Qu'est-ce qui se passe ? T'es où ???

Je rentre, ai-je répondu.

Chris m'a raccompagnée dans la rue et m'a serrée dans ses bras. Gauchement. J'étais persuadée de ne jamais le revoir et, en montant dans le taxi, j'ai regretté de lui avoir donné ma vraie adresse.

60

Michael Blomberg porte une nouvelle chemise, bleu dauphin à boutons blancs, manches retroussées et mouchoir fourré sans soin dans la poche poitrine. Il se penche loin au-dessus de la table avec un sourire surdimensionné.

« Je voudrais vraiment que tu voies ta mère. Il faut qu'on parle, tous les trois.

— Impossible », dis-je.

La seule idée me terrorise.

« Qu'est-ce que tu veux que je lui dise, alors ? demande Blomberg. Que tu ne veux pas voir ta propre mère ? »

Naturellement, je le veux. Je ne demande pas mieux. Mais Blomberg ne comprendrait jamais.

« Dites-lui la vérité. Que c'est au-dessus de mes forces. »

Il pousse un gros soupir. Je lui propose alors :

« Ou bien mentez-lui. Vous êtes sûrement très compétent pour inventer un bon gros mensonge. »

Le grand avocat secoue la tête.

« Je connais Ulrika depuis des années…

— Je sais. Vous la connaissez assez bien, hein ? »

Blomberg se fige. Ce n'est pas la première fois que je lâche une allusion de ce genre, et sûrement pas la dernière. Je le laisse volontiers se poser des questions. L'ignorance est une force.

« Vous connaissez aussi Margaretha Olsen ?

— Façon de parler. Elle est…

— … prof. »

Il sursaute. Prend un air agacé.

« Lund est une petite…

— … mare aux canards.

— … ville. Lund est une petite ville.

— Elle me croit coupable, elle aussi ?

— Quoi ? Qui ?

— Margaretha Olsen. Elle le croit ?

— Je n'en ai aucune idée, dit Blomberg. Quelle importance, maintenant ? On s'en fiche, de ce que pensent les gens. L'important est que nous puissions prouver l'existence d'un doute raisonnable au tribunal.

— Est-ce que c'est si important ? Pourquoi j'ai l'impression que tout le monde a déjà décidé de ce qui s'est passé ?

— Qui ça, *tout le monde* ?

— La police, la procureure, le monde entier, quoi. »

Blomberg se tortille sur place, mais parle toujours avec une assurance en béton.

« Ça s'appelle un biais de confirmation. Quand on a une théorie et qu'on occulte tout ce qui la contredit. C'est extrêmement courant. Et ce n'est pas forcément conscient. Probablement pas.

— Mais une enquête est pourtant censée être objective ? »

Il hausse les épaules.

« On parle d'êtres humains, là. Nous ne sommes tous que des êtres humains. »

Il se met alors à tripoter la chaîne en or qu'il porte autour du cou, comme s'il prenait son élan pour lâcher sa petite bombe.

« Linda Lokind. »

Il guette ma réaction.

« Quoi, Linda Lokind ?

— Tu la connais ?

— Façon de parler. Lund est une petite…

— … mare aux canards. »

Blomberg se penche en arrière en me faisant un clin d'œil.

« Allez, Stella, raconte. N'est-ce pas que tu as été en contact avec Linda Lokind ?

— Été en contact ? » Ça a l'air si formel. « Bon, je sais qui c'est.

— Tu le sais ? »

Blomberg hoche pensivement la tête. La question est ce qu'il sait, *lui*.

« Je l'ai rencontrée une fois. Sans plus.

— Mais tu sais qu'elle a été avec Chris Olsen pendant plusieurs années ? Ils habitaient ensemble. »

J'essaie de jouer la surprise, mais Blomberg n'a pas l'air du tout convaincu.

« J'ai l'intention de présenter Linda Lokind comme une meurtrière alternative.

— Comment ça ? À la police ? »

Il hoche la tête.

« Vous ne pouvez pas faire ça ! »

J'ai le vertige et une bouffée de chaleur. Mes pensées se mettent à tournoyer.

« Mais ça pourrait te faire libérer », dit Blomberg.

Est-ce qu'il croit que c'est Linda qui a tué Chris ? Je tends la main pour prendre un verre d'eau, et j'en renverse sur la table en me servant. Blomberg suit avec intérêt chacun de mes gestes.

« Linda Lokind a porté plainte contre Chris après leur rupture le printemps dernier. Selon elle, Olsen était un vrai tyran. Mais il n'y avait aucune preuve, aussi l'enquête a été assez vite abandonnée. Un motif de vengeance plausible, non ? Peu importe que ce soit vrai ou non. Dans la tête de Lokind, Olsen était une brute qui l'avait agressée des pires façons imaginables.

— Dans la tête de Lokind ? Vous pensez qu'elle a menti ? »

Blomberg chassa l'objection de la main.

« Peu importe. De toute façon, un faisceau d'indices désigne Lokind comme la meurtrière. Nous avons déterré pas mal de choses sur elle.

— Comment ça, déterré ? Vous n'êtes pas policier, dis-je. Vous devez juste défendre mes droits. Pas jouer les enquêteurs. »

Il me jette son regard qui veut dire : *Ma pauvre petite*.

« Alors voilà : quand la police ne fait pas son boulot, il faut bien qu'on s'en dépatouille à sa place. Il n'est pas question d'envoyer Lokind en taule. Je vais juste faire en sorte qu'il règne un doute raisonnable sur ta culpabilité. »

Maintenant, je sue abondamment. L'air est étouffant.

« Non, dis-je. Ça ne va pas. Ne mêlez pas Linda à tout ça. »

Il a l'air étonné.

« Mais ça peut être ta planche de salut, Stella. Je vais en parler à ta mère.

— Vous avez un devoir de réserve, bordel. Je pourrais vous faire mettre à pied pour ça. »

Blomberg pose ses mains sur son ventre. Il a l'air de me plaindre.

« Tu n'imagines pas ce qu'Ulrika a traversé pour toi.

— Qu'est-ce que vous voulez dire ? »

Il recule sa chaise et se lève.

« Putain, de quoi vous parlez, là ? »

Ma mère s'est toujours principalement occupée de sa personne et de sa carrière. Qu'aurait-elle pu subir à cause de moi ?

« Je vais revenir », dit Blomberg.

Il se retourne et frappe à la vitre.

« Vous le croyez aussi, hein ? dis-je.

— Quoi ?

— Vous croyez aussi que c'est moi qui l'ai fait. »

61

Le dimanche venu, Amina et moi nous sommes retrouvées en ville au café Hamburgerstället. Ça puait le graillon. Les gens attablés parlaient à voix basse, ébouriffés, les yeux rougis.

Amina m'a pris le bras.

« Il s'est passé quelque chose ? »

J'ai laissé tomber mon plateau sur la table.

« Mais non, je te l'ai dit !

— Allez, quoi, il s'est bien passé quelque chose, a-t-elle insisté. Un petit câlin ? »

Sa curiosité semblait agacée, pas enthousiaste pour un sou.

« Tu es jalouse ?

— Arrête. »

Amina est la seule personne que je connaisse qui mange les hamburgers avec des couverts. Après avoir planté sa fourchette dans le pain, elle a commencé à scier avec son couteau.

« Pardon. Je n'avais pas l'intention de monter chez lui. On devait juste partager un taxi.

— Laisse tomber. Je ne suis pas jalouse.

— Promis, il ne s'est rien passé. »

Amina a tranché son burger si violemment qu'elle a fait crisser l'assiette.

« Tu sais, cette personne qui le harcelait, dont il a parlé, ai-je dit. C'était son ex.

— *What ?* »

Je lui ai raconté toute l'histoire de l'ex de Chris qui refusait d'admettre qu'il était tombé amoureux d'une autre. Qui avait suivi et harcelé sa nouvelle petite amie avant d'aller à la police l'accuser de l'avoir battue et violée.

« C'est dingue, a fait Amina avec une grimace dégoûtée. Sérieusement, tu devrais éviter ces types-là.

— Ces types-là ? Chris n'y est quand même pour rien, si son ex est une *freak*. »

Amina n'avait pas l'air d'accord.

« Tu comptes le revoir ?

— Non, pourquoi ? »

J'en avais l'air beaucoup plus sûre que je ne l'étais vraiment.

J'ai travaillé tout le lundi. J'ai retrouvé mon spray lacrymogène dans une poche de blouson, et l'ai remis dans mon sac à main. Je suis rentrée tard à la maison, j'ai enfilé mon pantalon de survêtement pelucheux, me suis préparé deux tartines de beurre de cacahuète et me suis blottie dans le coin du canapé avec mon téléphone. C'est là que j'ai découvert la demande d'amitié de Chris.

Que me voulait-il ? Un mec de vingt-neuf ans, blindé, mignon, qui dirigeait plusieurs sociétés et voyageait dans le monde entier. Bien sûr que je comprenais où il voulait en venir. J'aurais dû suivre le conseil d'Amina. Il n'y avait aucune raison de parler davantage avec ce type.

J'ai hésité un moment, avant d'accepter sa demande. Ce n'était après tout que Facebook. Ce n'était quand même pas comme si je voulais me marier avec lui.

Trente secondes plus tard, je recevais son premier message.

Je pense à toi.

Cette formulation avait quelque chose de particulier. Sur le moment, je n'ai pas pu mettre le doigt dessus, mais maintenant je sais. C'était le temps utilisé. Le présent. Pas vrai, Nounours ? Comme s'il avait tout le temps pensé à moi jusqu'à cet instant.

Stella, a-t-il écrit en ne me voyant pas répondre tout de suite. *C'est un très joli nom.*

J'ai rédigé une courte réponse, l'ai effacée, j'en ai écrit une autre pour l'effacer à nouveau. J'ai fini par envoyer :

Ça veut dire étoile en italien.

Il a répondu avec un émoji étoile. Et moi :

Mon père adore l'Italie. Il est même un peu obsédé.

Chris a envoyé un pouce levé.

L'Italie, nice. Cinque Terre, Toscane, Ligurie.

J'ai répondu avec un smiley en train de bâiller.

La bulle avec les trois points indiquait qu'il écrivait encore, mais aucun texte ne s'affichait. J'ai serré mon portable dans ma main. Ça a fini par arriver.

Tu sais, quand on demande aux gens sur leur lit de mort ce qu'ils regrettent le plus dans leur vie, ce n'est jamais quelque chose qu'ils ont fait, mais toujours ce qu'ils n'ont pas fait.

Hein ? C'est comme ça qu'ils flirtent, les mecs de vingt-neuf ans ? J'ai répondu :

Moi, je regretterai que dalle.

Il a envoyé un smiley joyeux suivi de :

Je crois qu'on se ressemble, tous les deux. On est de ceux qui ne trouvent jamais la paix. Ceux comme nous doivent se chercher pour survivre.

Il essayait de m'analyser. Je déteste les gens qui font ça.

Tu ne sais rien de moi.

Sa réponse :

Je crois que j'en sais plus que tu ne crois.

Ce type était juste *too much*.

Je crois par exemple que tu dors toute nue.

Putain. J'ai relu ça trois fois.

J'aurais voulu me mettre en colère, mais je ne pouvais pas m'empêcher de me sentir titillée. C'était tellement inattendu. J'ai écrit :

Il faut que je me couche.

Et lui :

Bonne nuit, Étoile.

J'ai aussitôt appelé Amina. Elle avait l'air déprimée.

« Fais comme tu veux, m'a-t-elle dit.

— Oublie ça, je ne suis pas intéressée. »

J'entendais moi-même que ça ressemblait à un mensonge.

« Je suis juste tellement fatiguée qu'il ne se passe jamais rien, ici. C'est tellement triste, cette ville de merde.

— Tu vas bientôt partir en voyage.

— Bientôt ? » Amina et moi n'avons jamais eu la même perception du temps. « C'est encore dans plusieurs mois. Si seulement je réussis à partir.

— Mais bien sûr, tu vas partir, a dit Amina. Le temps passe vite. »

Je me suis mise au lit avec mon ordinateur. Quelques jours plus tôt, j'avais trouvé un site américain sur les psychopathes, qui s'était avéré être une vraie mine d'or. Pleins de chercheurs et de psychiatres y publiaient de longues et intéressantes contributions : les psychopathes étaient parfois décrits comme des prédateurs humains qui manipulent leur entourage avec leur charme et leur charisme exceptionnel. La personne exposée aux flatteries séduisantes d'un psychopathe comprend rarement qu'elle est manipulée avant qu'il ne soit trop tard. Un psychopathe ment souvent, et sans remords. Il le fait par intérêt, pour avoir une meilleure image de lui-même, et pour percer dans la vie.

J'ai toujours été un as du mensonge. Est-ce un trait psychopathe ?

Un psychopathe sait qu'il ment. Et moi aussi. Et bien sûr, il m'était arrivé de mentir pour obtenir des avantages. Et je n'étais pas certaine d'avoir toujours eu des remords après avoir menti. Qu'est-ce que ça disait de moi ?

J'ai lu quelque chose sur une femme dont la vie a été détruite par la rencontre d'un homme qui l'a dépouillée de tous ses biens, jusqu'au dernier. Bien sûr, j'avais pitié d'elle mais, en même temps, je ne pouvais m'empêcher d'éprouver un certain mépris.

J'étais au boulot le vendredi quand j'ai vu le message de Chris. Je n'ai jamais mon portable avec moi dans la boutique. Surtout quand Malin est là, la directrice. Elle serait du genre à virer quelqu'un si elle le surprenait à utiliser son portable pendant le temps de travail.

En tant qu'intérimaire, je ne peux sans doute pas être virée, mais bon. Les règles sont les règles.

Malin est comme ça. Le bruit court qu'elle a cessé de donner des heures à une fille pour avoir mâché du chewing-gum à la caisse.

Mais j'étais en pause quand j'ai vu le message de Chris. J'étais seule dans la salle du personnel, et heureusement sans doute, car ma réaction tenait un peu de la gamine de quatorze ans qui saute de joie.

Est-ce que tu pourrais être prête à 18 h ce soir ? Une limousine passera te prendre. Je suggère une robe de soirée. Et peut-être un pyjama. Ah non, c'est vrai, tu dors toute nue.

En lisant ça, un chatouillement m'a traversé le corps.

D'un côté, Chris était juste *too much*. De l'autre, ma vie était trop minable. Je n'étais jamais montée dans une limousine, et j'admets que je suis à la fois matérialiste et facilement impressionnable.

Qu'y avait-il à craindre ? Un rendez-vous. Qui ne voudrait pas se faire belle et aller en limousine dîner dans un restaurant chic avec des plats aux noms imprononçables ?

J'ai attendu un peu pour répondre, mais à vrai dire, je n'ai pas hésité un seul instant. C'était une proposition trop belle pour refuser.

À 6 heures précises, j'étais sur le trottoir dans ma robe la plus neuve et la plus sexy, quand la limousine est arrivée. C'était une de ces voitures méga-longues, avec des sièges en cuir blanc et un bar bien fourni. Nous avons ouvert une bouteille de Moët et trinqué en traversant le pont vers Copenhague.

« Je suis content que tu aies bien voulu venir », a dit Chris.

Ses yeux brillaient.

Une fois à destination, il a fait le tour de la voiture en courant pour me tenir la porte. Puis il m'a conduite devant lui, une main légèrement posée sur ma hanche.

Apparemment, le restaurant avait des étoiles au Michelin et était connu dans le monde entier. J'ai oublié le nom. La nourriture était surtout bizarre et, malgré quatre plats, la satiété n'était même pas en vue quand nous sommes remontés dans la limousine.

« On peut s'arrêter ici ? » ai-je lancé au chauffeur en passant devant un kiosque à glaces.

J'ai acheté une énorme crème glacée avec de la chantilly et de la confiture au sommet. Puis nous nous sommes assis là, à une table de camping, avec des mouettes tout autour des pieds, et Chris m'a regardée avec de grands yeux lécher mes doigts poisseux de confiture.

« Je kiffe ton style », a-t-il commenté.

Je ne voyais pas ce qu'il y avait à kiffer, mais naturellement j'étais flattée.

Nous avons terminé la soirée dans un bar panoramique avec vue sur l'Öresund, jusqu'en Suède, en face. Un rouquin jouait des airs tristes au piano et Chris m'adressait des regards si longs et si intenses que j'en rougissais presque.

« À quoi tu rêves ?

— Pardon, j'étais juste en train de penser que…

— Non, m'a-t-il interrompue, avec de petites fossettes en forme de cacahuètes aux joues. Je veux dire, qu'est-ce que tu as, comme rêves ? Qu'est-ce que tu veux faire de ta vie ?

— Ah, d'accord. »

Une crampe familière au ventre.

« Je déteste cette question.

— Pourquoi ?

— Parce que je ne sais pas y répondre. »

Chris a haussé un sourcil.

« C'est vrai, ai-je continué. Tous mes amis savent exactement ce qu'ils vont faire, comme s'ils avaient un plan tout fait pour toute leur vie. Voyages, études, travail, famille. Ça ne marche pas pour moi. Ça ne fait que m'ennuyer.

— Moi aussi. Ça serait terrible. Ce n'est pas ça que je voulais dire.

— Je trouve déjà pénible de prévoir à l'avance le week-end prochain. Je veux être surprise. »

Chris a ri, les yeux brillants comme des diamants.

« Je suis exactement pareil. »

Je lui ai souri. Malgré la différence d'âge, nous avions beaucoup de choses en commun.

« À mon âge, la plupart ont des vies bien cadrées, a-t-il poursuivi tandis que le pianiste jouait cette chanson d'Elton John très connue, tirée du *Roi Lion*. C'est autour de vingt-cinq ans que ça se joue. Les gens deviennent tellement ennuyeux. Toutes leurs maudites journées se ressemblent, ils font les mêmes trucs, regardent les mêmes séries télé, ont les mêmes iPod, mangent la même chose, vont au même club de sport, suivent les mêmes comptes sur Instagram et pensent exactement la même chose, que ce soit de la politique ou du temps qu'il fait.

— Berk, pourvu que je ne sois pas comme ça.

— Aucun risque. Toi et moi, nous ne sommes pas comme eux. »

Il chantonna avec le refrain. *Can you feel the love tonight ?*

« C'est pour ça que j'ai arrêté le handball. J'étais assez bonne, en première division, tout ça. Mais d'un coup tout est devenu tellement dirigé. La moindre attaque devait être planifiée, et si on prenait la moindre initiative, on se faisait engueuler par les entraîneurs. Ce n'était plus drôle.

— Ils ont tué la créativité, a soupiré Chris.

— Et l'excitation. Qu'est-ce qui reste d'amusant, si tout est prévu à l'avance ?

— Tu as l'air si intelligente.

— Pour mon âge ? »

Il a ri.

« L'âge, c'est surfait. Pour la plupart des gens, les années sont comme des calories inutiles. On les accumule, mais le développement reste au point mort. »

Une heure plus tard, notre chauffeur a avancé la limousine et m'a tenu la porte. Du coin de l'œil, j'apercevais une bande de regards envieux.

Au milieu du pont sur l'Öresund, Chris a actionné le toit ouvrant, et nous nous sommes levés. Et nous sommes restés serrés l'un contre l'autre, le vent dans les cheveux. C'était comme planer. J'étais épuisée quand nous nous sommes rassis sur la banquette blanche. Nous nous sommes regardés, et c'était presque comme si nous avions fait l'amour. Chris s'est tant rapproché à force de rire que nos lèvres n'ont pas pu éviter de se rencontrer. Un rapide baiser et il m'a relâchée.

« Pardon, je me suis laissé emporter. »

Je me suis calée en arrière, les bras derrière le cou, en étirant les jambes.

« Arrête de dire pardon. Embrasse-moi plutôt. »

Mais les épaules de Chris se sont affaissées et son regard s'est refermé.

« En fait, je ne demande pas mieux.

— Mais ? »

Je me suis redressée, j'ai serré les genoux et rassemblé mes cheveux.

« Je n'ai pas encore tourné la page, après ce qui m'est arrivé avec mon ex. Je te jure, tu n'y es pour rien. J'ai juste besoin de plus de temps.

— Je comprends. »

J'ai pensé à Amina. Depuis que nous sommes meilleures amies, il n'était pas encore arrivé qu'un même garçon nous intéresse. Mais nous avions envisagé ce risque et nous étions promis de ne jamais laisser un garçon nous séparer. Cette fois, c'était bizarre. Amina était la première à avoir rencontré Chris au bar. Bien sûr, elle avait l'air intéressée. En fait, j'aurais dû faire marche arrière, oublier Chris et passer à autre chose.

« Merci d'être aussi compréhensive, a dit Chris en posant ses mains sur mes genoux. Notre heure viendra. »

62

« Je ne peux pas lire ça », dis-je à Nounours en lui rendant le livre qu'il vient de me donner.

Ça s'appelle Viol et c'est le livre le plus mince et le plus moderne qu'il m'ait confié, mais le texte au dos me met mal à l'aise.

« Qu'est-ce que tu veux dire ? demande Nounours.

— Ça n'a pas l'air pour moi. »

Nounours range le livre dans sa serviette en cuir avec une mine contrariée.

« Pour quelqu'un qui n'a pas lu plus de quelques livres, tu m'as l'air d'avoir une opinion très tranchée sur ce qui te plaît ou non. »

L'amertume lui va mal.

« Je n'ai pas de problème à remettre en question mes opinions, dis-je. Ce n'est pas ça.

— Bon, c'est quoi, alors ? »

Il mérite une explication. Nounours est la seule personne que j'aie ici, et je ne peux pas me permettre de mettre en danger le petit capital de confiance que nous avons malgré tout construit.

« Je ne peux pas lire un livre sur le viol », dis-je en détournant les yeux.

Je sens que Nounours me dévisage.

« Non ?

— Non. »

Je murmure presque.

« Pardon. Je ne savais pas.

— Comment aurais-tu pu savoir ? »

Je me tourne lentement, et vois le visage de Nounours se tordre. L'espace clair entre ses yeux de petit garçon se remplit d'ombre.

« Personne ne sait, dis-je. Nous n'avons pas porté plainte.

— Nous ? »

J'inspire à fond et, le regard fixé sur la table, je lui raconte le camp de confirmation, Robin et papa, mon plan idiot pour me venger, et tout ce qui est arrivé ensuite.

Nounours pose doucement la main sur mon dos.

« Je suis tellement désolé, Stella. »

Ma voix ne porte plus.

Je ne comprends pas ce que je suis en train de faire là. Tant de barrières se referment en moi, me disent d'arrêter, et pourtant je raconte. Ce n'est pas ainsi que j'ai été élevée. Il y a des choses qui ne regardent personne d'autre. Certaines choses qu'on garde au sein de la famille.

Même à Amina je ne raconte pas tout. Pendant quelques années, autour de mes quatorze ans, je pensais que c'était à cause de moi, que c'était moi qui étais différente. Toutes mes pensées et mes sentiments me faisaient honte. Si je dévoilais mes réflexions les plus intimes, ils allaient probablement m'enfermer à l'asile psychiatrique et m'injecter en perfusion leurs médicaments les plus forts.

Oui, je sais. Un putain de cliché. Dites-moi quelle fille de quatorze ans ne pense pas qu'elle est unique et que personne ne la comprend.

Mais ce n'est pas pour ça que j'ai tardé à parler du viol à Amina. C'était autre chose. Je voulais si désespérément être la fille forte que tout le monde voyait en moi, je n'arrivais pas à me projeter dans le rôle de la victime. Étais-je seulement une victime ? Maman et papa affirmaient que c'était moi qui allais le plus en pâtir, si nous portions plainte. Pendant une semaine environ, j'ai tourné en rond en me disant que je n'avais pas du tout été victime d'une agression. Je l'avais de moi-même suivi dans le chalet des chefs, j'étais consentante. C'était même mon plan initial. J'étais surtout furieuse contre papa d'être venu au camp pour m'espionner.

« Mais merde ! » Nounours hausse la voix. « Tu as été victime d'une agression, et tes parents ne l'ont pas pris au sérieux !

— Mais je les comprends, dis-je. *Maintenant*, je les comprends.

— Quoi ? Tu ne le penses pas, quand même ?

— Je suis contente que nous n'ayons pas porté plainte. »

Nounours en a le souffle coupé.

« Allais-je devoir assister à un procès et expliquer que je l'avais embrassé, puis suivi dans sa chambre ? Ils auraient demandé pourquoi je n'avais pas opposé de résistance ou crié à l'aide. Les gens m'auraient condamnée, même si c'était moi la victime. »

Nounours secoue la tête.

« On doit avoir confiance en la justice.

— Non, on ne doit pas. J'aimerais pouvoir, je le ferais volontiers, mais je ne le dois pas. Je dois me protéger moi-même. »

Nounours a une lueur dans le regard, comme s'il venait de comprendre quelque chose. J'ai peur d'en avoir trop dit.

63

Samedi soir, nous étions chez Amina, sur le balcon, à envisager de sortir. Tantôt, Amina était super partante et moi hésitante. L'instant d'après, c'était moi qui en avais envie et Amina qui se dégonflait.

« J'ai un match demain, a-t-elle dit. Et toi, tu ne travailles pas ? »

Si. Je devais travailler en gros tous les jours tout l'été.

« On ne devrait pas appeler ça du travail, ce n'est pas dur du tout. Juste sympa. Bûcher, c'était dur, putain, à côté de ça bosser chez H&M, c'est rien du tout. »

Amina a ri.

« C'était vraiment si dur que ça pour toi, l'école ?

— Peut-être pas tant pour moi que pour ceux qui bûchaient vraiment. »

Amina en faisait bien sûr partie. Pour ma part, je m'en étais correctement tirée grâce à de bonnes connaissances préalables, du bon sens, et mon penchant pour la logorrhée. Amina, en revanche, possède quelque chose dont je suis privée. Je crois qu'on peut appeler ça le sens du devoir, cette capacité à accepter certaines choses, à faire des trucs de A à Z sans poser de questions ni protester.

Elle dit que c'est un truc de Yougo, mais je ne sais pas si c'est vrai. En tout cas, c'est comme ça depuis toujours. Amina hoche sagement la tête et fait comme on le lui a dit, pour régurgiter après coup tout son ressentiment, alors que moi je me braque, je me rebiffe et je crache toute mon opposition dans le feu de l'action.

« Bon, d'accord, on reste à la maison, alors, ai-je dit. On s'incruste ici pour s'étioler dans toute notre insignifiance. »

Dans la rue, une bande de filles est passée en chahutant gaiement, tandis qu'Amina rajoutait du vin dans nos verres.

« Que fait Chris, ce soir ?

— Aucune idée, ai-je dit. Des trucs de trentenaire. Un dîner en couple ? Un rendez-vous à la banque ? Les courses pour la semaine ? »

Amina a entré son nom sur Facebook.

« Profil privé.

— Pas étonnant, quand on s'est fait harceler.

— Un ami commun, a lu Amina. Stella Sandell. Toi, tu peux entrer sur sa page.

— Pour quoi faire ?

— Fouiner, évidemment. »

J'ai sorti mon portable et l'ai cherché. Sur la page de son profil, il souriait, face à l'objectif, tignasse en vrac et œil malicieux.

Sa page était quasi vide. Quelques mises à jour de son statut, des photos de voyages, une recommandation de restaurant. Seulement cent quatre-vingt-sept amis.

« Fouille dans ses anciennes photos de couverture, a dit Amina. Les gens oublient toujours de les nettoyer. »

J'ai cliqué sur la photo de couverture, qui s'est affichée, une plage de sable blanc interminable dans un coucher de soleil orangé. Il restait encore deux anciennes photos de couverture. L'une représentait le logo du Liverpool FC. Sur l'autre, Chris était devant un haut mur de pierre. Il était bronzé, avait les yeux rouges et tenait une femme par la main.

« C'est elle ? Son ex ? »

Amina tirait sur mon téléphone.

« Je ne sais pas. »

Mais j'avais l'impression de savoir. Ça devait être elle. Linda.

La fille sur la photo avait un air de super modèle à faire peur : cheveux blonds bouclés et yeux bleus scintillants, pommettes saillantes et teint lisse de pêche.

« Elle n'a pas franchement l'air d'une psychopathe », a commenté Amina.

Je n'ai pas répondu. Je n'aimais pas ce que je voyais.

« Mais regarde, là », m'a-t-elle dit en me montrant l'écran de son téléphone.

Elle avait trouvé une page de données personnelles. Tout en haut, le nom de Christopher Olsen. L'adresse correspondait, Pilegatan à Lund. Plus bas, on lisait qu'il gérait quatre sociétés différentes. Il n'était pas marié et avait son anniversaire en décembre. Il allait avoir trente-trois ans.

« Trente-trois ans ? Il n'a pas dit… ?

— Il a menti sur son âge. »

Amina m'a regardée d'un air préoccupé.

Je ne m'étais doutée de rien. Chris Olsen était visiblement un habile menteur.

Je suis rentrée à vélo dans l'air tiède de la nuit. Mon sac à main pendait sur le guidon, toutes les fenêtres étaient éteintes. Lund était assoupie.

Quand Chris a appelé, ma première pensée a été de ne pas décrocher. Je me suis arrêtée, mon vélo entre les jambes dans le tunnel de Trollebergsvägen, sous les voies ferrées, le téléphone vibrant dans la main. Son nom affiché à l'écran m'attirait, et la curiosité a fini par l'emporter.

« Tu ne pourrais pas venir ? a-t-il demandé.

— Maintenant ? »

J'ai regardé l'heure. Minuit et demi.

« Oui, maintenant. »

Il revenait d'un dîner chic à Helsingborg et était un peu pompette.

« Tu m'as manqué. »

Il semblait sincère.

J'avais encore la pêche, un peu déçue qu'Amina n'ait pas voulu sortir.

« OK, j'arrive. »

Que pouvait-il se passer, au pire ?

Le porche du petit immeuble jaune en brique était ouvert et j'ai gravi l'escalier d'un pas rapide. Chris portait une chemise à carreaux et une cravate. Il sentait l'homme, et l'air vibrait entre nous.

« Ça m'a angoissé toute la journée, a-t-il dit en m'ôtant mon blouson. Je ne comprends pas ce qui m'a pris de ne pas… J'avais vraiment envie de t'embrasser, Stella. »

Il a saisi mes mains et m'a regardée dans les yeux.

J'ai hésité. Pourquoi avait-il menti sur son âge ?

« Tu disais que tu avais quel âge, déjà ? »

Il a répondu aussitôt, sans réagir.

« J'ai dit vingt-neuf. En fait, j'ai trente-deux ans.

— Donc, tu as menti ? »

Il a fait une mine penaude.

« J'avais peur de te faire fuir. Quand Amina a deviné vingt-neuf, je lui ai donné raison, c'est tout. »

Un petit mensonge blanc. Moi-même, il m'était arrivé à plusieurs occasions de m'ajouter quelques années.

« L'âge, ce n'est qu'un chiffre », ai-je dit.

Chris a souri.

« Je ne pouvais pas savoir que tu penserais comme moi. Mais pardon, j'aurais dû te le dire plus tôt.

— Ne t'inquiète pas. »

Je me suis hissée sur la pointe des pieds et l'ai embrassé. Sa langue a glissé précautionneusement dans ma bouche, j'ai fermé les yeux et tout s'est mis à chavirer.

Mon cœur a enflé. Enfin, il se passait quelque chose.

Bientôt, je me suis retrouvée couchée sur le dos dans le canapé, Chris me caressant lentement et avec précaution, tantôt du regard, tantôt du bout des doigts. J'étais au septième ciel.

64

Me voilà à nouveau chez Shirine. Elle a l'air calme et aimable comme d'habitude, et ses yeux de Bambi font plus Bambi que jamais. Comme dans le film, quand la maman vient de se faire tirer dessus.

« Comment vas-tu ? » demande-t-elle.

J'ai à peine le courage de hausser les épaules.

« J'ai apporté ça pour toi. »

Elle me tend une brochure intitulée : *Métier : psychologue*. Je la prends et la feuillette sans enthousiasme particulier.

« Merci, dis-je. Mais je ne crois pas que je peux devenir psychologue. »

Shirine fait une grimace étonnée.

« Tu ne *peux* pas, ou tu ne *veux* pas ? Je crois que tu ferais une excellente psychologue.

— N'est-ce pas ? »

Je pose la brochure et regarde la table fixement.

« D'où ça vient, ça ? demande Shirine.

— Quoi ?

— Ce découragement. Comme si tu ne croyais pas du tout en toi.

— Vous plaisantez ? Je suis ici pour meurtre. Même si je suis acquittée au procès, je suis fichue. Condamnée aux yeux de tous. Vous croyez vraiment que je pourrais devenir psychologue ? Allez, sérieusement. »

Shirine se penche en avant.

« Tu n'es pas fichue, Stella. Tu es intelligente, amusante, vive… et jolie. »

Elle m'embarrasse.

« Vous me draguez, là ? »

Shirine éclate de rire.

« De quoi voudrais-tu parler, aujourd'hui ? demande-t-elle.

— De n'importe quoi, sauf de moi.

— On peut parler de quelqu'un d'autre. C'est toi qui décides. »

Je pense à papa. J'ai beaucoup pensé à lui ces derniers jours.

« N'importe quoi ?

— Naturellement.

— Le besoin de contrôle. Qu'est-ce que vous savez à ce sujet ?

— Le besoin de contrôle ?

— Est-ce que c'est la même chose qu'un TOC ?

— Non, pas exactement, dit Shirine en poussant vers moi le pichet d'eau en plastique. Le besoin de contrôle peut être compulsif, mais pas obligatoirement. Beaucoup associent le besoin de contrôle avec un sens de l'ordre excessif, mais je dirais qu'il s'agit souvent d'un besoin de prédire l'avenir. »

Je verse de l'eau dans mon verre.

« Pour éviter les surprises ?

— Beaucoup de gens ont peur parce que la réalité est changeante. On cherche la sécurité dans sa vie. On a donc aussi l'impression d'avoir le contrôle quand on a la possibilité de prévoir ce qui va se passer, et qu'on peut prendre des décisions sur des bases solides. »

Je n'ai pas le temps d'avaler toute ma gorgée d'eau, il m'en coule un peu au coin de la bouche.

« Qu'est-ce qu'une bonne décision ? »

Shirine me tend une serviette.

« Eh bien, une décision dont tu penses toi-même qu'elle est la meilleure, que tu penses profitable pour toi et ta famille. »

Ça se tient. Évidemment, il y a une différence entre prendre une décision objectivement bonne, et une décision dont on pense qu'elle est la meilleure.

« Dans la société d'aujourd'hui, où les personnes sont transformées en marques, et où tout doit être documenté dans les réseaux sociaux, beaucoup ont un grand besoin d'apparaître sous un certain jour aux yeux des autres. Cela peut bien sûr conduire à un besoin de contrôle malsain. »

Les mots de papa résonnent en moi. *Garde ça dans la famille*. Il hait les réseaux sociaux. *Certaines choses sont privées*.

« La contradiction, c'est que plus on cherche à contrôler, moins on a l'impression de contrôler. Ça devient un cercle vicieux. On perd le contrôle, alors on stresse, ce qu'on tente de compenser en contrôlant encore davantage. »

Shirine se gratte l'oreille et me regarde un long moment. Elle sait avoir l'air vraiment concernée, comme si elle s'inquiétait pour de bon, comme si ce n'était pas juste un boulot.

Son regard s'éclaircit alors. Elle pose les mains sur la table et sa voix se fait plus incisive.

« Sommes-nous en train de parler de Christopher Olsen ?

— Hein ? »

Il me faut un moment pour faire le lien.

« Est-ce qu'il a essayé de te contrôler, Stella ? Est-ce qu'il était jaloux ? »

Je lutte contre les pulsions qui cognent à l'intérieur de mon front, secouent chaque fibre de mon corps. Christopher Olsen ? Est-ce que c'est là que Shirine voulait en venir, depuis le début ? Est-ce qu'elle essaie d'enquêter sur moi ? Tout ça n'était donc qu'un jeu ?

« *Fuck you !* »

Je pose les mains sur la table et je la fusille du regard. Shirine recule sa chaise et une de ses mains glisse sous la table. Je sais qu'il y a là un bouton d'alarme.

« Va te faire foutre ! Tu es exactement comme tous les autres. »

Je me lève alors, au moment où deux gardiens font irruption et m'attachent les mains dans le dos.

65

Les semaines suivantes ont été fantastiques. Chris et moi avons mangé une glace sur le long ponton de Bjärred et il a glissé sa main sous ma jupe tout en embrassant mes lèvres pour en ôter les miettes de caramel.

« On va aller aux bains d'Ystad, m'a-t-il dit le lendemain soir, quand il m'a retrouvée après le travail pour siroter une bière fraîche sur Stortorget.

— Je travaille tout le week-end, ai-je objecté avec un sourire déçu.

— Je ne veux pas dire ce week-end. Je veux dire maintenant ! »

Évidemment. Pourquoi hésiter ?

J'ai appelé Malin pour me déclarer en congé maladie.

« Des règles horriblement douloureuses, ai-je gémi dans le téléphone. Je peux à peine me lever. »

Ensuite, nous avons passé toute la journée en maillot de bain, fait l'amour une fois par heure et, le soir venu, enlacés dans un fauteuil en rotin avec du champagne et des fraises, nous avons contemplé le coucher de soleil sur la Baltique.

Le dimanche, Amina m'a appelée alors que nous nous promenions sur la plage.

« Je m'inquiétais. Tu ne réponds pas à mes SMS.

— Pardon ! »

J'ai réalisé que j'avais complètement perdu la notion du temps et de l'espace. Chris avait occupé tout mon univers, je me sentais ensorcelée.

« Vendredi prochain, ai-je dit à Amina. On va chez Tegnérs. »

Chris m'a adressé un clin d'œil en serrant ma main.

J'ai continué à sécher le boulot. Le lundi venu, nous avons pris le train pour le parc d'attractions Tivoli, où nous nous sommes cassé la voix à crier dans les montagnes russes, sommes descendus dans un hôtel quand il s'est fait trop tard, et avons couché ensemble le matin jusqu'à ce que la réception nous appelle pour nous dire que nous aurions dû rendre la chambre depuis une heure.

Le vendredi suivant, Amina est venue me retrouver avec une pizza.

Nous avons mangé notre Vesuvio devant le show télévisé du Dr Phil, en philosophant sur les grandes questions de l'existence. Par exemple, si c'est un avantage de mentionner sur son CV qu'on a participé à une émission de télé-réalité (ça dépend de quelle émission et du type de boulot qu'on cherche), quelle citation on aimerait se faire tatouer et où (*I fear no evil* sur la nuque ou *Savoir fait mal, ignorer aussi* sur l'avant-bras), et bien sûr si oui ou non la femme de Dr Phil a vraiment encore une fois fait de la chirurgie esthétique, et ce qu'il y a de malsain à ce qu'elle soit au milieu du public lors de chaque putain d'épisode et quitte le studio bras dessus, bras dessous avec Phil à la fin de l'émission.

Il ne se passait pas beaucoup de minutes sans que j'écrive à Chris.

« Je peux voir ? a demandé Amina en tirant sur mon portable. Qu'est-ce qu'il écrit ? C'est cochon ?

— Cochon ?

— Oui, du sexting, quoi.

— *Sexting* ? Mais qui utilise ce mot ? »

Elle a ri.

« Mais allez, quoi. Pourquoi toutes ces cachotteries ? »

Je ne sais pas pourquoi. D'habitude, je n'ai aucun problème avec le *kiss-and-tell*. Au contraire, j'adore tout disséquer dans les moindres détails. Il n'y a aucune zone érogène de mon corps dont Amina n'ait été informée. Mais d'une certaine façon, c'était différent avec Chris. En discuter de façon trop approfondie, je ne le sentais pas. Pas seulement le sexe, mais tout.

« Mais quoi ? Vous êtes ensemble ? a demandé Amina.

— Bien sûr que non.

— Mais tu l'aimes bien ?

— Il faut voir. Je ne sais pas. »

J'aurais préféré ne pas trop me poser de questions. Ça ne menait jamais à rien de bon. Je n'avais aucune intention de tomber amoureuse, et sûrement pas d'un type de trente-deux ans.

« Mais un minet pour l'été, pourquoi pas ? »

Amina m'a frappé le bras.

« Tu es malade ! Un minet pour l'été ?

— Oui, je veux bien le prendre comme minou. Avec lequel on joue pendant les vacances, puis qu'on laisse et qu'on oublie. »

Amina a éclaté de rire.

Au fond, j'avais juste dit ça comme ça. C'était drôle. Mais en le disant, je savais que ce n'était pas vrai. Ce n'était pas ce que je ressentais. Le problème était que les sentiments que je commençais à découvrir en moi me terrorisaient.

« Sacrée joueuse, va !

— Tu devrais toi aussi te trouver un minet, ai-je ri. C'est vraiment mignon. »

J'ai dormi chez Chris après Tegnérs et j'ai trouvé en me réveillant un petit déjeuner tout prêt, avec des brioches à peine sorties du four et des bougies allumées. Chris a rempli d'oranges le presse-agrumes et m'a massé les épaules pendant que je buvais.

« Tu ne pourrais pas laisser le boulot, aujourd'hui ?

— Non. Pas encore une fois. »

J'avais besoin de mon travail. J'en avais besoin jusqu'à la dernière couronne pour pouvoir partir faire mon voyage en Asie. Mais ça, je n'en parlais pas. J'avais peur que Chris soit déçu, qu'il commence une campagne pour me convaincre de renoncer à mon projet. Ou pire, qu'il veuille m'accompagner. Je n'étais pas prête pour une discussion de ce genre.

« Je finis tôt aujourd'hui, ai-je dit en lui caressant le bras. On se revoit bientôt. »

Il a secoué la tête.

« Je ne comprends pas ce que tu me fais. Je me sens seul dès que tu pars. »

Nous nous sommes embrassés plusieurs fois sur le seuil de la porte, puis j'ai dévalé l'escalier et roulé comme une folle sur mon vélo. Essoufflée, j'ai déboulé dans la boutique avec cinq minutes de retard. Malin m'a fait un clin d'œil.

« Un match à l'extérieur ? »

J'étais en caisse depuis un bon moment quand Benita est enfin venue me remplacer. Le manque de sommeil de ces dernières semaines commençait à me peser.

« Bon, alors, vous le prenez ? » ai-je dit à une cliente qui avait essayé quatre chemisiers différents dans les mêmes tons.

Elle m'a lancé un regard furibond.

Pour m'échapper un moment, j'ai filé au rayon homme déballer de nouvelles chemises. Plongée dans mes pensées, j'ai sursauté en entendant une voix derrière moi.

« Bonjour, Stella. »

Une fille de vingt-cinq ans aux cheveux bouclés se tordait les mains tout près de moi.

« On se connaît ? »

Son air me disait quelque chose, mais je ne la remettais pas.

« Nous ne nous connaissons pas, a-t-elle dit. Mais tu connais Chris. »

À cet instant, j'ai su qui elle était. La fille en photo sur Facebook.

« Qu'est-ce que tu veux ? »

J'ai reculé d'un pas.

« Je m'appelle Linda. Chris t'a sûrement parlé de moi. C'est pour ça que tu as l'air d'avoir si peur ? »

Mon cœur s'est emballé. J'ai regardé alentour, mais il n'y avait personne.

« Va-t'en, maintenant.

— Je m'en vais. N'aie pas peur de moi, Stella. »

Elle était petite et frêle, très mignonne, et ne donnait pas du tout l'impression d'être instable ou dangereuse.

« Je veux juste que tu fasses attention. Chris n'est pas celui que tu crois. »

J'ai joué des coudes pour forcer le passage.

« S'il te plaît, écoute-moi. Chris essaie de te duper. »

Je me suis dépêchée de gagner l'escalier, mais j'ai senti qu'elle me suivait.

« Regarde dans le grand placard de la pièce qu'il appelle son bureau, m'a-t-elle lancé alors que je m'engageais dans l'escalier. Le tiroir fermé en haut à droite. Tu trouveras la clé dans le tiroir en bas à gauche. »

J'ai obliqué vers les caisses. J'ai continué sans me retourner jusqu'à parvenir à la hauteur de la petite queue, où je me suis sentie un peu en sécurité.

Je ne voyais que le dos de Linda. Elle s'apprêtait à sortir par la porte vitrée.

« Qu'est-ce qui s'est passé ? a demandé Benita, derrière moi. Tu n'as pas l'air dans ton assiette. »

J'ai essayé de respirer plus calmement.

« Rien. Ce n'était rien. »

Je ne savais pas quoi penser.

66

« Sérieux ? dis-je à Nounours qui arrive avec de nouveaux livres. Celui-ci est vraiment gros.

— C'est pour un projet, dit-il en m'expliquant que je vais écrire un essai.

— Putain, qu'est-ce que c'est, un *essai* ? »

Je n'aime pas quand les gens balancent des mots que je ne comprends pas.

« Du calme, on y vient. »

Je le regarde de travers, en essayant d'avoir l'air de ne pas aimer du tout l'idée, mais bien sûr ce n'est que pour la galerie, et il doit le savoir, car il continue comme si de rien n'était.

Crime et Châtiment. Six cent quarante-six pages de littérature russe du XIXe siècle.

« Bon, en temps normal, dis-je en le feuilletant du pouce, si je pouvais choisir entre lire ça et avoir quatorze jours de règles douloureuses…

— Tu vas aimer.

— Je vais le lire. Pour échapper un peu à l'odeur. Parce qu'il n'y a rien d'autre à faire dans ce trou. »

Nounours me sourit.

« Et puis il y a aussi celui-là », ajoute-t-il en posant le doigt sur un autre livre.

Il s'appelle *Thérèse Raquin*, lui aussi du XIXe siècle, mais seulement cent quatre-vingt-quinze pages, pas plus qu'un catalogue H&M.

« Je crois que je vais commencer par celui-ci. »

Pendant que je lis la préface et le premier chapitre, Nounours fait des *hum* à côté de moi, le nez dans son classeur. Il passe la moitié de sa vie dans ces classeurs.

Le livre est assez ennuyeux, plein de descriptions de Paris, et mes pensées se mettent assez vite à battre la campagne. Je lorgne vers Nounours, qui ouvre sa trousse décorée d'animaux multicolores. Je me rends compte que je ne sais pas grand-chose de lui.

« Combien tu as d'enfants ?

— Un, seulement, répond-il avec un sourire un peu étonné. Lovisa.

— Pourquoi ? »

Il semble interloqué.

« Parce que c'est un joli prénom. La tante de ma femme s'appelait Lovisa.

— Non, non, pas ça. Je veux dire : pourquoi as-tu un enfant ?

— Hein ? s'exclame-t-il avec un sourire si large qu'il doit sûrement reposer sur une forme d'angoisse.

— Ou alors c'était un accident ? Un préservatif qui s'est déchiré ? »

Le sourire de Nounours disparaît immédiatement.

« Ce n'était pas un accident, grommelle-t-il. J'ai toujours voulu avoir des enfants. Ça m'a paru le bon moment. Je… je ne sais pas. »

Il lève les yeux au ciel.

« J'ai une théorie, Nounours.

— Je m'en doutais, soupire-t-il.

— Je pense que beaucoup de gens font des enfants rien que pour eux. Un peu comme quand tout est gris et triste et qu'on descend en ville pour s'acheter un nouveau rouge à lèvres qui va nous faire nous sentir mieux un petit moment.

— Tu compares mettre un enfant au monde et acheter un rouge à lèvres ?

— Bon, d'accord, la comparaison est un peu boiteuse, mais tu vois ce que je veux dire. Les gens font des gosses parce qu'ils ne vont pas bien, pour renforcer leur identité, tuer l'ennui, je ne sais pas, moi.

— Ou parce que c'est la plus grande chose qui puisse arriver à quelqu'un, la plus belle forme d'amour qui existe. Le sens de la vie ?

— Non, enfin, Nounours. Le sens de la vie, sérieux... »

Il secoue la tête en souriant avant de replonger dans ses classeurs.

« Vous allez en faire d'autres ?

— D'autres quoi ? »

Nounours fait semblant d'être occupé à lire.

« D'autres enfants. Est-ce qu'avec ta copine... ta compagne, ta femme... vous allez faire d'autres enfants ?

— Je crois. Je crois que c'est bien d'avoir des frères et sœurs. »

Il continue à ne pas me regarder.

« Mes parents pensaient aussi comme ça. Ils ont copulé comme des lapins pendant plusieurs années pour en avoir un autre. Ça n'a pas marché. Je ne sais pas, Dieu n'était peut-être pas vraiment satisfait de la façon dont ils s'occupaient de l'enfant qu'ils avaient déjà ? Parfois, j'ai l'impression que la moitié de mon enfance a tourné autour de cet enfant qui n'est jamais venu. »

Nounours a levé les yeux de son classeur.

« Ce genre de choses peut bien sûr être une tragédie.

— J'aurais préféré qu'on se contente de continuer comme ça. Nous formions déjà une famille.

— Je comprends.

— Ne fais pas ça à ta fillette, à ta petite Lovisa. Promets-le-moi.

— Je le promets. »

Nounours m'explique qu'un essai est un texte personnel basé sur des faits.

« Tu vas écrire tes propres réflexions à partir de ces deux romans du XIXe siècle, *Thérèse Raquin* et *Crime et Châtiment*. Le thème de l'essai est le meurtre. Qu'est-ce qui fait d'un individu un meurtrier ? Tous les meurtres sont-ils aussi hideux ? »

Je baisse les yeux sur mon cahier vierge. En haut de la première page, j'écris en épaisses majuscules : ESSAI. Je sais qu'on dit *essay* en anglais, mais en suédois ça fait penser à quelque chose que des vieux bonshommes ont dans la poche de leur veston. *Tu as pris ton essai, Karl-Gustaf ?*

Je feuillette un peu les livres pour me donner une contenance, mais en fait je n'arrive pas à me concentrer sur la lecture.

« Bonne chance », me dit Nounours avant de partir.

Je souris en hochant la tête, puis je repose le livre.

Je réfléchis plutôt à l'idée de Michael Blomberg de faire endosser le meurtre à Linda. Un meurtrier alternatif, comme il a dit. Il en a parlé à maman. Forcément. Et maman en a évidemment parlé à Amina.

Je sais comment ça marche en Suède. S'il existe deux meurtriers alternatifs, on doit prouver au-delà de tout doute qui a fait quoi ou si tous les deux sont également coupables, sans quoi personne ne peut être condamné. J'ai toujours pensé que c'était malsain, qu'il fallait changer ça.

Mon cœur se serre quand je pense à Amina. Elle me manque tellement. Amina. Maman. Papa.

Je pense à quand j'étais petite et que mon papa était le meilleur du monde. Est-ce que ça peut être à nouveau comme ça ? Est-ce seulement possible ? Ou tout est-il détruit ?

Peut-être vaudrait-il mieux que je raconte tout à la police, pour en finir avec ce merdier.

Alors je regarde autour de moi. L'odeur, les murs, l'ennui. Le temps qui ne passe jamais, les nuits qui me tuent. Je ne vais pas tenir, je ne vais bientôt plus le supporter. Je me frappe la tête contre l'oreiller en criant. Il faut que je sorte d'ici !

67

« C’est dingue, a dit Amina quand je lui ai raconté ce qui m’était arrivé. Et si elle avait raison ? Comment peux-tu être sûre que c’est Linda la barge, et pas Chris ?

— Arrête ton char. S’il y a quelqu’un qui sait reconnaître un psychopathe, c’est moi. »

Nous poussions nos vélos à travers Stadsparken, tandis que, sur la pelouse, un grand groupe de femmes dans la force de l’âge en leggings et tennis multicolores tenaient la position du chien.

« Est-ce qu’elle avait l’air… dérangée ? »

Amina m’a regardée. Je ne savais pas quoi répondre.

« Ce n’est pas être dérangé, aller voir une fille qui sort avec son ex ?

— Peut-être, a reconnu Amina. Mais elle a dit qu’elle voulait te mettre en garde. Si tu n’éprouves aucun sentiment, il vaut peut-être aussi bien… »

Je lui ai lancé un regard irrité.

« Je connais Chris.

— Tu le connais depuis, quoi… ? trois semaines ?

— Assez pour piger que ce n’est pas un psychopathe. »

Naturellement, j'étais curieuse de savoir ce qu'il y avait dans ce tiroir que Linda avait évoqué. En tout cas, j'avais décidé de ne pas le mentionner à Amina. Cela ne ferait qu'apporter de l'eau à son moulin.

« Tu comptes en parler à Chris ? a-t-elle demandé. Que Linda est venue te voir chez H&M ?

— Je ne sais pas trop. »

J'aurais dû, évidemment. Mais en même temps… l'ignorance, c'est le pouvoir.

« Promets-moi d'être prudente, m'a demandé Amina avant qu'on se quitte devant le gymnase. Tu as bien ton lacrymo ? »

J'ai tâté mon sac et hoché la tête.

Je suis allée à vélo chez Chris, je me suis douchée et changée. Il m'a embrassée lentement, et le parfum de son cou m'a fait trembler les genoux.

« Tu me fais tourner la tête, m'a-t-il dit. Et moi qui ne voulais pas me fourrer dans un truc. »

Je me suis demandé ce qu'il entendait par « truc », mais j'ai supposé qu'il valait mieux ne pas savoir.

Nous avons bu du vin et joué au Trivial Pursuit. Chris a sifflé d'admiration quand j'ai su dire quel réalisateur était marié à Sharon Tate, une des victimes de Charles Manson. J'ai dégusté ses compliments, sans toutefois estimer que ce soit encore le moment de lui révéler que je faisais un peu une fixette sur les psychopathes.

Pour finir, je l'ai laissé gagner.

Enfin non, en fait il a gagné à la loyale. Capable de débiter plein de rois et de dates, genre avant J.-C. Je n'ai jamais aimé l'histoire. Je préfère l'avenir.

« Je commence à être fatigué », a-t-il dit en versant les dernières gouttes de la bouteille de vin.

Nous nous sommes levés en même temps, et il a posé la main sur ma hanche. Son regard s'est fait dur, anguleux. D'un geste déterminé, il m'a menée dans la chambre.

« Il y a quelque chose qui ne va pas ? » a-t-il chuchoté à mon oreille.

J'ai secoué la tête.

Nous avons à peine eu le temps de nous endormir que le téléphone de Chris nous a réveillés. Il a roulé de son côté du lit et a répondu en se détournant. Il s'agissait d'un rendez-vous, d'une négociation et d'une offre.

« Tu peux rester faire la grasse matinée, a-t-il dit en m'embrassant dans le cou. Il faut que je parte tout de suite.

— Maintenant ? Il est quelle heure ?

— 6 h 55.

— La vache. »

Les yeux à moitié ouverts, je l'ai vu enfiler son costume valant la peau des fesses et nouer sa cravate devant le miroir de l'armoire.

« Je vais peut-être rester au lit jusqu'à ce que tu reviennes. »

Il s'est retourné et m'a pincé l'orteil.

« Ah, les jeunes d'aujourd'hui…

— Je suis encore *teenager*. J'ai besoin de beaucoup de sommeil. »

Il a souri et ses yeux sont devenus des diamants.

« Tu travailles, aujourd'hui ?

— Oui, hélas, ai-je soupiré. Mais je ne commence qu'à 10 heures moins le quart. »

Il s'est penché en avant, sa cravate pendant entre mes seins tandis qu'il m'embrassait.

« Il faut juste claquer la porte en sortant. »

Quand il est parti, j'ai tenté de me rendormir, mais j'avais beau ne pas avoir fermé l'œil de la nuit, je me sentais parfaitement réveillée. Mon corps me démangeait, mes pieds gigotaient. Je me suis donné un quart d'heure, passé à me tortiller et à taper au moins cent fois dans mon oreiller. J'ai fini par abandonner, et j'ai gagné la cuisine, le corps drapé dans la couette.

Le réfrigérateur était plein à ras bord de bonnes choses, et je me suis préparé un vrai petit déjeuner de palace. Puis j'ai mangé, les pieds appuyés sur une chaise, en entendant Lund s'éveiller par la porte entrouverte du balcon.

Les paroles de Linda me résonnaient à l'oreille. *La grande armoire, le tiroir en haut à droite, la clé en bas à gauche.*

Je suis sortie dans le vestibule. Je suis restée un moment à danser d'un pied sur l'autre devant le miroir.

J'avais besoin de faire pipi. Dans la salle de bains, j'ai rapidement fouillé les médicaments. Spray nasal, cachets antiallergiques, Voltarène. Rien de passionnant.

Je me suis lavée puis je suis entrée dans la pièce que Chris appelait son bureau.

Devant la fenêtre, un bureau et un fauteuil. Au mur, un tableau mastoc, faisant quelque chose comme deux mètres de large. Impossible de voir ce qu'il représentait, mais il valait sans aucun doute plus d'un an de salaire chez H&M. Le mur d'en face était occupé par une grande armoire d'archivage. C'était de ça que parlait Linda.

J'ai jeté un coup d'œil par la fenêtre. C'était trahir Chris, mais il aurait été débile de ne pas vérifier ce qu'il y avait dans ce tiroir. Ne serait-ce que pour dissiper les doutes résiduels que j'avais, malgré tout. Chris ne devait jamais rien savoir.

Je me suis accroupie pour ouvrir le tiroir tout en bas à gauche. Dedans, deux boîtes en plastique avec couvercle. La première était pleine d'objets divers : bracelets, trousseaux de clés, médailles de natation. Des bricoles qu'il n'avait pas eu le cœur de jeter.

L'autre boîte était légèrement plus petite. Son couvercle était un peu récalcitrant, mais j'ai fini par le forcer. Au fond, une dizaine de clés.

J'ai observé le tiroir en haut à droite. Il y avait deux clés susceptibles de convenir à la serrure. J'y ai glissé la première, l'ai tournée, mais rien ne se passait. J'ai décidé de tester l'autre aussi. En tournant, j'ai entendu la serrure cliqueter.

J'ai ouvert le tiroir et scruté le fond.

À quoi m'attendais-je ?

Pétrifiée, je suis restée les yeux fixés sur ce que je voyais, sans parvenir à mettre de l'ordre dans mes pensées.

68

Je referme Thérèse Raquin si fort que Nounours me regarde, interloqué. Au début, je me suis pas mal identifiée à Thérèse, à sa frustration, la tristesse d'une existence où il ne se passe jamais rien. En gros, Thérèse est mariée d'office à Camille, qui n'est pas une fille, comme je l'ai d'abord cru. Thérèse aime évidemment les mecs, on cause du XIXe siècle, là. Bref, Thérèse se met bientôt à coucher avec le pote de son mari, Laurent. Ils louent une barque tous les trois et l'amant Laurent pousse pardessus bord le mari Camille, qui se noie.

Après le meurtre, Thérèse et Laurent se disputent pour savoir qui est coupable. Ils perdent totalement les pédales tous les deux, angoissent grave et envisagent de tuer l'autre. À la fin, ils se suicident ensemble.

« Je n'ai pas aimé, dis-je, surtout pour le provoquer.

— Ce n'est pas essentiel, répond Nounours. N'importe qui peut *aimer* plein de trucs. Il faut que tu apprennes à *analyser*. »

Comme si j'avais besoin d'apprendre ça. Pendant dix-neuf ans, les gens ont essayé de m'analyser à tort et à travers, pendant que moi je les analysais. S'il y a une chose pour laquelle je suis douée, c'est bien l'analyse, non ?

Nounours me débite un baratin sur « l'analyse littéraire ». Il prétend que ce sont des livres qu'on va analyser, mais au fond, nous savons tous les deux que ce n'est pas vrai. C'est en moi, Stella Sandell, et dans les profondeurs de mon âme malade que nous allons plonger.

Après déjeuner, j'ai une heure à moi au gymnase. Je passe les vitesses du vélo d'entraînement et je pédale jusqu'à avoir les cuisses gorgées d'acide lactique, et la sueur qui me coule du front finit par former une petite flaque sous moi.

Ensuite, je fais plusieurs séries de tractions. Ma force est du genre endurante. Sur le terrain de hand, j'aimais attraper la balle avec un ou deux défenseurs sur le dos. J'étais la meilleure quand ils se pendaient à moi comme des sacs et bataillaient pour m'empêcher de franchir la ligne des six mètres. Cinq ans d'affilée, j'ai gagné le championnat interne de tir au but.

Parfois, ça me manque. La solidarité, la compétition, se fixer un objectif et se battre dur ensemble pour l'atteindre. Mais à la fin, je n'en pouvais plus de la discipline, que les entraîneurs décident de tout ce qu'on devait faire, la moindre passe, le moindre pas ou tir. Je me sentais comme un pion déplacé par quelqu'un d'autre, et tout mon enthousiasme pour le handball a disparu.

Après l'entraînement, je reste longtemps sous la douche, droite comme un I, tandis que l'eau me plonge dans un tunnel assourdissant. Je sens réellement l'odeur ruisseler de moi.

Je sors de la douche rouge comme une écrevisse, je me sèche et je m'habille, avant que les gardiens me tirent par le bras.

« Tu sens presque bon », dit Jimmy avec un ricanement répugnant.

L'autre rit fort. Il a des yeux vert brillant et une cicatrice en forme de S au-dessus du sourcil. Je crois qu'il est albanais, il a ce « r » à l'américaine et du mal à prononcer les « u ».

Ils me conduisent à travers le sous-sol et me tassent dans l'ascenseur. Continuent à ricaner. Leurs regards sur mon corps comme des mains baladeuses.

J'essaie de respirer sans bruit. Je parviens à refouler mes pulsions les unes après les autres. J'y arrive vraiment. Je ferme ma gueule.

C'est alors que Jimmy se penche pour appuyer sur le bouton rouge. La cabine ferme brutalement, je perds l'équilibre, trébuche à la renverse sur l'Albanais qui passe les bras autour de ma taille.

Jimmy me regarde fixement. Son regard de lavasse dégouline de dégoût et d'excitation. Sans prévenir, il lance sa main comme pour me frapper, mais son gros poing s'arrête en l'air juste au-dessus de ma joue. Un sourire répugnant lui fend la trogne.

Son haleine m'atteint le visage. Je me débats, mais en vain, car l'Albanais me bloque les bras dans le dos.

Jimmy halète à mon oreille. Les poils pubiens de son menton m'écorchent la joue.

« Sale petite pute. Maintenant, tu ne fais plus autant la dure. »

J'avale une grosse boule dans ma gorge et serre les mâchoires à me faire mal.

« Ici, tu ne seras jamais en sécurité, dit Jimmy. Je peux te prendre quand je veux. C'est moi qui ai la clé. »

Son affreux rictus aux lèvres, il recule d'un pas. En même temps, il presse la main sur mon sein et le pince. Je me blinde, aucune émotion ne doit passer. Jimmy me regarde droit dans les yeux, plein de mépris et fumant de colère, tandis que sa main intrusive glisse sur mon ventre.

Derrière lui, l'Albanais lâche un rire rauque.

Jimmy appuie alors sur le bouton, et l'ascenseur repart avec un à-coup.

Aussitôt revenue dans ma cellule, j'écris les premières phrases de mon essai.

N'importe qui est capable de tuer.

Qu'une personne soit assez profondément outragée, et il n'y a aucune limite qu'elle ne puisse franchir.

Ce n'est pas quelque chose que je crois. Je le sais.

69

Bien sûr, Amina est aussitôt montée au créneau, comme la meilleure amie qu'elle est.

« Ce n'est pas normal, Stella. Ce n'est pas sain. »

Nous étions dans le séjour, les pieds sur le bord du canapé, et je venais de lui raconter ce que j'avais trouvé sous clé dans le tiroir de Chris. Maman et papa étaient partis à un festival de gastronomie italienne et allaient passer la nuit dans un château d'Österlen.

« Il y a pas mal de gens qui aiment ça, ai-je dit. Le bondage, le SM. Se menotter, tous ces trucs-là. C'est plus courant qu'on ne le pense.

— Non, mais sérieux. Tu pourrais faire ça, toi ?

— Moi, non. »

La seule idée de ne pas avoir le contrôle, d'être attachée pendant le sexe, me faisait trembler. « Pourquoi Linda voulait-elle que tu voies ces trucs ? » a demandé Amina.

Je ne savais pas. Dans le tiroir sous clé, j'avais trouvé une muselière en cuir noir avec une boule à coincer entre les dents. Une bouteille plastique remplie d'un liquide translucide, un chiffon gris foncé et une grosse paire de menottes en métal. Et, tout au fond, un couteau pliant à la lame terriblement tranchante.

« Linda a sans doute voulu me faire peur. Ces trucs-là ne prouvent pas directement que Chris est un psychopathe.

— Mais le couteau. Pourquoi a-t-il un couteau ?

— Ça… »

J'osais à peine y penser.

« Tu vas lui demander ?

— Putain, qu'est-ce que tu veux que je lui dise ? Que j'ai trouvé *par hasard* la clé de son tiroir ? »

Il avait déjà envoyé trois messages auxquels je n'avais pas répondu. Je ne savais pas à quoi m'en tenir.
« Il a menti sur son âge, a rappelé Amina.

— Juste un mensonge blanc. »

Amina a soupiré.

« On ne pourrait pas faire autre chose ? ai-je demandé. Se barrer quelque part ? »

Trop de pensées me tournaient dans le crâne.

« Il y a une fête chez Jerker Lindeberg, a dit Amina en faisant glisser son pouce sur l'écran de son portable.

— Lindeberg. Il n'habite pas à Bjärred ?

— Barsebäck. »

Pire. C'était genre à quinze kilomètres.

« Si on voulait, on pourrait emprunter la voiture de papa, ai-je proposé. Ils sont partis avec des amis. »

Amina a fait la grimace.

« Juste un petit moment. Si la fête est naze, on se casse. »

Ce n'était pas la première fois que j'empruntais la voiture de papa. C'est un truc énorme, bien trop, à mon avis, on a l'impression de conduire un camion.

Je préfère de loin m'entraîner à conduire avec la petite Fiat de l'auto-école.

J'ai traversé la ville, dépassé le centre commercial et continué vers la côte. Amina a branché son portable sur la stéréo de bord et mis le volume à fond. On était en train de se dandiner ironiquement sur le texte d'un groupe de dance accompagné au sax, où il était question de hautes montagnes et de vallées profondes, quand une minuscule mais luxueuse Audi TT a débouché devant moi, sortie de nulle part.

J'ai embouti la petite allemande côté passager, en la projetant dans un champ de fraises. Le conducteur était un vieux bonhomme fripé à perruque qui a retroussé le bas de son pantalon pour ne pas y faire de taches de fraises, avant de m'engueuler en m'expliquant qu'il avait toujours dit que les femmes ne valaient rien au volant, et que là, nom de Dieu, il en avait la preuve.

Papa et maman ont dû quitter précipitamment leur festival et leur château. Ils nous ont retrouvées au commissariat. Papa avait le regard noir et je ne pouvais pas m'arrêter de pleurer.

Heureusement, il n'y a pas eu de poursuites. J'ai signé un avis d'amende et suis rentrée à la maison en maudissant ma putain de connerie.

L'incident de la voiture, comme l'a appelé papa.

Conduite illicite et dangereuse, comme l'a appelé la police. Malus et amende. Trente mille couronnes en l'air.

J'étais tellement furieuse contre moi-même que je me suis enfermée dans ma chambre. Trente mille. La moitié de la caisse de mon voyage patiemment économisée. Aucune chance que je parte cet automne.

J'étais à nouveau coincée.

Couchée sur mon lit, avec de la musique dans mes écouteurs, je me suis documentée sur les psychopathes et le sexe. J'avais déjà lu ça, mais il fallait que je me rafraîchisse la mémoire.

Pour un psychopathe, le sexe est une affaire de pouvoir.

Au début, il concentre toute son attention sur sa partenaire durant l'acte sexuel. Mais il recherche l'excitation et la variation. Il voudra bientôt épicer sa vie sexuelle, souvent par des pratiques que sa partenaire pourra trouver inconfortables. Lentement, le psychopathe distend les limites de sa partenaire, se créant ainsi un pouvoir sur elle. Si sa partenaire refuse ses propositions, il riposte en la culpabilisant, ou en menaçant de la remplacer.

Un goût répugnant m'a empli la bouche.

J'ai songé à notre promenade sur la plage, au parfum de Chris quand j'étais appuyée contre sa poitrine, les fraises qu'il me faisait manger au soleil couchant, sa main serrée fort sur mon genou dans les montagnes russes.

Non, ça ne pouvait pas être vrai.

Quand Chris a appelé, je me suis figée en fixant mon portable comme si c'était un morceau de charbon incandescent.

« Qu'est-ce qui s'est passé ? » m'a-t-il demandé.

Je lui ai raconté l'accident en tenant mon téléphone éloigné de ma joue.

« J'ai eu une amende. Et l'assurance m'impose un malus.

— Ça va s'arranger, Stella. Ce n'est que de l'argent. Le plus important, c'est qu'Amina et toi soyez indemnes.

— Mais tu ne comprends pas. Ça fait des années que je rêve de ce voyage en Asie. C'est le grand but de ma vie. Je n'ai pas arrêté d'économiser. »

La ligne a grésillé. Chris se taisait.

« Maintenant, je n'ai plus les moyens, ai-je sangloté.

— Ça va s'arranger, Stella. Bien sûr que tu vas partir en Asie. »

70

« J'ai l'impression de n'avoir plus aucune perspective. »

Amina trouvait bien sûr que j'exagérais. Elle a froncé le nez en me regardant par-dessus la table.

« Arrête de tout dramatiser. »

Elle venait de finir un entraînement, nous étions à la cafétéria du gymnase, dans l'odeur de sueur et de café.

« Facile à dire pour toi. Tu as toujours su ce que tu voulais faire. Médecine, mariage, deux enfants, une villa à Stångby et une maison de vacances en Bosnie.

— Putain, quel ennui. »

Nous avons ri toutes les deux et Amina a aspiré son milk shake protéiné.

« Ça fait tellement longtemps que j'ai envie de partir.

— Je sais, a dit Amina. Mais bien sûr que tu vas le faire, ce voyage. Dans le pire des cas, tu le retarderas de quelques mois. »

J'ai poussé un grand soupir. Quelques mois ? Elle me parlait comme si la vie durait une putain d'éternité.

« J'en ai tellement marre qu'il ne se passe jamais rien ! Est-ce que c'est ça, la vie ? Cinquante ans d'ennui, puis on meurt ?

— Cinquante ? » Amina a secoué la tête. « Tu peux tout de suite en compter encore soixante.

— Au secours ! ai-je lâché en levant les yeux au ciel. Sauf que mes parents ont l'air d'aller mieux, en vieillissant. Il y a comme une autre ambiance à la maison.

— J'ai toujours bien aimé tes parents. »

Elle pensait sûrement tout savoir. Amina comprenait-elle qu'elle n'avait jamais eu accès au plus profond de notre famille ?

« La semaine prochaine, ils partent en vacances en amoureux. Ils ont loué un chalet à Orust.

— Comme c'est romantique !

— Il faudra que tu me tiennes compagnie.

— Et ton minet, alors ? »

Amina a aspiré bruyamment la fin de sa boisson.

« Mon minet ?

— Chris !

— Oh, je ne sais pas, ai-je dit en me passant la main dans les cheveux. En fait, tout ce que je voudrais, ce serait partir faire ce voyage.

— Mais tu vas le faire, a souri Amina. Tôt ou tard. »

Elle a salué d'un air absent une camarade de son équipe qui passait. Puis elle s'est levée, a fait une flexion du poignet avant de lober sa bouteille vide dans la poubelle la plus proche.

« Ça a l'air si facile d'être toi », ai-je dit.

Elle m'a regardée comme si elle avait envie de me donner un coup de pied dans l'entrejambe.

Pour changer un peu, papa n'avait pas cuisiné italien pour le dîner. À table, Maman lui lançait des regards énamourés et papa souriait. Après manger, il a voulu me montrer quelque chose sur son ordinateur.

« C'est bientôt ton anniversaire. »

Il avait trouvé une Vespa rose. Super cool, mais la peau des fesses.

« Comme ça, tu ne seras plus obligée d'*emprunter* ma voiture.

— Mais papa, trente mille ! C'est bien trop d'argent. Je t'ai dit que je ne demandais qu'une contribution pour mon voyage. » Il a regardé l'écran.

« On verra. Je l'aime bien, cette Vespa.

— Oui, mais c'est *mon* anniversaire. »

J'ai passé le reste de la soirée sur le canapé entre maman et papa. Il y avait une énergie très soft qui circulait entre eux. Un calme inhabituel. Nous n'avons pas beaucoup parlé, mais ce n'était pas nécessaire. Je me sentais en confiance.

Calée au fond du canapé, j'ai laissé mes yeux se reposer. Quand je me suis réveillée, il était minuit passé. Papa ronflait la bouche ouverte, le menton sur un livre. À l'autre bout du canapé, maman avait les genoux remontés et la larme à l'œil.

« Qu'est-ce qui se passe ? ai-je demandé, mal réveillée.

— Le chien…, a-t-elle dit en montrant la télévision. Le chien a disparu. »

Je lui ai tapoté l'épaule.

« Maman, Hollywood tue toujours le chien. Tu ne savais pas ? »

J'ai fouillé sous les coussins pour récupérer mon portable.

Quatre appels manqués de Chris. Un nouveau message.

J'ai ouvert le SMS et découvert qu'il était envoyé d'un numéro que je n'avais pas dans mes contacts.

Il est sûrement merveilleux avec toi pour le moment. Avec moi aussi, au début. J'ai mis deux ans à comprendre qui il était vraiment. Je ne veux pas que tu fasses la même erreur. Sois prudente.

Mais bordel ! Linda était-elle dérangée au point de n'avoir pas encore lâché Chris ? Essayait-elle de contrôler ses fréquentations ? de détruire tout ce qui pouvait le rendre heureux ?

J'ai relu le message, puis je l'ai effacé et j'ai bloqué le numéro de Linda Lokind.

En montant dans ma chambre, j'ai appelé Chris.

« Enfin, a-t-il dit. J'étais inquiet, tu sais. »

Un grondement en bruit de fond. Un moteur, un klaxon.

« *Sorry*, je me suis endormie dans le canapé.

— Il faut que tu viennes. Je suis dans la voiture. J'ai réservé pour nous la suite du Grand Hôtel. »

71

Elsa ouvre à Nounours, qui hésite un peu sur le seuil.

« Tu vas bien ? demande-t-il, sur ses gardes.

— Oui. »

D'accord, je suis étendue sur mon lit, mais tout habillée.

« Ils m'ont dit que tu avais été malade hier », explique Nounours.

J'avais presque oublié.

« Ah, c'est juste que ça me gavait d'aller voir la psy. »

Nounours n'a pas l'air complètement convaincu. Hésitant, il sort ses classeurs et sa trousse.

« Je ne pige pas pourquoi on nous force à y aller. »

Nounours feuillette distraitement *Crime et Châtiment*.

« Je comprends que ça puisse être éprouvant. J'ai plusieurs fois songé à faire une thérapie, mais je n'ai jamais eu le courage. »

Je m'assieds près de lui avec mon cahier.

« Comment ça avance, cet essai ? demande-t-il.

— Pas terrible. »

Mon texte se résume toujours à mes quatre pauvres phrases.

« On va en discuter un peu, ça va sûrement se débloquer, dit-il en continuant à feuilleter son Dostoïevski. Et celui-ci, qu'est-ce que tu en as pensé ? »

Je rumine un moment.

« Il était long. »

Dire que je me suis enfilé volontairement un interminable roman russe du XIXe siècle. Sans même détester ça.

Raskolnikov a tout juste vingt ans et se croit plus malin que tout le monde. Comme il a besoin d'argent, il décide d'assassiner une vieille usurière, qu'il décrit lui-même comme une personne répugnante et mauvaise qui ne mérite pas de vivre.

Pas besoin d'avoir passé dix ans à l'école normale pour piger ce que Nounours a derrière la tête.

« Quel est ton point de départ ? demande-t-il en montrant le titre sur mon cahier : ESSAI. Tu as besoin d'une problématique. Par exemple : tous les meurtres sont-ils aussi affreux, ou peut-il parfois y avoir des circonstances atténuantes ? »

Je le regarde pensivement.

« En fait, tu es dans le coup, ou quoi ?

— Dans le coup ? Comment ça ? »

Il fait celui qui ne comprend pas, mais Nounours n'arriverait pas à tromper un enfant dans une crèche.

« Il s'agit de ces deux romans, assure-t-il. Rien d'autre. »

Je hoche la tête avec un sourire sarcastique.

« Bien sûr qu'il peut y avoir des circonstances atténuantes.

— Ça va de soi ?

— Dans ces livres, il n'y en a peut-être pas, mais c'est clair qu'il peut y en avoir. D'un point de vue purement hypothétique.

— Hypothétique, répète Nounours, comme s'il n'avait jamais entendu ce mot. Comme quoi par exemple ? Qu'est-ce qui peut justifier qu'on ôte la vie à quelqu'un ?

— Pas *justifier*. C'est autre chose. On parle de circonstances atténuantes, là.

— Donne un exemple, dit Nounours en écartant les mains.

— Légitime défense.

— Mais c'est autre chose, ça. Là, on ne parle plus de meurtre. On a le droit de se défendre. Donne-moi un autre exemple. »

Je me gratte la joue.

« Certaines personnes ne méritent pas de vivre. »

Les yeux de Nounours s'étrécissent.

« Je ne veux pas dire que n'importe qui doit se balader et tuer d'autres personnes, dis-je. Mais il y a des gens qui ont consommé leur droit de vivre. Bien sûr, une solution au problème serait un système judiciaire qui fonctionne. Si les meurtriers et les violeurs étaient correctement punis…

— Tu veux dire que tu es pour la peine de mort ?

— Comme la plupart des gens, je pense. C'est drôlement facile d'être contre la peine de mort tant qu'on n'est pas victime. Si on pose la question à quelqu'un dont un membre de la famille a été assassiné, je crois que la réponse va assez de soi. »

Nounours reste bouche bée de stupéfaction. Il a l'air d'un collégien.

« Tu ne penses pas que les hommes ont le droit à une deuxième chance ?

— Après avoir violé et tué ? »

Je ne sais pas s'il fait exprès de me provoquer, mais il y arrive très bien.

« L'homme qui m'a violée. Tu veux dire qu'il mérite une deuxième chance ?

— Je… oui…

— J'avais quinze ans. Quinze ! Il m'a tenue et plaquée, je n'arrivais plus à respirer. J'ai lutté pour ma vie pendant qu'il m'enfonçait sa bite dégueulasse. »

Le visage de Nounours se fige en une grimace grotesque.

« Il n'y a pas de circonstances atténuantes. » Je suis catégorique. « J'aurais volontiers vu mourir ce porc. »

Nounours est assez intelligent pour ne rien objecter. Il cligne plusieurs fois des yeux avant de regarder ses mains.

« Je pourrais le tuer moi-même », dis-je.

72

Je me suis réveillée dans la suite du Grand Hôtel. Chris était en face de moi, au fond du fauteuil, une tasse de café à la main et les pieds croisés sur un tabouret.

« Bonjour, beauté. »

J'ai souri et je suis passée devant lui pour gagner la salle de bains. Je me suis rincé le visage avant de m'asseoir sur le bord de la baignoire, où nous étions restés tard la veille au soir. Une grosse boule d'angoisse me fermentait dans le ventre.

« À quelle heure tu commences le boulot ? m'a lancé Chris de son fauteuil.

— 10 heures moins le quart. »

J'étais déjà en retard.

Je me suis habillée, m'efforçant d'avoir l'air heureuse et reconnaissante en embrassant Chris.

« N'oublie pas ça », m'a-t-il dit en me tendant la carte.

C'était un cadeau. Il me l'avait donné pendant qu'on buvait du champ au lit, enroulé comme un ancien parchemin attaché par un beau ruban de soie. Je l'avais déroulé, et mon cœur avait fait un bond. Une carte d'Asie où Chris avait marqué des endroits spéciaux avec des étoiles dorées. Des endroits qu'il aurait voulu qu'on découvre ensemble ? Je ne lui avais pas dit que j'avais déjà la même carte, mais en plus grand, couverte d'épingles.

Dans l'ascenseur en quittant l'hôtel, puis en tournant dans Lilla Fiskaregatan, j'aurais dû me sentir heureuse. Le problème, c'était tous ces sentiments. Je ne voulais rien en savoir. Je ne pouvais pas aller en Asie faire le voyage de ma vie avec un homme de trente-deux ans. C'était impensable. Et pourtant, j'avais comme quelque chose qui brûlait dans la poitrine, qui me disait d'arrêter de toujours tout analyser, de juste laisser les choses arriver.

Quand j'ai traversé Stortorget, à deux minutes maximum du boulot, le ciel s'est ouvert, et il s'est mis à pleuvoir à verse. C'était la première fois depuis plusieurs semaines.

Il pleuvait toujours quand j'ai quitté la boutique le soir. Mon idée était de tourner au coin de la rue et d'aller prendre un bus sur Botulfsplatsen. J'avais bien regardé les horaires, pour ne pas me faire tremper.

Mais au bout de quelques mètres seulement, j'ai aperçu deux personnes sous un parapluie.

« Stella ! »

Amina m'a pris le bras.

« Viens, il faut que tu entendes ça. »

Ses cheveux étaient mouillés, son regard brûlant.

« Qu'est-ce qui se passe ?

— Viens à l'abri », a-t-elle dit en essayant de m'entraîner.

À côté d'elle grelottait Linda Lokind, le parapluie dans une main, essayant de tenir le décolleté de son chemisier de l'autre.

« Putain, Amina ! »

Était-elle en embuscade avec Linda Lokind ? Étaient-elles complices ? Je me suis dégagée et l'ai dévisagée.

« S'il te plaît, il faut que tu écoutes ce que dit Linda. »

La pluie dégoulinait sur son visage. Tout ça avait un côté un peu désespéré.

« Bon, d'accord, ai-je fait en regardant Linda. Mais vite, alors. »

Nous avons trouvé un endroit isolé et abrité et Amina a ôté les mèches mouillées de ses joues. Elle a demandé à Linda de répéter ce qu'elle venait visiblement de lui raconter.

« Je suis restée trois ans avec Chris, a commencé Linda Lokind. Je trouvais ma vie parfaite. Je ne l'ai même pas vu se transformer. »

Elle m'a regardée, papillonnant des yeux.

« Continue, a dit Amina.

— C'est arrivé peu à peu. Par petites touches. Je me persuadais que ça ne se répéterait pas, que ça n'empirerait pas. J'aurais tellement voulu que tout se passe bien. »

La pluie tambourinait sur le toit. Quelques garçons ont couru après un bus et se sont accrochés à la porte, jusqu'à ce que le chauffeur les laisse monter.

« La première chose que j'ai remarquée, c'est sa jalousie, a repris Linda. Au début, j'ai trouvé ça mignon, comme si ça prouvait qu'il m'aimait vraiment. Mais ça n'a fait qu'empirer. Une fois, il a failli mettre un poing dans la gueule à un mec, rien que parce qu'il s'était imaginé que je flirtais avec. »

Je l'ai regardée droit dans les yeux. Aucun signe que Linda ne disait pas la vérité.

« Je faisais mes études quand on s'est rencontrés, mais il m'a poussée à arrêter. Il valait mieux que je travaille dans son entreprise, affirmait-il. Je n'avais pas besoin de formation. Déjà, à ce stade, mes parents se sont inquiétés, et il m'a fait couper les ponts avec eux. Au bout d'un moment, nous avons également cessé de voir mes amis. Il y avait toujours une bonne excuse. Quand je lui disais que nous étions invités chez quelqu'un, Chris voulait justement me faire la surprise d'un week-end à Prague. Et ça a continué comme ça. À la fin, je ne voyais plus personne. Que Chris. »

J'ai songé à la photo sur sa page Facebook. Ils avaient l'air heureux ensemble, Chris et elle. S'agissait-il là de constructions *a posteriori* ? D'une vengeance cruelle et calculée ?

« Ma vie se limitait à Chris, a-t-elle continué. Exactement ce qu'il voulait. Lentement, il m'a brisée. »

Un bus a débouché dans la rue, ses roues projetant des gerbes d'eau. Je me suis tournée vers Amina. Je comprenais qu'elle faisait ça pour mon bien, mais c'était malgré tout difficile à accepter. Qu'est-ce qui lui prenait ? Débarquer comme ça avec Linda Lokind aux trousses. Faisait-elle confiance à cette femme ?

« Il va faire pareil avec toi, a dit Linda en égouttant son parapluie. Il est maladivement soupçonneux. Je ne l'ai pas compris tout de suite, mais après quelques mois, il a montré sa jalousie. Il voulait tout savoir sur ce que je faisais, avec qui j'étais, et où. Mais à la fin, c'est quand même lui qui m'a trompée. »

J'ai songé à ce que Chris m'avait raconté. *Infidèle en matière de sentiments, mais il ne s'est rien passé.*

« J'ai trouvé un SMS dans son téléphone. Une fille qu'on connaissait tous les deux. Que je considérais comme mon amie. Ce qui se passait entre eux était assez évident, mais quand je lui ai demandé des comptes, Chris m'a plaquée au mur. »

Elle a replié son parapluie en regardant la rue.

« Il m'a éclaté la rate. À l'hôpital, on a inventé une histoire de chute de vélo. »

Non. Chris n'était pas violent.

« Quand était-ce ? ai-je demandé.

— L'hiver dernier. Juste avant Noël. »

Chris avait raconté que ce n'était qu'au printemps qu'il avait rencontré une autre fille et rompu.

« Pourquoi ne pas être partie ?

— Ce n'est pas si simple. Je ne peux pas l'expliquer, mais c'était comme si je lui appartenais. J'avais tout le temps peur. Après la première fois qu'il m'a frappée, ça a été une sorte d'effet ketchup. Chaque fois, je me promettais que ça ne devait plus arriver. Mais lui… Je ne me pardonnerai jamais d'être restée. »

Elle a fermé les yeux. Était-ce la pluie, ou des larmes qui coulaient ? Amina m'a doucement touché le bras, comme pour s'excuser.

Avais-je le choix ? Que ce soit vrai ou non, je ne pouvais pas continuer à voir Chris. Au fond, c'était déjà bête d'avoir laissé les choses aller si loin. Bien sûr, il était intéressant, sexy et friqué, mais maintenant, ça suffisait. Le drame, j'en avais eu ma dose.

« Tu as ouvert le tiroir ? » a demandé Linda.

J'ai hoché la tête.

« Chris m'a forcée à faire des choses dont je n'avais pas envie. Il prétendait que si je l'aimais vraiment, il fallait que je le montre. Quand j'ai fini par oser dire stop, il a été furieux. Il m'a attaché les mains dans le dos, et m'a mis une boule dans la bouche. J'arrivais à peine à respirer. »

Automatiquement, j'ai retenu mon souffle. Les souvenirs m'ont assaillie comme des éclairs.

« Il m'a violée. Au fond, il devait attendre que je lui résiste. C'était ça qu'il voulait. Je l'ai compris alors. »

J'ai songé aux mains tendres de Chris dans la baignoire du Grand Hôtel. À l'eau qui clapotait en rythme contre nos corps. Rien de ce que disait Linda ne correspondait au Chris que je connaissais.

« Pourquoi ne pas être allée à la police ?

— Je l'ai fait, mais ils ont abandonné l'enquête. La mère de Chris est prof de droit, et connaît tous les juges et procureurs du pays. Chris est un entrepreneur à succès, un millionnaire. Pourquoi quelqu'un m'aurait-il crue ?

— Quand as-tu déposé plainte ? » ai-je demandé.

Linda piétinait sur place.

« En avril.

— Après l'avoir quitté ? » a demandé Amina.

Linda a hoché la tête.

« Après que *tu* l'as quitté ? ai-je demandé. Ou l'inverse ? »

Elle a fermé les yeux très brièvement et s'est essuyé les joues.

« L'inverse », a-t-elle dit tout bas.

J'ai craché par terre. Un autre bus m'est passé devant, et une femme traînant une valise sur le bord du trottoir a fait un bond de côté pour éviter d'être éclaboussée.

« C'est mon bus », ai-je lâché en courant derrière.

73

« Pourquoi as-tu réagi si violemment lors de notre précédente rencontre ? »

Shirine remonte un pli de son tour de cou coloré jusqu'au menton et me regarde. Elle fait face à mon silence obstiné en enchaînant les questions.

« C'est pénible d'y penser ? Tu crois que ça pourrait te soulager d'en parler ? »

Je soupire. Je ne sais pas ce que je fais là à nouveau. J'aurais pu continuer à jouer les malades, protester de toutes mes forces, résister.

« Tu connais le concept de recherche de sensations fortes ? »

Je serre les bras sur ma poitrine en fixant un point au mur derrière Shirine. Il ne faut pas qu'elle croie que c'est OK, maintenant, juste comme ça, abracadabra. Elle avait promis de ne pas avoir d'idées préconçues à mon sujet, et malgré ça, elle a supposé que je parlais de Chris quand je lui ai posé une question sur le besoin de contrôle.

« Des scientifiques ont montré que certaines personnes ont besoin d'une stimulation particulièrement forte pour éprouver le désir. On les appelle les chercheurs de sensations fortes, explique-t-elle. Cela peut se traduire par la pratique de sports extrêmes comme l'escalade ou le saut à l'élastique. Mais aussi par la recherche de relations à risques, de conflits. »

Je m'efforce d'avoir l'air aussi blasée que je peux, tout en écoutant attentivement.

« Était-il excitant, Christopher Olsen ? » demande Shirine.

Cette fois, elle est beaucoup plus prudente en mentionnant son nom, le dos droit, sans doute le doigt sur le bouton d'alarme. Je soupire :

« Mais allez, laissez tomber.

— Tu aimes l'excitation ? Ce n'est pas ça ? »

Je souffle par le nez.

« J'apprécie vos analyses. Vraiment. Si un jour j'ai besoin d'une thérapeute, je vous appellerai sûrement. »

Maintenant, je la regarde dans les yeux.

« Ton humour…, commence-t-elle.

— Un mécanisme de défense, hein ? »

Elle ne répond pas.

Enfin. Enfin elle abandonne.

De retour dans ma cellule, je m'étends sur mon lit en fixant une tache au plafond jusqu'à ce qu'elle grossisse, s'anime et se mue en une illusion d'optique pleine de couleurs et de formes floues.

Je pense à Chris. Peut-être y a-t-il du vrai dans le baratin de Shirine sur la chimie du cerveau, les sentiments et le besoin de stimulation ? Mais est-ce que ça veut dire que je n'ai rien à me reprocher ? À la fin, chaque personne reste quand même responsable de ses actes, non ? On ne peut pas accuser la dopamine, la sérotonine et l'adrénaline. Des circonstances atténuantes ? Je ne sais pas.

Je savais qui était Chris Olsen. J'aurais dû comprendre.

Les pulsions et les sentiments sont l'affaire d'un instant. J'ai toujours pensé que l'amour était autre chose, un choix que l'on fait. Une passion s'embrase et s'éteint. Mon Dieu, rien qu'un mardi d'octobre, je tombe amoureuse genre dix fois par jour. Mais j'avais choisi de ne pas aimer Chris. Enfin, je ne sais pas. Peut-on seulement choisir ?

Tout revient. La confusion et le dégoût.

La trahison.

Quand je pense à Amina, c'est comme si ma peau craquait. Le chagrin et la culpabilité gonflent et me donnent le mal de mer.

Je songe à Esther Greenwood et Holden Caulfield. Est-il seulement possible de survivre à cette vie en gardant sa raison ?

Je ne suis pas prête quand Nounours arrive. Je m'assieds d'un bond sur le bord du lit en cachant les larmes derrière mes mains.

« Qu'est-ce qu'il y a ? » s'inquiète-t-il en posant sa serviette en cuir sur la table.

Je murmure :

« Rien. Juste la fatigue. »

Il se penche et pose sa main rassurante sur mon épaule.

Lentement, je lève les yeux vers lui, et laisse venir mes larmes.

74

Le vendredi, Amina et moi avons partagé une assiette de kebab sur le canapé, même si j'avais promis à maman et papa de ne manger qu'à la cuisine ou sur la table du séjour.

La dernière recommandation de maman avant de partir :

« Ne déçois pas ton père. »

The story of my life, en somme.

« Je ne comprends pas comment tu as pu m'exposer à cette barge, ai-je dit en lançant un regard noir à Amina.

— Mais qu'est-ce que je pouvais faire ? Je n'arrivais pas à m'en débarrasser.

— Franchement, Amina. Linda Lokind s'est informée sur qui tu es, elle t'a cherchée. Elle a dû te suivre. Comme elle a suivi Chris. »

Amina s'est mordu la lèvre. Elle aurait clairement voulu protester, mais voyait bien que ce n'était pas le moment.

Nous avons écumé le Net à la recherche d'informations sur Linda Lokind qui puissent confirmer qu'elle avait une case en moins, mais elle était quasiment invisible.

« Tu as quelque chose là, a dit Amina en montrant avec sa fourchette en plastique. Non, là. Plus haut. »

J'ai tâté du doigt le haut de ma joue, et essuyé un reste de sauce.

Amina a soupiré. Elle a honte quand j'en mets partout. Elle, elle utilise ses couverts comme des instruments chirurgicaux, se sert des portions si minuscules qu'elles lui glissent dans la bouche sans qu'elle ait besoin de l'ouvrir. On ne la voit jamais mâcher.

« On va chez Tegnérs ce soir ? m'a-t-elle suppliée. S'il te plaît, allez, quoi !

— Non, sans façon. »

J'avais eu un mal de crâne tout l'après-midi et je ne demandais qu'à m'effondrer dans le canapé et à dormir dix heures d'affilée. C'était la soirée idéale pour traîner à la maison. Et pas besoin de me soucier de Chris. Il m'avait écrit qu'il voyait une vieille connaissance, et qu'on se parlerait un autre jour. Pour une raison X, je redoutais d'avoir à rompre. Je ne savais pas si j'allais prendre le taureau par les cornes et dire ce qu'il en était vraiment, ou laisser les choses se perdre dans les sables.

« *Please*, a insisté Amina. Je t'en supplie. »

Elle avait envie de danser, de faire la fête, de voir des gens. Elle était plus d'attaque que jamais. Et comme la meilleure amie que je veux être, je me suis bien sûr dévouée. Nous avons fait les folles, dansé sur de vieux tubes pourris en nous serrant devant le miroir de l'entrée pour essayer plein de tenues. Juste avant minuit, sur nos vélos, nous dévalions la pente vers Tegnérs.

Nous avons agité nos cheveux, sué sur la piste de danse dans des explosions sonores. Amina m'a pris la main pour slalomer entre les corps qui tanguaient, et nous avons atterri essoufflées au bar, où nous avons commandé deux cidres au barman barbu.

J'étais trempée de sueur et ma tête tambourinait.

« Regarde ! a dit Amina en indiquant l'autre côté du bar. Il ne devait pas voir une vieille connaissance ? »

Chris tournait le dos au bar, légèrement penché vers une fille aux épaules nues, avec des boucles d'oreilles argentées. Ils riaient ensemble, et elle lui effleurait le coude de sa main.

« Qui c'est ? » a demandé Amina.

J'ai pris mon cidre et fait le tour du bar. Chris allait se tourner, il riait encore quand soudain il m'a aperçue.

« Stella ! Vous êtes là, vous aussi ? »

Tout mon corps s'est crispé en signe de protestation quand il m'a embrassée. La fille aux boucles d'oreilles m'a regardée, étonnée.

« Voici mon amie Beatrice », a dit Chris.

Je l'ai dévisagée en lui serrant la main. Elle avait vingt-cinq, trente ans peut-être, très maquillée, lèvres pulpeuses et corps mince.

« Pardon, ai-je dit, quand tu as parlé de vieille connaissance, j'ai pensé…

— *Vieille* ? » a ri Beatrice.

Chris a fait une mine contrite.

« Vous vous connaissez comment ? ai-je demandé.

— Au début, par l'ex de Chris », a dit Beatrice.

Chris a fait semblant de ne pas avoir entendu et m'a complimentée sur ma tenue. Il n'avait pas l'air du tout ravi du tour que prenait la conversation, mais je n'avais pas l'intention d'en rester là.

« Tu veux dire Linda ? » ai-je demandé.

Beatrice a regardé Chris, qui a battu en retraite avec un haussement d'épaules.

« Avec Linda, on s'est connues au lycée, a dit Beatrice. En fait j'étais là quand Chris et elle se sont rencontrés. On se voyait beaucoup au début de leur histoire, avant… qu'elle ne tombe malade. »

Elle a un peu baissé la tête.

« Malade ? » ai-je demandé.

Beatrice a hoché la tête sans donner de précisions.

« Linda est venue me voir, ai-je dit en me tournant vers Chris, qui s'est pris le front.

— C'est vrai ?

— Elle est même allée trouver Amina. Elle voulait nous mettre en garde contre toi. En nous racontant des trucs de malade que tu lui as fait subir.

— Mais bordel, a explosé Chris, il y en a assez, à la fin ! Elle veut à tout prix me pourrir la vie.

— C'est triste, a commenté Beatrice en tapotant le bras de Chris. Linda était la fille la plus chic du monde quand j'ai fait sa connaissance. Si gentille et prévenante. Bien sûr, déjà à l'époque, elle était un peu méfiante et jalouse, mais qui aurait dit que ça tournerait comme ça ?

— Elle n'est pas aidée ? ai-je demandé. Suivie par un psychiatre, tout ça ?

— Linda fréquente les psys depuis son adolescence, a dit Chris.

— Malheureusement, ça n'a fait que s'aggraver avec l'âge, a complété Beatrice. Quand Chris a rompu, elle a totalement perdu les pédales. »

À peu près ce que je pensais. J'ai regardé Amina avec un geste entendu. Elle m'a posé la main sur l'épaule. « Toilettes.

— Mais…

— Tout de suite, merci. Avant que je me pisse dessus. »

Nous nous sommes enfermées dans les toilettes pour faire pipi à tour de rôle. Je me sentais fébrile et patraque, la tête lourde. Peut-être un virus ? Ou je travaillais trop ?

« Qu'est-ce que tu as ? a demandé Amina.

— Je ne sais pas. Je suis crevée. »

J'aurais voulu rentrer directement me coucher.

« Tu me crois, maintenant ? ai-je continué. Tu comprends que Linda est une personne complètement dérangée ? »

Amina s'est tapé la main sur le front pour signifier combien elle était bête.

« Comment je pouvais savoir ? Je n'ai pas voulu prendre de risque.

— T'inquiète, l'ai-je rassurée.

— Il est vraiment à croquer, a dit Amina avec un sourire malicieux.

— Qui ça ?

— Ton minou pour l'été. »

J'ai ri, mais un malaise subit s'est alors emparé de moi. Je ne savais pas d'où il venait ni ce qu'il signifiait, mais il s'insinuait dans tout mon corps.

« Allez, viens, quoi ! a dit Amina en ouvrant la porte des toilettes. Je suis mégachaude, là ! »

Nous nous sommes glissées au milieu de la piste de danse en ébullition. J'ai lutté contre la fatigue, pendant qu'Amina faisait son show. Elle agitait les bras et ses rires montaient de sa bouche comme des bulles de savon.

Chris nous a bientôt rejointes et a dansé tout près de moi, les mains sur mes hanches. Son haleine chauffée d'alcool me caressait la nuque. Les lourdes basses me remuaient le ventre. Mes jambes étaient de plus en plus faibles.

J'ai pris le bras de Chris.

« Où est Beatrice ?

— Elle a filé avec son petit copain.

— Je ne me sens pas très bien. Je pense qu'il faut que je rentre. »

Chris et Amina m'ont regardée tous les deux, l'air inquiet.

« Tu veux que je te raccompagne ? a proposé Chris.

— Non, reste ici avec Amina. Je rentre à vélo me coucher. »

Je lui ai donné un rapide baiser et j'ai embrassé Amina.

« Sûre ? a-t-elle demandé.

— *Sorry* », lui ai-je répondu.

L'air frais m'a tout de suite fait du bien. Ma tête n'était plus aussi lourde et mes jambes ont retrouvé des forces pour pédaler à travers la ville. Après avoir pris deux Alvedon et un Resorb, je me suis jetée au lit avec mon portable, avant de m'éteindre comme une bougie qu'on souffle.

J'ai été réveillée par la vibration de mon oreiller. Je me suis redressée et j'ai retrouvé mon téléphone tombé entre le bord du lit et le sommier.

« Oui ? »

Amina haletait à l'autre bout du fil.

« Il faut que je te dise une chose.

— Qu'est-ce qui s'est passé ?

— J'ai raccompagné Chris chez lui. »

Mon cœur s'est serré. Que voulait-elle dire ?

« Ça s'est trouvé comme ça, c'est tout. Nous avons partagé un taxi. J'ai oublié que j'avais laissé mon vélo du côté de Tegnérs. »

Elle a repris son souffle. Mon cœur s'est mis à battre fort. « Il s'est passé quelque chose ?

— Non, non, rien.

— Rien ? »

Je me suis laissée retomber sur mon oreiller.

« Bien sûr qu'il ne s'est rien passé. Putain, qu'est-ce que tu crois ?

— Non, bien sûr.

— Je voulais juste te prévenir que je l'avais raccompagné chez lui. »

J'ai dit quelque chose comme c'est OK, pas de problème, rien ne s'était passé.

En principe, j'avais décidé de rompre avec Chris. Mais je ne savais plus trop.

« Tu vas mieux ? a demandé Amina.

— Je crois. »

J'ai regardé l'heure. 4 heures et demie du matin.

« Rentre te coucher avant que Dino ne s'inquiète. »

Amina a eu un rire nerveux.

« Il a déjà téléphoné plusieurs fois.

— On s'appelle demain. Bisous. »

Cinq pour cent de batterie. J'ai cherché mon chargeur par terre et j'allais le brancher quand j'ai découvert que j'avais un nouveau message d'un numéro inconnu.

Je vous en prie, évitez Chris. Il est dangereux.

75

Je me réveille avec des sueurs froides sans savoir l'heure qu'il est. Ça peut être avant minuit comme le lendemain matin. Ici, le passage du temps est insignifiant.

Quelque chose m'oppresse. Je saute du lit et tourne en rond dans la pièce. L'odeur est aussi âcre, aussi forte que quand je suis arrivée ici.

Je cogne avec hystérie contre la porte close, tandis que d'horribles images me traversent. Si réalistes que la frontière entre rêve et réalité est gommée.

Je hurle face à la porte en continuant à tambouriner, même si mes poings fermés me font mal :

« Laissez-moi sortir ! »

Je revois le corps ensanglanté de Chris par terre. Secoué de spasmes et de vagues tandis que le sang n'arrête pas de jaillir de son ventre ouvert.

« Ouvrez la porte ! »

Je me cogne le front contre le métal dur et je tombe à genoux tandis que mes ongles griffent désespérément la porte.

La trappe finit par s'ouvrir, et une paire d'yeux effrayés me fixe. C'est Elsa. Je coasse :

« Au secours. »

Je me noie. Mon corps coule, alors que je suis déjà en tas par terre. Je me force à me relever en étendant les bras, mais l'air est beaucoup trop épais. C'est comme tenter de nager dans du ciment.

« Maman ! Maman ! »

Elsa me demande de reculer de la porte, et je parviens lentement à m'éloigner en rampant, tandis que je l'entends appeler à l'aide.

Je fixe le plafond, couchée sur le dos pendant qu'ils m'examinent. Leurs voix sont très diffuses, comme de vagues chuchotements au lointain.

L'image de Chris mourant revient sans cesse. Le corps palpitant, sanglant, par terre.

Un infirmier me donne des claques au visage. J'explique que j'ai du mal à respirer, que j'ai un problème à la gorge. Il porte un verre d'eau à mes lèvres, dont la plus grande partie me coule sur le menton et les joues. Un gardien l'aide à me relever.

J'ai plusieurs mains étrangères sur le visage. Des gants en plastique qui me fouillent la bouche. Quelqu'un m'y enfonce deux cachets en disant que je vais dormir.

« Non ! » je hurle en me débattant.

Le sommeil est dangereux. Je ne veux pas y retourner.

« Stop ! »

Je crie. Ils me tiennent par-derrière.

J'inspire à fond et je retiens mon souffle. Je peux presque sentir l'oxygène quitter mon sang et mon cœur lentement ralentir ses battements.

Dans le coin, devant moi, Elsa tremble avec le regard d'un enfant égaré.

J'arrive à lâcher :

« La police. Je veux parler à la police. »

Je ne sais pas ce que je vais dire : toute la vérité, des parties de la vérité, ou quelque chose qui n'a rien à voir avec la vérité. Je sais juste que j'ai besoin de parler. Il faut que je raconte avant d'exploser.

76

Chris voulait venir à la maison.

Je veux voir comment c'est chez toi. Je rencontrerais volontiers aussi tes parents, mais on va peut-être attendre pour ça. Alors ce serait parfait maintenant qu'ils sont en voyage.

J'ai regardé autour de moi. Vêtements, sacs et bibelots éparpillés. La cuisine sentait l'animal crevé et, dans la buanderie, j'avais fait un tas de sous-vêtements et de tee-shirts.

OK, ai-je répondu à Chris. *Mais donne-moi deux heures*.

Il fallait que je lui parle. On ne pouvait pas continuer comme ça. Même si j'appréciais son insouciance et sa volonté de vivre dans le présent, j'avais besoin de savoir si nous avions la même vision de ce qui se passait. J'avais peur que quelqu'un soit blessé.

Après l'incident de la voiture, un peu de ménage à la maison avant le retour de papa et maman vendredi ne pouvait pas faire de mal. J'ai commencé par le séjour. J'ai rangé, passé l'aspirateur et récuré la table. J'ai continué à la cuisine. Vidé puis rempli à nouveau le lave-vaisselle, tout remis en place dans les placards et astiqué le plan de travail jusqu'à ce qu'il brille.

À la fin, j'avais une collection de sacs-poubelle dans l'entrée. En me bouchant le nez, je les ai traînés dehors.

Après les avoir jetés dans la benne, je suis restée un moment au bout de l'allée, profitant d'une rare sensation de paix qui m'emplissait le corps.

J'aime tellement ces soirées d'été, quand le soleil s'est couché en laissant cependant un peu de lumière dans le ciel, quand l'air est absolument immobile et que les oiseaux chantent des berceuses.

Quelque chose a tremblé dans les buissons. Un mouvement rapide. Peut-être un oiseau ?

Quand je me suis approchée pour voir, nouveau battement d'ailes.

Mon cœur s'est serré.

« Il y a quelqu'un ? » ai-je dit tout haut.

À cinq mètres de là, encore un mouvement dans les fourrés. Des feuilles froissées, une branche cassée.

« Qui c'est ? »

J'ai fouillé dans mes poches à la recherche de mon portable. Merde, je devais l'avoir laissé à la maison.

J'ai couru m'enfermer à l'intérieur. À double tour. Je haletais.

Avais-je rêvé ? Étais-je en train de devenir parano ?

Ce n'était peut-être qu'un oiseau. Un gros oiseau. Ou un autre animal. Un chat ?

Ou quelqu'un planqué là-bas ?

Chris a apporté un bouquet de roses. Je me suis ressaisie, et n'ai rien dit de ce qui venait de se passer.

Il a parcouru la maison tel un visiteur au musée. Dans ma chambre, il a commencé par s'asseoir sur le lit en s'y balançant, comme pour en tester la résistance. Puis il a vu au mur ma carte d'Asie couverte d'épingles.

« Tu avais déjà une carte ? »

Ça devenait assez gênant. Je n'avais rien pu dire en recevant son cadeau, et maintenant non plus je ne savais pas quoi dire.

« Tu sais quoi ? a dit Chris. Je me suis arrangé pour être libre en février et mars l'an prochain. C'est une très bonne période pour voyager en Asie. »

Je me suis contentée de sourire. Que dire ? Que je préférais partir toute seule ? Qu'il n'était pas question qu'il m'accompagne ?

Chris s'est collé à moi. D'un geste léger, il a écarté mes cheveux et m'a embrassée. Sa main a glissé sur le bord de ma culotte, j'ai fermé les yeux et vu des feux d'artifice. Personne ne m'avait jamais autant excitée.

« Où dorment tes parents ? »

Sans me lâcher, il a repassé la porte à reculons.

« Là ? » a-t-il fait en indiquant le chemin.

Il m'a poussée sur le palier comme dans une danse contrariée. Évidemment, je n'avais pas l'intention de me coucher dans le lit de mes parents. J'ai repoussé Chris, qui insistait. La porte s'est ouverte, et nous avons déboulé dans la chambre. Je me suis crispée, agrippée au chambranle de la porte, freinant des quatre fers.

« Pas ici. »

Chris a ri et m'a lâchée. Il était pétrifié devant le grand lit de mes parents.

« Alors c'est ici que dort papa le pasteur ? »

Quand il m'a regardée, j'ai découvert son sourire malsain.

« Viens, a-t-il dit en passant les bras autour de moi. Je veux te prendre dans le lit de papa et maman.

— Non, arrête. »

Je me suis arc-boutée. Il a tenté de me renverser sur le lit, mais sous-estimait visiblement ma force. J'ai pris appui sur mes pieds jusqu'à ce qu'ils soient collés au sol comme des ventouses, puis je l'ai repoussé avec le haut du corps. J'avais disputé des luttes autrement plus dures sur la ligne des six mètres.

« OK, OK, a dit Chris en riant avec un air désarmant. C'était une idée comme ça. Une expérience. Tu n'aimes pas expérimenter ? »

J'ai pensé à l'attirail dans son tiroir fermé à clé.

« Pas comme ça, en tout cas.

— Ah non ? »

Ça m'avait complètement coupé l'envie.

« Allons un moment sur le canapé. »

Chris a pris un air blessé et attendu un peu avant de me suivre au rez-de-chaussée. J'ai mis la télé et appuyé ma tête contre son épaule. Mes pensées se bousculaient.

Qu'est-ce qui me retenait auprès de lui ? J'en avais tellement marre qu'il ne se passe jamais rien d'amusant dans ma vie que, quand Chris s'est pointé, je me suis jetée la tête la première dans l'inconnu. Mais maintenant ? Je ne voulais pas d'un petit ami, et surtout pas de trente-deux ans. Je n'avais pas l'intention de faire des expériences dans le lit de mes parents. Ce que je voulais pardessus tout, c'était partir faire ce voyage que je désirais depuis une éternité. Aucun mec n'allait me barrer le chemin.

J'ai regardé Chris. Une des plus belles créatures qu'il m'ait été donné d'approcher. Mais quelle importance ?

Je n'avais pas encore dix-neuf ans, j'avais la vie devant moi.

Chris m'a regardée un long moment. À nouveau ce sourire gentil, adorable. Toute dureté gommée.

Je ne savais pas quoi dire. Je ne savais pas comment le dire. Je savais juste que quelque chose devait être dit.

77

Le lendemain matin, Chris était pressé de partir à un rendez-vous. Après un rapide petit déjeuner, j'ai passé au peigne fin la maison entière un spray et un torchon à la main pour effacer toute trace éventuelle de sa présence.

J'ai écrit à Amina :

Je crois qu'il faut que je largue Chris.

Pourquoi ??? a-t-elle répondu.

J'ai trituré ma formulation, sauvé plusieurs versions successives, effacé, réécrit. J'ai fini par envoyer :

Je crois qu'il est en train de tomber amoureux de moi.

Amina a mis presque une heure à répondre. Puis a écrit que c'était sans doute mieux ainsi.

En fin d'après-midi, maman et papa sont rentrés de leurs vacances.

« Comme tu as bien rangé », a remarqué maman.

J'ai demandé si ça s'était bien passé, et ils ont tous les deux hoché la tête.

« Tu aurais dû venir », a-t-elle ajouté.

Ou pas.

Ils étaient d'humeur guillerette. Papa blaguait et faisait l'imbécile. Pendant que maman essayait de défaire sa valise, il lui a chatouillé le ventre, l'a prise dans ses bras par-derrière pour lui embrasser le cou.

« Qu'est-ce que tu lui as fait ? ai-je demandé.

— Comment ça ? a pouffé maman.

— Oui, comment ça ? a renchéri papa en me chatouillant moi aussi le côté, si bien que j'ai dû me réfugier à la cuisine.

— Il prend des antidépresseurs, ou quoi ?

— Je suis le seul antidépresseur dont ton père a besoin », a ri maman.

J'ai enfourché mon vélo pour rejoindre Amina au gymnase après l'entraînement. La nuit commençait à tomber, mais Stadsparken était toujours plein de gens qui profitaient de la chaleur estivale. Quelqu'un chantait en s'accompagnant à la guitare, une bande jouait au foot, quelques amoureux se bécotaient.

Devant la baignade, une cane est arrivée en se dandinant, ses petits en file derrière elle. J'ai freiné et mis pied à terre pour leur céder le passage.

Pendant que je souriais en regardant les canetons traverser d'une démarche mal assurée l'allée de gravier, j'ai entendu des pas qui approchaient derrière moi. J'ai écarté mon vélo, doucement, pour ne pas faire peur aux canards.

« Je t'en prie, écoute-moi. »

En me retournant, j'ai vu Linda Lokind à deux mètres de moi.

« Bordel, ai-je lâché. Laisse-moi vivre. De toute façon, ce n'est pas sérieux entre Chris et moi. Rassure-toi. »

Elle m'a regardée comme si je parlais une langue étrangère.

« Je sais tout de toi, ai-je continué. Tu as besoin d'aide. De médicaments, quelque chose. Si tu ne me laisses pas tranquille maintenant, je ne sais pas ce que je vais faire. »

Je parlais fort. Peu importait que les gens m'entendent.

« Bien sûr, a dit Linda. Chris affirme que je suis malade. Un cas psychiatrique, c'est ça ? »

J'ai secoué la tête.

« Il n'y a pas que Chris. La police non plus ne t'a pas crue. Et j'ai rencontré ton ancienne copine Beatrice. »

La main de Linda a papillonné avant d'atterrir dans la poche de son pantalon. Elle s'est mise de côté, je ne voyais pas bien. Avait-elle quelque chose dans la poche ? J'ai poussé le vélo devant moi.

« Je t'ai parlé de la fille avec qui il m'avait trompée, a dit Linda. J'avais trouvé un message d'elle dans son téléphone. »

J'ai hâté le pas, mais Linda m'a suivie.

« C'était Beatrice, ma meilleure amie. Il couchait avec. Puis il lui a lavé le cerveau. Elle croit encore que tout est ma faute, que j'ai fait une sorte de psychose. »

Je me suis arrêtée en tournant le vélo pour qu'il forme un rempart entre nous.

« Tu mens. »

J'en avais assez de tout ça. Chris, Linda et Beatrice pouvaient aller au diable.

« Je te jure, c'est vrai.

— Je m'en fiche. »

Sur la pelouse devant nous, quelques familles étalaient leurs pique-niques sur des couvertures à fleurs. Deux petites filles galopaient tout autour sur des chevaux bâtons en faisant claquer leur langue. L'une d'elles me ressemblait exactement à cet âge.

« Un jour, l'hiver dernier, a repris Linda, je devais raccrocher un tableau au mur de la chambre. Il avait dégringolé quand Chris avait jeté une bouteille de bière contre le mur. Quand je l'ai eu recloué, il est allé inspecter. "Putain, il penche. Le clou est tordu." J'ai dit pardon et promis de rectifier sur-le-champ. »

Ses paroles s'écoulaient comme le sang d'une plaie béante. Je n'osais pas quitter des yeux les petites filles qui riaient sur l'herbe.

« Quand j'ai tendu la main pour prendre le marteau, Chris a été plus rapide. Il m'a jetée sur le lit en faisant des moulinets avec. "Bordel, t'es même pas capable d'accrocher un tableau correctement ! " »

J'avais des fourmillements sur la peau. Linda me faisait face tandis que, sur la pelouse, les fillettes poussaient des cris de joie.

« Il m'a violée avec le marteau. »

J'ai éclaté de dégoût :

« Ça suffit ! »

Linda a enfoncé la main dans sa poche.

« J'aimerais lui faire du mal. Je veux qu'il souffre comme moi. »

Ses joues étaient écarlates, son cou tendu, ses sourcils baissés. Elle me faisait peur.

« Je pourrais le tuer. »

J'ai enfourché mon vélo et mis le cap sur le gymnase. Avant qu'Amina ne sorte de son entraînement, j'avais cherché Chris sur mon portable et effacé son nom de mon répertoire.

78

Michael Blomberg est assis en face de moi dans une chemise bleu ciel déboutonnée presque jusqu'au nombril. Il pose sa paluche d'ours sur la table et me regarde comme s'il était mon père.

« Pourquoi veux-tu voir Agnes Thelin ?

— J'ai l'intention de lui raconter.

— Lui raconter quoi ? »

Je hausse les épaules.

« Ce qui s'est passé. »

Il se récrie en agitant sa grosse main.

« Écoute-moi. J'ai parlé avec Ulrika, et je suis arrivé à la conclusion que tu dois continuer à te taire aussi longtemps que possible. »

Je serre les poings sous la table.

« Vous baisez encore ? »

Blomberg a l'air d'avoir reçu un coup de pied dans les couilles.

« Vous n'êtes pas obligé de répondre. Je préfère ne pas savoir. »

Il passe la main sur sa bouche.

« C’était il y a longtemps, dit-il tout bas. Avant cette histoire, je n’avais plus revu Ulrika depuis plusieurs années. »

Il essuie la sueur qui lui coule dans le cou et derrière les oreilles. Puis il ouvre son ordinateur sur la table, fixe l’écran et tape fort sur les touches avant de me regarder enfin à nouveau.

« L’hypothèse de la procureure est qu’Amina et Christopher Olsen ont agi dans ton dos.

— Quoi ? Sérieux ?

— La procureure croit qu’Olsen te trompait avec Amina et que tu les as pour ainsi dire surpris », explique Blomberg.

Il martèle les mots impitoyablement. Je sais qu’il s’agit de moi, mais ça semble si étrange, comme quelque chose qu’on lit sur un forum Internet.

« Me trompait ? »

Il hoche la tête.

« Elle croit que tu l’as découvert, et que tu as décidé de tuer Olsen.

— Attendez. La procureure croit que j’ai tué Chris parce qu’Amina et lui… quoi… couchaient ensemble ?

— Oui.

— Parce que j’étais jalouse ?

— Jalouse ? Trahie ? Qu’est-ce que j’en sais ?

— Mais c’est complètement dingue.

— Tu tiens à Amina ? demande Blomberg.

— Putain, de quoi vous parlez, là ? Je l’aime !

— Dans ce cas, écoute-moi. »

Je souffle par le nez, mais me force à l’écouter.

« Pour Amina », dit Blomberg.

Je la revois, la peur dans ses yeux, ses rêves brisés, et c’est comme si je m’effondrais, tout mon corps rompu.

Sans Amina, je ne sais pas où je serais aujourd'hui, qui je serais devenue. Jamais je ne la trahirai.

« La procureure va vraisemblablement affirmer que tu t'es rendue au domicile d'Olsen avec l'intention de le tuer. Mais la preuve repose sur une chaîne d'indices faible, explique Olsen. Bien sûr, ils ont le témoignage de la voisine qui dit t'avoir vue devant la maison. Mais cette fille est une petite chose fragile, pas vraiment le témoin idéal. »

Il se plonge dans la lecture de son écran.

« Ils ont ensuite l'empreinte de chaussure et les traces de spray lacrymogène. Des cheveux, des fragments de peau et des fibres textiles. Mais il n'y a aucune preuve directe que c'est toi qui as tué Olsen.

— D'accord. »

Il tourne l'écran vers moi, mais je n'ai pas le courage de lire les minuscules caractères.

« Ils ont aussi trouvé des trucs dans l'ordinateur d'Olsen, des messages, des chats. Ils ont quelques listes d'appels par-ci, par-là. »

La voix de Blomberg est ferme et rassurante.

« Le plus important, pour le moment, c'est ton alibi, Stella.

— Ah oui ? » fais-je, sans comprendre ce qu'il veut dire.

Il me regarde à nouveau.

« La chronologie de la procureure ne tient pas la route, puisque tu as un alibi pour l'heure où le légiste a situé le meurtre. »

Ces mots tourbillonnent dans ma tête.

« J'ai un alibi ? »

Ça paraît invraisemblable.

« D'après le rapport d'autopsie, Olsen est mort entre 1 et 3 heures du matin. »

Je ne comprends toujours rien.

« À ce moment-là, tu étais à la maison, Stella.

— J'étais… Non ?

— Ton père a regardé l'heure. Il est sûr à cent pour cent que tu es rentrée à la maison à minuit moins le quart ce soir-là.

— C'est impossible.

— Bien sûr que si. Si ton père dit qu'il est certain, c'est évidemment ça. »

J'entends à peine ce que Blomberg raconte.

Je commence à comprendre ce qui est en train de se passer.

« Tu ne crois quand même pas que ton père mentirait ? »

79

C'est papa qui a choisi le restaurant pour mon anniversaire. Italien, bien sûr. Comme il est obsédé par la cuisine italienne et par tout ce qui a le moindre rapport avec ce maudit pays de bouffeurs de spaghettis, il imagine qu'il va de soi que maman et moi pensons pareil.

Toutes ces vacances en Italie. Je vomis franchement ces *bruschette*, *pasta*, *birra grande* et *vino rosso*, tous ces dragueurs de serveurs gominés avec leur foutu « *Ciao bella* ».

En d'autres termes, je n'attendais pas grand-chose de cet anniversaire, mais papa et maman avaient insisté tout l'été et, après l'incident de la voiture, je ne voulais pas trop les décevoir.

La soirée n'a pas très bien commencé. Le restaurant avait réussi à se tromper de jour pour notre réservation, ou alors c'était la faute de papa, je ne sais pas. Ensuite, il n'a pas voulu me laisser commander du vin.

« J'ai dix-neuf ans, ai-je avancé. J'ai la loi de mon côté.

— La loi n'est pas parfaite », a répliqué papa.

Au moins, il souriait.

« Mais que dit la juriste ? »

Par chance, j'avais maman de mon côté.

« Mais bien sûr qu'elle peut prendre du vin. »

Non que ce que je buvais à table ait eu une grande importance. C'était une question de principe.

À la fin du repas, j'ai reçu une petite carte que je devais suivre depuis le restaurant, en tournant au coin de la rue. Là, j'ai trouvé la Vespa rose, avec un horrible ruban autour du guidon. Je n'en croyais pas mes yeux ! Papa s'était complètement assis sur ma demande d'argent pour mon voyage et avait claqué trente mille balles dans une Vespa.

« Mais je t'avais dit…

— Un merci, ça me suffit », a dit papa.

Je me suis détestée. Bien sûr, j'aurais dû être reconnaissante, me jeter à son cou, et je me retrouvais plantée là avec mes sentiments contradictoires. C'était quoi, mon problème ?

Après le dessert, nous sommes restés silencieux et repus à nous regarder en chiens de faïence. Je contrôlais régulièrement mon portable. Les félicitations affluaient sur Facebook, mais je n'avais encore rien reçu d'Amina.

« Il va falloir que je file. »

Papa s'est bien sûr énervé. Ils avaient organisé un dîner d'anniversaire, et moi, je ne pensais qu'à partir.

« Je vais sortir avec Amina, ai-je expliqué en enfilant ma veste. Merci beaucoup pour le dîner et le cadeau.

— Tu prends la Vespa ? » a demandé papa.

J'ai regardé mon verre de vin vide. Est-ce que c'était pour ça ? Si je conduisais la Vespa, il savait que je ne devais pas boire.

« Ne t'inquiète pas, a dit maman. On va s'arranger pour la ramener à la maison ce soir. »

Elle s'est levée avec un sourire triste et j'ai fermé les yeux pendant qu'on s'embrassait. Sans crier gare, voilà que je me sentais soudain tellement malheureuse. Un manque, un désir, une profonde douleur me consumaient, et je suis restée longtemps dans les bras de maman.

Papa s'est levé de table et notre accolade a été froide et gauche. Il m'a regardée partir d'un air ennuyé.

La chaleur de fin d'été a un parfum particulier. Quand il a fait chaud assez longtemps, il est si entêtant que seule une pluie battante peut le dissiper.

J'ai traversé Fjelievägen et dépassé le stade. Ça sentait la pomme et le sauna et sur les pistes de course, à côté, quelqu'un faisait rebondir un ballon contre le mur de béton. Des voix joyeuses et des rires fusaient par-dessus le ronron monotone de la circulation sur Ringvägen.

En fait, je n'avais aucun projet. Quand j'avais parlé avec Amina jeudi soir, je lui avais dit que ça me barbait de faire quoi que ce soit. Je sortirais bouffer avec mes parents, puis je rentrerais dormir.

Mais maintenant, je trouvais nul de gâcher la soirée. Le vin m'avait donné la pêche et j'avais échangé mon samedi au boulot, je pouvais donc dormir toute la matinée, si je voulais. J'ai envoyé un message à Amina mais, comme au bout d'une minute elle n'avait pas répondu, je l'ai appelée.

« Qu'est-ce que tu fais ? » ai-je demandé.

Un grésillement. Un choc sourd.

Amina a disparu un instant, pour bientôt revenir la voix plus nette. Elle était essoufflée, avait l'air stressée.

« Je suis avec Chris.

— Avec Chris ? »

Ça m'a fait un choc à la poitrine.

« Qu'est-ce que tu fais avec Chris ? »

La réponse a tardé.

« Rien… on traîne, quoi. »

Un silence. C'était quoi, ce plan ? Amina et Chris se voyaient sans moi ?

« On voulait te faire une surprise. »

Ça avait tout l'air d'une dérobade.

« Vous êtes chez lui ? Je peux être là dans cinq minutes.

— Cinq minutes ? » a dit Amina.

L'instant d'après, un flot de paroles s'est déversé de sa bouche et avant que j'aie pu réfléchir à ce qu'elle venait de dire, elle avait raccroché.

Je savais qu'Amina ne ferait jamais rien dans mon dos. Elle ne ferait jamais rien avec Chris, impossible, jamais sans m'en avoir parlé d'abord. Mais j'entendais bien que quelque chose n'allait pas.

J'ai pensé à l'histoire dingue que m'avait racontée Linda dans Stadsparken, et j'ai accéléré, dépassé le lycée Polhem, je suis descendue vers les jardins ouvriers. Pendant une brève période, en troisième, je suis sortie avec un garçon qui était en terminale à Polhem. Plusieurs fois, Amina et moi, on a séché après la cantine pour aller dans l'aire de jeux du coin de la rue, à l'abri des regards, fumer cigarette sur cigarette pour tuer notre angoisse d'ados en attendant les garçons qui avaient leur permis et la voiture de papa, ce qui leur conférait une énorme popularité auprès des filles de notre âge.

Quand j'ai tourné dans la rue de Chris, mon téléphone a sonné.

« Écoute, m'a dit Amina, à bout de souffle. Attends-moi dehors. Je descends.

— Mais pourquoi ? »

J'ai regardé en direction de l'immeuble jaune, en bas de la rue, et j'ai vu la cage d'escalier clignoter avant de s'allumer. « J'arrive, a haleté Amina à l'autre bout du fil.

— Qu'est-ce qui s'est passé ? »

Elle m'a raccroché au nez. L'instant d'après, elle a ouvert le porche à la volée et s'est précipitée dans la rue.

J'ai fait quelques pas rapides pour aller à sa rencontre.

Ses yeux étaient écarquillés, son souffle court et saccadé.

« On s'en fout de lui. »

Elle regardait l'asphalte. Son mascara avait coulé et ses lacets étaient défaits.

« Hein ? ai-je lâché.

— On s'en fout, de ce putain de Chris Olsen. »

80

Pour une fois, je me réveille un peu reposée. Ça me donne une vision toute nouvelle et plus saine. Ce n'est que lorsqu'on en est privé qu'on réalise l'importance du sommeil.

La police a demandé un nouvel interrogatoire juste après le petit déjeuner. Je mâche lentement le pain de mie sec en réfléchissant à ce que je vais dire à Agnes Thelin.

Elsa et Jimmy me mènent en ascenseur jusqu'à la salle d'interrogatoire où m'attend Michael Blomberg.

« Bonjour, Stella. »

Il a l'air nerveux. Est-ce qu'il a peur de ce que je vais dire ? Il souffle et gémit en ôtant sa veste trop serrée. Sa chemise est bleu marine.

Agnes Thelin échange avec lui quelques propos insignifiants, avant de s'asseoir en face et de mettre en route l'enregistrement.

« Tu as eu un peu de temps pour réfléchir depuis la dernière fois, Stella. Est-ce qu'il y a quelque chose que tu veux dire ou éclaircir ?

— Euh… »

Agnes Thelin sourit patiemment.

« Je ne crois pas, dis-je en jetant un coup d'œil à Blomberg, qui tripote sa cravate.

— C'est qu'il y a cette question de ton emploi du temps le jour du meurtre, précise la commissaire. Rien à faire, ça ne colle pas, Stella.

— Non. »

Elle me dévisage longtemps sans un mot. Un peu trop longtemps. À la fin, il faut que je dise quelque chose, n'importe quoi, pour m'arracher à son emprise.

« Blomberg dit que papa m'a donné un alibi. »

Les yeux de l'avocat grandissent. Il se gratte le nez.

« Mouais, fait Agnes Thelin en regardant Blomberg. Ce n'est peut-être pas tout à fait aussi simple.

— Ah bon, c'est quoi, le problème, alors ?

— Il est difficile de déterminer exactement l'heure de la mort de quelqu'un.

— Mais la voisine ? Elle a bien entendu des cris vers 1 heure du matin ? »

Agnes Thelin ne répond pas. Je ne sais toujours pas jusqu'où je peux lui raconter.

« Est-ce que tu peux essayer de te remémorer exactement ce que tu as fait après avoir quitté Stortorget ce soir-là, Stella ? »

Je respire à fond, lourdement.

Je n'ai pas de problème de mémoire. Je me souviens exactement de mes faits et gestes.

« Que dit papa ? »

Agnes Thelin me regarde obstinément dans les yeux.

« Ton père déclare que tu es rentrée à 23 h 45 exactement le vendredi soir. Il affirme en être absolument certain. »

Je ne comprends pas. Est-ce que papa a l'intention de mentir lors d'un procès ? Pourquoi ?

« Il prétend qu'il t'a parlé. Est-ce exact ? »

Je me tortille sans rien dire.

Le regard suivant d'Agnes Thelin contient une supplique.

« À quelle heure es-tu vraiment rentrée ce soir-là, Stella ? »

Elle se penche vers moi, mais je regarde au-delà d'Agnes Thelin, au-delà de tout ça, le mur nu derrière elle. Je pense à Amina. J'entends encore sa respiration terrorisée. Je vois son regard défait.

« Les déclarations de ton père sont-elles exactes, Stella ? Es-tu rentrée à la maison à minuit moins le quart ce soir-là ?

— Mmh.

— Pardon ? »

Un silence total se fait dans la pièce. Tout retient son souffle.

« Je ne suis pas rentrée avant 2 heures du matin. »

Ça me fait chaud au cœur.

Les yeux de Blomberg sont en train de sortir de leurs orbites, mais Agnes Thelin soupire de soulagement.

« Que s'est-il passé ce soir-là, Stella ?

— Je suis allée à vélo chez Chris. »

Je pense à Amina. Je l'imagine en blouse de médecin. Elle rayonne, comme d'habitude. À l'heure qu'il est, elle a dû commencer sa formation. Je songe à tout ce que nous avons partagé, traversé. Je ne ressens aucune angoisse, l'odeur a disparu, tout est bien.

« Et après, que s'est-il passé ? » demande Agnes Thelin.

Blomberg s'éponge le front.

Je pense à ce qu'il a dit d'Amina. *Si tu tiens à Amina, ne dis rien.*

Je pense à Nounours et Shirine, je pense à mon voyage. Je pense à maman et papa.

Je pense au violeur.

Je ne peux pas me taire plus longtemps.

81

Amina a porté en hésitant son verre à ses lèvres.

« On comptait te faire une surprise. On devait arranger quelque chose ensemble. Il voulait que je passe chez lui. »

Je l'ai fixée du regard. Elle a bu une rapide gorgée.

« Il m'a embrassée, a-t-elle alors dit, comme en passant.

— Hein ? Chris t'a embrassée ? »

J'ai bu une grande gorgée de rosé.

« Je te jure, je ne m'y attendais pas du tout. Tout à coup il était là, tout près, et ses lèvres… J'ai essayé de le repousser. Tu dois me croire. »

Je l'ai dévisagée avant de finir mon vin. Nous étions en terrasse sur Stortorget, c'était vendredi soir, plein de monde. Pourtant, nous avions l'impression d'être seules dans notre bulle, rien qu'Amina et moi. Le reste du monde ruisselait comme une petite musique d'ascenseur.

« Tu me fais confiance ? Tu comprends bien que je ne ferais jamais rien avec lui ? » a dit Amina.

Ses grandes pupilles papillonnaient. Bien sûr, c'était une question d'honneur. Nous étions meilleures amies.

« Bien sûr, ai-je répondu, sachant quelle piètre menteuse elle était.

— C'est une ordure, un vrai queutard, a-t-elle repris. Ça ne se fait pas, des trucs comme ça. Il sait que nous sommes meilleures amies. Peu importe que tu... »

Elle s'est interrompue.

« Que je quoi ? »

Elle a baissé les yeux en tripotant son collier, la bille d'argent que je lui avais offerte pour son dix-huitième anniversaire.

« Que tu comptais le larguer.

— Mais il n'est pas au courant, bordel !

— Non, bien sûr. »

Elle a continué à tripoter la bille d'argent.

« Tu le lui as dit ? »

Elle est vraiment à chier, comme menteuse.

« Pardon. C'est lui qui a insisté. Il a expliqué qu'il n'arrêtait pas de t'écrire, mais que tu ne répondais pas. Il savait qu'il y avait un problème. »

Je n'ai pas lâché un son. Je ne voulais même pas la regarder.

« C'était un mauvais minet d'été, a dit Amina en essayant d'afficher un demi-sourire. C'est peut-être aussi bien que ça finisse comme ça. Maintenant, on sait quel genre d'ordure c'est. »

J'étais incapable de sourire. Ni de voir rien de positif à ce qui s'était passé. J'avais encore du mal à bien réaliser.

Surtout, j'aurais aimé être en colère. J'aurais voulu appeler Chris pour lui dire quelle espèce de salaud il était et l'envoyer au diable. Mais ma colère était bridée par d'autres sentiments auxquels je n'étais pas habituée.

Surtout, je me sentais trahie.

Le lendemain, il m'a envoyé d'autres messages sur Facebook et Snapchat. J'ai résisté à la tentation de lui répondre en lui bloquant partout l'accès. Je ne voulais plus jamais avoir affaire à Chris Olsen.

Au cours de la semaine, j'ai cessé de penser à lui. Enfin, il se passait de longs moments sans qu'il infiltre mon cerveau. Plusieurs heures sans que mon cœur se serre. J'ai décrété que c'était une question de temps, qu'il fallait prendre mon mal en patience. C'était comme arrêter de fumer.

En rentrant à la maison après le travail mercredi soir, j'ai réalisé que je n'avais pas pensé à lui depuis tôt le matin. J'étais déjà en train de tourner la page, et mes éventuels sentiments, je les avais profondément enfouis sous la surface, déterminée à ne plus jamais déterrer ce merdier. Décidément, c'était allé plus vite que je n'aurais cru.

Ni Chris Olsen ni Linda Lokind ne feraient partie de mon avenir. Comme des milliers d'autres personnes, ils étaient passés en bordure de ma vie. Rien d'autre qu'une brève visite. Je les aurais bientôt oubliés. Dans dix ou vingt ans, je m'en rappellerais avec un frisson ravi et raconterais à de nouveaux amis cette histoire folle de ce garçon plus âgé de quatorze ans qui m'avait emmenée à Copenhague en limousine et nous avait réservé la suite du Grand Hôtel, et de son ex déséquilibrée qui me harcelait. Je n'aurais plus que de vagues souvenirs d'eux et de ce qui s'était vraiment passé. Bien sûr, je rirais de cette mésaventure, et ceux qui m'écouteraient remettraient en cause sa véracité.

C'était sans compter Amina.

82

Vendredi, le soleil brillait. Cette fin d'été avait été magique, et rien ne laissait présager que le charme doive être rompu.

Je songeais à mon voyage en Asie. Quand l'obscurité déferlerait sur les plaines de Scanie, j'aurais enfin en poche un aller simple pour le soleil, la chaleur et l'aventure. J'allais économiser assez d'argent, même s'il fallait pour ça que je me tue au travail, de l'ouverture à la fermeture, sept jours sur sept. Jeudi soir, j'avais mis en vente la Vespa sur Internet. Je me sentais terriblement ingrate, mais j'avais aussi été très claire. Je ne voulais pas de Vespa, j'avais besoin d'argent pour mon voyage.

Dans la matinée, j'ai écrit à Amina pour lui demander si elle aurait un moment pour qu'on se voie dans la soirée. Nous avions besoin de parler. J'étais déçue de ce qui s'était passé, mais je n'arrivais pas non plus à me défaire du sentiment que j'exagérais. Qu'est-ce que ça faisait, au fond, qu'Amina ait révélé à Chris que je n'avais pas l'intention de continuer à le voir ? D'une certaine façon, elle m'avait rendu service.

Amina m'a répondu qu'elle avait entraînement, mais qu'elle voulait bien aller prendre un verre après.

Je m'étais sorti Chris de la tête. Je me découvrais une légèreté nouvelle dans la poitrine. J'ai passé tout l'après-midi à sourire en chantonnant des chansons de Disney.

Quand la boutique a fermé, à 7 heures, j'ai accompagné mes collègues pour manger un morceau sur Stortorget. De toute façon, l'entraînement d'Amina ne finissait pas avant 8 heures.

Vers 8 heures et demie, elle m'a envoyé un message.

Crevée, pas le courage de sortir, match demain

T'inquiète, ai-je répondu. *Bisous.*

Pardon tu n'es pas fâchée hein ?

Bien sûr que non.

On peut s'appeler demain je t'aime bisou

Je devais moi aussi me lever pour aller travailler, et ne comptais pas m'éterniser en ville. Et puis, je m'étais peu à peu faite à la situation, et l'avais acceptée comme quelque chose de positif. Je n'avais pas du tout envie de me prendre la tête avec une conversation profonde sur la confiance et toutes ces conneries.

J'ai commandé un verre de mousseux, mis mes lunettes et me suis calée en arrière pour prendre le soleil.

Mes collègues se sont lancées dans leur babil habituel sur les couches, le caca, les petits pots et les porte-bébés, et j'avais beau faire semblant de bâiller tout ce que je pouvais, aucune n'avait l'air de capter. Il nous fallait un sujet de conversation qui vole un peu plus haut, quelque chose qui puisse faire démarrer les gens au quart de tour.

Malin était en train de raconter que la maternelle que fréquentait sa fille mettait l'accent sur *la valeur égale de chacun*, et toutes les autres abondaient à l'unisson pour trouver ça important et bien.

J'ai saisi la balle au bond :

« Non mais franchement. Vous pensez vraiment que toutes les personnes ont la même valeur ? »

Elles m'ont toutes dévisagée, comme on fait quand on ne sait pas bien si quelqu'un essaye de plaisanter ou vient de dire une énormité.

« Vraiment, sérieux. » Je me suis tournée vers Malin, la gérante de la boutique, parce que je sais qu'elle est facile à provoquer. « Si tu peux choisir entre la mort de cinquante enfants en Syrie et la mort de ta Tindra, qu'est-ce que tu choisis ?

— Laisse tomber, a geint Sofie. On ne dit pas des trucs comme ça. »

Mais Malin voulait répondre.

« Cet exemple n'a rien à voir avec l'égale valeur des personnes. Évidemment, Tindra a plus de valeur pour moi parce qu'elle est mon enfant, mais d'un point de vue purement objectif, elle ne vaut pas plus que quiconque. »

Je n'en attendais pas moins. Malin n'est pas idiote.

« Est-ce que tu dirais que Tindra a autant de valeur qu'un pédophile ? »

Malin a fait la grimace.

« Les pédophiles ne méritent même pas d'être appelés des personnes humaines. »

J'ai souri, en triomphant :

« Et les meurtriers alors ? Les violeurs ?

— Mais ce sont des exceptions extrêmes, a dit Sofie. Quatre-vingt-dix-neuf pour cent des gens ne sont ni des pédophiles, ni des violeurs.

— Mais celui qui bat sa femme ou ses enfants ? Le raciste ? Celui qui fait des discours de haine sur Internet, qui harcèle ? Toutes ces personnes ont-elles la même valeur qu'un enfant innocent ? »

Sofie a commencé une réponse, mais a été interrompue par Malin, qui trouvait « cette discussion absurde ». J'ai essayé de la relancer, mais le caquetage sur les bébés a vite repris le dessus. Le pas du dilemme moral aux gouttes de vitamine D et au test de motricité *up-and-go* n'est pas si grand qu'on peut le penser.

Je n'en pouvais plus.

« À demain », ai-je dit en les embrassant l'une après l'autre avant de traverser nonchalamment la place pour aller chercher mon vélo.

On voyait que c'était week-end de paie : il avait beau être déjà 10 heures et demie, les gens affluaient en ville, enthousiastes à l'idée de pouvoir s'offrir un verre de plus, heureux de l'été indien, avides d'en aspirer les dernières gouttes alors que l'automne pointait à la porte.

Près de l'arrêt de bus de Botulfsplatsen, j'ai détaché mon vélo de son râtelier et je venais de passer la jambe droite au-dessus du cadre quand mon regard s'est figé.

Elle ne se faisait pas remarquer. Elle ressemblait à tous les autres habitants de Lund venus prendre le soleil. Elle était juste de l'autre côté de la rue, dos à une façade de brique, embrassant du regard la gare routière, dans une robe d'été jaune à fleurs, des bottes et un manteau beige, un sac bandoulière tendu sur l'épaule.

J'ai dû regarder une deuxième fois.

Mes bras sont devenus si flasques que mon vélo a vacillé et que j'ai perdu l'équilibre.

83

Nounours a la larme à l'œil.

« Ressaisis-toi », lui dis-je.

Les adieux sentimentaux, non, ce n'est pas mon truc. Alors bien sûr, je prends le contre-pied.

« Je serai sûrement encore là à ton retour.

— Ça, je ne crois pas », dit Nounours en se mordant la lèvre inférieure.

Il part demain pour trois semaines.

« Il va y avoir un procès, alors ? demande-t-il.

— On dirait bien. »

Je préfère ne pas en parler.

« Les îles Canaries ? dis-je avec une mine sceptique. Tu peux encore changer d'avis. Tu as sûrement une assurance annulation ? »

La mine tristounette de Nounours se transforme en sourire étincelant.

« Tu es juste jalouse. Vingt-sept degrés à l'ombre. »

Je ris :

« N'oublie pas la crème solaire. Séjour en pension complète, hein ? »

Il hoche la tête en fronçant le nez.

« Tu es tellement cliché, Nounours.

— Eh oui, désolé. Parfois je regrette de ne pas être un peu plus comme toi.

— Non, tu ne regrettes pas. »

Il sourit à nouveau.

« Non, je ne regrette pas.

— Je peux te demander quelque chose, Nounours ?

— Tu ne passes pas ton temps à ça ?

— Non, mais blague à part. Une question sérieuse. »

Il arrête de rire et hoche la tête. J'essaie de trouver les mots justes, mais ce n'est pas facile.

Toute la nuit, je suis restée éveillée en pensant à papa. Pourquoi prétend-il que je suis rentrée plus tôt ce soir-là ?

« Jusqu'où irais-tu pour protéger ta fille ?

— Là, je ne te comprends pas bien, dit Nounours. Je ferais tout pour protéger Lovisa. Comme je crois n'importe quel parent.

— Un parjure ?

— Quoi ? »

Nounours me regarde avec méfiance.

« Ça signifie qu'on ment devant un tribunal.

— Je sais ce que ça signifie, mais je ne pense pas qu'on puisse être forcé de témoigner sous serment contre son propre enfant.

— On s'en fout, des détails. Est-ce que tu mentirais lors d'un procès pour protéger Lovisa ?

— Difficile à dire. Ça dépend si…

— Mais quoi, sérieux, Nounours !

— OK, dit-il d'un ton déterminé. Je ferais sûrement tout ce qui est en mon pouvoir. Même mentir. Lors d'un procès.

— Bien.

— Mais de quoi s'agit-il, à la fin ? Est-ce que c'est ce que je pense ? »

Je baisse le regard. Je regrette d'avoir parlé de ça. Nounours ne pourra jamais comprendre. Il y a des années-lumière entre papa et lui.

« Un parent peut sûrement faire les choses les plus impensables pour sauver son enfant, dit-il.

— Mais mon père n'est pas comme toi. Il fait des choses pour lui. Ou pour que les autres ne découvrent pas que lui et sa fichue famille ne sont pas aussi parfaits qu'il voudrait. »

Une large ride se dessine au front de Nounours. Il tarde à parler.

« Tu sais quoi ? Je ne crois pas que ce soit si inhabituel. Nous avons tous envie que notre famille paraisse un peu plus harmonieuse et sans tache qu'elle n'est en réalité. »

Je secoue la tête. Nounours ne comprend pas, il ne peut même pas se représenter la situation.

« Mon père ne voulait pas m'élever. Il voulait me créer, comme s'il était Dieu le Père en personne. Il aurait voulu que je sois exactement comme lui. Ou non, il aurait voulu que je sois comme il avait imaginé que sa fille devrait être. Et quand ça n'a pas été le cas… »

Je n'arrive pas à continuer. Ma voix s'emmêle et disparaît.

« Je ne crois pas que ton père mentirait pour protéger sa personne ou la réputation de sa famille. »

Je me détourne. Putain, qu'est-ce que Nounours sait de mon père ?

« Et pourquoi le fait-il, alors ?

— Parce que c'est quelque chose que les pères font. Parce qu'il t'aime. »

Je le regarde. Je voudrais dire quelque chose de dur, de blessant, qui casse cette ambiance sentimentale, mais pas un mot ne veut sortir de ma bouche.

« Ça va bien se passer, Stella. »

Je sens sa main respectueuse posée sur mon bras et je veux juste qu'il s'en aille.

« Écoute », chuchote-t-il.

Les larmes débordent de mes yeux. Va-t'en, bordel !

Lentement, il me caresse le dos. C'est rassurant, ça donne espoir, mais en même temps je sais qu'il va me quitter sous peu. Bientôt, il sera assis dans une chaise longue, au bord de la piscine, sur une des îles Canaries, en train de chatouiller la petite Lovisa jusqu'à ce qu'elle éclate de rire.

Sans croiser son regard, je repousse sa main.

« L'essai, dis-je en déglutissant et en essuyant les larmes sur mes joues. Je n'ai pas écrit grand-chose. »

Nounours inspire profondément, sans bruit.

« On s'en fout, de l'essai », dit-il.

Je me frotte durement les yeux du revers de la main.

« Il faut que j'y aille », dit Nounours en se levant.

Je lui tourne toujours le dos.

« Il faut vraiment que j'y aille, Stella.

— OK. »

En me retournant, je le vois devant la porte. Il jette un coup d'œil par-dessus son épaule en se balançant lentement d'un pied sur l'autre.

Je répète :

« OK. »

Puis je m'avance de deux pas et je passe les bras autour de son cou.

Je pleure à nouveau. Je laisse tout couler.
Nounours me serre fort et longtemps.
« Bonne chance », chuchote-t-il.
Je ne réponds pas. Je n'ai pas de voix.

84

J'étais sur mon vélo dans la ruelle près du kiosque. Bordel, c'était allé trop loin. Linda Lokind continuait à me poursuivre, alors que j'avais rompu avec Chris. J'ai risqué un œil vers la gare routière, sur la place, mais elle avait disparu.

J'ai chassé un frisson, sorti mon portable et appelé Amina. Comme elle ne répondait pas, j'ai essayé un SMS, Messenger et Snap, mais partout c'était silence radio.

Les moindres bruits ou mouvements me faisaient me retourner. Mon cœur battait. Je me sentais pourchassée, je ne voulais pas rester seule.

Tout en dirigeant rapidement mon vélo vers la cathédrale, j'ai soupesé mes options. Évidemment, je pouvais filer retrouver mes collègues sur Stortorget. Je n'aurais pas à donner d'explications, et ça serait rassurant de rester avec elles un moment.

Ou alors, je pouvais rentrer à la maison à vélo. L'inconvénient était que ça me prendrait au moins un quart d'heure. Il faisait sombre et le chemin était désert. Il me fallait des gens autour de moi.

J'ai contrôlé à nouveau mon portable. Amina était déconnectée partout. Sans doute dormait-elle.

Quelqu'un d'autre ?

Parmi les petites photos de profils tout en haut de Messenger, j'ai alors vu son visage. Le grand sourire et les yeux en diamant. Un voyant vert à côté de son nom. *Online*. J'avais oublié d'enlever Chris de mes contacts Messenger.

Merde ! J'avais décidé de le chasser de ma mémoire, de le gommer de ma vie, mais à y réfléchir, Chris apparaissait malgré tout comme la meilleure option. Il connaissait Linda. Peut-être pourrait-il lui expliquer qu'il n'y avait plus rien entre nous ? Peut-être pourrait-il la convaincre de me laisser tranquille ? S'il y avait quelqu'un qui pouvait me calmer, c'était bien Chris.

J'ai à nouveau regardé sa photo. À cet instant, j'ai réalisé combien il me manquait. Les larmes me brûlaient les paupières tandis que je traversais le parc Lundagård.

Quelques vélos filaient sur l'allée de gravier et une vieille dame traînait son teckel ébouriffé autour de la statue de Tegnér, mais sinon tout était calme et silencieux.

Qu'est-ce que j'étais en train de faire ?

J'ai téléphoné encore une fois à Amina. Toujours pas de réponse.

J'ai pris une décision rapide, et envoyé un message à Chris :

Tu es là ?

J'ai fixé l'écran, mais rien ne se passait. J'ai fait plusieurs fois volte-face pour regarder par-dessus mon épaule, croyant entendre des pas, voir des yeux briller dans les buissons.

Toujours pas de réponse de Messenger.

J'ai cherché le numéro de Chris, et envoyé un SMS. J'ai attendu cinq minutes, puis téléphoné plusieurs fois d'affilée. Rien.

Que faire ?

Devant le restaurant Tegnérs, j'ai garé mon vélo et envoyé encore plusieurs messages, à Chris et Amina. En majuscules, je leur demandais de donner des nouvelles dès que possible. C'était important.

J'ai fait un tour chez Tegnérs pour me cacher dans la foule. Après avoir déambulé au hasard dans l'espoir de trouver un visage connu qui puisse me faire penser à autre chose qu'à Linda Lokind, je me suis retrouvée au bar à siroter un cidre de poire, tout en contrôlant mon portable au moins dix fois par minute. Toujours rien.

Les gens me regardaient bizarrement. Un mec coiffé comme Ronaldo a tenté un flirt désinvolte, mais je l'ai chassé comme on fait d'un taon. Je me suis alors plongée dans mon portable en m'efforçant d'avoir l'air d'attendre quelqu'un. J'ai un peu surfé et écrit à Amina pour la énième fois.

Quand je suis ressortie, l'obscurité était opaque. J'ai enfourché mon vélo et pédalé à travers le parc. J'ai évité une flaque et manqué d'entrer en collision avec deux gamins à l'arrêt qui m'ont demandé si j'avais le feu aux fesses. Je n'ai pas répondu. J'ai regardé autour de moi dans le noir, et décidé de rentrer à la maison. Juste comme je prenais à droite pour longer le cimetière, j'ai jeté un œil par-dessus mon épaule, fait une embardée et failli aller dans le fossé.

De l'autre côté du croisement, Linda Lokind se tenait comme un spectre dans le cône de lumière jaune mat du réverbère. Ses deux mains étaient enfoncées dans les poches de son manteau et ses yeux perdus dans le vague.

Sans hésiter, je suis montée sur le trottoir et descendue de vélo. Il y a un pub tout au bout de Sandgatan, je crois qu'il s'appelle Inferno. La porte était grande ouverte, de la musique et des rires s'en échappaient : je me suis frayé un passage devant quelques garçons tatoués et barbus, avant de m'enfoncer dans la pénombre du local.

Ça devait être Linda.

Ou non ? Pouvais-je m'être trompée ?

Affaissée au-dessus d'un verre de vin, je me suis cachée dans un coin. Mon cœur battait. Était-ce vraiment Linda ? En y repensant, je n'avais pas bien vu son visage.

Je me suis rappelé ses mots, dans Stadsparken. Ses menaces de faire du mal à Chris. Et s'il était en danger ? Ou pire. Elle lui avait peut-être déjà fait du mal. Et maintenant… en avait-elle après moi ?

Où était passée Amina ? Pourquoi ne donnait-elle pas de nouvelles ?

J'ai lorgné en direction du bar plongé dans la pénombre. Pas de Linda en vue. Les gens buvaient des bières, déconnaient, riaient comme si de rien n'était. J'ai fini mon vin, qui m'a donné le hoquet. Enfin, mon portable a vibré.

Tvb. Je dors. À demain. ♥

C'était envoyé du portable d'Amina.

J'ai plusieurs fois relu le message.

Putain, qu'est-ce que c'était que ça ?

Amina et moi, nous nous écrivons depuis la crèche. De la même manière que je reconnaîtrais entre toutes la voix de ma meilleure amie, je pouvais difficilement me tromper sur sa façon d'écrire.

Amina ne met pas de points aux SMS.

Amina n'abrège pas « tout va bien » en « tvb ».

C'était quelqu'un d'autre qui avait écrit ce SMS.

85

J’ai pédalé si vite que je ne sentais plus mes jambes. Plus rien n’existait que moi et mon vélo. La circulation, les voitures et les gens défilaient en cascade en périphérie. Je ne voyais rien, n’entendais rien. Mes pensées se précipitaient sans trouver de prise.

Où était passée Amina ? Il fallait que ça cesse. Je devais mettre la main sur Chris.

En débouchant du tunnel du chemin de fer sur Trollebergsvägen, j’ai vu devant moi le commissariat, et l’idée d’aller trouver la police m’a traversée. C’était sérieux, cette fois. Quelqu’un voulait me faire croire qu’Amina allait bien. Quelqu’un qui n’était pas Amina.

En passant devant la police, j’ai décidé de continuer malgré tout. D’ici quelques minutes, je serais arrivée à Pilegatan.

Les paroles de Linda Lokind résonnaient en moi. J’imaginais Chris. Amina. Que s’était-il passé ?

À la fin, mon vélo volait sur l’asphalte. Le vent me faisait l’effet d’une gifle, j’avais des poussières d’étoiles dans les yeux.

Arrivée devant l'immeuble, j'ai jeté mon vélo contre la façade et levé les yeux. Les stores étaient baissés à toutes les fenêtres de Chris. Partout éteint.

J'ai grimpé l'escalier, les jambes en coton. Mon cœur battait la chamade, mon cerveau hurlait.

J'ai tambouriné à la porte. Sonné. Pas un bruit.

J'ai pressé l'oreille contre la porte pour écouter. Ouvert la fente de la boîte aux lettres et appelé :

« Chris ! Amina ! »

Rien.

Je savais qu'il s'était passé quelque chose.

Je n'avais aucune idée de ce qui allait se passer.

LA MÈRE

Une chose comme la justice n'existe pas – ni dans ni hors d'un tribunal.

Clarence Darrow

86

On appelle pour l'audience principale salle 2.

Le conseiller Göran Leijon croise mon regard et me salue de la tête, le visage fermé, quand je m'assieds dans le public. Nous nous sommes croisés à diverses reprises au cours de ma carrière, et je n'ai jamais eu à me plaindre de lui. Leijon n'est pas seulement un habile juriste. Il est également à l'écoute, nuancé, une personne aimable et d'une grande intégrité.

À bien des égards, la salle du tribunal est devenue à la longue comme une deuxième maison pour moi mais, cette fois, je m'y sens tout sauf chez moi. Ce qui d'ordinaire m'y plaît, l'atmosphère solennelle, la gravité et la tension dans l'air, ne me cause aujourd'hui que de l'inquiétude. La salle, l'air, les murs et les visages, tout me semble hostile et me donne le vertige.

Ces derniers jours se confondent. Les heures et les lieux se télescopent dans mon cerveau en motifs broussailleux. Des impressions ponctuelles passent comme l'éclair, sans aucun ordre temporel ni spatial. C'est comme errer dans un rêve brumeux sans fin.

L'autre jour, j'étais à Stockholm pour rencontrer un client. Je n'ai plus la moindre idée de ce qui s'y est dit, ni pourquoi j'y étais. Je sais que je me suis assoupie dans l'avion du retour. Une hôtesse de l'air m'a demandé comment j'allais. Je revois parfois son visage inquiet.

Il y a encore si peu de temps, j'étais au milieu de ma carrière, le vent en poupe, en Dolce & Gabbana de la tête aux pieds, appréciée pour mon style direct, mon habileté professionnelle et ma ténacité. Aujourd'hui, je suis assise dans un tribunal et j'attends l'audience qui va décider de l'avenir de ma fille, de celui de ma famille et du mien.

Voilà quelques mois, nous étions encore une famille tout à fait normale. Aujourd'hui nous voici prisonniers sous le feu implacable des projecteurs.

Devant moi, le président du tribunal Göran Leijon chuchote quelque chose aux jurés. Deux d'entre eux sont des femmes septuagénaires, une écologiste et une socialo, des jurées assez typiques. Sans doute des femmes particulièrement empathiques, avec une grande compréhension de l'influence des facteurs socio-économiques sur les actes criminels. Des jurées comme j'en ai rencontré dans des centaines d'affaires et qui, neuf fois sur dix, constituent une bonne nouvelle pour mon client et moi. Dans cette affaire en particulier, je ne suis pas entièrement convaincue de leur effet positif, ce que j'ai aussi évoqué avec Michael. Stella est une femme, et elle a les apparences contre elle. Elle doit en plus, en tout état de cause, être considérée comme blanche, issue de la classe moyenne supérieure. En outre, elle a tendance à ne jamais daigner se conformer aux normes de comportement attendues d'une jeune femme bien élevée. Pourvu que

Michael lui ait fait comprendre à quel point son attitude au tribunal pouvait être décisive.

Le troisième juré ne m'inquiète pas. La quarantaine, en retraite anticipée, sympathisant du parti d'extrême droite Les Démocrates de Suède. D'après Michael, il ne montre jamais beaucoup d'intérêt pour le procès.

La plupart du temps, ça ne vaut pas la peine de se faire trop de souci au sujet des jurés. Au fond, leur rôle dans la salle d'audience est avant tout d'être curieux. Personne ne tient particulièrement compte de leurs opinions et, auraient-ils le mauvais goût d'être d'un autre avis que le juge, ce dernier les aplatirait sans sourciller. À cet égard, je fais à cent pour cent confiance à Göran Leijon.

La porte en bas de la salle s'ouvre alors, et toutes les têtes du public se tournent. Tout s'arrête. Devant moi, la porte béante. C'est comme être coincée dans un tunnel étroit. Je me tourne, me tortille et essaie de respirer normalement.

On voit d'abord un vigile à la porte. Il se tourne et dit quelque chose. Ma vue est déformée et floue, le tunnel m'enserre toujours.

Enfin, je peux voir Stella. Les larmes se pressent et troublent encore davantage ma vue.

Elle est si petite, et tout fait si désespérément mal. J'ai l'impression que c'était hier, quand elle avait la place sur mes genoux, et qu'assise là contre moi elle se laissait flatter comme une poupée. Ses tétines et ses doudous, la première fois qu'elle s'est levée pour courir. Stella n'a pas rampé ni marché, elle a couru directement. Je me souviens de ses boutons de varicelle, de ses genoux écorchés, du rouge des fraises des bois sur ses robes d'été, de ses taches de rousseur et de son lit où tant de soirs je m'endormais un livre sur le visage.

Je songe à tous ses rêves. Elle aurait voulu changer le monde. À quoi bon vivre, sinon ? Au début, elle voulait être prêtre, comme papa, puis policière ou pompier. Tellement furieuse que le mot n'existe pas au féminin.

Lui reste-t-il des rêves ? Quand je la vois ainsi introduite dans la salle d'audience, c'est tellement clair, comme un coup en plein visage. Mon échec est aussi total qu'inexcusable. Stella a dix-neuf ans et tous ses rêves sont brisés.

Elle a toujours voulu aider les gens. Elle voulait voir le monde entier, nager avec des requins, escalader des montagnes, apprendre à plonger et à voler, sauter en parachute et traverser les États-Unis à moto. À une époque, elle rêvait d'être actrice ou psychologue.

Qu'est-ce qu'une personne sans rêves ?

Nos regards se croisent au vol avant qu'elle s'assoie près de Michael. Ses yeux sont fatigués et vides, ses cheveux sont ternes, sa peau couverte de boutons. Elle est encore une petite fille apeurée. *Ma* petite fille apeurée. Et je me soulève un peu de mon siège, sur la pointe des pieds, je tends le bras. N'être pas là pour son enfant. Il n'y a pas pire trahison.

87

Je me cramponne dans mon tunnel, sur mon banc, dans le public. Un seul écart du regard et je risque de me heurter à des accusations, des reproches et une haine à laquelle je ne peux pas faire face.

Adam attend dans le couloir, car il doit témoigner. Je réalise qu'il me manque. Je n'ai jamais eu autant besoin de lui qu'en ce moment précis.

Comme je suis assise près du côté de l'accusation, je ne peux pas éviter d'apercevoir Margaretha Olsen au bord de mon tunnel. Dans les années 1990, je l'avais comme enseignante dans quelques cours à la fac de droit, et maintenant, elle est professeure de droit pénal. Mais aujourd'hui, elle est avant tout la mère d'un homme qui a été assassiné. À côté d'elle sont assis un conseil juridique, une femme rousse d'une cinquantaine d'années qu'il me semble reconnaître sans que je parvienne à la remettre, un procureur adjoint, cheveux rejetés en arrière et lunettes rondes, et enfin la procureure en personne : Jenny Jansdotter.

Je sais que Jenny a mon âge, même si elle paraît nettement plus jeune : peut-être parce qu'elle est si petite. Ses cheveux sont noués en chignon serré et ses yeux sont fins et concentrés quand elle chausse ses lunettes. Je songe à toutes les fois où je me suis moi-même retrouvée dans la même situation, la tension et la charge émotionnelle quand on vient d'entrer dans la salle d'audience et qu'un nouveau procès va commencer.

Côté public, l'impression est tout autre. Je me tords sur place en luttant contre les larmes, j'essaie de trouver quoi faire de mes mains malcommodes. La concentration est remplacée par la confusion et l'inquiétude. La sueur coule sous mes bras et ma langue colle à mon palais.

Je regarde Michael. J'aimerais qu'il jette un œil de mon côté, mais il est entièrement absorbé par ses préparatifs. Nous avons plusieurs fois parcouru ensemble l'acte d'accusation.

Il s'agit d'un pur procès d'indices : le procureur assoit sa description des faits exclusivement sur des circonstances qui, prises individuellement, ne prouvent pas le crime, mais qui, ensemble, forment une chaîne censée exclure toute explication alternative.

Les preuves qui seront produites sont une trace de pas indiquant que Stella se trouvait sur le lieu du crime durant la nuit du meurtre, des listes d'appels et des échanges de chats entre Stella et Christopher Olsen, ainsi que des traces techniques relevées dans l'appartement et sur les vêtements d'Olsen sous forme de fragments de peau, de cheveux et de fibres textiles.

Outre les enquêteurs et les techniciens du laboratoire de police scientifique, la procureure a convoqué plusieurs témoins : My Sennevall, domiciliée dans Pilegatan, doit confirmer que Stella se trouvait sur place au moment du meurtre. Les collègues de Stella chez H&M, Malin Johansson et Sofie Silverberg, doivent témoigner de ce que Stella avait un spray lacrymogène au poivre dans son sac à main. Jimmy Bark, employé de la maison d'arrêt, doit confirmer que Stella, durant ces dernières semaines, a fait preuve à plusieurs reprises d'un comportement violent.

La défense a appelé deux témoins : Adam et Amina.

Jenny Jansdotter se racle la gorge et regarde droit vers Stella. Je voudrais lui crier d'arrêter, de laisser mon enfant tranquille. Elle présente les faits sans cligner des yeux, sans reprendre son souffle, sans trébucher une seule fois.

« Stella Sandell fait la connaissance de Christopher Olsen en juin de cette année. Ils se rencontrent au restaurant Tegnérs, où ils engagent la conversation. Après un temps assez bref, ils entament une relation sexuelle. »

Stella a l'air absente. Elle regarde fixement Jansdotter, devant elle, sans qu'il soit possible de distinguer la moindre once de protestation contre le récit de la procureure.

« Bientôt, l'amie de Stella, Amina Bešić, qui sera entendue ici, commence à voir Christopher Olsen dans le dos de Stella. Amina aussi a une relation sexuelle avec Christopher, ce que Stella ne tarde pas à découvrir. »

Il me semble deviner un hochement de tête presque imperceptible du conseiller Göran Leijon. À côté de lui, les jurés suivent le récit de la procureure avec intérêt et intensité. Pour le moment, il n'y a pas d'autre récit. Pour le moment, seule cette vérité est présentée.

« Christopher Olsen décide de mettre fin à sa relation avec Stella Sandell, et ils n'ont plus de contact pendant une semaine. Mais le jour du meurtre, Stella essaie de le joindre à nouveau, et se rend à son domicile de Pilegatan. À 23 h 30, la témoin My Sennevall, qui est voisine d'Olsen, voit Stella arriver à vélo jusqu'à l'immeuble et monter en courant à l'appartement de Christopher Olsen. Trente minutes plus tard, My Sennevall voit à nouveau Stella. Elle est debout sur le trottoir en face du domicile d'Olsen, et semble attendre. »

Le procureur dispose d'un avantage indéniable qui réside dans la structure du procès. Il y a un gain psychologique à être le premier à présenter une séquence d'événements. Le récit qu'on fait vivre d'entrée apparaît volontiers comme une vérité : la barre est d'autant plus haute pour les interventions suivantes qui voudraient modifier cette image initiale du déroulement des faits. Et le juge comme les jurés sont, hélas, humains, quand bien même ils se feraient violence pour se rendre inhumains et se défaire de tous les préjugés et autres mécanismes psychologiques qui nous influencent et nous dirigent.

Dans les rangs du public, on tape sur des claviers. Certains prennent des notes à la main. Des journalistes et des reporters, qui ont bien sûr eux aussi leur image des faits emballée en bonne et due forme, prête à être distribuée à quiconque ayant accès à une antenne de télévision ou une connexion Internet. Je tends la main à un type barbu assis à côté de moi. *Il y a une autre vérité, vous n'avez pas encore tout entendu. Les deux parties doivent pouvoir s'exprimer.* Le barbu me regarde avec étonnement tout en continuant à taper sur son clavier, et hausse les sourcils comme pour demander ce que je lui veux. Je me retire dans mon tunnel. Je sens s'insinuer l'odeur de ma propre sueur.

« Entre minuit et 1 heure du matin, Christopher Olsen rentre chez lui, poursuit la procureure. Il laisse entrer Stella qui attend dans la rue devant son domicile. Dans l'appartement éclate une dispute, très vraisemblablement en rapport avec la liaison d'Olsen et Amina Bešić. Au cours de cette dispute, Stella s'empare d'un couteau sur le mur de la cuisine de Christopher Olsen. Olsen s'enfuit de son domicile dans la rue. Il court vers une aire de jeux située au croisement Pilegatan-Rådmansgatan. À sa hauteur, Stella Sandell le rattrape et, dans l'aire de jeux, elle attaque brutalement au couteau un Christopher Olsen sans défense. Il est touché au thorax, au ventre et au cou, mais aucune de ces blessures n'est directement mortelle, et Christopher ne décède pas immédiatement. Stella Sandell le laisse là se vider de son sang. »

Tout passe comme un film sous mes yeux. Je vois le couteau dans la main de Stella, elle le brandit au-dessus de son épaule et frappe.

Je dois me lever de mon siège. Les gens me fixent, tous savent bien sûr qui je suis. Les journalistes m'ont depuis longtemps identifiée. Seule une dernière goutte de conscience professionnelle et de respect envers autrui les empêche de m'assaillir de questions et de reproches. Je regarde autour de moi et fais quelques pas sur la droite, quelques pas sur la gauche, avant de replonger sur mon siège. Tout tourne.

« Ça va ? » demande le barbu.

Je secoue la tête. J'appuie les mains sur mon ventre et je respire, lèvres tremblantes.

Je sais qu'Adam est de l'autre côté de la porte, et malgré cela, mon impression d'abandon est profonde et totale. Je ne comprends pas. Quand on dit que l'homme est un animal grégaire, une parcelle de continent et jamais une île, j'ai en temps normal beaucoup de mal à me sentir concernée. Toute ma vie, je me suis sentie séparée du reste de l'humanité. Ça n'a jamais été une grande tristesse : impossible que ce qu'on ne connaît pas nous manque. Pourtant, les liens forts qui unissent les hommes, peu importe qu'ils soient symbolisés par des alliances aux doigts ou des arbres généalogiques, m'ont toujours paru plus lâches, plus minces, moins importants qu'ils ne semblent l'être pour le commun des mortels.

La première fois que je l'ai compris, c'était voilà quelques années lorsque, observant l'amitié entre Stella et Amina, j'ai vu quelque chose que je désirais. C'était un sentiment complètement contre nature que d'éprouver de la jalousie à l'égard de la relation d'amitié de ma propre fille. Il m'a fallu beaucoup de temps, de tourments et de larmes, à deux doigts de la catastrophe totale, avant de comprendre que, même si je suis très attachée à Amina, même si je me reconnais en elle et me sens très liée à elle, ce qui me manquait était en réalité ma famille.

Stella me manquait. Je désirais retrouver ma petite fille chérie.

Et Adam me manquait.

88

Je crois que c'est le caractère humble d'Adam qui m'a séduite en premier. Je l'avais déjà aperçu filant dans les couloirs de la Maison du Wermland, sans pour autant lui prêter attention. Tard, une nuit de décembre, nous nous sommes retrouvés par hasard face à face sur des tabourets en sapin, dans une cuisine d'étage et, quelques années plus tard, nous avions fondé une famille.

Dit comme ça, après coup, cela peut paraître idiot, mais je ne savais pas que des hommes comme Adam existaient. De mon côté, j'avais eu beaucoup de petits amis, mais rarement quelqu'un qui mérite qu'on le garde plus de quelques mois. Les jeunes hommes qui m'avaient intéressée étaient mignons, extravertis et sûrs d'eux-mêmes, ce qui, en général, cachait un petit garçon timide dès qu'on grattait la carapace.

Le garçon avec qui j'étais restée quelques semaines durant le dernier trimestre de terminale s'appelait Klabbe, il faisait de la musculation des bras et des pectoraux quatre fois par semaine quand il n'écumait pas les places de la ville à bord de la BMW qui avalait la moitié de son salaire mensuel à l'usine de pain. Il avait l'habitude de m'appeler « princesse », parce que je le forçais à laver ses dents noires de chique avant qu'on s'embrasse.

Bien sûr, il y avait d'autres hommes comme Adam dans mon entourage, mais ils étaient passés au-dessous de mon radar, leur position et leur statut dans la petite ville dont j'étais originaire étant à peu près négligeables. À Lund, tout était différent. Ici, on valorisait des particularités et des attributs tout autres. J'étais fermement décidée à ne plus jamais rentrer chez moi.

Adam proposait des perspectives passionnantes sur le monde, à petite et grande échelle. Nos discussions partaient le plus souvent d'opinions diamétralement opposées pour nous conduire peu à peu à une autre façon de voir les choses et à une sorte de consensus. Il possédait une incomparable capacité à recevoir les pensées des autres avec une telle dignité et un tel respect qu'il était impossible de se fâcher contre lui. Et ça me mettait hors de moi.

« Tu ne peux pas toujours battre en retraite, Adam ! "D'un côté ceci, d'un autre côté cela, tout le monde a raison à sa façon." Les discussions sont faites pour être gagnées !

— Tu crois ? Je crois que les discussions sont faites pour que nous nous développions en tant qu'êtres humains. Chaque fois que mon opinion est remise en question, j'apprends quelque chose de nouveau. »

Nous pouvions veiller la moitié de la nuit dans sa petite chambre d'étudiant. Adam sur le lit, les genoux repliés sous lui, moi par terre à côté, les jambes étirées. Une bouteille de vin et un sachet de chips.

« Tout ce relativisme qui gagne du terrain m'inquiète, Adam. Certaines valeurs doivent malgré tout être absolues. Ce n'est pas le cas, dans la religion ? Est-ce qu'on peut vraiment croire un peu comme on veut ?

— Bien sûr qu'on peut. C'est pour ça qu'on parle de foi, et non de connaissance. »

Cette façon de considérer la foi était pour moi à la fois nouvelle et assez effrayante. Sans vraiment savoir pourquoi, j'avais paresseusement condamné en bloc toutes les religions pour leur dogmatisme et la haine de l'individu. Dans ma vision du monde libérale et sécularisée, elles n'avaient pas leur place. Je venais d'un endroit où il était tout aussi naturel de faire baptiser ses enfants à l'église que de se moquer et de tourner en dérision les personnes qui se disaient chrétiennes.

« Je ne crois pas qu'il soit bon d'être guidé par des certitudes, quel que soit le sujet, estimait Adam. Ça n'a rien à voir avec la religion ou la foi en Dieu.

— Arrête d'être aussi conciliant ! rétorquais-je en me fourrant davantage de chips dans la bouche. Je veux une discussion que je puisse gagner !

— Tu feras une excellente avocate. »

Nous riions, nous nous embrassions et couchions ensemble. Tout était nouveau pour moi. Adam me touchait avec des mains nouvelles, posait sur moi des regards que je n'avais encore jamais connus. Il me montrait son cœur à nu, se déshabillait jusqu'à l'âme et se présentait sans peur devant moi, dans ce lit mal fait et l'odeur mêlée de déodorant Axe et de chips goût *sour cream*.

Je considérais ça comme un amour orageux. D'une certaine façon, j'étais persuadée depuis le début qu'il allait s'achever d'une manière aussi inattendue et explosive qu'il avait commencé. Ma vision des relations amoureuses était la suivante : courtes, intenses, et vite oubliées. On se vautrait dans l'instant puis on se quittait avant que tout ne soit plus que ruines.

Les gens dans mon entourage réagissaient toujours quand je parlais de la formation d'Adam.

« Il va vraiment devenir pasteur ? »

Chaque fois, j'avais moi aussi un mouvement de recul. J'avais l'habitude de défendre Adam en disant qu'il ne ressemblait pas du tout à un pasteur. Pas un vrai pasteur.

« Mais il croit en Dieu, à la Bible, tout ça ? »

Ça, je ne pouvais pas le nier.

« Sauf que ce n'est pas ce qu'on imagine », disais-je parfois, sans pour autant savoir mettre des mots sur ce qu'il en était en réalité.

Il était tout naturel pour nous de continuer ensemble. Comme ça, après coup, plus de vingt-cinq ans plus tard, ça peut sembler trivial et ennuyeux, mais ma relation avec Adam s'est bâtie sur la confiance, le partage, le fort sentiment d'avoir trouvé sa place dans la vie. Et c'était exactement ce dont j'avais besoin.

L'avenir n'était jamais très présent dans notre vie quotidienne. Nous avions assez à faire avec tout ce qui se passait. Sur ce point, je ne pense pas que nous nous distinguions tellement des autres de notre âge. Ce n'était pas que nous fermions les yeux sur ce qui était devant nous, sur les décisions que nous allions devoir prendre concernant famille, carrière ou autres. Nous ne pouvions tout simplement pas voir par-delà l'horizon.

Ce trait sur le test de grossesse une semaine avant Noël a tout changé d'un coup. J'ai vécu les premiers temps dans un état d'excitation qui rappelait le début d'un amour, mais une fois retombée l'ivresse bouleversante, je n'ai pas tardé à être prise d'angoisse dans des proportions que je n'avais jamais approchées. Ça a commencé par des doutes sur l'opportunité de fonder une famille – ne valait-il pas mieux attendre quelques années ? – pour finir en frustration désespérée face à un environnement changeant, envahi par la violence et le malheur. Effarée, je me retrouvais en larmes en songeant à l'avenir apparemment inévitable qui attendait mon enfant encore à naître.

C'est affreux de penser à tout ça aujourd'hui. Comme si, déjà à l'époque, j'avais su. Un signal effroyable tout au fond de moi qui m'alertait contre le fait de mettre Stella au monde. La culpabilité m'arrache et me tord les boyaux.

J'étais bien trop jeune. Je me suis laissé persuader.

89

Le président du tribunal se tourne vers Stella.

« Voulez-vous nous parler vous-même de ces événements et éventuellement de la façon dont vous les avez vécus ? »

Stella lorgne vers Michael, qui lui adresse un hochement de tête. Je suis tellement reconnaissante que ce soit lui qui soit assis là.

Quand il a appelé ce samedi soir pour nous annoncer que Stella avait été arrêtée par la police, j'ai compris que j'allais pouvoir le raisonner. Il me le devait bien, après tout ce qui s'était passé. Bien sûr, c'était une torture de se retrouver avec Adam dans son bureau, de marcher sur la corde raide pour ne pas se trahir, mais rien de tout ça n'aurait été possible sans Michael.

« Par où commencer ? » dit Stella en regardant le président.

Tout le tribunal la fixe. Les yeux de Göran Leijon ont beau être chaleureux et doux, je vois la main de Stella trembler contre le bord de la table. J'aurais aimé être à côté d'elle pour la lui tenir. Le tunnel se rétrécit encore, j'ai du mal à respirer. Le journaliste barbu me regarde.

Stella sait exactement ce qu'elle doit dire et ne pas dire. Michael l'a plusieurs fois répété avec elle. Maintenant, il s'agit que, pour une fois, elle fasse comme on le lui a dit. S'il te plaît, Stella, je t'en prie !

Cette partie du procès a une importance colossale. C'est la première et probablement la seule occasion pour l'accusée de faire bonne impression sur le tribunal. Je connais par cœur la technique de Michael. C'est lui qui m'a presque tout appris. Il s'agit pour le client de créer de la confiance, de se montrer à la fois fort et vulnérable. Le mieux, c'est de se conformer autant qu'il est possible à la présentation du procureur, et de ne s'en écarter que sur les points absolument nécessaires pour contester la description du crime. Il est important de paraître accommodant. Stella doit montrer qu'elle est une personne humaine, ni plus, ni moins.

« Connaissez-vous Christopher Olsen ? demande le président Leijon. Nous pouvons commencer par là. »

Stella inspire profondément et regarde Michael. Il hoche la tête, comme pour lui donner le signal du départ, puis par une torsion du corps se détourne du public, de moi.

C'est pour moi comme un coup de couteau dans le ventre. Un doute fugace. Puis-je vraiment faire confiance à Michael ?

« Nous l'avons rencontré chez Tegnérs, dit Stella d'une voix sourde. Amina et moi. »

Je ne bouge pas d'un millimètre, ose à peine respirer.

« C'était en juin. J'ai trouvé Chris charmant et… oui, excitant. Il était tellement plus âgé. Il avait trente-deux ans, et moi dix-huit. »

Les femmes du jury échangent un regard.

« Il a raconté qu'il voyageait beaucoup, continue Stella. Il était allé partout. Et on comprenait bien qu'il avait de l'argent. Il avait l'air d'avoir une vie sacrément riche en événements. Un peu comme ce dont on rêve. »

Elle utilise le présent : « rêve ». Pas « rêvait ». Elle rêve encore.

« Après cette soirée, il m'a écrit qu'il voulait qu'on se revoie, et c'est ce qui s'est passé. »

Sa voix est plus forte, à présent. De temps à autre, elle lève la tête et regarde en face Leijon et les jurés. Michael se redresse et l'encourage à continuer d'une tape sur le bras. Il porte bien entendu une de ces chemises bleues qu'il commande spécialement chez un tailleur d'Helsingborg. Quand nous travaillions ensemble, il y a des années, il m'avait révélé qu'il jetait sa chemise après une journée d'audience. La sueur est alors impossible à laver.

« Nous sommes allés quelques fois dans l'appartement de Chris, dit Stella. Nous sommes allés en limousine à Copenhague dans un restaurant de luxe. Nous sommes allés au spa d'Ystad et, un soir, nous avons pris une chambre au Grand Hôtel. »

C'est fou comme on sait peu de choses sur ses enfants. Et moi qui pensais que Stella et moi nous étions rapprochées l'une de l'autre ces dernières années. Et pourtant, je ne connais qu'une fraction de ce qui se passe dans sa vie. Je me demande si c'est bizarre, ou même mal, si c'est une caractéristique de notre relation en particulier, ou si toutes les mères d'ados croient en général en savoir beaucoup plus sur leurs enfants qu'elles n'en savent en réalité.

« Parfois, nous traînions tous les trois, Chris, Amina et moi, dit Stella. Donc Chris et moi n'avions pas une liaison. Nous avons eu plusieurs fois des relations sexuelles, mais nous ne formions pas un couple. »

Les jurés se regardent. Les deux femmes font la grimace, tandis que le démocrate de Suède devient tout rouge. Je ne veux pas que la vie sexuelle de ma fille soit mise à nu, mais il en faut pourtant bien davantage pour me choquer.

« Ce n'était rien de sérieux, pas comme ça. Ni de mon côté, ni du sien. Très franchement, je ne crois pas que Chris voulait se mettre avec une fille de dix-huit ans, et pour moi, il était impensable de commencer quelque chose. Je devais très bientôt partir en voyage. En Asie. »

Mes yeux me brûlent et je les éponge doucement avec un mouchoir. J'imagine Stella sous un palmier, sur une plage paradisiaque. J'ose à peine me représenter l'alternative. Plusieurs années de prison. Une condamnation à vie de la part de la société, sur le marché du travail, parmi ses amis et ses connaissances. Comment Adam et moi aurions-nous la force de continuer ? Comment Stella le supporterait-elle ?

« Je sais qu'Amina elle aussi a été avec Chris quelques fois, dit Stella. Ça ne me dérangeait pas. »

Göran Leijon se gratte la tête.

« Pouvez-vous préciser ça ?

— Quoi ?

— Ce que vous voulez dire exactement par “a été avec Chris”. »

Pour la première fois, le tribunal peut voir un autre aspect de Stella. Ses yeux lancent un éclair et les veines de son cou se tendent.

« Je veux dire qu'ils se voyaient. Rien d'autre ! Amina ne couchait pas avec Chris, si c'est ce que vous suggérez. »

Les joues de Göran Leijon rougissent et il boit une gorgée d'eau tandis que Michael pose une main apaisante sur le bras de Stella.

« J'ai été complètement choquée quand j'ai appris… » Sa voix tremble, et Stella se gratte le tour de la bouche. « … quand la police m'a annoncé ce qui s'était passé. Je n'arrive pas à le comprendre. Je savais que Chris avait été menacé, mais qu'il meure… Je ne l'ai toujours pas compris. »

Dans le public, les visages changent lentement. Le cliquetis des claviers des journalistes ralentit. Derrière moi, quelqu'un chuchote un peu trop fort en se demandant de quelles menaces parle Stella. L'ex-compagne ? Je ferme les yeux, je respire. Le tunnel s'est un peu élargi.

« Avant que le procureur ne pose ces questions, vous voulez peut-être nous dire ce que vous avez fait le soir en question », propose Göran Leijon.

Sa voix est respectueuse, son regard compréhensif et rassurant.

« J'ai travaillé chez H&M jusqu'à la fermeture à 7 heures et quart, explique Stella. Puis j'ai suivi quelques collègues au restaurant Stortorget. Nous avons passé quelques heures en terrasse. Il devait être autour de 10 heures et demie quand je suis allée chercher mon vélo garé sur Botulfsplatsen. »

Michael s'est un peu tassé sur son siège, les épaules détendues. C'est à la fois rassurant et inquiétant.

« Au moment de monter dessus, j'ai aperçu Linda Lokind de l'autre côté de la rue. C'est l'ex de Chris. Elle m'avait déjà suivie d'autres fois. Elle fait assez flipper, alors j'ai essayé d'appeler Amina, mais elle ne répondait pas. Je ne savais pas quoi faire. Et c'est alors que j'ai essayé de joindre Chris. »

J'essaie de me mettre dans sa situation. Qu'aurais-je fait, moi-même ? Il est tellement facile d'imaginer savoir exactement comment on agirait dans différentes situations, mais mon métier, en particulier, m'a montré que de telles représentations ne valent pas un clou quand on se trouve au pied du mur. Il est tout simplement impossible de prévoir comment on réagira.

Stella raconte que Linda Lokind l'avait suivie et tracassée pendant plusieurs semaines. Elle avait peur, savait que Linda était instable, et peut-être même dangereuse. C'est pour cette raison que Stella est entrée chez Tegnérs, surtout pour s'entourer de monde en attendant qu'Amina ou Chris se manifestent.

« Ils n'ont pas rappelé, alors une fois un peu calmée, j'ai décidé de rentrer à la maison à vélo. Je ne suis arrivée que dans Kyrkogatan, au croisement devant la bibliothèque municipale. Linda Lokind était à nouveau là. »

Les jurés sursautent, et un murmure parcourt l'assistance. La seule à rester impassible est Jenny Jansdotter. Elle est assise le dos droit, absolument immobile, comme si elle attendait juste de pouvoir écraser Stella.

« J'étais morte de peur », dit Stella, avant de raconter qu'elle s'est jetée dans le pub Inferno, qui fait l'angle.

Elle s'est cachée tout au fond du local, en espérant que Linda ne la suive pas.

« Amina ne répondait toujours pas et je n'arrivais pas à joindre Chris, alors j'ai décidé de me rendre chez lui. Tout ça était tellement affreux. Je ne savais pas quoi faire. »

Dans la salle, on n'entend que la respiration de Stella. Tous les regards sont braqués sur elle.

« Ils étaient absents », dit-elle.

À côté de moi, les gens tournent la tête. Une semelle frotte par terre. Une fille des infos télévisées mâche un chewing-gum.

« J'ai sonné, tambouriné à la porte. Puis j'ai pressé mon oreille tout contre pour écouter, mais ils étaient absents. »

Stella lève son verre d'eau. Sa main tremble et, quand elle se penche en avant, ses cheveux tombent sur son visage.

Quelque chose cloche. Et si elle disait tout ? Stella a toujours aimé le drame. Elle rêvait d'être actrice et là, elle a sa scène, son public, le rôle de sa vie. Je tends désespérément un bras vers elle.

« Je suis rentrée à la maison à vélo et je me suis couchée, déclare Stella en rejetant ses cheveux de côté. Je ne sais pas ce qui s'est passé ensuite. »

90

« Nous donnons la parole à la procureure », dit le président du tribunal.

Jenny Jansdotter ne bouge pas. Chaque muscle de son visage sévère semble profondément concentré. Toute la salle d'audience l'attend.

Elle sursaute alors et s'adresse à Stella.

« Qui était absent ? »

La voix est tranchante et autoritaire.

« Comment ?

— Vous venez de dire : "ils étaient absents". À qui faisiez-vous allusion ? »

Stella fait un geste blasé.

« Chris, dit-elle. Christopher Olsen. Il n'était pas chez lui, et pour cette raison, je suis rentrée chez moi.

— Mais vous n'avez pas dit "il". Vous avez dit "ils". Au pluriel. Plus d'une personne. Qui d'autre que Chris Olsen n'était pas là ? »

Stella jette un coup d'œil à Michael.

« Amina, je suppose.

— Amina Bešić ? »

Stella hoche la tête.

« Je dois vous demander de répondre oralement aux questions de la procureure, intervient Göran Leijon. Pour l'enregistrement. »

Stella le dévisage. Sa lèvre supérieure tremble.

« Oui », dit-elle d'une voix exagérément forte.

En tournant la tête, je vois que le journaliste barbu à côté de moi m'observe. Dès que nos regards se croisent, il détourne vite le visage.

Que pense-t-il de moi ? Je regarde l'assistance tout autour. Que pensent-ils ? Peut-être qu'ils ont pitié ? Quelques-uns doivent me faire des reproches. D'autres considèrent sûrement qu'un parent partage la responsabilité des agissements de son enfant. En particulier dans mon cas. D'une part parce que je suis une femme et une mère ; un homme ne peut jamais être autant accablé. D'autre part parce que je suis une avocate de la défense à sang froid, tandis que mon mari est un aimable pasteur qui prêche l'amour de Dieu et la règle d'or.

Devrais-je moi aussi comparaître sur le banc des accusés ? Coude à coude avec Stella, accusée d'être une mauvaise mère et d'avoir contribué à un homicide. Je suis persuadée que des gens le pensent.

Jenny Jansdotter adresse un regard entendu au président du tribunal avant de continuer. Je n'ai aucune idée de ce que pense la procureure, mais qu'elle me considère comme parfaitement innocente me paraît hautement improbable.

« Pourquoi avez-vous supposé qu'Amina devait être chez Chris ? demande-t-elle à Stella.

— Je ne sais pas. Je ne sais pas si je l'ai supposé.

— Mais c'est ce que vous venez de dire. »

Jansdotter orchestre un efficace silence dans la salle. Stella ne sait pas où poser son regard.

« Pourquoi croyiez-vous qu'Amina était avec Christopher Olsen ce soir-là ? demande la procureure. N'aviez-vous pas coupé tout contact avec Olsen ? Vous et Amina ? »

Stella sue du front. Son angoisse se répand à travers la salle close et se colle à ma peau comme une pâte poisseuse. Je me gratte et m'écorche désespérément.

Tiens bon, Stella. Ne perds pas courage maintenant !

« Nous avions cessé de voir Chris, dit-elle en regardant la procureure.

— Vraiment ? » Jansdotter la fixe, mais Stella ne détourne pas les yeux. « Vous vous étiez mises d'accord ?

— Quelque chose de ce style. »

Jansdotter écoute à peine la réponse. Elle est déjà passée à la question suivante.

« Vous déclarez que vous êtes rentrée chez vous à vélo lorsque vous avez constaté qu'il n'y avait personne. Quelle heure était-il alors ?

— Je ne sais pas », dit Stella.

Elle lorgne vers Michael. Ça passe si vite que la plupart, dans la salle, ne le remarquent pas. Mais je le vois. Et je sais que c'est là un point critique. Si Stella continue d'affirmer qu'elle est rentrée à 2 heures du matin, le témoignage d'Adam s'effondre. Il ne peut pas venir devant un tribunal contredire Stella. Ma poitrine se remplit de ciment.

« Vous n'avez aucune idée de l'heure qu'il pouvait être ? » insiste Jansdotter.

Stella fait un peu la grimace.

« Il devait être 11 heures et demie, minuit. Ça me semble plausible. »

Le bloc de ciment s'allège dans ma poitrine, et l'air s'infiltre dans mes poumons.

« Lors de l'interrogatoire de police, vous avez déclaré être rentrée à 2 heures, dit sèchement Jansdotter. Ce n'est pas exact ? »

Stella baisse les yeux.

« J'ai dit ça pour punir papa. »

Jansdotter paraît sincèrement étonnée.

« Expliquez.

— Quand j'ai entendu que papa m'avait donné un alibi, j'ai voulu le faire passer pour un menteur. »

Pas une hésitation dans la voix.

« Vous voulez dire que vous avez menti au cours d'un interrogatoire de police pour punir votre père, Stella ?

— Il m'a toujours trop couvée. Notre relation a parfois été difficile. Je me suis comportée de façon puérile. »

Je suis contente qu'Adam n'entende pas ça. Je savais qu'il ne l'entendrait pas, sans quoi je ne sais pas si ça aurait été possible.

« Vous comprenez sûrement que cela semble étrange ? dit Jansdotter.

— C'est la vérité.

— Vraiment ? N'êtes-vous pas en train de mentir, maintenant, Stella ? Pour protéger votre père ? »

Elle lève les yeux et secoue durement la tête.

« Non ! »

Jansdotter feuillette ses papiers.

« À quelle heure êtes-vous rentrée chez vous ce soir-là, Stella ? Lors de l'interrogatoire, vous avez dit 2 heures du matin…

— J'étais à la maison avant minuit. Entre 11 heures et demie et minuit. »

La procureure soupire bruyamment.

« Amina Bešić et vous aviez donc un accord de ne plus revoir Christopher Olsen, poursuit-elle. Ai-je correctement compris ?

— Ce n'était pas un *accord.* Nous avons juste dit que nous allions faire comme ça.

— Pourquoi ne plus voir Christopher Olsen ?

— Nous avons découvert qu'il mentait. C'était comme s'il essayait de jouer Amina et moi l'une contre l'autre, et cela, personne n'y arrivera jamais.

— Amina et Christopher n'avaient-ils pas une relation sexuelle ?

— Ils n'avaient pas de relation sexuelle.

— Avez-vous découvert que Christopher agissait dans votre dos, Stella ?

— Absolument pas. »

Je reconnais le tranchant de sa voix. Sa patience est en train de s'épuiser.

« N'avez-vous pas découvert que votre meilleure amie et l'homme avec lequel vous veniez de commencer une relation se voyaient sans que vous le sachiez ? Vous ne pensiez quand même pas que leur relation était complètement platonique ? »

Je retiens mon souffle.

Le regard de Stella se promène sur la salle. Un dixième de seconde, nous nous regardons. Cela suffit.

Sait-elle que je sais moi aussi ?

« Platonique veut dire…, commence Jansdotter, mais Stella rejette ses explications.

— Je sais ce que veut dire platonique. Je crois en tout cas savoir à quoi vous pensez. En réalité, Platon ne voulait pas dire que le vrai amour spirituel ne peut pas être associé à l'intimité des corps et au sexe, mais c'est un malentendu très courant, vous n'avez donc pas à vous sentir bête. »

Un rire fuse dans les rangs du public, et le barbu assis à côté de moi fait un sourire encourageant. « Platon est mon philosophe favori, dit Stella.

— Pour ma part, j'ai toujours préféré Socrate, répond Jansdotter.

— Ça ne m'étonne pas. »

Michael cache un rire derrière sa main. Les jurés se regardent, et même le président Göran Leijon a un petit sourire aux lèvres. L'atmosphère détendue meurt aussi vite qu'elle est survenue et Stella reprend :

« Amina ne couchait pas avec Chris Olsen. »

Jenny Jansdotter s'apprête à formuler une autre question, mais Stella n'a pas fini. Elle lève la main. Sa voix est un filet fragile.

« Amina ne couchait avec personne. Elle était… est… vierge. »

91

Je fouille dans mon sac à main à la recherche d'une lingette. J'ai la gorge serrée et j'ai beau m'essuyer infatigablement le front, la sueur continue de couler. C'est comme si la chaleur pénétrait mon cerveau et mettait mes pensées en ébullition.

Sous mes yeux, Stella rétrécit lentement. Je ne sais pas si c'est une illusion d'optique, ou si ses épaules s'affaissent et son corps se recroqueville.

Quelle est sa motivation ? Pendant huit interminables semaines, Stella a été incarcérée à la maison d'arrêt, avec restrictions totales. C'est une situation presque inhumaine pour les détenus, qui a suscité les critiques de l'ONU comme de la commission contre la torture du Conseil de l'Europe. Il est de bon ton de vanter les mérites des prisons suédoises. On les trouve souvent bien, et même, ce n'est pas rare, trop bien. Ce qu'on ignore en revanche, ce sont les conditions de détention cruelles des maisons d'arrêt.

Naturellement, elle fait ça pour Amina. Mais ça ne suffit pas. Stella aurait eu d'autres façons d'agir. Plus simples. La seule conclusion plausible est qu'elle fait tout ça, là, devant moi, épaules basses et yeux brillants, non seulement pour Amina, mais aussi pour nous. Pour Adam et moi. Pour la famille.

Bien des fois, j'ai regretté de ne pas avoir d'amie comme Amina. Depuis la maternelle, Stella et elle sont plus ou moins inséparables. Bien sûr, il y a eu des conflits et des frictions mais, à la fin des fins, leur complicité en béton a toujours triomphé de tous les obstacles imaginables. Du moins jusqu'à aujourd'hui.

Je ne peux imaginer plus rassurant dans la vie que d'avoir une âme sœur comme Stella et Amina l'ont été l'une pour l'autre. Peut-être ma vie aurait-elle été différente si j'avais été ouverte à un lien d'amitié aussi intime ? Bien sûr, j'ai eu des très bonnes copines en CM2 et au collège, mais j'avais alors déjà commencé à bâtir des murs autour de mon for intérieur. J'ai toujours vécu comme une faiblesse le fait de montrer mes sentiments aux autres.

J'humecte à nouveau mon front en essayant d'avoir l'air équilibrée. Le barbu à côté de moi fourrage dans un paquet de bonbons et mâche la bouche ouverte, tandis que la procureure passe en revue les preuves scientifiques. Un technicien du laboratoire est appelé à la barre et explique à la cour qu'il n'y a aucun doute que l'empreinte de pas relevée sur le lieu du crime provient de la chaussure de Stella. L'empreinte a été trouvée à seulement cinquante centimètres du corps de Christopher Olsen, et il y avait dessus de petites éclaboussures de sang qui montrent qu'elle a été faite avant qu'Olsen ne soit poignardé. Comme il y a eu une averse dans la matinée du vendredi, on peut en conclure que Stella s'est trouvée sur le lieu du crime au plus tôt à l'heure du déjeuner, ce jour-là.

Quand My Sennevall s'assoit à la barre des témoins, quelque chose change dans l'ambiance de la salle. Comme si tout le monde avait peur que cette fille frêle, le regard aux aguets et les cheveux en bataille, ne tombe en miettes sous leurs yeux. La procureure et Michael baissent la voix pour lui poser leurs questions. My Sennevall regarde longtemps par-dessus son épaule avant de répondre.

« Vous déclarez que vous avez entendu un hurlement à 1 heure du matin, dit Michael. Pouvez-vous le décrire ? »

My Sennevall le regarde un long moment.

« C'était comme quelqu'un qui recevait des coups de couteau. Un homme. Il a crié plusieurs fois, comme si on le frappait avec un couteau. »

Michael remet cela en question, bien sûr : comment peut-elle savoir que ces cris venaient de quelqu'un qui recevait vraisemblablement des coups de couteau ?

« Si on lui avait tiré dessus, j'aurais entendu les coups de feu », dit My Sennevall.

Le journaliste barbu lève les yeux au ciel.

« Voulez-vous nous parler de votre état de santé ? demande Michael. Est-il exact que vous avez eu régulièrement affaire avec la psychiatrie ? »

J'écoute seulement d'une oreille My Sennevall débiter la triste histoire de sa vie. Quand elle quitte la salle d'audience, c'est une personne encore plus abîmée. La porte qui se referme derrière elle s'apparente à un soupir de soulagement.

Les témoignages suivants sont expédiés rapidement et sans révélations sensationnelles. Ses collègues chez H&M, Malin et Sofie, confirment que Stella a toujours un spray lacrymogène dans son sac à main, et qu'elle avait son sac à main vendredi soir. La procureure montre un spray et les deux témoins assurent que Stella en possède bien un exactement identique.

Le technicien de la police brandit le même spray devant la cour et explique que, par une analyse chimique, on peut établir que le liquide présent à l'état de traces sur le corps de Christopher Olsen est identique à celui du spray lacrymogène de la marque que possédait Stella.

Ensuite, le gardien de prison Jimmy Bark raconte que Stella s'est comportée de manière agressive à plusieurs reprises durant son séjour aux arrêts. Jimmy Bark fait tout de suite une impression peu sympathique, répond aux questions de manière laconique et nonchalante, et je me dis qu'un type pareil éveillerait des tendances agressives chez le dalaï-lama lui-même.

Le journaliste barbu fronce les sourcils pendant le témoignage du gardien de prison. Sans façon, il me présente son paquet de bonbons. Prise de court, je prends un caramel, alors que je ne les aime pas.

Il me sourit. L'ai-je mal jugé ?

Je me méfie toujours des gens au premier abord. Un sain scepticisme. Toute ma vie, j'ai redouté de passer pour crédule. Mon père a dit un jour que seuls les chiens en situation d'infériorité exposent leur gorge à leurs adversaires. Ce n'est qu'après quarante-cinq ans que j'ai commencé à comprendre qu'il n'était pas forcément nécessaire de considérer les autres comme des adversaires.

Pendant mes études à la faculté de droit, toute mon existence était une compétition.

« Je fais collection des félicitations du jury, pas des amis », étais-je capable de dire en déclinant une invitation à une soirée.

C'était comme si je m'étais enfermée dans une capsule dont la coquille durcissait chaque jour davantage. Toutes mes imperfections devaient être masquées sous le zèle et le succès, tandis que ma peur de voir ma vraie personne dévoilée au grand jour ne faisait que croître. Malgré ça, je me retrouvais souvent au centre de toutes sortes de réceptions. J'avais du mal à me trouver quelque part sans participer et influer sur le cours des choses, les gens étaient attirés vers moi et avaient envie de faire ma connaissance, mais le seul à m'avoir comprise au-delà des joutes oratoires, des notes aux partiels et des conversations superficielles, c'est Adam.

Maintenant, il attend de l'autre côté de la salle d'audience. C'est très bientôt son tour. D'une minute à l'autre, le greffier va l'appeler par le haut-parleur. Je ne sais pas encore bien ce qui va se passer.

Au début, je ne pensais pas que cela marcherait, que nous pourrions aller si loin. La morale d'Adam a toujours été inflexible. Qu'il puisse mentir à la police paraissait improbable, à la limite impensable. Mais je sous-estimais l'importance de la famille. Les gens sont prêts à mettre de côté toute éthique et toute morale pour défendre leur famille. Les principes gravés dans le marbre sont pulvérisés sans peine quand il s'agit de protéger son enfant. Mensonges, culpabilité, secrets : combien de familles ne sont-elles pas bâties sur de tels fondements ?

Au moment même où un être humain vient au monde, deux autres sont transformés en parents. L'amour pour nos enfants n'obéit à aucune loi ou règle particulières.

Cette nuit, Adam et moi nous sommes retrouvés à la cuisine en silence autour d'une bouteille de vin rouge.

« Je ne sais pas si je vais y arriver, ma chérie. »

Je prie Dieu qu'il y arrive. C'est étrange, mais je joins effectivement mes deux mains et je prie Dieu. L'instant suivant, le greffier appelle Adam dans la salle d'audience.

92

Adam traverse lentement la salle. Tandis que le président l'accueille et lui indique où il doit s'asseoir, Adam ne quitte pas Stella des yeux.

Il se place à la barre des témoins, dos au public. Le barbu à côté de moi me regarde comme on le ferait d'une grande malade.

Le président donne alors la parole à Michael.

« Bonjour, Adam, dit-il. Je comprends que cette situation soit extrêmement pénible pour vous, aussi vais-je essayer d'être bref. Pouvez-vous commencer par indiquer à la cour votre profession ? »

Adam n'a toujours pas lâché Stella du regard. « Je suis pasteur, au sein de l'Église suédoise. » À la demande de Michael, il précise qu'il a longtemps été aumônier en prison, avant d'occuper jusqu'à aujourd'hui la charge de pasteur dans une des principales paroisses de la ville.

Sa voix est un peu hésitante.

« Pouvez-vous brièvement décrire votre relation avec Stella ? demande Michael.

— J'aime Stella. Elle est tout pour moi. »

Mon cœur se noue. Toutes ces années, j'ai reproché plus d'une fois à Adam l'évolution de ma relation avec Stella. Quand elle était petite, j'entendais sans cesse dire quel père extraordinaire était Adam, et quelle chance j'avais d'avoir eu un enfant avec lui. Ce qui est tout à fait vrai. Adam a été et est toujours un merveilleux père de famille, et je l'aime profondément pour ça. J'ai honte de la jalousie qu'il m'est parfois arrivé d'éprouver. Pourquoi ai-je réagi à mes échecs avec Stella en installant encore davantage de distance ? Pour éviter de prendre notre relation à bras-le-corps, je me suis abrutie de travail, je me suis consacrée encore plus à ce pour quoi je me savais douée. C'était évidemment me tromper moi-même et trahir Stella.

« Ma relation avec Stella n'a pas toujours été bonne, dit Adam pour répondre à Michael qui lui demandait comment elle avait évolué. Il y a eu des hauts et des bas. Parfois, j'ai été très pénible. »

Michael lui propose de développer, et Adam baisse un peu la tête.

« Rien n'est plus difficile que d'être parent. Naturellement, j'y ai souvent échoué. J'avais quantité d'attentes et d'idées préconçues : quel père je devais être, quelle fille Stella serait. Quelle relation nous aurions.

— Et ça n'a pas été comme vous l'espériez ? demande Michael.

— Je crois que le problème n'est pas ce qui a été, mais ce que j'attendais. J'ai eu du mal à accepter une partie des choix de Stella dans la vie. Parfois, on oublie ce que c'est qu'être adolescent. »

Je regarde le président de la cour. Une lueur de sympathie passe dans les yeux de Göran Leijon. Il a lui-même des ados.

« Adam, reprend Michael, pouvez-vous nous raconter ce qui s'est passé ce vendredi-là ? »

Adam se tord un peu pour regarder à nouveau Stella. Je me penche pour apercevoir son visage.

Adam ne dit rien. Pourquoi se tait-il ?

Naturellement, j'aurais dû le laisser en savoir davantage, mais j'avais peur qu'il ne comprenne pas, ou que son grand sens moral constitue un obstacle.

Et s'il était trop tard ? S'il changeait sa version, s'il retirait tout ? Ce serait dévastateur.

« J'ai travaillé assez tard ce jour-là », dit-il en traînant sur les mots.

D'une voix mal assurée, il parle de l'enterrement d'une jeune personne. La semaine avait été très lourde et, ce vendredi-là, Adam se sentait globalement fatigué et patraque. Après le travail, il a fait la cuisine, nous avons joué à un jeu de société sur le canapé avant d'aller nous coucher.

« Saviez-vous où était Stella ce soir-là ? demande Michael.

— Elle avait dit qu'elle allait retrouver une amie. Amina Bešić.

— Bien, dit calmement Michael. Donc votre femme et vous êtes allés vous coucher avant le retour de Stella ?

— C'est exact.

— Quelle heure était-il alors ? »

Je me soulève sur mon siège.

Je t'en prie, Adam. Pense à ta famille !

« Autour de 11 heures, dit-il. De fait, je n'ai pas vérifié.

— Vous êtes-vous tout de suite endormi ?

— Non, je suis resté éveillé plusieurs heures.

— Plusieurs heures ?

— Oui. »

Je bois une rapide gorgée d'eau, mais je referme mal le bouchon, je m'en renverse sur les genoux et je m'essuie de la main. Le barbu lorgne dans ma direction.

« Étiez-vous réveillé quand Stella est rentrée à la maison ce soir-là ? » demande Michael.

Je me penche encore davantage sur le côté. Adam lève le menton, de sorte que, face à la cour, son col romain apparaît blanc comme l'innocence.

« J'étais éveillé quand elle est rentrée », dit-il.

À présent, sa voix est plus forte. Claire et distincte. Je me laisse retomber sur mon siège.

« Savez-vous quelle heure il était ? demande Michael.

— Il était minuit moins le quart. J'ai regardé l'heure en l'entendant arriver. »

Un des jurés porte la main à sa bouche. Le reste de la cour fixe Adam en silence.

« Et vous êtes certain de cet horaire ? demande Michael.

— Absolument certain. Je le jure devant Dieu. »

93

« Comment peux-tu être aussi sûr ? » ai-je demandé à Adam.

C'était pourtant un de ses chevaux de bataille : toujours douter. Et voilà qu'il n'y avait plus aucune place pour la moindre nuance. Il s'était décidé.

« Ce sera merveilleux. Tu seras la plus fantastique maman du monde. »

Il balayait toutes mes appréhensions sans autre forme de procès. Selon Adam, mon angoisse était une étape naturelle du processus. Devenir parent impliquait un bouleversement de grande ampleur qui allait changer nos vies à jamais. Il n'était pas du tout anormal que je doute, que j'hésite et me sente mal.

Au fond, nous étions trop jeunes pour avoir un enfant. Je venais tout juste d'obtenir mon poste de greffière, et Adam était au milieu de sa formation. Six mois plus tôt seulement, nous vivions une vie d'étudiants, consacrant plusieurs soirs par semaine à traîner au pub, à cocooner ou à aller dans des soirées mais, au cours de l'été, nous avions contre toute attente obtenu un assez vaste studio à Norra Fäladen. Adam était en outre convaincu que le bailleur serait d'accord pour nous l'échanger contre un deux-pièces si notre famille s'agrandissait.

« Je t'aime, me disait Adam plusieurs fois par jour, en se penchant pour embrasser la bosse de mon ventre qui enflait. Et toi aussi, là-dedans. »

Progressivement, mes pensées les plus catastrophiques et mes angoisses ont cédé le pas aux douleurs ligamentaires et aux pieds enflés d'éléphant. Certains jours, je restais au lit en me sentant la femme la plus ratée de la terre.

Adam était aux petits soins, m'apportant de la soupe d'églantine, des bas de contention et des coussins de riz chauffés, me faisant des massages. Même si j'ai douté sur le calendrier, en me demandant si c'était vraiment le bon moment pour nous de mettre un enfant au monde, je n'ai jamais douté qu'Adam était l'homme idéal pour être le père de mon enfant.

J'ai beaucoup travaillé quand Stella était petite. Parfois, je me demandais si quelque chose ne clochait pas chez moi, si j'étais conformée autrement que les autres jeunes mamans, puisque je ne pouvais pas mettre le reste de ma vie en stand-by et ne tirer toute mon énergie que du seul fait d'être à présent la mère d'un enfant.

Sans Adam, ça n'aurait pas été possible. Il était tout le temps là comme un havre rassurant où s'amarrer. Il ne m'a jamais rien refusé. Adam me soutenait à tout prix.

Les victoires qui m'étaient déniées dans ma vie familiale, je les ai vite remportées dans mon activité professionnelle. Je n'avais pas trente ans quand j'ai été recrutée comme jeune avocate prometteuse par un grand cabinet disposant de bureaux dans les trois villes principales du pays. Pendant qu'Adam apprenait à Stella à faire du vélo sans petites roues et pansait ses genoux écorchés, je jonglais entre des rendez-vous avec d'importants clients à Stockholm, de rapides résumés de la journée devant le programme pour enfants et un dîner réchauffé au micro-ondes. Je ne pense pas être unique quand je constate que j'avais besoin d'être nourrie à la fois par ma carrière et ma famille. Même s'il se trouve que je suis née sans pénis.

Partout autour de moi, je voyais cependant d'autres femmes amputer leurs rêves et leurs objectifs pour se restreindre elles-mêmes à un rôle domestique, entre chambres d'enfants et cuisine. Être une mère dévouée semblait perpétuellement entrer en conflit avec mon désir égoïste d'épanouissement et de succès sur d'autres plans dans la vie, et j'avais beau faire de réels efforts, je ne parvenais jamais à circonscrire suffisamment mon propre ego pour être la maman qu'on attendait que je sois et que je croyais moi-même vouloir être. En même temps, je voyais sans arrêt des hommes très bien passer outre les mêmes échecs qui m'accablaient et me faisaient me sentir une mère indigne.

L'intimité qui se développait entre Adam et Stella m'est d'abord apparue comme tout à fait positive. Stella était la fille de son papa. Il m'arrivait de rentrer tard à la maison, le cerveau plein d'articles de loi et de jurisprudence, et de les trouver blottis dans une mer de coussins, en train de lire l'histoire du soir en pyjama. Stella tenait la main de son papa à tous les croisements de sa petite vie. C'était un monde à la Astrid Lindgren, et mon cœur faisait de petits sauts de bonheur le matin, quand les minuscules petons de notre fille arrivaient en trottant sur le sol de notre chambre.

Le changement est venu très lentement. Je ne peux pas dire à partir de quand, mais ce qui auparavant me faisait chaud au cœur s'est bientôt mis à m'envoyer des frissons glacés dans le dos. Quand quelqu'un remarquait quel papa extraordinaire était Adam et quelle belle relation il semblait avoir avec sa fille, je ne ressentais plus de fierté, mais surtout une aliénation. Tandis qu'Adam me faisait le long récit pittoresque de ses journées de rêve en compagnie de Stella, la culpabilité, la honte et la jalousie me submergeaient.

Nous avons très tôt parlé d'agrandir la famille. Mais notre désir d'un autre enfant s'est sans doute échoué sur une déception diffuse qu'aucun de nous n'aurait évoquée tout haut. La vie de famille n'avait pas été comme nous l'espérions. Et contre toute raison, je m'imaginais que ma relation avec Stella gagnerait à ce qu'elle ait un frère ou une sœur.

Pendant plus d'un an, nous avons essayé. Nous ne parlions jamais de la raison pour laquelle cela ne marchait pas. Je suppose que c'était dû à une sorte de respect mutuel extrêmement mal placé. Tôt ou tard, le test de grossesse serait positif et, d'ici là, nous ne pouvions qu'essayer aussi souvent que nous le pouvions, et, dans le cas d'Adam, prier Dieu pour demander une forme d'assistance.

La nuit de Walpurgis, quand Stella avait quatre ans, nous avons fini par rompre le silence. Nous étions au lit, et le monde entier tournait dès que j'ouvrais les yeux. L'odeur de fumée des brasiers s'était immiscée sous notre peau.

« Chérie, a chuchoté Adam. Il doit y avoir un problème.

— Un problème ? ai-je demandé, même si je savais de quoi il parlait.

— Qu'allons-nous faire ? »

Je n'ai rien pu dire. Les larmes se pressaient sous mes paupières, mais je suis parvenue à les refouler.

« Je t'aime », m'a dit Adam.

Je n'ai pas réussi à lui répondre.

94

« Madame la procureure, avez-vous des questions pour le témoin ? demande le président Göran Leijon.

— Oui. »

Jenny Jansdotter échange quelques mots avec son adjoint avant de se tourner vers Adam.

« Quel était votre état d'esprit, ce vendredi-là ? »

Il me semble deviner un tressaillement de son épaule, mais Adam n'a pas le temps de formuler sa réponse avant que Jansdotter poursuive :

« Vous avez dit tout à l'heure que vous étiez fatigué et patraque. La semaine avait été difficile. Vous veniez de devoir enterrer un jeune homme.

— C'est exact.

— Et pourtant, vous n'arriviez pas à dormir ?

— Parfois, ce genre de fatigue a sans doute un effet inverse, dit calmement Adam. On n'arrive pas à s'endormir, alors qu'on se sent mort de fatigue. Et puis j'étais bien sûr inquiet pour Stella. Terriblement inquiet. Je n'aime pas me coucher avant qu'elle soit rentrée. »

Jenny Jansdotter saisit un stylo, qu'elle fait tourner entre ses doigts.

« Donc, vous affirmez que vous étiez éveillé quand Stella est rentrée ce soir-là ?

— Oui.

— Et quelle heure était-il ?

— Je l'ai déjà dit.

— Je veux que vous le répétiez.

— Minuit moins le quart », dit Adam, irrité.

Jenny Jansdotter lève le menton et avance la tête au-dessus de la table, comme un oiseau de proie.

« Étrange », dit-elle.

Il y a un inquiétant accent triomphal dans sa voix.

« Très étrange », continue Jansdotter en dépliant un papier devant elle.

Qu'est-ce que c'est que ça ? Avons-nous raté quelque chose ?

« J'ai ici la liste de vos SMS, Adam. Tous les SMS envoyés de votre téléphone durant la nuit du meurtre et tous les SMS que vous avez reçus. Deux messages étaient effacés de votre téléphone, mais les techniciens de la police ont pu les restituer. Car vous savez sans doute qu'on peut restituer les messages effacés d'un téléphone ? »

Adam baisse la tête.

Merde, ce n'est pas vrai ! Comment Michael a-t-il pu rater cette liste téléphonique ? Nous savions que la police avait saisi le téléphone d'Adam, mais je n'ai jamais imaginé qu'il puisse y avoir quoi que ce soit de compromettant dedans.

« À 23 h 18, le message suivant a été envoyé de votre téléphone au numéro de Stella : “Comptes-tu rentrer, ce soir ? ” »

La procureure brandit la liste et montre une ligne de la pointe de son stylo.

« Ah ? dit Adam.

— Vous souvenez-vous avoir envoyé un tel message ? »

Il tord les épaules.

« Oui, c'est possible. Ma femme m'a dit que Stella dormirait peut-être chez son amie Amina. C'est pour cette raison que j'ai écrit.

— "Comptes-tu rentrer, ce soir ?" répète Jansdotter. Avez-vous reçu une réponse de Stella ? »

Adam se gratte le menton. J'essaie d'attirer l'attention de Michael, mais il refuse de regarder dans ma direction. La sueur coule sur son visage, et il tire sur son nœud de cravate, comme s'il manquait d'air.

« Je ne me souviens pas, murmure Adam.

— En êtes-vous certain ? Vous ne vous souvenez pas si vous avez reçu de réponse ? »

Adam déglutit, baisse les yeux et secoue la tête.

« Probablement pas. »

Jansdotter agite la liste. À côté de moi, le barbu aspire l'air entre ses dents. Je commence à comprendre où elle veut en venir. Comment avons-nous pu manquer ça ?

« En fait, Stella a envoyé une réponse, dit la procureure.

— Ah bon ? »

Adam reste là, comme s'il attendait le coup de grâce. Je voudrais lui crier de se relever, il ne doit pas abandonner maintenant.

« Les techniciens de la police ont réussi à la restituer elle aussi. Car vous avez effacé ces deux messages le samedi matin, quand vous avez appris que Stella était arrêtée par la police.

— J'ai fait ça ? » dit Adam.

Son ton n'est pas celui d'un bon menteur.

« Stella a écrit : "Je rentre." Ce message a été reçu sur votre portable à 1 h 40 cette nuit-là. Alors que Stella, d'après votre récit, était déjà rentrée depuis bientôt deux heures. »

95

Adam ne répond pas à la question de la procureure.

« Avez-vous une explication à ce SMS ? répète Jansdotter. Pourquoi Stella enverrait-elle un SMS pour dire qu'elle rentre à 1 h 40 alors que vous prétendez qu'elle était à la maison depuis minuit moins le quart ? »

Le dos d'Adam reste muet. Les secondes passent.

Une femme assise derrière moi tire sur mon chemisier en me faisant signe de me rasseoir. Mais il faut que j'arrive jusqu'à Adam. Il a besoin de moi. Tout ça est ma faute !

« Il peut parfois y avoir des délais », finit-il par répondre.

Le barbu me fait un *psitt* et m'indique de la tête le bout de la rangée, où un vigile bombe le torse en me fusillant du regard.

« Que voulez-vous dire là, Adam ? demande Jansdotter.

— Parfois, les SMS restent bloqués dans le cyberespace, dit-il avec du doute dans la voix. Que j'aie reçu le message à une heure donnée ne signifie pas forcément qu'il ait été envoyé à cette heure-là. »

Je retombe sur mon siège en poussant un soupir de soulagement. Naturellement, Adam a raison. Bien sûr, il ne connaît rien à ces questions techniques, mais il est malin et a l'esprit vif. Le bon sens lui donne raison. Que la procureure puisse prouver à quelle heure a été reçu un SMS n'a aucune valeur dans la pratique si elle ne peut pas prouver à quelle heure il a été envoyé. Et pour ce faire, il lui faudrait avoir accès au téléphone de Stella.

Jenny Jansdotter fait une grimace accablée.

« Stella n'est-elle pas en fait rentrée beaucoup plus tard que vous l'affirmez ? »

Je lorgne en direction du vigile, et je constate que son intérêt pour moi s'est refroidi.

« Non, dit Adam. Stella est rentrée à minuit moins le quart. »

Michael essuie du revers de la main la sueur sur son front. À côté de lui, Stella fixe la table, les yeux luisants. Elle a l'air si petite et fragile et je me hais pour ce à quoi je l'expose.

Ces dernières semaines, j'ai dû sans arrêt répéter à moi-même et à Michael pourquoi nous ne pouvions pas tout dire à Stella. Le doute s'est installé et m'a rongée, mais il aurait été très risqué de lui parler. Stella a beaucoup trop de mal à contrôler ses pulsions. Une émotion de trop, un mot échappé et tout aurait été fichu.

En outre, Stella a toujours aimé tout prendre à contre-pied. Quand l'entraîneur de handball lui disait de passer bas elle lobait, quand la mère d'Adam l'a complimentée sur ses cheveux qui lui descendaient jusqu'à la taille, elle s'est rasé le crâne.

Je la regarde, et la douleur emplit ma poitrine.

« Savez-vous où se trouve le téléphone portable de Stella ? demande la procureure à Adam.

— Aucune idée.

— Pourquoi les enquêteurs ne l'ont-ils pas trouvé ?

— Je ne sais pas.

— Quand avez-vous vu le téléphone de Stella pour la dernière fois ?

— Je ne me souviens pas.

— Ce ne serait pas vous qui l'avez trouvé, Adam ?

— Non, dit-il. Stella a toujours son téléphone avec elle.

— Vous voulez dire qu'elle l'avait emporté pour aller travailler chez H&M le samedi où elle a été arrêtée par la police ?

— Je suppose.

— Dans ce cas, la police l'aurait retrouvé, pas vrai ? »

Jansdotter le dévisage, mais Adam garde son calme.

« N'auriez-vous pas retrouvé le portable de Stella au cours du samedi ? le lendemain du meurtre ?

— Absolument pas. »

Adam tourne la tête par-dessus son épaule et, au vol, nous nous regardons dans les yeux.

« Je ne sais rien du portable de Stella », répète-t-il.

C'est plus proche de la vérité que ne s'en doute la procureure. Adam ne sait pas ce qui est arrivé au portable de Stella. Je suis la seule à le savoir.

Un bref instant, la procureure perd le fil. Elle le masque avec professionnalisme, mais cela n'échappe bien sûr ni à moi ni aux autre juristes expérimentés présents dans la salle. Je m'accorde un peu de détente, je me cale au fond de mon siège et bois quelques gorgées d'eau. Le barbu me regarde et je me figure qu'il sait, qu'il perce à jour mes pensées.

Une fois que Jansdotter s'est ressaisie et a conféré avec son adjoint, elle reprend ses questions.

« Avez-vous parlé à Stella quand elle est rentrée le vendredi soir, la nuit de la mort de Christopher Olsen ?

— Oui, répond Adam. Je l'ai dit.

— Et que vous êtes-vous raconté ? demande la procureure.

— J'ai ouvert la porte et lui ai souhaité bonne nuit.

— Donc vous l'avez vue ?

— Oui.

— Que portait-elle ? demande Jansdotter.

— Des sous-vêtements.

— Seulement des sous-vêtements ? A-t-elle l'habitude de se déshabiller avant de monter dans sa chambre ?

— Ça lui arrive. Si ses vêtements doivent être lavés, elle les laisse dans la buanderie.

— D'après les collègues de Stella, qui étaient avec elle au restaurant Stortorget ce soir-là, Stella portait un jean bleu foncé et un chemisier blanc. Le jean a été retrouvé par la police au cours de la perquisition de votre domicile, mais pas le chemisier. Avez-vous vu ce chemisier quand Stella est rentrée ?

— Non, dit Adam. Je ne sais rien d'aucun chemisier. »

Dans une certaine mesure, ceci est effectivement vrai.

« En êtes-vous sûr ? N'avez-vous pas vu ce chemisier blanc dans la buanderie ?

— Non.

— Le samedi non plus ?

— Pas que je me souvienne, dit Adam. Mais si je l'avais vu, je ne m'en serais sans doute pas souvenu.

— Je pense bien que si, rétorque Jansdotter. Je crois en effet que ce chemisier était taché. De sang. Vous n'avez vraiment pas vu ce chemisier, avec toutes ses taches ?

— Absolument pas ! »

Adam est à présent tellement déterminé qu'il semble en colère. Ce n'est pas bon. Pas bon du tout. Michael lui fait un petit signe.

Jansdotter enfonce le clou.

« Vous avez une cheminée ?

— Oui, dit Adam.

— Lors de la perquisition, la police a noté qu'un feu y avait été fait très récemment. Qui a allumé la cheminée ce samedi-là ? »

Adam se gratte derrière l'oreille.

« Ça peut être moi. Ou ma femme. »

Il est malin. Naturellement, il comprend ce qu'il en est. À présent, il s'agit juste de garder son sang-froid. Pense à ta famille, Adam. Pense à Stella et à moi.

« Vous ne savez pas ? demande Jansdotter.

— Nous faisons du feu assez souvent.

— En été ? En août ? Quand il fait plus de vingt degrés ?

— On trouve que ça crée une ambiance douillette. »

La procureure pousse un grand soupir.

« Vous n'auriez pas trouvé le chemisier ensanglanté de Stella, puis l'auriez fait brûler dans la cheminée ?

— Absolument pas, dit Adam. Je n'ai pas fait brûler de chemisier. »

Non, ce n'est pas lui qui l'a fait.

96

Quand le président Göran Leijon clôt la première journée d'audience, je me lève et parviens à croiser le regard de Stella avant que les gardiens ne l'emmènent. Une seconde, nous avons le temps de nous regarder. Je tends les mains vers elle, j'étreins le vide. C'est maintenant qu'il faut que je sois maman pour de bon, pour compenser ce que je n'ai pas réussi quand Stella était petite. Maintenant, je fais ce pour quoi je suis le plus douée. Je t'en prie, Stella, tu dois me faire confiance.

Ces dernières années, notre relation s'est lentement améliorée. Alors qu'Adam avait de plus en plus de mal à accepter les choix de vie de Stella, je m'étais rapprochée d'elle et avais réussi à comprendre ma fille de mieux en mieux. Dans une certaine mesure, j'en suis redevable à Amina. C'est par son intermédiaire que j'ai pu aborder Stella selon sa propre perspective. À travers Amina, j'ai appris à comprendre.

Naturellement, avoir plus de facilités à parler avec Amina qu'avec Stella m'a fait souffrir. Une lourde boue de culpabilité couvrait en permanence le fond de mon âme. Dans les moments où il m'était impossible de comprendre les actes de ma fille, leurs tenants et aboutissants, je me suis reconnue en Amina.

« Stella n'est pas comme toi et moi, m'a-t-elle dit un jour. Stella ne ressemble qu'à Stella. »

C'était juste après que Stella a arrêté le handball. Un jour, elle est allée à la réunion de l'équipe junior où on lui avait prédit un avenir radieux, et le lendemain elle a mis en vente ses chaussures de handball sur Internet. Adam et moi n'avons rien compris.

« Tu ne peux pas comprendre Stella si tu ne te mets pas à penser comme Stella », a dit Amina.

Ça semblait si simple, si évident, et pourtant non.

« Stella ne supporte pas que les autres essaient de la diriger, a expliqué Amina. À ce niveau, le hand consiste en grande partie à exécuter des mouvements décidés à l'avance, des trucs appris. Stella ne le supporte pas. »

Je crois que de nous deux, c'est Adam qui a le plus souffert que nous n'ayons pas eu d'autres enfants. Il s'est arraché les cheveux pour que Stella se conforme à nos attentes, au lieu d'admettre qu'elle était comme elle était. C'est un miracle que notre famille ne se soit pas désagrégée. J'essaie de voir ce qui nous arrive aujourd'hui comme un nouveau départ, une nouvelle chance que je compte saisir à tout prix.

« Si tu pouvais être un peu plus comme Amina », ai-je dit à Stella un jour où elle était partie en vrille et avait tout mis sens dessus dessous autour d'elle pour la énième fois d'affilée.

Pour le coup, elle n'a pas décoché de phrase assassine. Elle s'est juste tue. Elle m'a regardée et ses yeux avaient beau être secs, c'était comme si elle pleurait.

Bien sûr, elle avait compris. Ces mots m'avaient échappé, une seule fois, et plus jamais après, mais Stella m'avait percée à jour. Elle voyait comment je regardais Amina, comment je lui parlais, ce que nous partagions.

J'ai pris Stella dans mes bras et pleuré contre son épaule.

« Pardon, ma chérie, pardon. Je ne voulais pas dire ça. »

Naturellement, c'était vain. Nous savions toutes les deux exactement ce que je voulais dire.

Quand je sors de la salle d'audience, Adam n'est pas là. Les banquettes de la réception sont occupées par d'autres personnes. Je fais quelques pas dans le couloir, mais pas d'Adam.

Où est-il ?

Devant la cour, il vient de jurer devant Dieu que sa fille était à la maison pendant que cet homme se vidait de son sang dans une aire de jeux à l'autre bout de la ville.

Il devait être au bord de l'effondrement.

Mon cœur s'emballe et je descends à grands pas le couloir suivant. Je le trouve devant les toilettes, affaissé sur une banquette, l'air de s'être brisé tous les os du corps. Je lui chuchote :

« Mon chéri, je suis si fière de toi. »

Je passe mon bras autour de lui. Son corps est dur et froid. Doucement, je m'appuie contre son épaule, et une douce chaleur se répand dans ma poitrine. Ce n'est pas seulement pour Stella et Amina que je fais ça.

« Et si ça ne sert à rien ? » Son regard est une prière désespérée. « Qu'ai-je fait ? »

Je lui caresse la nuque et le dos en chuchotant :

« Je suis là, avec toi. Nous sommes ensemble. »

Ce n'est pas grand-chose, mais c'est la meilleure consolation que je puisse lui offrir. Durant ces semaines, en permanence, j'ai cru comprendre son déchirement à l'aune de mes propres tourments. Tout comme Adam a transgressé son éthique professionnelle, j'ai agi à l'encontre de tout ce en quoi je crois. Le droit a été ma religion. Il a ses lacunes, à certains égards importantes, mais j'ai cru dur comme fer au droit comme pilier et phare de la société moderne. J'ai cru au droit comme le moyen optimal pour organiser une société démocratique. Maintenant, je ne sais plus que croire. Il existe des valeurs qu'on ne peut expliquer ni classer en paragraphes. Et à l'instar de la vie, la loi ne se soucie pas de ce que tout un chacun appelle la justice.

En voyant Adam, je comprends que tout ceci lui coûte davantage qu'à moi. Dans le pire des cas, il sera lui-même mis en examen : violation de domicile, outrage à fonctionnaire, harcèlement.

Nous finissons par nous lever de la banquette. Je le tiens fermement par la taille tandis que nous traversons le tribunal, passons devant la réception avant de ressortir sur les marches.

« Tu as fait ce qu'il fallait, mon chéri, dis-je. Demain, c'est au tour d'Amina. »

Nous rentrons en taxi et Adam m'interroge sur tout ce qui s'est passé dans la salle d'audience avant son témoignage. Quand je lui parle de l'empreinte de chaussure et de l'analyse chimique des traces de spray lacrymogène, la préoccupation se lit dans son regard.

« Mais il n'y a pas de preuves concrètes, dit-il.

— Il revient à la cour d'évaluer les preuves. Dans un procès comme celui-ci, on ne peut pas évaluer chaque indice isolément, il faut plutôt adopter une vue d'ensemble. Ensuite, la cour confrontera la description des faits de la procureure à des hypothèses alternatives. S'il est impossible d'exclure d'autres explications du déroulé des faits, le doute légitime s'installe et le tribunal doit prononcer la relaxe.

— Mais il doit bien toujours exister d'autres explications ?

— On a l'habitude de dire que le minimum requis est que la personne mise en examen se soit trouvée sur les lieux du crime, qu'elle ait eu la possibilité de commettre le crime et qu'on puisse exclure l'existence d'un coupable alternatif. »

Adam regarde par la vitre et je sors mon portable pour voir ce qu'écrivent les journaux. *Sydsvenskan* et *Skånska Dagbladet* rendent compte du premier jour du procès de façon concise et sans utiliser de grands mots. La rubrique criminelle d'*Aftonbladet* titre : LE PÈRE MIS SOUS PRESSION PAR LA PROCUREURE. L'article est plein d'allusions qui mettent en cause le témoignage d'Adam. *Il y a un siècle, il aurait été inconcevable qu'un pasteur mente devant un tribunal, mais après les débats d'aujourd'hui, on a des raisons de se demander si c'est toujours d'actualité.* J'en crois à peine mes yeux. Adam ne doit absolument pas lire ça. Tout en haut de la page, une vignette avec la photo du journaliste. C'est le barbu que j'ai eu toute la journée à côté de moi.

Le taxi tourne dans notre rue. Sur le trottoir, quelques voisins agglutinés regardent dans notre direction.

« Bonne soirée, dit le chauffeur quand je le paie.

— Mmh. »

Je fais le tour de la voiture et prends Adam par la main. Aucun de nous ne regarde les voisins.

Dans le vestibule, Adam se fige.

« Est-ce que… Est-ce que c'est elle qui l'a fait ? »

Je lui prends les bras. Je n'aime pas mentir à Adam. Rien qu'une dernière fois.

« Je ne sais pas, mon chéri. »

97

La salle d'audience est mon foyer et ma forteresse. J'y ai passé presque plus de temps qu'avec ma famille. Mais je ne m'y suis jamais sentie aussi perdue et abandonnée, étouffée d'angoisse, tourmentée de remords.

Adam marche tout contre moi dans les couloirs du tribunal. Quand nous entrons dans la salle d'audience, je ne vois d'abord que des visages inconnus. Des journalistes, je suppose, peut-être quelques curieux, formant ce qu'on appelle le public. Je cherche des yeux le reporter barbu, mais il n'a pas l'air d'être ici. *Aftonbladet* a peut-être envoyé quelqu'un d'autre ? Les relations d'affaires de Christopher Olsen, en costume, occupent en tout cas le même côté qu'hier. Ils chuchotent bruyamment. À ce qu'il semble, plusieurs d'entre eux font l'objet d'une enquête en raison de leur implication dans le tombereau d'affaires louches de spéculation immobilière et de travail clandestin révélées par Michael.

Tout au fond de la salle, j'aperçois un visage connu. Alexandra vient de se pencher pour prendre quelque chose dans son sac, et sa frange lui est tombée sur les yeux.

Mon regard papillonne. Puis Alexandra écarte sa frange et me regarde. Nous nous faisons un signe de tête et je souffle de soulagement en constatant que Dino n'est pas là.

J'ai toujours bien aimé Alexandra. De bien des façons, je me reconnais en elle. Une femme de caractère avec une carrière brillante et une vision détendue de la vie. De bons petits plats, quelques verres de vins choisis et des rires entre amis nous ont unies. Cependant, je ne peux pas nier que, parfois, il m'est arrivé de l'envier en voyant combien tout était simple avec Amina, et que j'aurais volontiers échangé ma place avec la sienne.

Le greffier appelle le premier témoin de la journée, et la porte s'ouvre.

Amina se dirige droit vers la barre du témoin et s'assoit sans une seule fois lever les yeux. Elle est pâle, sans maquillage, ses joues se sont un peu affaissées ces dernières semaines.

Michael me jette un coup d'œil inquiet.

« Avez-vous compris ce que témoigner impliquait ? » demande Göran Leijon.

Amina hoche la tête et chuchote un « oui ».

Puis répète après Leijon :

« Moi, Amina Bešić, je jure sur mon honneur et en conscience de dire toute la vérité, sans rien taire, ajouter ou altérer. »

Je pose une main sous ma poitrine et me concentre sur ma respiration. L'inquiétude me dévore. Une effroyable impression de catastrophe imminente me plaque au dossier de mon siège.

« La parole est à l'avocat de la défense », dit Göran Leijon.

C'est le moment crucial.

Michael parle lentement et avec douceur. À côté de lui, Stella a relevé le menton et regarde Amina en face. Elles ne se sont pas vues depuis des semaines.

« Pouvez-vous commencer par nous dire comment Stella et vous vous connaissez ? » demande Michael.

Amina baisse les yeux.

« Nous sommes meilleures amies depuis la crèche. Nous avons été dans la même classe du CP à la troisième et avons joué dans la même équipe de handball. »

Ma poitrine me brûle. Je revois les deux filles.

« Comment définiriez-vous votre relation aujourd'hui ? » demande Michael.

Amina continue de fixer la table. Le temps passe et je devine l'inquiétude grandissante de Michael.

« Elle est toujours ma meilleure amie. »

Michael hoche la tête. Dans le silence qui suit, j'aperçois une lueur timide dans le regard de Stella. Que pense-t-elle, au fond ? Qu'a-t-elle cru ? Si Amina avait pu décider par elle-même, nous n'aurions jamais laissé Stella seule dans cette prison de pensées et d'angoisse. C'est moi qui ai pris la décision de faire comme nous avons fait, et j'aurai à en répondre devant Stella, quoi qu'il arrive.

« Comment décririez-vous Stella en tant que personne ? demande Michael.

— Eh bien, elle… Elle est comme elle est. C'est Stella, personne d'autre n'est comme elle. »

Je ne peux m'empêcher de sourire.

« Elle est terriblement courageuse. Elle assume toujours ce qu'elle pense, fait ce qu'elle décide elle-même. La pression du groupe, elle ne connaît pas. »

Les deux meilleures amies se regardent. Les liens qui unissent Stella et Amina sont plus forts que quiconque dans cette salle d'audience pourrait imaginer.

« Et puis elle est aussi très intelligente, dit Amina. Tout le monde ne le voit pas forcément avant de vraiment la connaître. Et elle est de loin la personne la plus obstinée que je connaisse. Très impulsive et volontaire. Rentre-dedans. Pour certains, c'est trop. Je crois que Stella est le genre de personne qu'on adore ou qu'on déteste. »

Michael s'apprête à poser la question suivante quand Amina lève la main pour l'interrompre :

« Et je l'aime. »

Sa voix se brise et elle enfouit son visage dans ses mains. Ma gorge se serre. Même Michael semble ému.

« Pouvez-vous nous parler un peu de Christopher Olsen ? demande-t-il. Comment avez-vous fait sa connaissance ? »

Amina regarde Stella. Mon cœur explose dans ma poitrine, la sueur me poisse sous les bras. C'est horrible de ne plus pouvoir agir sur ce qui se passe. Maintenant, je dois m'en remettre à Amina. Maintenant, c'est elle qui va tout décider.

98

« Parlez-nous de Christopher Olsen, demande Michael. Comment avez-vous fait sa connaissance ? »

Il lui passe quelques mouchoirs en papier par-dessus la table, et Amina s'essuie les joues.

« On s'est rencontrés un soir chez Tegnérs. »

Je regarde du coin de l'œil Adam, qui a l'air profondément concentré. Je suis morte de peur à l'idée de ce qui va bientôt venir.

Amina raconte la même histoire que Stella hier. Les filles ont rencontré Christopher Olsen quelques fois, dans des lieux publics et au domicile d'Olsen.

« Diriez-vous que Stella et Christopher Olsen étaient un couple ? demande Michael.

— Vraiment pas. Ils sortaient un peu ensemble, rien de plus. »

Michael hoche la tête.

« Voulez-vous préciser ? Avaient-ils une relation sexuelle ?

— Des rapports sexuels, oui, mais pas de relation. »

Ce que dit Amina semble évident et convaincant.

« Durant la journée d'hier, nous avons entendu dire que Stella a parfois eu un comportement violent. Est-ce exact ? L'avez-vous jamais vue violente ? »

Amina remonte les épaules. Mon cœur fait un bond.

Je ne comprends pas pourquoi Michael pose cette question. Pour couper l'herbe sous le pied à la procureure ?

« Non », répond Amina.

Mais elle n'a plus l'air aussi convaincante.

Michael s'éponge le front.

« La défense a-t-elle d'autres questions ? demande Göran Leijon.

— Non, merci.

— Je passe donc la parole à la procureure. »

Je me retourne. Adam me regarde avec de grands yeux.

Jenny Jansdotter prend tout son temps. C'est étudié, une façon de déstabiliser Amina. Elle place des papiers en pile devant elle, en aligne méticuleusement les bords et s'étire lentement.

Michael et Stella l'observent, tendus.

Quand j'ai trouvé le portable de Stella sur le bureau ce samedi-là, j'ai aussitôt été saisie d'une inquiétude convulsive. Comment pouvait-elle avoir oublié son téléphone à la maison ?

Au fond, je n'ai jamais été du genre à fouiner. Les ragots et les secrets scabreux m'ont rarement intéressée. Je suis une personne attirée par les faits et les preuves solides. Si quelqu'un a espionné Stella, et dans une certaine mesure violé son droit à une vie privée, c'est Adam. Je ne sais pas ce qui se serait passé si c'était lui qui avait trouvé son portable.

Comme les heures passaient sans nouvelles d'elle, j'ai décidé de consulter ses messages. Ce n'était pas pour fouiner. J'étais morte d'inquiétude. Et en les lisant, j'ai réalisé que quelque chose s'était passé, quelque chose de vraiment affreux. J'ai aussitôt essayé de joindre Amina, mais elle a refusé de me répondre. Elle s'était enfermée dans sa chambre, et prétendait être trop malade pour parler. J'ai compris qu'elle mentait.

La voilà à présent devant la procureure, pour témoigner sous serment. La voix de Jansdotter est tranchante comme un scalpel, et Amina a un mouvement de recul.

« Qu'entendez-vous en déclarant que Christopher Olsen et Stella n'étaient pas un couple ?

— Je… Je veux juste dire ça : ils n'étaient pas un couple.

— Pouvez-vous définir leur relation ? Décrire quel genre de rapports ils avaient ? » Amina regarde timidement Stella, comme pour obtenir son assentiment.

« Elle appelait Chris son minet pour l'été. »

J'ai le souffle coupé. Minet pour l'été ? Il y a tant de choses qu'une mère n'a pas besoin d'entendre.

« Minet pour l'été ? demande Jenny Jansdotter

— Une façon de parler. Un flirt de vacances. »

Mais Jansdotter n'a pas l'air d'écouter. Elle est déjà prête à décocher la question suivante.

« Que pensiez-vous de tout ça, Amina ?

— Tout ça, quoi ?

— De cette situation ? Que Stella ait une relation sexuelle avec Christopher Olsen, sans montrer d'intérêt sérieux ? »

Amina baisse la tête. Les secondes passent en silence.

« Qu'éprouviez-vous pour Christopher, en fait ? demande Jansdotter avec une douceur surprenante.

— J'aimais bien Chris. Il était charmant et cool. C'était sympa d'être avec lui.

— Étiez-vous attirée par lui ?

— Peut-être. »

Je regarde Stella. Son visage est muet. Quelles pensées s'agitent dans sa tête en ce moment ? Je ne sais même pas ce qu'elle sait vraiment.

Je me sens mal. Quelle mère expose sa fille à une chose pareille ? Je dois avoir un sérieux problème. Un trouble affectif ? Un déficit d'attachement ? Je me regarde de l'extérieur, et vois une personne que je ne veux pas être.

Si les rôles étaient inversés, si c'était Amina qui était emprisonnée, aurais-je fait la même chose ? Je suis loin d'en être sûre. Probablement aurais-je dû laisser Amina décider dès le début. J'aurais dû l'écouter. Nous aurions dû faire comme elle disait. Maintenant, c'est trop tard.

Jenny Jansdotter presse Amina du regard.

« S'est-il passé quelque chose de sexuel entre vous et Christopher Olsen ? »

Les épaules d'Amina s'affaissent.

« Oui, dit-elle. Il s'est passé des choses. »

99

Très tôt, nous avons compris que Stella aimait commander. Elle nous jouait souvent l'un contre l'autre, Adam et moi. Celui qui cédait le premier était inondé d'amour, l'autre mis au régime sec. Ça pouvait changer en un instant : on était la meilleure maman du monde, et la seconde suivante une paria pour une durée indéterminée.

Heureusement, Amina était toujours là comme une force neutralisante, une intermédiaire entre notre fille récalcitrante et le reste du monde.

Le handball servait aussi de soupape à Stella. Sur le terrain, elle trouvait un exutoire à toute l'énergie qui bouillonnait en elle et, sur la ligne des six mètres, son caractère têtu et explosif lui valait d'énormes succès.

Le handball faisait aussi du bien à Adam. Avec Dino, ils formaient une paire d'entraîneurs appréciés, dont l'équipe avait bientôt eu le vent en poupe. Sur la touche, dans le feu du match, Adam semblait souvent s'oublier. Entièrement absorbé par le jeu, il criait, hélait et gesticulait.

Un samedi, alors que j'étais dans les tribunes à Borgeby, en train de regarder Stella marquer un but après l'autre, il s'est passé quelque chose qui continue à me marquer. Mes pensées étaient ailleurs et j'ai vu soudain Amina à terre sur le terrain en train de se tordre de douleur. J'avais complètement manqué ce qui s'était passé. Mais comme Alexandra n'était pas là, c'est bien sûr moi qui me suis précipitée sur le terrain pour aider Amina à regagner le vestiaire.

« Est-ce qu'il faut qu'on aille à l'hôpital pour un contrôle ? » ai-je demandé.

Assises face à face sur les bancs, nous regardions son genou bandé à la va-vite.

Elle a secoué la tête.

« C'est juste que je n'en peux plus. »

Elle avait l'air totalement découragée.

« Quoi ?

— Jure de ne rien dire à papa. Il ne comprendrait jamais. Et à maman non plus ! Promis ? »

Sans comprendre ce que je faisais, je lui ai donné ma parole.

« Tu n'as pas vu que je me suis plantée en défense ? Deux fois, exactement la même feinte ? »

J'ai été forcée d'admettre que ça m'avait échappé.

« Et puis j'ai raté la dernière passe à Stella, tu l'as bien vu, quand même ?

— Mais vous menez 12-4 malgré tout, ai-je objecté.

— Ça, papa s'en fiche, a dit Amina en fixant le sol, tandis qu'en quelques gestes vifs elle déroulait le bandage de son genou. Je n'en peux plus d'être tout le temps la meilleure. Je n'en peux juste plus. »

Ça m'a fait de la peine. J'ai songé au mal que je m'étais donné toute ma vie pour ne pas décevoir les autres.

« C'est juste du handball, ai-je dit. Ça ne compte pas. Pas vraiment.

— Mais ce n'est pas que le hand. » Elle m'a regardée, les yeux brillants. « C'est tout. L'école, les copines, à la maison. Je n'en peux plus. »

Sans réfléchir, je suis allée m'asseoir à côté d'elle et lui offrir mes bras. Amina s'y est blottie comme un petit enfant et je l'ai bercée doucement.

J'avais des sentiments si forts pour Amina que je ne savais pas bien qu'en faire.

Quand, un dimanche infernal de la fin août, plusieurs années plus tard, j'ai été placée devant le choix impossible entre Amina et ma propre fille, je les ai choisies toutes les deux.

J'ai peur que ce choix ne me coûte tout.

100

Jenny Jansdotter attend patiemment Amina. Toute la salle attend Amina. Incessamment, elle va tout révéler.

« Un soir, chez Tegnérs, je ne me rappelle pas exactement quand. En tout cas, Stella a eu mal à la tête, et elle a filé tôt. À la fin, je suis rentrée avec Chris chez lui. »

Elle marque une longue pause en regardant Stella.

« En fait, nous devions juste partager un taxi, mais… Nous avions beaucoup bu et… »

Amina ravale ses derniers mots et baisse la tête. Stella la regarde, désarçonnée.

« Nous avons bavardé, sur le canapé. J'avais trop bu. Et ça s'est passé, comme ça.

— Qu'est-ce qui s'est passé ? demande Jansdotter.

— Il a essayé de m'embrasser.

— Et qu'avez-vous fait ? »

Je souffre le martyre. Stella et Amina tiennent tant l'une à l'autre. Est-ce que leur amitié pourra survivre à ça ?

« Je l'ai laissé faire. » La voix d'Amina est faible. « Il m'a embrassée plusieurs fois, jusqu'à ce que je panique et lui dise qu'il fallait que je m'en aille.

Je me suis dépêchée de partir et, sur le chemin du retour, j'ai appelé Stella.

— Lui avez-vous parlé de ces baisers ?

— Non. Je pensais le faire, mais après… Je n'ai pas pu. »

Stella porte lentement son verre d'eau à sa bouche, et le tient un moment avant de boire. Jansdotter fait rouler son stylo entre ses doigts.

« Avez-vous revu Chris, après ça ?

— Le vendredi suivant, il a appelé. L'idée était de préparer une surprise pour Stella, c'était son anniversaire. Chris est venu me chercher en voiture, et nous avons pris des sushis en passant, avant d'aller chez lui. »

Elle se ferme, les mains sur le front.

« Et que s'est-il passé, dans l'appartement ?

— Il m'a embrassée à nouveau. »

Stella s'affaisse sur sa table et je me rappelle comment nous nous sommes embrassées ce soir-là, après son dîner d'anniversaire. C'était récent, cette façon de nous prendre dans les bras. Naturellement et intimement. Adam ronflait sur le canapé, la bouche ouverte, et nous voulions éviter de le réveiller. Stella a résumé en sanglotant ce qui s'était passé après son départ du restaurant italien. Et c'est là que j'ai réalisé. J'ai beau ne pas être experte en relations humaines, loin de là, j'ai compris ce que Stella elle-même ne voulait pas s'avouer. Plus elle me racontait, plus ça me sautait aux yeux. Elle avait le cœur brisé. Elle était amoureuse et avait été trahie.

« De quoi avez-vous parlé avec Christopher ce soir-là ? demande la procureure. Quand vous étiez seuls ? »

Amina pousse un profond soupir.

« Chris m'a dit qu'il m'aimait bien. C'était moi qu'il avait remarquée la première chez Tegnérs. Il a dit qu'il aimait bien Stella elle aussi, mais pas de la même façon. Il avait commencé à découvrir ses côtés négatifs. Il comprenait que ça allait poser des problèmes, mais disait qu'on ne pouvait pas aller contre ses sentiments. »

Stella se tord les mains. Comme j'aimerais la prendre dans mes bras.

« Vous l'avez cru ?

— Il était très persuasif, dit Amina. Et je savais que Stella n'était pas intéressée par lui, de toute façon. Peu importe, d'ailleurs, mais quand même.

— Vous avez donc trahi votre meilleure amie ? »

Amina sanglote en secouant la tête.

« Je veux dire, j'étais tombée amoureuse, quoi. Enfin… en tout cas je croyais l'être. »

Je prends la main d'Adam, et je vois la confusion dans ses yeux. Tout autour de nous, une symphonie de stylos qui grattent et de claviers qui crépitent. Par-dessus mon épaule, je jette un coup d'œil à Alexandra. Elle a du mascara sur les joues et de l'effroi dans le regard.

« Vous n'avez pas vu Stella ce soir-là ? demande Jansdotter. Vous avez dit que vous deviez fêter son anniversaire.

— Si, elle a téléphoné pour prévenir qu'elle arrivait chez Chris. J'ai eu une terrible panique, j'ai crié à Chris que Stella était dans la rue et je me suis précipitée pour aller la retrouver.

— Avez-vous raconté à Stella ce qui s'était passé ? »

Amina renifle.

« Je lui ai dit que Chris m'avait embrassée. Je regrettais vraiment, je me sentais nulle, et nous sommes tombées d'accord sur le fait que Chris était un salaud, en nous promettant de ne plus jamais le revoir.

— Et avez-vous tenu cette promesse ? » demande la procureure.

Amina se tourne vers Stella.

« Non, dit-elle. Je ne l'ai pas tenue. »

101

Je suppose qu'il est plus facile de fixer ses soucis sur quelque chose de concret. Quand on ne trouve pas le cœur du problème, quand ce qui nous démange et nous travaille n'est pas visible, il est extrêmement commode de se concentrer sur du tangible.

Est-ce pour cela que les gens se tournent vers Dieu ? Un monde incompréhensible exige des explications tangibles. Un maître unique, à l'image de l'homme.

Longtemps, pour Adam et moi, tout a tourné autour de cet enfant qui ne venait pas. L'œuf qui ne voulait pas se laisser féconder était devenu le symbole de notre vie en panne, qui refusait de devenir comme nous nous l'étions imaginée. À mesure qu'un fossé se creusait entre nous, j'ai éprouvé un désir inconnu de proximité spirituelle. Le pire était quand je venais d'achever un procès. C'était comme si un vide s'ouvrait en moi, une solitude sans fond. Assise dans l'avion, en rentrant rejoindre ma famille à Lund, je ressentais un effondrement intérieur.

Ne pas pouvoir se reconnaître en son propre enfant est une expérience terrible. Souvent, je me sentais découragée et impuissante dans mes efforts pour me rapprocher de Stella.

« Elle te ressemble, a dit Adam après une dispute qui avait duré toute une soirée.

— Qu'est-ce que tu veux dire ? »

Ça avait commencé quand sa maîtresse nous avait avertis que Stella faisait subir des brimades à plusieurs filles de sa classe. Quand nous lui avions demandé des comptes, Stella avait piqué une crise de colère et jeté un verre de lait sur Adam. Elle avait refusé de parler de la situation en classe. Nous avions voulu savoir comment elle allait vraiment, mais elle s'était mise à dévaster la cuisine, si bien qu'Adam avait dû la maîtriser, bras dans le dos, jusqu'à ce qu'elle s'affale par terre comme une serpillière essorée de ses cris et de ses larmes.

Deux jours plus tard, Amina était dans notre vestibule avec ses chaussures de handball et ses chaussettes remontées jusqu'aux genoux, son sac bordeaux sur le dos. Pendant que Stella rassemblait ses affaires pour l'entraînement, Amina m'a regardée d'un air grave qui lui donnait l'air nettement plus âgée.

« En fait, ce n'est pas la faute de Stella », a-t-elle dit.

Je l'ai interrogée du regard.

« Ce qui se passe à l'école, je veux dire. Elles forcent Stella à faire ça. Elles savent exactement quoi dire pour la faire partir en vrille. Et après, elles vont rapporter à la maîtresse. »

Une montagne de culpabilité s'est élevée dans ma poitrine.

« En fait, ce sont les autres qui sont méchantes », a conclu Amina.

Ses yeux bruns étaient presque noirs dans la pénombre du vestibule.

J'ai songé à ce qu'Adam avait dit de Stella. *Elle te ressemble.*

L'été des quatorze ans de Stella, nous sommes allés au Danemark pour un tournoi de handball. Les filles et leurs entraîneurs étaient logés dans une école, tandis qu'Alexandra et moi partagions une chambre d'hôtel.

Un soir, nous sommes sorties dans un bar enfumé où on nous a offert des verres. Alexandra a beaucoup trop bu, au point de vomir devant l'hôtel. Je l'ai douchée de force puis, étendue sur une chaise longue dans la chambre d'hôtel, elle a pleuré sur sa vie minable. Elle se lamentait sur Dino, qui ne s'intéressait qu'au handball et ne levait pas le petit doigt à la maison. Mais elle se plaignait aussi d'Amina, qui n'avait jamais de temps pour autre chose que ses devoirs et ses maudits entraînements. Naturellement, je n'ai rien dit, mais une colère épineuse gonflait en moi. Moi-même je n'ai jamais senti mes parents satisfaits de moi. Il y avait toujours une meilleure note, une autre qui réussissait mieux, qui était plus intelligente, plus jolie.

Quelques semaines plus tard, Amina est venue chez nous un après-midi ensoleillé. Pour une fois, j'avais réussi à me détendre au jardin, avec un verre de vin et un roman.

« Stella n'est pas là, lui ai-je expliqué. Elle est partie à Landskrona. Je croyais que tu y allais avec elle ? »

Amina n'a pas répondu. En short et débardeur, sous le cerisier, elle me regardait, le visage fermé.

« Il s'est passé quelque chose ? » ai-je demandé en posant mon livre.

Amina a regardé alentour.

« Tu as un moment ?

— Bien sûr ! »

Je lui ai apporté un soda et une brioche à la cannelle, et elle a bientôt semblé plus à l'aise.

« Je me sens comme la pire amie de la planète, là.

— Mais pourquoi ? Qu'est-ce qui s'est passé ? »

Elle a regardé le jardin en plissant les yeux et m'a expliqué qu'elle avait attendu le plus longtemps possible pour me dire ça. Elle ne voulait pas être une mauvaise amie, mais la peur avait pris le dessus. Elle était inquiète pour Stella.

« Ces garçons de Landskrona avec qui elle est. Ce ne sont pas des mecs bien. Ils font plein de conneries. Fument, boivent.

— De l'alcool ? Mais vous n'avez que quatorze ans !

— Je sais.

— C'était bien de m'en parler, Amina. »

Elle s'est penchée vers moi.

« Tu promets de ne rien dire à Stella, hein ? Si elle savait que je… Promets-moi ! »

Évidemment, j'ai promis.

Je ne pensais pas tellement à Stella à ce moment-là, aussi étrange que cela puisse paraître. Je pensais surtout à Amina. J'admirais son courage, son instinct naturel qui la poussait à faire ce qui était juste.

« Je suis si contente que tu sois venue vers moi », lui ai-je dit.

Nous nous sommes embrassées un long moment.

La semaine suivante, Adam et moi avons eu une conversation sérieuse avec Stella. C'était le début d'une longue et horrible période. Plus nous tentions de la raisonner, plus Stella se braquait.

« Ne vous mêlez pas de ma vie ! C'est comme une prison, de vivre avec vous ! »

Quand plus tard cet automne-là il s'est avéré que Stella consommait de la drogue, Adam et moi avons fini par comprendre qu'il nous fallait l'aide de professionnels.

C'était une torture d'aller à toutes ces réunions avec proviseurs et enseignants, infirmières et conseillers – sans parler des travailleurs sociaux et des psychologues. Je ne me suis jamais sentie aussi exposée et agressée, rabaissée en tant que personne. Aucun échec au monde n'est comparable au fait d'être un parent insuffisant.

Michael Blomberg m'a offert une issue, une consolation.

102

Je me retourne pour regarder à nouveau Alexandra. Je vois ma propre mère en elle. Mon cœur se serre quand je songe combien elle a manqué de gratitude à l'égard d'Amina.

Alexandra croise mon regard. Elle ne sait encore rien. Je suis certaine qu'Amina ne lui a rien dit.

Depuis qu'elle m'a raconté ce qui s'était passé, je lui ai expressément demandé que le moins de personnes possible soient au courant.

Pas même Adam. Pas même Stella.

En temps et en heure, ils comprendront tous.

Jenny Jansdotter hausse la voix, et son soprano tranchant déchire le silence de la salle d'audience.

« Donc, vous avez brisé votre accord avec Stella et vous avez continué à voir Christopher Olsen ? »

Amina secoue la tête.

« Ce n'est pas tout à fait ça. »

La procureure fait une grimace interloquée.

« Ah non ? Ce n'est pas ce que vous venez de dire ?

— Je n'ai revu Chris qu'une seule fois après l'anniversaire de Stella. Il m'a appelée plusieurs fois cette semaine-là, mais je lui ai fait savoir qu'on ne pouvait pas se voir. Il insistait. Il écrivait qu'il était si curieux de moi, que ce serait dommage de ne pas explorer ce qu'il aurait pu y avoir entre nous.

— Et donc vous avez accepté de le revoir ?

— Je comptais vraiment l'envoyer au diable. Je ne l'ai pas revu pour qu'on sorte ensemble, ou quelque chose comme ça. Je voulais juste être débarrassée de lui. Je le jure. »

Elle prend un nouveau mouchoir et se mouche.

« Le vendredi, il m'a à nouveau écrit. En fait, je m'étais décidée, avec Stella. Je ne voulais plus voir Chris.

— Mais vous l'avez pourtant fait ?

— Il m'a écrit qu'il m'avait préparé une surprise. Il voulait passer me prendre en limousine. Je lui ai dit que mon père lui casserait la figure s'il se pointait chez nous. Bref… Il ne s'est pas démonté, alors nous sommes convenus qu'il me retrouverait devant le bowling.

— Il est venu en limousine ?

— Non, avec sa voiture personnelle. Il y avait eu un problème avec la réservation. »

Stella regarde intensément Amina. De tout ça, que sait-elle réellement ?

« Et il s'agit bien du soir où Christopher Olsen a été assassiné ? demande Jansdotter.

— Oui.

— Et qu'avez-vous fait ensuite, Amina ? Quand Chris vous a prise dans sa voiture ?

— Nous avons roulé jusqu'au bord de la mer. Je ne sais pas exactement comment s'appelle l'endroit. En tout cas, de là-bas, on voyait Barsebäck. La centrale nucléaire. Nous nous sommes assis sur une butte d'herbe,

Chris avait emporté un panier avec du vin, du pain et plein de fromages. »

Amina s'arrête et se tait.

« Continuez, dit la procureure.

— Nous avons mangé, bu du vin. Nous avons regardé le coucher du soleil, puis… »

Amina s'interrompt à nouveau. Une rangée devant moi, un journaliste fait tomber son stylo, et le bruit retentit dans toute la salle quand il touche le sol. Stella se retourne pour regarder. Elle me regarde en face avec des yeux noirs.

« Et ensuite ? dit Jansdotter. Que s'est-il passé ensuite ? »

Michael pose une main rassurante sur le bras de Stella.

« Ensuite il m'a embrassée, halète Amina. Nous nous sommes embrassés. »

103

C'était un rêve de pouvoir travailler avec Michael Blomberg. Un des meilleurs avocats de la défense du pays. Je comprenais qu'il y aurait beaucoup de voyages et de nuits à l'hôtel, mais Adam m'y a incitée de bon cœur, et c'était une opportunité que je ne pouvais pas manquer.

Que se serait-il passé si j'avais décliné l'offre de Michael ? Je sais que raisonner en ces termes ne sert à rien, mais il est difficile de s'en empêcher.

Quand Amina parle de Christopher Olsen dans la salle d'audience, dit qu'elle n'a pas pu lui résister, qu'elle a été entraînée et s'est sentie amoureuse, bien qu'en réalité il s'agisse de tout autre chose, je n'ai pas de mal à m'identifier à elle.

Peut-être qu'il suffit parfois d'être appréciée à sa juste valeur pour se croire amoureuse ? D'être reconnue pour ce qu'on est, de plaire pour son existence, et non ses actes. Exactement ce qui jadis m'avait fait tomber dans les bras d'Adam. Sa façon naturelle de voir au-delà de mes prestations. Sa façon de saisir mon âme par son regard.

Quinze ans plus tard, Michael Blomberg a fait la même chose.

Ma relation avec Michael a coïncidé avec mon incapacité croissante à appréhender Adam. L'homme dont j'étais jadis tombée amoureuse, l'idéaliste romantique au cœur grand comme un astre et au regard rempli de nuances semblait ne plus exister. Je n'avais pas été assez présente pour l'avoir vu arriver mais, peu à peu, Adam avait développé une humeur névrosée en train de tourner à la manie du contrôle.

Adam s'était imaginé une tout autre vie que celle dont il était prisonnier. Les images qu'il s'était faites de l'avenir et de sa famille étaient diamétralement opposées à la réalité : son besoin croissant de contrôle n'était rien d'autre qu'une tentative certes désespérée mais radicale de maintenir à flot l'illusion de cette vie rêvée. Je comprenais ce qui se passait, ce qui bien sûr ne voulait pas dire que je l'acceptais.

Un soir, Adam a passé toutes les bornes en faisant irruption dans la chambre de Stella parce qu'il avait senti une odeur de fumée à travers la porte. Je venais d'arriver de Bromma par le dernier vol du soir, et j'ai échoué comme une épave dans notre cuisine sur le coup de minuit.

« Tu dois laisser Stella faire ses propres erreurs. Toi aussi, tu as été ado, non ? Tu violes son intégrité. »

Adam s'est mis à tourner en rond en marmonnant son désespoir. En le voyant comme ça, j'ai pris ma décision.

« Je t'aime, ai-je dit en lui passant les bras autour du cou. Je vais passer plus de temps avec vous à la maison.

— Pardon, a dit Adam. Tout est ma faute. Tu ne dois pas… »

Je luttais pour refouler ma culpabilité.

« J'ai trop travaillé, ai-je reconnu, en lui promettant de diminuer mes heures. Il y a des choses que je peux gérer depuis la maison.

— Il faut que j'essaie de me raisonner, a estimé Adam. Que je parle avec Stella à tête reposée.

— Commence par compter jusqu'à dix. »

Il a souri et nous nous sommes embrassés.

Le lundi venu, j'ai pris mon téléphone aussitôt Adam parti travailler. Naturellement, j'étais flattée de l'attention de Michael, mais je ne m'étais jamais imaginé que cela puisse conduire à autre chose que de brefs moments d'épanouissement. Je connaissais assez bien Michael pour ne pas nourrir d'illusions sur un avenir commun ou croire que notre histoire était unique.

Il n'a paru ni étonné ni déçu quand je l'ai appelé pour lui signifier que notre relation devrait désormais se limiter au plan strictement professionnel. Je dois avouer avoir eu un pincement au cœur en l'entendant achever cette conversation ainsi que notre liaison d'un « pas de problème ».

Après avoir raccroché, je me suis effondrée sur la table de la cuisine. C'était un barrage qui se rompait. Mes pleurs étaient un bain purificateur, une longue tension qui enfin se relâchait. Je n'ai pas vu Stella arriver. Soudain, j'ai senti sa main sur mon épaule.

« Qui c'était ? a-t-elle demandé.

— Oh ! Tu m'as fait peur ! Tu es là depuis longtemps ? »

Stella m'a dévisagée.

J'ai su qu'elle avait tout entendu.

« Ce n'est pas ce que tu crois. C'était le boulot. C'était Michael, mon chef. »

J'ai tendu la main vers elle, mais elle a brusquement tourné les talons et gagné l'entrée. Je lui ai couru après, la gorge serrée, et, juste comme elle posait le pied sur la première marche du perron, je l'ai prise dans mes bras par-derrière et serrée fort contre moi.

« Je t'aime, Stella. »

Cette étreinte a duré un long moment et, même si c'est triste à dire, je ne m'étais pas sentie aussi proche de ma fille depuis des années. Je débordais de grands mots et de promesses, mais étais incapable de produire le moindre son et, pour l'heure, il n'y avait besoin de rien d'autre que cette proximité.

Quelques mois plus tard, j'ai quitté le cabinet de Michael Blomberg pour un nouvel emploi à Lund. Les choses se sont lentement améliorées entre Adam et moi, et Stella semblait plus harmonieuse. Amina et elle s'étaient vite réconciliées et je commençais à me dire que tout ce qui s'était passé n'était qu'une phase, une période difficile qui avait certes failli nous briser, mais que nous avions traversée et dont on pouvait espérer qu'elle avait finalement rendu notre famille plus forte.

J'étais loin de me douter que la vraie catastrophe attendait au tournant.

104

La procureure Jansdotter fait tourner son stylo en attendant qu'Amina se mouche à nouveau.

« Vous êtes donc allée avec Christopher Olsen à la plage, où vous vous êtes à nouveau embrassés ?

— Mais je commençais à hésiter, dit Amina. C'était vraiment l'angoisse, vous savez.

— Et il s'agit bien du soir où Chris Olsen est mort ? Quelle heure était-il, alors ? »

Amina hausse les épaules.

« Stella est tout pour moi, dit-elle, comme si elle n'avait pas entendu la question de la procureure. Jamais un garçon ne nous séparera.

— Mais vous l'avez embrassé ? demande Jansdotter. Quelle heure était-il ?

— Je l'ai aussitôt regretté. C'était comme si je voyais tout de l'extérieur, presque un film qui défilait devant moi. J'ai réalisé ce que j'étais en train de faire, et j'ai demandé à Chris d'arrêter. »

Jansdotter l'interrompt.

« Vous avez été interrogée par la police à deux reprises, Amina. Pourquoi n'avez-vous rien dit de tout cela ? Dans vos interrogatoires, vous avez constamment affirmé n'avoir plus revu Christopher Olsen après l'anniversaire de Stella.

— Je n'avais pas le courage de raconter. Je pensais que Stella serait de toute façon relâchée. »

Je jette un œil du côté des jurés. Le démocrate de Suède s'est un peu calé en arrière, le ventre épanoui comme après un bon dîner. Mon impression immédiate est qu'il a déjà pris sa décision. À côté de lui, les petites vieilles recroquevillées chuchotent ensemble.

Jenny Jansdotter semble sincèrement curieuse en posant la question suivante :

« Pourquoi devrions-nous vous croire aujourd'hui, Amina ? Vous avez eu de nombreuses occasions de raconter à la police ce qui s'était passé. »

Je saisis discrètement la main d'Adam, sans oser le regarder.

« Il a continué, dit Amina. Plusieurs fois, je lui ai demandé d'arrêter. »

Jansdotter a lâché son stylo, mais continue à faire rouler ses doigts, comme si elle ne s'en était pas rendu compte.

« Il ne faisait que continuer », dit Amina.

La procureure reste bouche bée. Là, elle comprend. Elle est plusieurs fois sur le point de parler, mais doit se reprendre.

« Je lui ai dit que je ne voulais pas, poursuit Amina. Je le lui ai crié.

— Pourquoi ne pas en avoir parlé à la police lors de l'interrogatoire ? » demande la procureure.

Amina s'arrache la réponse.

« Je… j'étais… vierge. »

Jansdotter se tait.

« J'ai essayé de le repousser, mais c'était impossible. Il m'a plaqué les bras au sol. Je n'ai pas pu… Je me suis débattue, je l'ai griffé, j'ai crié, mais impossible de me libérer. »

Je lâche la main d'Adam, je me tourne à nouveau vers Alexandra. Cela suffit à dissiper mes derniers doutes. Je sais à présent que c'est le bon choix. Nous ne pouvions pas faire autrement. De toute façon, la justice n'existe pas.

Amina lutte pour que sa voix tienne jusqu'au bout. Elle boit une gorgée d'eau et se racle la gorge.

Puis elle regarde dans les yeux le président du tribunal.

« Christopher Olsen m'a violée. »

105

Au fond, c'était dès le début une idée idiote. Stella était franchement hostile à l'Église. Qu'avait-elle à faire dans un camp de confirmation ?

« Je pense que cela peut lui être bénéfique, a dit Adam. Elle pourrait se sentir exclue si elle n'y va pas.

— Mais Amina non plus n'y va pas, ai-je objecté.

— Mais elle est musulmane.

— Son père est musulman. Et Stella est athée. »

Je regrette de ne pas avoir été plus ferme. Quelle terrible angoisse avec laquelle j'ai dû vivre. Pourquoi l'ai-je laissée partir ?

Alors qu'Adam avait enfin commencé à lâcher la bride et à se montrer plus indulgent et conciliant dans sa relation avec Stella, je ne voulais pas contribuer à un retour en arrière. Et donc, malgré mes pressentiments, j'ai cédé, et cru avoir pris la bonne décision en voyant la joie sur le visage de ma fille.

Quand, ensuite, Adam m'a appelée du camp en tentant de m'expliquer ce qui s'était passé, ce que ce salaud avait fait à notre fille, je n'ai d'abord pas réalisé. Je venais d'arriver de Stockholm par le vol du soir.

« Tu es au camp de confirmation ? Qu'est-ce que tu fais là-bas ? »

Adam a bredouillé quelque chose sur sa responsabilité, et que ça n'avait aucune importance maintenant.

« Tu ne comprends pas ce qui s'est passé ? a-t-il crié au téléphone. Stella a été violée ! »

Ça tournait dans ma tête. Le téléphone tremblait contre mon oreille.

« Tu dois appeler la police. Emmène-la à l'hôpital, Adam. »

Sa réponse a été fuyante.

« Adam ! Il est important qu'elle soit correctement examinée par un médecin.

— On en parlera plus tard. Nous sommes en train de rentrer. »

J'étais assise à la cuisine quand la voiture a crissé dans l'allée. J'ai couru dehors, la tête sur le point d'exploser.

Stella a atterri dans mes bras et je l'ai portée à l'intérieur, comme si elle avait à nouveau cinq ans. Elle est restée à la cuisine, paralysée, sans aucune émotion sur le visage.

J'ai pleuré en frappant mes poings contre la poitrine d'Adam.

« Comment cela a-t-il pu arriver ?

— Calme-toi ! a dit Adam en me bloquant les bras.

— Pourquoi n'as-tu pas appelé la police ? Pourquoi êtes-vous rentrés ? »

Ses yeux étaient absolument vides.

« Qu'est-ce que tu faisais là-bas ? Tu espionnais Stella ?

— C'est mon boulot.

— Ton boulot ? » Il n'avait jamais parlé d'aller inspecter le camp. « J'appelle la police. »

J'ai sorti mon téléphone de son étui, mais Adam me l'a arraché des mains.

« Attends ! Ce n'est pas aussi simple que tu crois.

— Quoi ? »

Il a regardé Stella, puis m'a fait signe de le suivre dans l'entrée. Il a baissé la voix :

« Stella a accompagné Robin dans le bâtiment des chefs. Il semble même que ce soit son initiative. »

Je n'en croyais pas mes oreilles.

« Son initiative ?

— Quelques-uns des confirmands m'ont raconté qu'elle avait prévu de le séduire.

— Le séduire ? Tu entends ce que tu dis ? Elle a quinze ans !

— Bien sûr. Je ne défends pas Robin.

— Mais qu'est-ce que tu racontes, alors ? »

Il m'a pris les épaules et m'a regardée avec des yeux tristes.

« Je te garantis qu'il ne trouvera plus jamais d'emploi au sein de l'Église suédoise. Je pourrais lui tordre le cou.

— Mais ?

— Mais aller plus loin… Ça ne pourra que nous faire du mal. Faire du mal à Stella. »

Un abîme s'est ouvert en moi.

« Nous devons le faire, Adam. Nous le devons ! »

Il a secoué la tête.

« Tout le monde sera au courant. Les gens la condamneront. Ça la poursuivra toute sa vie. »

Mes pensées tournoyaient. J'ai toussé violemment, j'avais peur de vomir. Dans une certaine mesure, je comprenais Adam. J'avais moi-même défendu des hommes accusés de viol. J'avais moi-même posé toutes les questions désagréables à la victime, sur sa tenue, sa consommation d'alcool, ses expériences précédentes et ses préférences sexuelles. Dans certains cas, j'avais moi-même douté des déclarations de la victime. Dans d'autres, j'avais juste fait mon boulot.

« Elle est victime, ai-je hoqueté. Elle n'est en rien coupable de tout ça.

— Je sais, ma chérie. Évidemment, elle n'est pas coupable. Mais le viol a eu lieu, nous ne pouvons rien y changer. Tout ce que nous pouvons faire à présent, c'est la protéger pour que ce ne soit pas encore pire. »

Il m'a prise dans ses bras et je me suis serrée contre sa poitrine. Nos cœurs battaient frénétiquement, complètement à contretemps.

Voilà ce qu'est devenue notre vie, ai-je alors songé.

Aujourd'hui, je pense qu'il est encore possible de changer ça. Il est encore possible de sauver notre famille, de devenir la maman que j'ai si longtemps désiré être, une maman qui ferait n'importe quoi pour protéger son enfant.

106

Le dimanche où les techniciens de la police scientifique ont perquisitionné notre maison, Adam a été emmené pour un premier interrogatoire. Je l'avais supplié d'être fort, de peser chacun de ses mots avec la plus extrême prudence. Pendant ce temps je ruminais en me demandant ce que je pouvais lui révéler. Je ne doutais pas qu'Adam était prêt à endurer les feux de l'enfer pour Stella, mais dans cette affaire, je redoutais que son indiscutable sens moral ne soit pour lui une croix trop lourde à porter.

Au cours de la nuit, la procureure avait décidé d'arrêter Stella, et ma seule lueur d'espoir était de savoir que Michael Blomberg avait été commis d'office comme son défenseur.

J'ai demandé à un de mes contacts au sein de la police de me prévenir dès la perquisition achevée. Puis, les jambes en coton, j'ai inspecté chaque pièce en essayant de deviner ce que les techniciens avaient trouvé. Ça ne pouvait pas être grand-chose.

Avant de monter dans un taxi pour le commissariat, Adam et moi, le samedi soir, j'avais titubé jusqu'aux bennes du centre de tri au coin de la rue. Tandis que je faisais bruyamment semblant de vomir, j'ai piétiné le téléphone portable de Stella et en ai jeté les restes dans le conteneur pour déchets métalliques. La carte SIM était déjà à l'abri dans mon sac. Même si je ne savais pas encore ce qui s'était passé, je comprenais que les messages de Stella pouvaient être compromettants. L'angoisse m'oppressait la poitrine, mais ça a pourtant été plus facile que je ne l'imaginais. Des choses qu'on croit ne jamais être capable de faire semblent soudain évidentes quand il s'agit de protéger son propre enfant.

Plus tard dans la nuit, j'ai fouillé le moindre recoin de la maison et découvert le chemisier taché de sang, mal caché sous un tas de linge sale dans la buanderie. Il était encore humide. Était-ce Stella qui l'avait caché là ? Ou Adam qui avait vidé la machine à laver ? J'ai hésité un moment, mais quand Michael a appelé pour me prévenir que la police arrivait, j'ai décidé de ne pas prendre de risque, et j'ai jeté le chemisier dans la cheminée. Je suis restée à regarder les étincelles crépiter autour de l'étoffe.

Mes sentiments étaient contradictoires. En tant que juriste, je venais de me rendre coupable de la pire transgression imaginable. En tant que mère, j'avais fait ce qui était juste. Je ne savais encore rien de ce qui s'était passé ce vendredi soir, mais j'étais convaincue que mon devoir était de protéger ma fille.

Le dimanche après-midi, Adam m'a appelée dès la fin de son interrogatoire. Quand j'ai compris qu'il avait menti à la police et donné un alibi à Stella, ma poitrine s'est emplie de chaleur. C'était un acte d'amour, peut-être la preuve ultime de combien il nous aimait, Stella et moi. Dès cet instant, j'ai su que je ferais n'importe quoi pour notre famille.

J'ai dit à Adam que les techniciens de la police scientifique étaient encore dans la maison. Il ne pouvait pas rentrer avant quelques heures. J'avais besoin de gagner du temps.

Dans les minutes qui ont suivi, on a frappé à la porte. Je me suis faufilée pour jeter un œil par la fenêtre de la buanderie.

De la personne qui avait frappé, on ne voyait qu'une casquette noire enfoncée sur le front pour cacher le visage. Une paire de pieds en baskets sombres piétinait impatiemment sur le perron.

J'ai entrouvert la porte, juste assez pour l'attraper par un bras et la tirer à l'intérieur.

« Je ne voulais pas utiliser la sonnette », a-t-elle dit.

J'ai jeté un œil par l'œilleton, et constaté que la rue était déserte. Personne ne l'avait vue.

« Entre », ai-je dit.

Elle est allée droit à la cuisine, sans ôter ses chaussures. Je me suis dépêchée d'aller baisser le store.

« Qu'est-ce qui s'est passé ? »

Ma voix tremblait.

Amina m'a regardée avec ses beaux yeux bruns cernés de rouge.

« Je ne comprends pas… Stella… Je… »

Je lui ai pris la main, elle tremblait. Nous nous sommes embrassées très fort, et c'était comme si elle voulait s'agripper à moi. Au bout d'un moment, j'ai dû m'extirper de ses bras.

« Je sais, ai-je dit. J'ai lu les SMS de Stella.

— Ah oui ? »

Elle s'est figée. Je lui ai caressé le bras et j'ai ôté une mèche de sa joue.

« Stella a oublié son téléphone à la maison. »

Amina a retenu son souffle. Je lui serrais les deux mains, luttant pour ne pas m'effondrer moi-même.

« On va arranger ça, ma chérie. On va arranger ça. »

Elle pleurait comme une enfant.

Mais c'était une enfant. Stella et elle étaient des enfants.

C'était moi l'adulte. C'était moi la maman. C'était moi qui devais les sauver.

Ses pleurs ont cessé d'un coup. Amina a haleté en silence.

« Il n'était pas censé mourir. »

107

« C'était de la légitime défense, a conclu Amina. N'est-ce pas ? »

J'essayais de digérer tout ce qu'elle venait de me raconter. Ça faisait beaucoup en même temps, tant d'émotions et de détails.

« Je comptais me sauver dès qu'il aurait arrêté la voiture. J'avais la main sur la poignée, prête à me jeter dehors. Mais il avait verrouillé les portières. J'étais coincée. »

Elle m'a regardée comme si elle était accrochée à une falaise et que j'étais la seule qui puisse lui tendre la main pour l'aider.

« Tu as dû avoir tellement peur », ai-je dit.

Amina a hoché la tête.

« N'est-ce pas, que c'était de la légitime défense ?

— Je ne sais pas », ai-je répondu franchement. Je n'avais pas encore bien compris tout ce qui s'était passé. « D'où venait le couteau ?

— Il était dans le panier que Chris avait emporté pour notre pique-nique. »

Amina avait suivi Christopher Olsen pour une sortie en bord de mer. Jusque-là, j'avais compris.

« Le couteau était sur le dessus du panier. Posé entre les sièges. Je l'ai vu, je l'ai attrapé, comme ça, sans réfléchir. »

Il s'en était pris à elle. Cette ordure avait violé Amina.

« Et le spray lacrymogène ? ai-je demandé.

— Je l'ai toujours sur moi. Stella a le même. Ça s'achète sur Internet. »

Je le savais, bien sûr. C'était moi-même qui avais enjoint à Stella d'en commander un. Je l'avais même payé.

« Donc tu l'as gazé, puis tu as saisi le couteau ? »

Amina a hoché la tête et j'ai doucement caressé sa joue pâle et enflée.

« Sauf qu'il m'a vue avant que j'aie le temps d'appuyer sur le déclencheur du spray. Il a levé les bras et détourné le visage. Il a dû quand même en recevoir un peu, car il s'est mis à hurler comme un animal. Après, j'ai essayé d'ouvrir la voiture, mais le bouton était mal placé, au centre du tableau de bord. Il fallait me pencher au-dessus de ses genoux, mais j'ai fini en tout cas par débloquer la portière. C'est là que j'ai vu le couteau.

— Et alors tu t'es éloignée de la voiture en courant, le couteau à la main ?

— Oui. »

J'essayais de me représenter la scène.

« Il t'a poursuivie ? »

Elle a hoché la tête à nouveau.

« Je n'avais évidemment pas l'intention d'utiliser le couteau. Putain, qu'est-ce qui m'a pris ?

— Arrête ! Ça ne sert à rien. Tu étais morte de peur. Tu as bien fait. N'importe qui aurait pris le couteau. »

Amina a pesté.

« Et Stella ? ai-je demandé. Que faisait-elle là ?

— Je ne sais pas. Elle était… en colère… inquiète. Elle avait appelé, envoyé plein de messages.

— Elle ne savait pas que tu étais avec Christopher ?

— Je lui avais menti. J'ai trahi ma meilleure amie. »

Amina s'est pliée en deux, en pleurs. Et j'ai essayé de la consoler, de la serrer contre moi, de la réconforter. Pendant que mes pensées se mettaient en route.

« Stella avait du sang sur son chemisier, Amina. »

Elle a frémi et a levé le visage vers moi.

« Il est mort ! Tu comprends ? Mort ! »

J'ai serré fort ses bras. Comme on tient un bébé pour qu'il ne tombe pas par terre.

Lentement, mes pensées prenaient une forme nouvelle.

On ne sait pas ce qu'on est capable de faire pour une autre personne avant d'être confronté à une réelle menace. Je ne me doutais pas encore de ce que j'étais prête à sacrifier pour Amina.

« Stella est incarcérée pour meurtre. La police est venue perquisitionner ici ! »

Amina s'est mise à hyperventiler.

« Pardon ! Tout est ma faute ! Tu peux me conduire à la police, que je leur dise tout ? Il faut qu'ils libèrent Stella. »

Naturellement, elle avait raison. C'était ça qu'il fallait faire. La seule chose juste. Amina allait dire la vérité à la police, et Stella serait relâchée. Une forme de justice allait finir par s'exercer. S'il existait une justice. Peu importait lesquelles, il y avait là des circonstances atténuantes. Amina serait vraisemblablement condamnée pour homicide, mais elle était jeune, et bénéficierait d'une remise de peine. Il n'était pas impensable qu'elle soit remise en liberté au bout de quelques années.

Mais elle ne deviendrait jamais médecin. Elle traînerait toujours cette condamnation avec elle. Les contours de son brillant avenir étaient soudain devenus flous.

« Il faut qu'on fasse sortir Stella, a-t-elle dit. Tu peux m'accompagner ? S'il te plaît, conduis-moi. »

J'ai reculé ma chaise et j'ai pris mes clés de voiture dans le plat en argent sur l'îlot central.

Y avait-il une alternative ?

« La police va comprendre que c'est une de nous deux qui l'a fait, a continué Amina. N'est-ce pas qu'elle va le comprendre ? »

Je me suis arrêtée net.

Bien sûr, qu'il y avait une alternative. Il y en a toujours.

Les mots d'Amina tournoyaient dans ma tête. *Ils vont comprendre que c'est une de nous deux qui l'a fait.* Mais cela ne suffit bien sûr pas pour une condamnation.

J'ai regardé Amina, j'ai pensé à Stella. Mon cœur me faisait mal.

On ne peut pas condamner quelqu'un pour meurtre s'il y a deux auteurs potentiels et qu'il est impossible de prouver laquelle des deux personnes a exécuté le meurtre ni qu'elles ont agi en concertation.

J'ai reposé mes clés de voiture.

108

J'ai conduit Amina jusqu'au canapé et lui ai demandé de s'asseoir. Elle se déplaçait mécaniquement. Il était clair qu'elle n'avait pas encore eu le temps de digérer ce qui s'était passé. C'était mon devoir d'être forte et rationnelle, de réfléchir en avocate de la défense.

« On n'y va pas ? » a demandé Amina.

Je me suis serrée contre elle, les mains sur ses genoux.

« Tu dois me faire confiance.

— Mais… »

Ses genoux tremblaient. Sa lèvre inférieure, sèche, pendait comme un lambeau de peau sur son menton.

« Stella et toi étiez toutes les deux sur place quand Christopher Olsen est mort, n'est-ce pas ?

— Oui.

— En Suède, la présomption d'innocence est très forte, ai-je expliqué tout en m'efforçant moi-même de comprendre où me conduisait mon raisonnement. Si deux meurtriers potentiels sont présents quand un meurtre est commis, le procureur doit soit prouver lequel des deux a agi, soit démontrer devant le tribunal qu'il s'agissait d'un acte concerté. »

Le pouls violent d'Amina se propageait en moi par la paume de ma main et faisait palpiter mon corps tout entier.

« Qu'est-ce que tu dis ? Est-ce que je dois raconter à la police que Stella et moi étions là-bas ?

— Ah, je ne sais pas. »

C'était peut-être du délire ? L'idée était née d'un pur désespoir, et s'était formée sans réflexion approfondie. Était-ce à dire que je pouvais sauver à la fois Stella et Amina ? Mais étais-je prête à leur infliger tout ce qui serait nécessaire ?

« Ça ne marcherait probablement pas, ai-je dit. Si tu vas raconter ça à la police, elle va tout faire pour vous faire condamner toutes les deux. Pour que ça marche, il faut que tu attendes le procès.

— Pourquoi ?

— Ça doit survenir comme une surprise pour le procureur. Que la possibilité d'un auteur alternatif s'ouvre d'un coup, et le tribunal ne pourra nier l'existence d'un doute raisonnable. Et une fois l'acquittement prononcé, il faut des preuves nouvelles significatives pour que le parquet relance des poursuites. Aucun procureur ne veut risquer de perdre deux fois de suite. »

Amina m'a fixée, la bouche ouverte.

« Un procès ? Mais ça peut prendre du temps ? Est-ce qu'on va laisser Stella… ? »

Non, impossible. Nous ne pouvions pas laisser Stella enfermée.

« Je ne sais pas, ai-je dit.

— Il vaut mieux que j'avoue.

— Mais tes études, Amina. Tout ton avenir… »

Je m'imaginais Stella dans une petite cellule sordide à la maison d'arrêt. Quelle mère songe seulement à laisser sa fille enfermée ? Il pouvait se passer des semaines, probablement des mois, avant que le procès survienne.

« Nous devons faire taire Stella, ai-je décidé.

— Comment ça ?

— Nous ne pouvons pas lui dire. Tu sais comment est Stella. Nous devons faire en sorte qu'elle se taise, sans trop lui en dire.

— Ça ne va pas ? Laisser Stella en prison sans rien lui expliquer ?

— Il n'y a pas d'autre façon que vous en sortiez toutes les deux libres. Je connais l'avocat de Stella. Il va nous aider.

— Non, ça ne marchera pas », a dit Amina.

Je lui ai pris la main.

« Nous aimons toutes les deux Stella, et elle le sait. Elle le saura plus que jamais quand tout ça sera fini. »

Amina a sangloté.

« Tout est ma faute. »

Je me suis demandé si c'était réellement vrai. Si cela pouvait seulement être vrai. Existe-t-il des situations où l'on peut affirmer avec certitude qu'une seule personne est coupable ? Tout ce qui survient dans la vie dépend de tant de facteurs qui concourent de tant de façons.

Qui est coupable du fait que notre famille soit devenue ce qu'elle est ?

Parfois, j'aimerais croire en un dieu, en quelque puissance supérieure. Ce serait peut-être plus facile d'avoir une instance à tenir pour responsable. D'un autre côté, même les fondamentalistes prônant la foi la plus littérale ne semblent pas particulièrement enclins à faire endosser à leurs seigneurs tout-puissants la culpabilité des malheurs qui tôt ou tard nous frappent tous. Naître humain, c'est être plongé dans la faute.

« Que crois-tu que Stella veut que nous fassions ? ai-je demandé. Laissons-la décider. »

Amina m'a regardée, désespérée. Je lui tenais à présent les deux mains, comme pour sceller un pacte, une promesse.

Il n'y a pas de justice. Tout ce qui existe, c'est ce que nous créons ensemble.

« Stella nous persuaderait de le faire », a dit Amina.

Elle est allée dans l'entrée chercher un sac plastique. J'ai tout de suite compris ce qu'il contenait.

109

Amina enfouit son visage dans ses mains et on ne voit plus que les épaules tremblantes d'une petite fille.

« Voulez-vous que nous fassions une pause ? » demande Göran Leijon.

Michael hoche la tête. Leijon et lui semblent très éprouvés par le récit qu'ils viennent d'être forcés d'entendre.

Après le viol de Stella, nous nous sommes elle et moi rapprochées comme jamais. La nuit, c'était moi qu'elle venait réveiller quand elle redoutait de ne jamais plus se réveiller si elle s'endormait. C'était moi qui m'asseyais à son chevet pour essuyer du bout des doigts les larmes sur ses joues. Et à mesure qu'elle s'ouvrait à moi, je réalisais combien nous avions en commun quand on grattait sous la surface. Notre peur commune de nous montrer faibles. L'inquiétude permanente de ne pas être à la hauteur. Et, surtout, l'impression paralysante d'être incapables de nous confronter avec nos propres sentiments ou avec les autres personnes.

« Parfois, j'aimerais être exactement comme Amina, m'a dit un jour Stella. Savoir moi aussi exactement qui je suis et ce que je veux. Je déteste avoir le cerveau comme un putain de flipper.

— Je ne veux pas que tu sois comme quelqu'un d'autre, lui ai-je répondu, la gorge nouée. Tu es parfaite comme tu es. »

Je lui ai tapoté la joue, sans pourtant avoir le courage de la regarder dans les yeux. La honte était si lourde, la honte d'avoir un jour moi-même souhaité que Stella ressemble davantage à Amina.

Stella chuchote et gesticule avec Michael. Elle semble irritée et confuse. Je me demande combien elle comprend.

« Pas besoin de pause », dit Amina en froissant en boule un autre mouchoir.

Adam m'attrape le bras.

« Qu'est-ce qui est en train de se passer ? »

Je lui fais *chut* sans me retourner.

« Dans ce cas, à madame la procureure de continuer les questions », dit Göran Leijon.

Jansdotter est entièrement occupée à feuilleter ses papiers. Son adjoint se penche vers elle, montre quelque chose du doigt et discute.

« Je ne comprends pas, Amina, poursuit la procureure. Pourquoi ne pas avoir raconté ça à la police ?

— Je ne pouvais pas.

— Mais maintenant oui ?

— Je suis obligée, dit Amina. Pour Stella. »

La procureure saisit à nouveau son stylo et l'approche de son menton.

« Que s'est-il passé après que… » Elle avale la fin de sa phrase. « Que s'est-il passé après, Amina ? Vous êtes revenue à Lund avec Christopher ?

— J'ai pleuré pendant tout le trajet du retour. Mais je n'avais pas le choix.

— Pourquoi n'aviez-vous pas le choix ? Vous auriez pu…

— Mais j'avais une foutue trouille ! la coupe Amina. Je comprenais à présent que tout ce que racontait Linda Lokind était vrai. Chris était *effectivement* un psychopathe. J'ai essayé d'écrire en cachette à Stella, mais Chris a vu mon portable et me l'a pris. J'espérais rentrer en ville pour lui fausser compagnie à la première occasion. J'avais mon spray lacrymogène dans mon sac à main, je me disais que si je l'aspergeais aussitôt la voiture à l'arrêt, je pourrais en sauter et m'enfuir. »

Jenny Jansdotter s'appuie sur ses coudes.

« Pourquoi aviez-vous un spray lacrymogène dans votre sac ?

— Il est toujours là. Une fille doit être prête à se défendre. »

Jansdotter n'a pas l'air convaincue, mais elle se contente de cette réponse. Elle clique sur son stylo et note brièvement quelque chose dans ses papiers. Puis elle demande à Amina de raconter ce qui s'est passé une fois Christopher Olsen garé devant son domicile.

« À la seconde même où il a coupé le moteur, je l'ai aspergé. J'ai récupéré mon portable et je me suis jetée contre la portière, mais elle ne s'est pas ouverte. Chris criait : "Mes yeux, mes yeux ! " J'ai fini par trouver le bouton pour déverrouiller, puis j'ai couru de toutes mes forces. Je n'ai jamais eu aussi peur de ma vie. J'étais sûre qu'il me tuerait s'il me rattrapait.

— Dans quelle direction avez-vous couru ?

— Aucune idée, je fuyais, c'était tout. Je me souviens avoir vu Polhem devant moi, le lycée, mais sinon tout était confus.

— Et Christopher, qu'a-t-il fait ?

— La première fois que je me suis retournée, il était toujours dans la voiture. Mais après, j'ai vu qu'il en était sorti. Je savais qu'il était à ma poursuite, alors j'ai juste couru aussi loin que j'en avais la force. »

Jansdotter tente de poser une question, mais Amina ne lui en laisse pas le temps.

« J'ai vu une bande de garçons sur le parking du bowling. Alors j'ai ralenti et j'ai marché juste derrière eux jusqu'à la gare. Je n'arrêtais pas de me retourner, mais Chris n'était pas là. Il avait l'air d'avoir abandonné.

— Avez-vous appelé la police ?

— Bien sûr, ça a été ma première pensée, mais après… » Amina secoue la tête. « Après, j'ai réfléchi à ce qui pouvait se passer.

— Que voulez-vous dire ? » demande Jansdotter.

La respiration d'Amina est lourde. Son dos se soulève lentement.

« Il restait une semaine avant le début des cours à la fac de médecine. J'en rêvais depuis que j'étais petite.

— Vous n'avez donc dit à personne qu'on vous avait violée ?

— Je n'ai pas osé. J'ai pensé à papa. Je comprends que ça puisse sembler idiot, mais papa aurait été détruit d'apprendre ça. J'avais peur de sa réaction. Et puis Linda Lokind avait déjà porté plainte contre Chris sans que ça donne quoi que ce soit. Les types comme lui s'en tirent toujours. »

Je n'ose même plus écouter. Je veux juste que ça s'arrête. Adam me dévisage de côté et j'ai peur de sa réaction en entendant la vérité.

Amina hausse un peu la voix.

« Stella aussi a été violée. »

Ces mots mettent un moment à atterrir en moi. Je gémis si fort que le journaliste devant moi se retourne.

Que fais-tu, Amina ?

« Elle avait seulement quinze ans. »

Une rumeur court dans la salle. Je m'enfonce sur mon siège. J'aimerais juste continuer à couler.

« Ses parents n'ont pas donné suite », dit Amina.

Tous les regards se tournent vers Adam et moi. Je vais tomber en miettes.

« La mère de Stella est elle-même avocate. Elle savait ce qu'impliquait un procès pour viol. »

Je t'en prie, Amina. Arrête !

Je me tasse, j'essaie de disparaître. Adam regarde droit devant lui avec des yeux de porcelaine.

« Moi non plus, je n'aurais pas supporté un procès de ce genre, poursuit Amina. Je l'ai tout de suite compris. Être remise en question, culpabilisée, puis voir Chris acquitté ou prendre au plus quelques mois de prison. J'avais vu dans quel état était Stella après son viol, et je voyais l'épave qu'était devenue Linda Lokind. »

Je comprends la manœuvre d'Amina. Elle est maligne. Elle sacrifie mon image pour Stella. Elle se doutait que je serais contre, aussi ne m'en a-t-elle rien dit. En jetant un coup d'œil vers Göran Leijon et les jurés bouleversés, je comprends que ça marche.

« Quand l'avez-vous raconté à Stella ? » demande Jansdotter.

Les épaules d'Amina se redressent un peu.

« Je ne l'ai pas raconté. Ce n'était juste pas possible. »

Stella la regarde. Elle tente d'exprimer une colère entièrement assombrie par le chagrin.

« Vous n'avez rien dit à votre meilleure amie ? »

Amina baisse les yeux vers la table.

« J'avais trahi Stella. Bien sûr, je n'aurais rien demandé de mieux que lui parler, mais c'était impossible. J'aurais été forcée de lui avouer que j'avais trahi sa confiance en agissant dans son dos, et c'était trop.

— Donc vous n'avez eu aucun contact avec Stella au cours de cette soirée et cette nuit où Christopher Olsen a été assassiné ?

— Stella m'a écrit et téléphoné plusieurs fois, mais je n'ai pas répondu. »

Tandis que Jansdotter et son adjoint se consultent, j'ose me redresser un peu. Un coup d'œil à Adam me montre qu'il commence à comprendre certaines choses.

« Stella a elle-même déclaré s'être rendue à vélo au domicile de Christopher Olsen ce soir-là, dit la procureure. Elle a sonné et frappé à la porte. L'avez-vous vue ?

— Non.

— Vous n'avez vu Stella à aucune occasion au cours de cette soirée et de cette nuit ?

— Non. »

Jansdotter soupire. Son adjoint lui indique quelque chose sur un papier.

« Christopher Olsen avait-il un couteau pour votre pique-nique ? »

Amina répond vite et sans hésiter.

« Oui, il y avait un couteau dans le panier du pique-nique. »

Jansdotter lui demande de le décrire.

« Long comment ? »

Amina indique un ou deux décimètres entre ses mains.

« Où est passé ce couteau, ensuite ? Quand vous êtes revenus en ville ?

— Il devait toujours être dans le panier.

— Mais ce n'était pas le cas. La police n'a pas retrouvé de couteau. »

Amina tarde à répondre. Les trois jurés sont comme assis sur des aiguilles.

« Je ne sais pas ce qu'est devenu ce couteau. »

Je me surprends à hocher la tête. C'est involontaire.

Stella et Amina se trouvaient toutes deux à l'endroit où est mort Christopher Olsen, et aucune des deux ne manquait d'un mobile. Mais il n'y avait pas d'arme du crime.

Ils ne retrouveraient jamais le couteau.

« Avez-vous tué Christopher Olsen ? » demande Jenny Jansdotter.

Adam lâche un petit cri d'étonnement. Amina regarde la procureure droit dans les yeux.

« Je ne l'ai pas tué, dit-elle. Je l'ai aspergé de gaz lacrymogène et j'ai couru pour sauver ma vie. Ensuite, je ne sais pas ce qui s'est passé. »

La procureure regarde son adjoint. Adam me regarde et je prends sa main.

« Je ne pourrais jamais tuer quelqu'un », ajoute Amina.

110

J'entends à peine les plaidoiries. Les voix sont des échos métalliques au loin. Une langue étrangère que je ne comprends pas.

Pendant une seconde, je suis persuadée que tout va s'arranger. La seconde suivante, je redoute d'avoir tout gâché. Stella va être incarcérée et stigmatisée à vie comme meurtrière, et Amina sera condamnée par l'opinion publique, sa carrière médicale terminée avant même d'avoir commencé.

La procureure Jansdotter a du mal à maîtriser sa voix. À plusieurs reprises, elle perd le fil ou doit s'interrompre pour consulter son adjoint. Elle affirme qu'il a été en tout état de cause prouvé que Stella se trouvait sur place quand Christopher Olsen a été tué. Elle considère également comme prouvé que Stella avait un mobile pour tuer Christopher Olsen. Stella était jalouse et voulait se venger, depuis qu'Olsen avait entamé une liaison avec Amina. D'après la procureure, Stella avait eu tout le temps de préméditer son acte. Elle avait décidé de tuer Olsen avant de se rendre à son domicile. Jansdotter considère donc qu'elle doit être condamnée pour meurtre. Elle affirme qu'il y a trop de doutes autour des dépositions d'Adam et Amina. Selon Jansdotter, il y a de fortes raisons de remettre en cause tout ce qu'Amina raconte au sujet de son viol, en particulier du fait qu'elle ait auparavant omis de mentionner ces faits aux enquêteurs. En conséquence, le tribunal doit condamner Stella pour meurtre et la procureure requiert une peine de prison de quatorze ans.

L'idée donne le vertige. Dans quatorze ans, Stella en aura trente-trois. Je songe à tout ce qu'elle aura manqué. Que ne peut-on pas vivre en quatorze ans ? Quand j'avais moi-même trente-trois ans, j'étais au milieu de ma vie. Stella n'aura peut-être jamais la possibilité d'être maman, de fonder une famille et de faire carrière.

Quatorze ans, c'est long. Quatorze ans en prison, c'est immensément long. Une maudite éternité.

Je regarde Stella, je suis frappée de voir combien elle semble petite. Elle a toujours douze ans avec son regard bleu mélancolique, sept ans, la goutte au nez, réveillée par ses cauchemars et se glissant pour dormir entre maman et papa. Peut-être la verrai-je toujours ainsi ? À mes yeux, elle reste une enfant. Mon enfant.

La culpabilité me ronge de plus en plus profondément. Qu'ai-je fait ? Pourquoi n'ai-je pas fait monter Amina dans ma voiture pour la conduire au commissariat ?

Plusieurs fois, j'ai pensé que c'était là ma façon de payer pour avoir négligé ma famille. Et si j'avais plutôt sacrifié ma propre fille pour sauver Amina ? Je ne sais pas si je pourrai vivre avec ça.

Michael resserre son nœud de cravate avant de commencer sa plaidoirie. Rapide et concret, il détruit point par point la démonstration de la procureure, jusqu'à ce qu'il ne reste rien.

« La seule chose que la procureure a pu prouver est que ma cliente se trouvait à proximité du domicile de Christopher Olsen le soir où il a été agressé. En même temps, lors de l'audience d'aujourd'hui, nous avons appris qu'Amina Bešić elle aussi se trouvait à cet endroit à ce moment-là. »

Il se tourne vers le président et lui parle en confiance, d'un ton presque personnel. Comme s'il n'y avait personne d'autre dans la salle.

« Amina Bešić et Stella Sandell se trouvaient donc toutes les deux sur place quand Christopher Olsen est mort. En outre, toutes deux semblent avoir eu un mobile pour s'en prendre à Olsen. Mais naturellement, cela ne prouve rien. Le doute raisonnable sur le fait que ma cliente ait porté les coups de couteau ayant entraîné la mort de Christopher Olsen n'est en rien levé. »

Puis c'est fini. Tout échappe désormais à mon contrôle.

Göran Leijon regarde rapidement les jurés avant de se tourner vers l'assistance pour déclarer l'audience achevée.

« La cour va maintenant délibérer avant de rendre son verdict. »

Je retombe tout au fond de mon siège. J'ai l'impression de pendre au-dessus d'un gouffre, un trou dans le temps et l'espace.

Stella est évacuée par le sous-sol avec Michael pour éviter la marée de journalistes et de photographes rassemblés dans le couloir du tribunal.

Dans la salle, les gens piétinent, se bousculent en grommelant, pressés de sortir de là. Pendant ce temps, je rassemble mes affaires. Sac, manteau, châle.

Adam me dit de me dépêcher. Je ne sais pas pourquoi il est si pressé.

Quand je me lève, j'ai l'impression que tout mon sang a reflué dans mes pieds. Je ne sens pas mon propre corps, ma tête, mes bras. Je perds l'équilibre et retombe sur mon siège.

La main sur le cœur, je reste là, comme brisée en deux, concentrée sur ma respiration.

Adam me prend la main et m'aide à me relever. Doucement, il me guide vers la sortie. Mes jambes sont lourdes, l'air épais. Nous descendons le couloir, devant tous les visages et les voix des curieux.

« J'ai besoin d'un rafraîchissement », dis-je en indiquant un distributeur de boissons dans un coin.

Je plonge dans mon sac à la recherche de monnaie. Ma main tremble, je fouille et fouille encore. Je pêche un paquet de chewing-gums et des barrettes que je jette par terre. Ma main mouline tant que mon sac se met à tourner comme une bétonneuse.

« Calme-toi ! » dit Adam en saisissant mon bras.

Mon sac tombe et je reste tremblante devant la machine qui clignote. Adam me tend deux pièces de dix et ramasse mon sac par terre.

« Qu'est-ce qu'il vient juste de se passer, là, ma chérie ? »

Je sais que je vais devoir bientôt tout raconter à Adam. Je ne sais pas si ce sera possible.

« La cour va délibérer, dis-je en buvant quelques gorgées d'eau.

— Il y en a pour combien de temps ? »

Je le regarde. Mon cœur est comme une grande plaie palpitante. Qu'ai-je fait subir à ma famille ?

« Je ne sais pas. Ça peut prendre de cinq minutes à plusieurs heures. »

Adam regarde autour de lui, désemparé.

« Je ne comprends pas. Est-ce que c'est Amina qui… »

Je pose un doigt sur sa bouche.

« Je t'aime », dis-je en lui prenant la main.

Cela vient droit du cœur.

Adam et Stella sont tout pour moi. Je sais que Stella et moi sommes tout pour lui.

« Je t'aime moi aussi », dit-il.

Je lui tiens la main. Non, je l'embrasse, je l'enserre, je m'y accroche.

Il faut que je lui raconte.

111

J'ai longtemps redouté qu'Adam révèle tout. Il ne m'aurait jamais laissée faire, s'il avait su ce qu'il en était. Il était déjà assez incroyable qu'il ait caché le chemisier taché de sang et menti à la police sur l'heure du retour de Stella. Il ne fallait absolument pas qu'il en sache davantage.

Dès le samedi, il avait conçu des doutes au sujet d'Amina. Après notre déjeuner chez ses parents, il avait suggéré qu'Amina mentait en affirmant avoir passé la soirée du vendredi avec Stella. J'ai été forcée de lancer plusieurs rideaux de fumée.

Quand nous sommes revenus du commissariat, tard le samedi soir, je me suis attardée dans la rue pour parler avec Michael, qui nous avait raccompagnés. Il pensait que Stella serait vite relâchée, mais j'avais lu les messages dans son téléphone, et je craignais que la situation soit nettement plus compliquée que nous ne l'espérions. Tandis que nous attendions des nouvelles, j'ai essayé de suggérer à Adam que Stella avait besoin d'un alibi. Je ne pouvais pas beaucoup en dire, il ne fallait à aucun prix qu'il pense que j'en savais plus que je n'en disais, mais je lui ai suggéré que c'était lui et seulement lui qui pouvait blanchir Stella en déclarant qu'elle était rentrée plus tôt qu'en réalité. Évidemment, j'aurais pu moi-même mentir à la police pour donner un alibi à Stella. Mais cela aurait infiniment plus de poids si c'était Adam. Qui oserait remettre en doute l'honnêteté d'un pasteur, qui avait voué toute sa vie à la vérité ?

En outre, je préférais éviter d'avoir à témoigner. Mentir devant un tribunal n'aurait rien eu d'exceptionnel, vu tout ce que j'avais déjà fait, mon honneur professionnel avait de toute façon fait long feu. En revanche, il était important pour moi de pouvoir suivre le procès parmi le public. Je voulais tout voir. Je suppose qu'il s'agit d'un besoin de contrôle.

Dans la nuit du samedi, je n'ai pas trouvé le sommeil, mes pensées se précipitaient dans ma tête comme des chevaux au galop, mais, au bout de quelques heures, j'ai remarqué qu'Adam s'affaissait de plus en plus dans son fauteuil. Il a cligné des yeux plusieurs fois, sa tête est tombée sur son épaule et je suis restée immobile sans faire le moindre bruit, jusqu'à ce que j'entende de profonds ronflements sortir de sa gorge.

Je suis alors montée sur la pointe des pieds dans mon bureau pour appeler Amina. Elle parlait de façon frénétique et incohérente. Nous avons décidé de nous voir à la première occasion, mais dès cette nuit, il fallait qu'elle appelle Adam pour lui avouer avoir menti. Elle ne pouvait pas soutenir qu'elle était avec Stella le vendredi soir.

Cependant, Adam ne s'est pas laissé aussi facilement convaincre. Il a toujours été doué pour démasquer les mensonges, et il a compris qu'Amina cachait quelque chose. En fait, il n'y a que deux personnes qui sachent mentir à Adam. Stella et moi.

Le jeudi qui a suivi le meurtre, Amina m'a à nouveau appelée. Jusque-là, tout se passait comme nous l'espérions, mais à présent, elle haletait à l'autre bout du fil, dans tous ses états. Adam était allé l'attendre à la sortie du gymnase, pour tenter de lui tirer les vers du nez. Elle était certaine qu'il savait. D'une façon ou d'une autre, Adam avait compris que Stella et Amina étaient impliquées dans la mort de Christopher Olsen.

Je n'avais pas l'intention de révéler à Adam que j'étais moi aussi éveillée quand Stella était rentrée à la maison dans la nuit du vendredi, mais à mesure que son comportement devenait de plus en plus désespéré, j'ai compris qu'il fallait faire quelque chose. C'est aussi à ce moment que j'ai eu l'idée de déménager à Stockholm.

J'aime Adam. Notre couple a connu des turbulences, pour le moins, il y a eu des crises et des crashs, mais on dit bien que ce sont les pots fêlés qui tiennent le plus longtemps. Deux personnes qui ont traversé tout ce que nous avons connu, qui ressortent indemnes d'une telle épreuve du feu sont unies d'une façon qu'il est difficile pour les autres de comprendre.

À Stockholm, nous aurions pu reconstruire quelque chose sur des bases nouvelles. En même temps, l'enquête préliminaire traînait en longueur, et il fallait absolument éloigner Adam de Lund avant que tout finisse en catastrophe. Même si j'ai fini par être forcée de lui avouer que c'était moi qui avais veillé à faire disparaître le portable de Stella, et même s'il devait avoir compris que je m'étais également occupée du chemisier taché, j'ai réussi à pousser Adam à aller jusqu'au bout de son mensonge pour donner un alibi à Stella.

Au moment même où j'ai découvert que Stella avait oublié son portable à la maison, j'ai compris que quelque chose ne tournait pas rond. Stella n'oublie jamais son téléphone. Chaque minute qui passait faisait grandir mon inquiétude. J'ai fini par ne pas trouver d'autre issue que de consulter ses messages.

C'est avec horreur que j'ai lu le dernier SMS désespéré de Stella à Amina. Un instant fugace, j'ai envisagé de tout montrer à Adam, mais j'ai vite réalisé à quel point ce serait dévastateur.

J'étais sur le canapé, incapable de lâcher des yeux le portable de Stella, quand j'ai reçu l'appel de Michael.

« Je suis désolé, Ulrika, mais Stella est retenue par la police. »

C'était un choc d'entendre sa voix, après toutes ces années.

« Elle a demandé à m'avoir comme avocat de la défense.

— Quoi ? »

Je ne comprenais rien. Stella avait-elle demandé à avoir Michael comme avocat ?

« Sait-elle qui tu es ? lui ai-je demandé quand il nous a raccompagnés, Adam et moi, plus tard ce soir-là.

— Bien sûr qu'elle sait. »

C'était tellement typique de Stella. Elle savait que ma relation avec Michael était allée au-delà des rapports strictement professionnels, elle nous avait entendus parler au téléphone, et c'était pour cette raison qu'elle le demandait à présent comme défenseur.

Car elle ne pouvait quand même pas avoir compris ? Avoir deviné que Michael enfreindrait son devoir de réserve en m'impliquant ?

C'était une terrible décision que de laisser Stella dans l'incertitude sur la situation, enfermée avec elle-même dans une cellule. Je me sentais si mal que j'ai fini par demander à Michael de faire en sorte que je puisse la voir et tout lui expliquer, mais Stella a refusé, et je n'ai pas osé confier à Michael la tâche d'essayer de lui faire comprendre. Il n'y avait pas d'autre issue. Pour réussir à sauver Amina et Stella, il fallait en passer par un procès. L'enjeu était énorme. Je risquais ma fille. Ma famille.

Dans la matinée du dimanche, juste après la perquisition de notre domicile, Amina est passée me voir. Adam était en train d'être interrogé par la police, et quand il m'a appelée, j'ai gagné du temps en prétendant que la perquisition n'était pas achevée.

Une fois notre décision prise, Amina est allée chercher un sac plastique qu'elle avait caché dans son blouson. Elle m'a expliqué qu'elle l'avait trouvé dans une poubelle de l'aire de jeux, et j'ai aussitôt compris ce qu'il contenait.

Nous sommes montées en voiture et j'ai roulé directement jusqu'à la carrière de Dalby, où j'ai coupé le moteur sur un petit chemin de gravier.

J'ai anxieusement regardé alentour avant de vider par terre le contenu du sac. Amina reniflait à côté de moi tandis que j'ai piétiné le téléphone de Chris Olsen.

« Le tien aussi », ai-je dit.

Elle m'a regardée avec de grands yeux. Puis m'a tendu son portable, dont j'ai extrait la carte SIM avant d'écraser l'appareil. L'angoisse me torturait, mais je n'avais pas le temps d'hésiter. Je savais enfin ce qui était important, ce qui comptait vraiment. J'étais au pied du mur.

J'ai grimpé sur la falaise au-dessus de la carrière, jusqu'au bord, là où la paroi tombe à pic dans l'eau sombre stagnante qui formait un profond trou noir. J'ai enfilé une paire de gants avant de jeter dans le vide le couteau qui avait tué Christopher Olsen. Il a décrit un arc de cercle avant de fendre la surface muette de l'eau. Le lac profond s'est ouvert et l'a avalé avec un *slurp*.

112

Adam recule d'un pas, au point de presque heurter le distributeur de boissons.

« Tu te rends compte de ce que tu as fait ? »

Ça me fait terriblement mal. En cet instant, je regrette tout. Non seulement je risque de perdre ma fille, mais Adam ne sera plus là non plus.

« Je l'ai fait pour vous. Pour ma famille.

— Et pour Amina ? »

Je hoche la tête.

« Mais je ne comprends pas. J'ai vu de mes propres yeux que Linda Lokind avait les mêmes chaussures que Stella. Et elle l'a poursuivie, ce soir-là. »

Je finis mon eau, j'écrase la bouteille et la jette dans une poubelle.

« Linda Lokind n'a pas tué Christopher Olsen, dis-je. Tout ce que Linda a raconté quand elle a tenté de mettre en garde Stella était probablement vrai. Olsen lui a fait subir de terribles agressions. »

Je m'efforce de bien mettre l'accent sur ce dernier point. Peut-être pour convaincre Adam que j'ai bien fait ? Peut-être surtout pour m'en convaincre moi-même ?

Adam a toujours du mal à fixer son regard.

« Mais ces Polonais ?

— Les pizzaïolos ? dis-je en haussant les épaules. Ce sont certes de petits voleurs et des escrocs, mais ils n'ont rien à voir avec la mort d'Olsen. Ils voulaient juste conserver leur pizzeria dans son immeuble. »

Adam secoue la tête.

« C'est n'importe quoi, dit-il. Pourquoi Amina n'a pas parlé ? Comment a-t-elle pu laisser Stella endurer ça ? »

J'ouvre la bouche, mais je reste sans voix. Adam ne me pardonnera jamais. Il ne comprendra jamais.

« Et toi ? dit-il. Toi aussi ? »

C'est plutôt une constatation. Je n'entends aucun reproche dans sa voix.

« Que ne ferait-on pas pour ses enfants ? » dis-je.

Adam me regarde dans les yeux. Et je pense alors : peut-être. Peut-être pourra-t-il malgré tout comprendre.

« Je t'aime. »

J'ai chuchoté, mais je sais enfin que c'est vrai. C'est la vérité. J'aime Adam. J'aime Stella. J'aime notre famille.

Les haut-parleurs grésillent alors et nous sommes appelés dans la salle d'audience numéro 2.

Adam et moi nous tenons les mains. Les bancs du public sont presque vides à présent. Beaucoup de journalistes semblent avoir supposé que les délibérations allaient s'éterniser, et ont quitté le tribunal. D'autres ne s'attendent probablement à aucune nouvelle fracassante, mais à voir Stella retourner en détention dans l'attente d'une décision ultérieure du parquet.

Elle est si maigre. Ses cheveux pendent en mèches filasse et son regard est terne et vide. Elle ne regarde pas de notre côté. Comme tous les autres, elle a fixé son regard sur le président Göran Leijon.

« La cour a délibéré, dit-il en regardant les jurés. Nous sommes prêts à donner notre verdict. »

Mon cœur s'arrête. Ils ont déjà pris une décision ? Alors qu'il ne s'est pas écoulé plus de vingt minutes ?

Adam presse ma main et m'interroge du regard.

« Ils ont déjà décidé ? »

Je hoche la tête et me penche en avant.

Plus rien d'autre n'existe pour moi que la voix de Göran Leijon. Je n'entends pas tout ce qui est dit, mais le plus important me parvient. Les mots essentiels traversent le brouhaha et me frappent le visage de plein fouet.

Je ne bouge pas d'un iota. C'est comme si mon cerveau enregistrait l'information mais ne voulait pas l'accepter.

Au bout d'un moment, je me tourne vers Adam. Il fixe le sol.

Ce n'est pas vrai. Je ne peux pas croire que ce soit vrai.

« Les poursuites contre Stella Sandell sont abandonnées, et le tribunal ordonne en conséquence la levée d'écrou. »

Une rumeur parcourt la salle. Mon cerveau n'est qu'un chaos. Est-ce vrai ?

« Qu'est-ce qui se passe ? » demande Adam.

Il me regarde en écarquillant les yeux.

« Les poursuites sont abandonnées. » Ce n'est qu'en le prononçant à haute voix que je réalise ce que cela signifie : « Stella est libre ! »

L'instant d'après, Michael se lève et prend Stella dans ses bras. Dans les rangs du public, les gens se mettent à bouger. Tout le monde est très pressé.

Un vigile imposant bombe le torse, son regard d'aigle aux aguets. Alors seulement, toutes les parties de mon cerveau confirment de façon certaine que ce qui se passe advient réellement.

« Stella ! »

Je crie en me faufilant entre les sièges, je passe sous le regard acéré du vigile et me fraie un passage devant le sourire teinté de larmes de Michael.

Comme par un pont jeté au-dessus de tout ce merdier, par un tunnel baigné d'une lumière rayonnante, je plonge dans les bras de Stella.

Derrière nous, j'entends la voix étonnée d'Adam.

« C'est vrai ? Qu'est-ce qui s'est passé ?

— La chaîne d'indices s'est brisée, dit Michael avec une telle fierté dans la voix qu'on pourrait croire que c'est d'abord grâce à lui. Après ton témoignage et celui d'Amina, il y avait trop de doutes. Ils étaient obligés de libérer Stella. »

Adam dévisage Michael.

« Je te demande pardon d'avoir douté de toi, mais je ne savais rien. Maintenant, je comprends ce que tu as fait pour notre famille. »

Michael semble pris de court. Il hoche la tête vers Adam et, quand ensuite il lorgne dans ma direction, j'aperçois un sourire. On dirait qu'il jouit de la situation. Est-ce pour cela qu'il fait tout ça ?

« Pardon, Stella, dis-je en ôtant une boucle de sa joue.

— Pour quoi ?

— Pour ça. Pour tout. »

Elle me regarde un long moment. Ma fille. Je suis comme un pansement collé à son corps tremblant. Je la serre dans mes bras et je voudrais ne jamais la lâcher.

Son cœur bat contre ma poitrine et le manque s'apaise dans nos yeux.

« Maman », chuchote-t-elle.

Peu importe qu'elle ait dix-neuf ans ou quatre semaines. Elle reste toujours mon enfant.

Je ferais tout pour elle.

« Je t'aime, maman. »

J'essaie de répondre, mais tout reste coincé dans ma gorge. Comme un bouchon d'émotions. Des années de sentiments refoulés qui s'accumulent. Et quand le barrage lâche, c'est comme si mon corps tout entier se liquéfiait.

Le temps n'existe pas, l'espace n'a plus aucune importance. Nous nous confondons dans l'éternité, ma fille et moi. Lentement, elle se penche pour chuchoter à mon oreille :

« J'ai choisi un bon avocat, hein ? »

Mon corps se raidit. Quand Stella s'écarte, je me vois dans ses yeux. Elle se tourne vers son père.

Adam semble brisé. Comme quelqu'un qui a touché le fond.

Je l'ai trahi une fois de trop. Si Adam apprend pour Michael et moi… Ce serait irréparable.

Michael me sourit à nouveau. Je me tourne vers Stella.

« Merci », murmure-t-elle à son père.

Adam pleure comme un enfant. Il laisse venir les larmes, sans aucune gêne, tout nu.

Stella tend la main pour le toucher. Adam suit le mouvement de sa main, les doigts qui se tendent et rencontrent sa peau. Les poils fins de son bras se dressent.

« Ça fait chaud au cœur, maintenant ? » demande Stella.

ÉPILOGUE

Après avoir sonné chez Chris et pressé mon oreille contre sa porte, j'ai dévalé les marches. Je suis remontée sur mon vélo et j'ai roulé au hasard autour du quartier en essayant de mettre de l'ordre dans ce qui s'était passé. Linda Lokind m'avait-elle vraiment poursuivie, ou était-ce le fruit de mon imagination ? Étais-je en train de perdre la raison ?

J'ai toujours été différente, sans jamais pouvoir me reconnaître chez les autres. Et si depuis le début c'était ça qui m'attendait : une psychose qui ne demandait qu'à s'épanouir ?

Après plusieurs tours sans but, j'ai garé mon vélo devant le lycée Polhem et je me suis assise sur un banc. Mes jambes tremblaient, et le sang me battait aux tempes. Je ne pouvais pas rentrer en abandonnant Amina.

Pour la centième fois, j'ai relu son message.

Tvb. Je dors. À demain. ♥

Le cœur à la fin, ça passait encore. Mais *tvb* ? Un point à la fin d'un SMS ? Non, aucune chance. Frénétiquement, j'ai fait défiler le long fil de nos messages pour constater qu'Amina n'avait jamais fini un SMS avec un point. Ce n'était pas elle qui avait écrit ça.

Ça devait être Chris. Il refusait de répondre à mes appels et mes SMS. Linda Lokind avait-elle malgré tout dit la vérité ? Et si Chris retenait Amina prisonnière ? Ou pire…

J'allais et venais impatiemment dans la rue, dans la cour du lycée, sur le rond-point, je revenais. J'ai longé la haie jusqu'à l'immeuble de Chris. J'ai fixé sa fenêtre, mais en voyant une silhouette à la fenêtre voisine, je me suis dépêchée de regagner le lycée. Dès que je m'arrêtais, que je m'asseyais par terre ou m'appuyais à un arbre, le fourmillement revenait, comme de petites pattes d'insectes sur ma peau, d'impitoyables tressaillements musculaires qui me forçaient à me relever et à repartir.

Quand le silence s'est brisé, j'étais au milieu du trajet entre la cour du lycée et l'aire de jeux, à cinquante mètres de la maison de Chris. D'un coup, la nuit s'est emplie du claquement de pas qui faiblissaient, comme des cris étouffés sur l'asphalte.

Elle courait au milieu de la rue. Son tee-shirt descendait sur une épaule et ses cheveux volaient dans tous les sens. Elle avait son regard de guerrière. Sur le terrain de hand, on avait l'habitude de la comparer à un pitbull.

J'ai crié :

« Amina ! »

Elle haletait bruyamment, s'est tournée vers moi et sa bouche a formé un cri muet.

Au même moment, Chris a débouché derrière elle au coin de la rue. Une main sur le visage, l'autre se balançant le long du corps comme chez un coureur de cent mètres.

« Cours ! » m'a crié Amina.

Mais mes pieds étaient figés dans l'asphalte. Amina arrivait sur moi, et j'ai alors vu ses traits se tordre.

« Cours ! »

J'ai cherché des yeux une issue tandis que Chris approchait.

En me retournant, j'ai aperçu le couteau. Un petit mouvement de la main a fait luire sa lame dans la lumière d'un réverbère.

Les pieds de Chris cognaient sur l'asphalte.

« Viens ! » ai-je crié en entraînant Amina avec moi.

Nous avons contourné la haie pour entrer dans l'ombre de l'aire de jeux. Le gravier crissait sous nos pas. Amina grelottait et haletait, à bout de souffle. Une odeur de sueur, d'adrénaline et d'autre chose encore, quelque chose de fort. Du poivre ?

« Putain, qu'est-ce qui s'est passé ? »

Amina n'a pas répondu. Son regard était perdu dans un épais brouillard. Je l'ai secouée, mais elle était complètement partie.

J'ai saisi son poignet et l'ai forcée à me regarder.

« Qu'est-ce qu'il t'a fait ? »

Elle restait bouche bée, les lèvres tremblantes, comme un poisson.

« Pardon, a-t-elle dit. J'ai rompu notre accord.

— Putain, qu'est-ce qu'il t'a fait, Amina ?

— Il… Il… »

Les pas dans la rue approchaient. D'ici quelques secondes, nous serions face à Chris.

« Il m'a violée. »

La voix d'Amina était comme un coup de pied dans le ventre.

« Violée ? »

L'instant d'après, Chris faisait le tour de l'aire de jeux et se dressait devant nous. Il a freiné sur le gravier et s'est immobilisé, une main sur l'œil.

J'ai reculé. Deux pas rapides. J'avais lâché Amina, mais je supposais qu'elle allait me suivre.

Mon corps s'est tendu. Ma peau s'est étirée jusqu'à ses limites. J'aurais dû avoir peur, mais la moindre cellule de mon corps se gorgeait de colère. Je le haïssais. Je haïssais tant Chris Olsen que j'étais sur le point d'exploser.

Encore et encore, j'étais forcée de revivre mon propre viol. La pression sur le cou, le poids sur mon corps et la douleur brûlante quand il m'a pénétrée.

Comment avais-je pu laisser une chose pareille arriver à Amina ? Si seulement j'avais écouté Linda.

Chris grognait entre ses halètements. Un ricanement mauvais aux lèvres, il se frottait les yeux du revers de la main. Je me suis retournée pour découvrir qu'Amina n'avait pas du tout battu en retraite. Au contraire, elle a avancé d'un grand pas vers Chris. Dans sa main tremblante levée sur lui, elle brandissait la menace vibrante du couteau.

« Les types comme toi ne méritent pas de vivre, a-t-elle sifflé entre ses dents.

— Arrête ! » a dit Chris.

Sa voix ne trahissait ni regret ni peur. Il semblait complètement vide.

« Arrête, Amina. »

C'était ma propre voix.

Je ne sais pas si elle m'a entendue. Elle était dans un autre monde, où il n'y avait qu'elle et Chris. Elle et son violeur. Et le couteau qui tremblait dans sa main.

« Barre-toi ! » a-t-elle crié.

Chris la fixait.

« Mais barre-toi, bordel ! »

Je l'ai rejointe. La lame tranchante du couteau tremblait tout près de moi. La colère se contractait en moi, se retournait sur elle-même comme un poing fermé sur le point d'éclater.

J'ai vu la dévastation dans le regard d'Amina, et su que tout était arrivé par ma faute. Si seulement j'avais écouté les avertissements de Linda Lokind. Comment avais-je pu ne pas voir ?

Alors, Chris Olsen a ri.

J'ai regardé ma meilleure amie et j'ai pris le couteau dans sa main.

REMERCIEMENTS DE L'AUTEUR

Merci à Markus von Martens, pour m'avoir donné une épouse et avoir lu mon manuscrit.

Merci à Birgitta Ekstrand et Monika Wieser pour leurs avis qui n'ont pas de prix.

Merci à Sackarias Ekman pour sa génialité dans tous les domaines et son expertise juridique.

Merci à vous tous chez Bokförlaget Forum et Ahlander Agency : vous êtes brillants, c'est un honneur de travailler avec vous.

Sans mon correcteur John Häggblom, ce roman ne serait pas devenu ce qu'il est. Merci pour ta précision et tes astuces, et pour avoir cru en moi dès le début.

Sans mon éditrice Karine Linge Nordh, tout aurait été pire. Merci pour tout.

Sans mon agente Astri Ahlander, ce livre n'aurait sans doute pas existé. Je suis si heureux et reconnaissant de tout ce que tu fais pour moi.

Sans Kajsa, Ellen et Tove, rien n'aurait valu la peine.

La photocomposition de cet ouvrage
a été réalisée par
Graphic Hainaut
30, rue Pierre Mathieu
59410 Anzin

Imprimé en Espagne par
Liberdúplex
à Sant Llorenç d'Hortons (Barcelone)
en août 2021

POCKET – 92, avenue de France - 75013 Paris

S29453/06

Caroline Linden

Après des études de mathématiques à l'université de Harvard, Caroline Linden devient informaticienne. Sa passion pour la romance l'incite à écrire des histoires sentimentales historiques et contemporaines. Elle est l'auteure d'une vingtaine de romans récompensés et salués par la critique. Elle vit en Nouvelle-Angleterre avec sa famille.